TUNNELS

Avant-propos

Chers lecteurs,

J'ai récemment été interviewé par un journaliste de *L'actu* à propos de *Harry Potter*. Il voulait savoir comment j'avais découvert le conte pour enfants le plus extraordinaire de tous les temps. Je lui ai confié à quel point tout cela me semblait étrange à présent. Dire que ce livre avait jadis été mon secret! Eh bien, quand je songe à *Tunnels* de Roderick Gordon et Brian Williams, j'ai exactement le même sentiment. En effet, tout a commencé par un secret que j'ai partagé avec les enfants du monde entier.

J'ai immédiatement su qu'ils adoreraient le récit des aventures d'un jeune archéologue qui part explorer un monde souterrain tout aussi merveilleux que terrifiant – sans oublier son amour pour son père, sa loyauté envers ses amis, et l'effroyable menace dont il découvre peu à peu l'existence : le monde d'en haut court un terrible danger.

Les enfants ont déjà commencé à partager ce secret entre eux – ils se racontent l'histoire, créent des sites de fans et dessinent même les horribles créatures du monde souterrain! Et ce qui compte par-dessus tout, c'est l'enthousiasme des enfants auxquels nous devons un tel phénomène – comme ce fut d'ailleurs le cas pour *Harry Potter*.

Je suis ravi de vous annoncer la magnifique adaptation en français de *Tunnels*. J'espère que vous partagerez notre enthousiasme pour ce livre.

Cordialement,

Barry Cunningham
Éditeur

TUNNELS

Roderick Gordon & Brian Williams

Traduit de l'anglais par Arnaud Regnauld

À paraître

Tunnels, tome II :
Profondeurs

Titre original :
Tunnels

Première publication par Chicken House en Grande-Bretagne, 2007
Texte © Roderick Gordon et Brian Williams, 2007
Illustrations intérieures © Brian Williams, 2007
Tous droits réservés.

© Michel Lafon Publishing, 2008, pour la traduction française
7-13, boulevard Paul-Émile-Victor - Ile de la Jatte
95521 Neuilly-sur-Seine
www.michel-lafon.com

« L'inconnu suscite le doute. »
Anonyme

Première Partie

Premiers coups de pioche

Chapitre Premier

Tchac ! Le fer de la pioche s'enfonça dans l'argile avec un bruit sourd, et s'arrêta net. Une étincelle avait jailli : ils venaient de tomber sur un éclat de silex enfoui dans la paroi.

– On doit y être, Will !

Le Dr Burrows avança en rampant dans l'étroite galerie. Il était en sueur, peinait à respirer, et à chaque fois son souffle formait des nuages de buée dans l'air humide de cet espace confiné. Il se mit néanmoins à gratter fébrilement le sol. Chaque nouvelle poignée arrachée à la terre faisait apparaître le plancher qu'ils venaient de mettre au jour. À la lumière de leurs lampes frontales, père et fils distinguaient à présent la surface goudronnée de vieilles planches hérissées d'échardes.

– Passe-moi le pied-de-biche !

Will fouilla dans un sac, en extirpa un court pied-de-biche bleu et le tendit à son père, qui n'avait pas quitté le plancher des yeux. Le Dr Burrows inséra le plat de son outil dans un interstice puis poussa un grognement sourd tandis qu'il pesait de tout son poids sur le manche pour faire levier. Le bois grinça en s'arrachant aux vieux clous tout rouillés, les planches plièrent, puis cédèrent enfin dans un craquement sonore. Will eut un léger mouvement de recul : il venait de sentir le souffle glacé qui s'échappait de la brèche ouverte par son père.

Ils se hâtèrent d'arracher deux autres planches, afin de dégager un espace assez large pour un homme, puis firent une courte pause. Sans un mot, le père et le fils échangèrent un sourire complice : ils avaient tous les deux le visage barbouillé de peintures de guerre, tracées à grand renfort de boue.

Puis ils se tournèrent vers le trou béant, fascinés par les grains de poussière qui dansaient dans les ténèbres, tels de minuscules diamants s'agglomérant et se désagrégeant en d'innombrables nébuleuses encore inconnues.

Le Dr Burrows se pencha prudemment au-dessus du vide, tandis que Will se pressait contre lui pour mieux voir par-dessus son épaule. Le faisceau de la lampe déchira les ténèbres de l'abîme ; un mur bombé recouvert de carreaux émergea de la pénombre, et petit à petit se dessinèrent les contours de vieilles affiches dont les coins se décollaient de la paroi. Elles ondoyaient dans le courant d'air, telles des algues au gré des courants puissants qui balaient le fond des océans. Will releva un peu la tête pour mieux sonder les profondeurs, quand il distingua enfin le cadre en faïence d'un écriteau. Le Dr Burrows balaya à son tour l'obscurité, jusqu'à ce que les faisceaux croisés de leurs lampes leur permettent de déchiffrer la pancarte, sur laquelle figurait un nom.

– *Highfiel & Crossly North* ! Ça y est, Will, nous y sommes, on l'a trouvée !

Les exclamations de joie du Dr Burrows retentirent jusqu'aux confins humides de la gare désaffectée. Une brise se leva tout à coup. Quelque chose leur frôla le visage, longea le quai puis glissa le long des rails, comme si leur intrusion grossière avait déclenché un vent de panique au cœur de ces catacombes depuis si longtemps oubliées.

D'un violent coup de talon, Will brisa les poutres qui se trouvaient à la base de l'ouverture. Un nuage d'échardes et de morceaux de bois pourri s'éleva quand soudain le sol s'effondra sous ses pieds, pour tomber quelques mètres plus bas. Will se laissa glisser à travers l'ouverture et attrapa sa bêche au passage... Son père ne se fit pas prier pour le suivre, et voilà qu'ils arpentaient déjà la surface solide du quai. Les débris qui venaient de tomber sur le sol crissaient sous leurs pieds, tandis que les faisceaux lumineux de leurs lampes frontales déchiraient les ténèbres environnantes.

Le Dr Burrows souffla pour se débarrasser du voile qui venait de lui draper le visage : le plafond était constellé de toiles d'araignées qui pendaient comme autant d'écheveaux de dentelle. Il commençait à inspecter les lieux, quand il s'arrêta tout à coup sur le visage de son fils. Quelle drôle d'apparition ! Sa chevelure crayeuse dépassait d'un casque de mineur, qui avait fait la guerre. Ébloui par la lumière, Will scrutait les ténèbres de ses yeux bleu pâle. Il avait l'air ravi. Ses vêtements semblaient avoir pris la même texture et la même couleur brun-rouge que l'argile qu'il venait de creuser. Il en était couvert de la tête aux pieds, comme une statue à laquelle on aurait miraculeusement insufflé la vie.

Quant au Dr Burrows, c'était un homme maigre de taille moyenne – ni grand ni petit, juste entre les deux. Il avait le visage rond, l'œil brun, et le regard d'autant plus perçant qu'il portait des lunettes à gros verres de myope, cerclés d'or.

– Regarde un peu ici, Will, regarde donc ça ! lança-t-il.

Le Dr Burrows venait de découvrir un panneau accroché juste au-dessus de la brèche par laquelle ils venaient d'entrer. SORTIE, pouvait-on lire en grosses lettres noires. Ils allumèrent leurs lampes torches : les faisceaux des quatre lampes s'unirent pour balayer toute la longueur du quai. Du plafond pendaient des racines, et les murs fissurés étaient recouverts d'efflorescences et parcourus de veines calcaires là où s'était infiltrée l'humidité. Quelque part dans le lointain, on entendait un léger clapotis.

— Quelle découverte ! déclara le Dr Burrows, l'air plutôt satisfait de lui-même. Tu te rends compte ? Personne n'a mis les pieds ici depuis la construction de la nouvelle ligne de Highfield, en 1895.

Ils venaient d'atteindre l'extrémité du quai, et le Dr Burrows éclairait à présent l'entrée d'un tunnel. Un amas de terre et de gravats en bloquait l'accès.

— Ça sera la même chose de l'autre côté, ils auront forcément condamné les deux entrées, commenta-t-il.

Ils remontèrent donc le quai, devinant, plus qu'ils ne les voyaient dans la pénombre, les murs de l'ancienne gare recouverts de faïence. Les carreaux couleur crème bordés d'une bande vert foncé étaient parcourus d'innombrables craquelures. Tous les trois mètres, environ, se dressaient des réverbères dont certains avaient même conservé leurs globes de verre.

— Papa, Papa, regarde ! appela Will. T'as vu un peu ces affiches ? Elles sont encore lisibles. Je crois qu'il s'agit de réclames pour des terrains à vendre, ou quelque chose comme ça. Regarde un peu celle-là : *Le spectacle du cirque Wilkinson... se tiendra sur les terrains communaux... le dixième jour du mois de février 1895.* Y a même une image, ajouta-t-il, le souffle court, tandis que son père le rejoignait.

L'affiche n'avait souffert ni de l'eau ni de l'humidité, et l'on pouvait encore distinguer les couleurs grossières du grand chapiteau rouge. Debout, au premier plan, figurait un homme bleu coiffé d'un haut-de-forme.

— Et puis t'as vu celle-là ? *Trop gros ? Les pilules élégantes du docteur Gordon !*

Sur l'affiche était esquissée à gros traits la silhouette d'un homme barbu et bien portant, qui tenait une petite boîte à la main.

Ils poursuivirent leur chemin, puis contournèrent un monceau de gravats tombés d'une arcade.

— Ce passage nous aurait permis de rejoindre l'autre quai, indiqua le Dr Burrows.

Ils s'arrêtèrent pour examiner un banc en fer forgé.

— Ça fera très bien dans le jardin. Un bon coup de brosse et quelques couches de vernis, et le tour sera joué, marmonna le Dr Burrows.

Soudain le faisceau de la lampe torche de Will se posa sur une porte en bois sombre, masquée par l'obscurité.

— Dis, Papa, y avait pas un bureau ou un truc dans ce genre sur ta carte ? demanda Will, les yeux rivés sur la porte.

— Un bureau ? répondit le Dr Burrows, tout en fouillant dans ses poches avant d'en extirper un bout de papier. Attends, laisse-moi voir...

Will n'attendit pas la réponse de son père. Il essayait déjà d'ouvrir la porte, mais elle était bel et bien coincée. Le Dr Burrows ne tarda pas à lâcher sa carte pour venir en aide à son fils. Par deux fois ils tentèrent d'enfoncer la porte à coups d'épaule. Peine perdue, les gonds avaient gauchi. Cependant, à la troisième tentative, la porte finit par céder et ils déboulèrent dans la pièce, enveloppés d'une nuée d'argile sèche. Ils s'avancèrent en se frayant un chemin entre les toiles d'araignées et les nuages de poussière, sans cesser de tousser et de se frotter les yeux.

— Waouh ! s'exclama Will.

Droit devant, au centre du petit bureau, se dressaient une table et une chaise, toutes deux recouvertes d'une épaisse couche de poussière duveteuse. Will se faufila avec prudence derrière le siège puis, de sa main gantée, il débarrassa le mur des toiles d'araignée qui dissimulaient une grande carte aux couleurs passées : il s'agissait du réseau ferré.

— C'était peut-être le bureau du chef de gare, dit le Dr Burrows, tout en essuyant la table d'un revers de manche.

Sous la couche de poussière il y avait un buvard, sur lequel on avait abandonné une tasse et une sous-tasse noirâtres. Juste à côté, un petit objet décoloré par le temps répandait une substance verdâtre sur le bois du bureau.

— Fantastique ! Un télégraphe. Quelle belle pièce ! Hum, c'est probablement du laiton.

Des étagères remplies de vieux cartons moisis ornaient deux des murs de la pièce. Will en choisit un au hasard, puis s'empressa de le reposer sur la table, de peur qu'il ne s'effrite entre ses doigts. Il en souleva les rabats déformés et découvrit avec émerveillement des liasses de vieux billets de train. Il en sortit une de la boîte, mais l'élastique putréfié céda d'un coup et une pluie de billets s'abattit sur la table.

— Ils sont vierges d'impression, commenta le Dr Burrows.

— Tu as raison, confirma Will, tout en examinant l'un des billets. Il ne se lassait pas d'admirer le savoir de son père.

Mais le Dr Burrows n'écoutait pas. Il s'était agenouillé et tirait à présent un lourd objet que quelqu'un avait placé sur l'une des étagères du bas, après l'avoir emmailloté dans un bout de tissu tout mité qui tomba en miettes dès qu'il le toucha.

— Et voici l'une des premières machines à imprimer les billets, annonça le Dr Burrows, tandis que Will se tournait pour regarder l'objet. Cela ressemblait à une vieille machine à écrire, munie d'une grosse manette sur le côté. Elle est un peu rouillée, mais nous pourrons sans doute en enlever le plus gros.

– Pour le musée, tu veux dire ?

– Ah non ! pour ma collection *à moi*, rétorqua le Dr Burrows. Il hésita, puis il prit un air grave :

– Écoute-moi, Will, nous ne dirons rien à personne, d'accord ? Pas un mot, tu m'entends ? Hein ?

Will fit volte-face, les sourcils légèrement froncés. Comme s'ils allaient chanter sur tous les toits qu'ils consacraient leur temps libre à ces travaux souterrains – de toute façon, qui cela aurait-il bien pu intéresser ? Ils ne parlaient jamais à personne de leur passion commune pour les trésors enfouis ; ça les rapprochait, c'était comme un lien unique entre père et fils...

Ils restèrent ainsi dans le bureau, le visage de chacun éclairé par la lampe de l'autre. Mais face au silence, le Dr Burrows se contenta de fixer Will droit dans les yeux, avant de reprendre ses explications.

– Je ne pense pas avoir besoin de te rappeler ce qui est arrivé à la villa romaine que nous avions découverte l'an dernier, n'est-ce pas ? Tu te souviens de ce célèbre professeur, qui a fait irruption sur les lieux et s'est approprié les fouilles. Au final, c'est lui qui a récolté toutes les louanges. Or, c'est *moi* qui avais découvert ce site, et qu'est-ce que j'en ai retiré ? Un minuscule mot de remerciements, perdu dans un article pitoyable.

– Ouais, je me souviens, dit Will, qui n'avait rien oublié de l'agacement de son père, ni de ses terribles colères à l'époque.

– Tu veux que ça recommence ?

– Non, bien sûr que non.

– Eh bien, je refuse cette fois que mon travail se réduise à une simple note de bas de page. J'aime autant que *personne* n'en sache rien. Ils ne vont pas me piquer ça, maintenant. D'accord ?

Will acquiesça, tandis que sa lampe frontale balayait le mur de haut en bas.

Le Dr Burrows jeta un coup d'œil à sa montre.

— Nous devrions vraiment rentrer maintenant, tu sais ?

— D'accord, acquiesça Will à contrecœur.

— Après tout, nous n'avons pas de train à prendre, pas vrai, Will ? ajouta le docteur qui avait perçu le dépit dans la voix de son fils. On pourra toujours revenir demain soir pour explorer le reste, non ?

— Tu as sans doute raison, répondit Will sans trop y croire, alors qu'il se dirigeait déjà vers la porte.

Le Dr Burrows donna une tape affectueuse sur le casque de son fils et ils sortirent tous deux du bureau.

— Excellent travail, Will, je dois dire. Tous ces mois passés à creuser des galeries n'auront pas été perdus, n'est-ce pas ?

Ils rebroussèrent chemin jusqu'à l'ouverture puis, après avoir jeté un dernier regard en direction du quai, ils se hissèrent jusqu'à la galerie supérieure. Au bout de six mètres environ le boyau s'élargissait, ils purent enfin marcher côte à côte. Le Dr Burrows devait juste un peu courber l'échine, pour pouvoir se tenir debout sous la voûte.

— Il faut doubler les entretoises et les étais, signala le Dr Burrows en examinant les poutres au-dessus de leurs têtes. Une poutre tous les mètres, c'est ce que nous avions convenu au départ. Or, pour l'instant, l'intervalle entre les poutres est de deux mètres.

— D'accord, pas de problème, Papa, répondit Will pour le rassurer, mais sans conviction.

— Et puis il faudra déblayer tout ça de là, poursuivit le Dr Burrows en poussant une motte de glaise du bout de sa botte. Faudrait pas qu'on se sente trop à l'étroit ici non plus, pas vrai ?

— Tu l'as dit, répondit Will qui n'avait guère l'intention de faire quoi que ce soit pour résoudre ce problème.

La plupart du temps, Will était tellement content de ses découvertes qu'il en négligeait les règles de sécurité que son père tentait de lui imposer. Il avait une passion pour les fouilles, et la dernière chose dont il avait envie, c'était bien de perdre son temps à exécuter des « travaux ménagers », comme disait son père. Quoi qu'il en soit, le Dr Burrows se portait rarement volontaire pour creuser. Il se contentait de faire son apparition lorsque l'une de ses « intuitions » se révélait payante.

Perdu dans ses pensées, le Dr Burrows marchait en sifflotant, ralentissait parfois le pas pour inspecter un empilement de seaux ou un tas de planches. La pente devenait plus raide à mesure qu'ils se rapprochaient de la surface. Il s'arrêtait néanmoins de temps en temps pour vérifier l'état des poutres de bois de part et d'autre du passage, en leur administrant une petite tape : c'est alors que son étrange sifflotement se transformait en couinement.

Le sol finit par redevenir horizontal et le boyau s'élargit pour déboucher sur une pièce plus vaste, au milieu de laquelle trônaient une table à tréteaux et deux fauteuils délabrés. Will et son père se délestèrent d'une partie de leur équipement en le posant sur la table, puis ils gravirent l'ultime portion de la galerie pour rejoindre enfin l'entrée.

L'horloge de la ville venait tout juste de sonner sept coups lorsqu'un pan de tôle ondulée se souleva de quelques centimètres à l'un des coins du parking de Temperance Square. C'était le début de l'automne, et le soleil s'abîmait sous le fil de l'horizon. Non sans avoir vérifié au préalable que la voie était libre, les Burrows père et fils dégagèrent le toit de tôle révélant l'entrée du tunnel marquée par un cadre de quatre grosses poutres en bois. Ils pointèrent le bout de leur nez hors du trou, s'assurèrent une dernière fois qu'il n'y avait personne en vue, puis sortirent du souterrain. Après avoir remis la plaque en place, Will la recouvrit de terre à coups de pied pour en masquer l'accès.

Une brise se leva, et les palissades qui délimitaient l'aire du parking se mirent à vibrer ; un vieux journal traversa l'esplanade, telle une boule d'amarante portée par le vent, abandonnant page après page à mesure qu'il prenait de la vitesse. Dans la lumière du soleil couchant se découpait la silhouette des entrepôts alentour, tandis que s'embrasait le carrelage lie-de-vin recouvrant la façade d'une cité de Peabody Estate. Pendant ce temps, nos deux héros sortaient nonchalamment du parking. On aurait dit deux chercheurs d'or ayant abandonné leur butin au pied des montagnes avant de s'en retourner en ville.

Chapitre Deux

De l'autre côté de Highfield, Terry Watkins, surnommé « Tipper Tel » par ses collègues, se brossait les dents devant le miroir de sa salle de bains. Il ne portait que le bas de son pyjama. Il était fatigué et comptait sur une bonne nuit de repos, mais il ne parvenait pas à oublier ce qu'il avait vu au cours de l'après-midi.

Terry Watkins venait de vivre une longue et dure journée. Avec son équipe de démolition, ils démantelaient l'ancienne fabrique de céruse pour laisser la place à un nouveau bâtiment administratif. Il ignorait à quoi celui-ci servirait. Il n'avait qu'une envie, rentrer chez lui ; mais il avait promis à son patron qu'il ôterait quelques rangées de briques au sous-sol pour jauger la profondeur des fondations. Dépasser le budget qui leur était alloué, c'était bien la dernière chose que pouvait se permettre son entreprise, et avec ces vieux bâtiments il y avait toujours un risque.

À la lumière du projecteur portable qu'il avait placé derrière lui, il avait attaqué la paroi d'un grand coup de masse. Les briques artisanales aux entrailles rouge vif ressemblaient à des animaux éventrés. D'un nouveau coup, il avait fait voler en éclats les briques, qui s'éparpillèrent sur le sol de la cave déjà recouvert de suie. Terry Watkins laissa échapper un juron entre ses dents. Ce fichu bâtiment était décidément trop bien construit.

Après plusieurs autres coups de masse, il marqua une pause et attendit que le nuage de poussière rouge retombe sur le sol. Quelle ne fut pas sa surprise en découvrant que la zone qu'il venait d'attaquer comportait une seule épaisseur de briques. Là où il aurait dû en trouver deux autres rangées, il n'y avait qu'une vieille plaque de fonte. Il cogna deux fois contre le métal, et la plaque rendit à chaque fois un écho prolongé. Elle n'allait pas céder si facilement. Soufflant comme un bœuf, Terry pulvérisa les briques encadrant le métal. C'est alors qu'il découvrit, à son grand étonnement, que cette plaque était montée sur des gonds : il y avait même une sorte de poignée intégrée dans la masse. C'était une *porte...*

Il s'arrêta, le temps de reprendre son souffle, tout en essayant de comprendre pourquoi quelqu'un avait bien pu vouloir accéder à cette zone du bâtiment. Après tout, il s'agissait des fondations.

Puis il commit la plus grande erreur de sa vie.

À l'aide de son tournevis, il dégagea la poignée – une sorte d'anneau en fer forgé – qui, chose étonnante, tourna sans peine. Il poussa la porte du bout de l'une de ses chaussures de sécurité. Elle s'ouvrit et se rabattit contre la cloison de l'autre côté du mur, dans un bruit métallique qui lui sembla durer une éternité. Il sortit sa lampe torche et balaya l'intérieur de la pièce plongée dans l'obscurité. Cette chambre circulaire devait bien faire six mètres de diamètre.

Terry en franchit le seuil, posa le pied de l'autre côté, avança encore d'un pas lorsque, tout à coup, plus rien ! Le sol de pierre avait disparu, c'était un précipice ! Il vacilla au bord du trou, bras déployés, moulinant l'air avec frénésie jusqu'à retrouver l'équilibre et s'éloigner enfin du vide pour s'affaler contre le montant de la porte. Il resta blotti là, respirant à grandes goulées pour se calmer. Il maudissait son imprudence.

– Allons, détends-toi mon vieux, se dit-il à haute voix en s'efforçant de se reprendre.

Terry pivota et s'avança prudemment. À la lumière de sa lampe torche, il vit qu'il se tenait bien au bord d'un gouffre dont l'obscurité ne laissait rien augurer de bon. Il se pencha pour en voir le fond, en vain. L'abîme semblait insondable. Il venait de pénétrer dans un immense puits en briques dont l'entrée restait invisible. Au-dessus de lui, les parois se perdaient dans les ténèbres, bien trop hautes pour sa petite lampe de poche. Une forte brise semblait descendre vers les profondeurs du puits, transformant la sueur qui perlait sur sa nuque en gouttelettes glacées.

Juste sous la margelle du puits, Terry remarqua le départ d'un escalier. Les marches devaient mesurer environ cinquante centimètres de large. Il tâta le premier degré d'un coup de talon puis, rassuré, amorça une descente prudente, prenant bien garde à ne pas déraper sur la fine couche de poussière, de paille et de brindilles recouvrant les marches. Collé à la paroi du puits, il continua à descendre toujours plus profond, jusqu'à ce que la porte éclairée par son projecteur ne soit plus qu'un petit point lumineux là-haut, tout là-haut.

Lorsque Terry parvint au bas de l'escalier, il posa le pied sur des dalles de pierre. À la lumière de sa lampe, il découvrit un enchevêtrement de tuyaux vert-de-gris. On eût dit un grand orgue d'église reflété par un immense miroir déformant. Il suivit le trajet sinueux de l'un des tubes métalliques qui grimpait le long des murs, pour s'évaser enfin comme un conduit d'aération. Mais il fut bien plus intrigué encore par la présence d'une porte dotée d'un petit hublot. Non, il ne rêvait pas, il y avait bien de la lumière de l'autre côté. Il devait s'être aventuré par mégarde dans les galeries du métro, car il entendait le bourdonnement sourd de machines et sentait un petit vent régulier venant d'en haut.

Terry s'approcha lentement du hublot – c'était un épais disque de verre moucheté marqué par le temps – pour jeter un coup d'œil à travers la surface irrégulière de la vitre. Quelle ne fut pas sa surprise lorsqu'il découvrit une scène sortie tout droit d'un vieux film en noir et blanc à la pellicule rayée. Devant lui s'étendait une rue bordée d'immeubles, éclairée par des globes incandescents abritant une flamme nonchalante. Des gens vêtus d'habits d'un autre temps déambulaient tranquillement, tels des spectres anémiques. Ils n'avaient vraiment rien de rassurant.

Terry n'était pas particulièrement croyant. Il ne se rendait à l'église que pour les mariages et les enterrements, mais un instant il crut bien qu'il venait de tomber, sinon sur une annexe de l'enfer, tout au moins sur quelque parc d'attractions inspiré par le purgatoire. Dans un mouvement de panique, il fit un pas en arrière pour s'éloigner du hublot, se signa en marmonnant des *Je vous salue Marie* aussi lamentables qu'approximatifs, puis il barricada la porte, de peur que l'un de ces démons ne s'échappe, et remonta enfin l'escalier en toute hâte.

Il traversa le bâtiment désert en courant, cadenassa le portail derrière lui, prit sa voiture pour rentrer chez lui. Encore hébété, il se demandait ce qu'il allait bien pouvoir raconter à son patron le lendemain matin. Même s'il n'avait pas rêvé, il avait fini par douter de cette scène à force de la ressasser, le temps d'arriver chez lui.

Il ne put malgré tout s'empêcher d'en parler à sa famille. Il fallait qu'il le dise à quelqu'un. Sa femme, Aggy, et leurs deux fils en pleine adolescence crurent qu'il avait encore bu et l'envoyèrent paître au cours du dîner. Entre deux éclats de rire cruels, ils firent mine de porter une bouteille à leur bouche et d'en téter bruyamment le goulot jusqu'à ce que Terry se taise. Mais Terry persista, à tel point que son épouse finit par lui dire de la fermer. Assez de sornettes, de monstres infernaux aux cheveux blancs et de boules de feu incandescentes, elle voulait qu'on la laisse regarder en paix son feuilleton préféré.

Terry se retrouva donc seul à se récurer les molaires dans la salle de bains, tout en se demandant si l'enfer existait vraiment, quand tout à coup il entendit un cri étouffé. C'était sa femme. Elle ne hurlait de la sorte qu'en présence d'une souris ou d'une araignée égarée dans la baignoire. Mais cette fois, elle n'avait pas eu le loisir de pousser le long gémissement sonore qui s'ensuivait habituellement.

Une alarme se mit à hurler dans la tête de Terry. Quelque chose clochait. Les nerfs à vif, il eut à peine le temps de pivoter sur lui-même qu'on l'avait déjà coiffé d'un sac et suspendu la tête en bas. Une force irrésistible lui plaqua les bras le long du corps. Il avait les jambes paralysées. La pression était si forte qu'il ne parvenait pas à opposer la moindre résistance. Puis on l'emmaillota dans un matériau épais, tout comme on ficelle un saucisson. On l'allongea enfin à l'horizontale, avant de l'emporter sans autre forme de procès.

Inutile d'essayer de hurler, on l'avait bâillonné et il parvenait à peine à respirer. Il crut entendre la voix étouffée de l'un de ses fils, mais comment en être sûr ? Jamais il n'avait autant craint, pour la vie de sa famille comme pour la sienne. Ni éprouvé une telle impuissance...

Chapitre Trois

Le musée de Highfield était un véritable capharnaüm. On venait y déposer des objets superflus, plutôt que de les abandonner à la décharge municipale. Le bâtiment était un ancien hôtel de ville que l'on avait converti en lieu d'exposition en disposant des vitrines çà et là. Le mobilier était aussi vieux que les objets qu'il accueillait.

Confortablement installé dans un vieux fauteuil de dentiste fin de siècle, le Dr Burrows se mit à manger ses sandwichs. Comme d'habitude, c'est un cabinet qui lui servait de table. On y avait exposé des brosses à dents du début du XXe siècle. Il ouvrit son exemplaire du *Times* tout en grignotant un sandwich ramolli au salami et à la mayonnaise. Les instruments dentaires incrustés de crasse qui se trouvaient sous le plateau de verre ne semblaient pas le déranger le moins du monde.

Bien calé entre les pièces de musée poussiéreuses et les vieilles vitrines en acajou, les pieds confortablement surélevés, le Dr Burrows passait son temps à dévorer des livres. Le vieux transistor qu'un habitant de la ville bien intentionné avait légué au musée restait allumé toute la journée. Le Dr Burrows l'avait réglé sur la station dédiée aux programmes culturels. Il arrivait parfois qu'en désespoir de cause et par temps de pluie une classe vienne faire un tour au musée, mais d'une manière générale il ne recevait que très peu de visiteurs, lesquels ne revenaient de toute façon presque jamais.

Lorsqu'il avait accepté ce poste de conservateur, le Dr Burrows s'était dit qu'il chercherait un emploi plus épanouissant dans un avenir proche. Mais comme tant d'autres, conforté par la sécurité que lui procurait son salaire régulier, il n'avait pas vu passer les douze dernières années, oubliant au passage ses bonnes résolutions.

C'est donc ainsi qu'il s'était retrouvé à la direction du musée. Bardé d'un doctorat en antiquité grecque, vêtu d'une veste en tweed aux coudes en cuir à la mode professorale, il regardait la poussière s'accumuler sur les objets dans les vitrines, trop conscient du fait qu'il prenait lui aussi la poussière.

Après avoir terminé son sandwich, il mit l'emballage en boule et l'expédia dans la corbeille à papier en plastique orange. Elle était exposée dans la partie *Cuisine* et datait des années soixante. Manqué. La boule rebondit sur le bord de la corbeille avant de s'immobiliser sur le parquet. Il laissa échapper un soupir de déception puis se mit à fouiller dans sa mallette à la recherche d'une barre chocolatée. Il essayait de réserver cette friandise à son goûter, aux environs de 15 heures, afin de donner un peu de consistance à sa journée. Mais il céda d'autant plus volontiers qu'il se sentait bien seul ce jour-là. Il défit le papier en un clin d'œil avant de croquer à pleines dents dans la barre.

À ce moment précis retentit la sonnette de l'entrée. Oscar Embers fit son entrée, martelant le sol de ses deux cannes. Ancien acteur de théâtre, âgé de quatre-vingts ans, Embers s'était entiché du musée et se portait parfois volontaire pour y assurer la surveillance le samedi après-midi, depuis qu'il avait fait don aux archives de l'un de ses portraits de scène signé de sa main.

Lorsqu'il aperçut le vieil homme, le Dr Burrows tenta d'engloutir d'un seul coup sa dernière bouchée, mais il se rendit bien vite compte qu'il en avait sous-estimé la taille. Il se mit donc à mastiquer avec frénésie, alors que le retraité, très alerte, approchait à toute vitesse. Le Dr Burrows hésita un instant. Il pouvait encore se réfugier dans son bureau... mais il était déjà trop tard. Il resta donc assis sans bouger, les joues gonflées. On aurait dit un hamster cherchant à esquisser un sourire.

— Bonjour Roger, dit Oscar d'un ton enjoué tandis qu'il fouillait dans la poche de son manteau. Allons bon, où a bien pu passer ce machin ?

Le Dr Burrows réussit à émettre un « hum ! » sans desserrer les dents, hochant la tête avec enthousiasme. Tandis qu'Oscar s'acharnait sur la poche de son manteau, Burrows parvint à placer deux coups de mâchoires experts ; hélas, le vieillard releva la tête avant même d'avoir trouvé ce qu'il cherchait. À le voir s'escrimer ainsi, on aurait pu croire que sa poche essayait de lui résister. Il marqua alors une pause, passant en revue de son regard de myope les murs et les vitrines.

— Je ne vois pas une seule des dentelles que je vous ai apportées la semaine dernière. Vous allez les exposer ? Je sais bien qu'elles étaient un peu élimées, mais c'était de la bonne marchandise, vous savez !

Comme Burrows ne répondait pas, il ajouta :

— Elles ne sont pas là ?

Le docteur tenta de lui indiquer la réserve d'un petit signe de tête. Oscar, qui n'avait jamais vu le conservateur aussi silencieux, lui adressa un regard interrogateur. Soudain il s'anima, car il tenait enfin sa proie : il extirpa lentement l'objet de sa poche et le présenta lové au creux de sa main.

— C'est cette bonne Mme Tantrumi qui m'a donné ça, vous savez, la vieille dame italienne qui habite pas très loin de la Grand-Rue. On l'a trouvé dans sa cave lorsque les ouvriers de la compagnie du gaz sont venus effectuer des réparations. Enfoui dans le sol, c'est là qu'il était. L'un d'eux a buté dessus. Je crois que nous devrions l'ajouter à la collection.

Le Dr Burrows, les joues toujours pleines, se préparait à découvrir un autre de ces minuteurs qui n'avait rien d'antique, ou encore un bec de plume en étain cabossé. Mais Oscar le prit par surprise lorsque, tel un magicien, il produisit un petit globe incandescent, à peine plus gros qu'une balle de golf, enchâssé dans une cage de métal d'un or terni.

— Bel exemplaire de... lampe bidule... dit Oscar d'une voix traînante. Eh bien, à dire vrai, je ne sais pas ce que c'est que ce truc !

Le Dr Burrows s'empara de l'objet. Sa fascination était telle qu'il en oublia presque Oscar. Il avait la bouche toujours aussi pleine de chocolat, et le vieillard ne le quittait pas des yeux.

— Rage de dents, c'est ça, hein, mon gars ? demanda Oscar. Moi aussi, je grinçais des dents comme ça lorsqu'elles ont commencé à se gâter. Terrible – je sais parfaitement ce que vous ressentez. Tout ce que je peux vous dire, c'est que je ne regrette pas d'avoir fait le grand saut. Je les ai fait ôter d'un coup, toutes. Ce n'est pas si désagréable, vous savez. Il suffit de s'habituer à ces machins-là, dit-il en montrant sa bouche.

— Oh ! non, mes dents vont très bien, répondit le Dr Burrows, qui ne tenait pas à voir le dentier du vieillard.

Il déglutit un grand coup, et avala ce qui lui restait de chocolat dans la bouche.

— Il fait juste un peu chaud aujourd'hui, monsieur Embers, poursuivit-il en se frottant la gorge. J'ai besoin de boire un peu d'eau.

– Oh, mais vous feriez mieux de surveiller ça, il se pourrait bien que vous ayez attrapé cette saleté de diabète! Lorsque j'étais jeune homme, Roger, ajouta-t-il l'œil soudainement embué tandis qu'il se remémorait cette époque lointaine, eh bien, certains docteurs vérifiaient si vous n'aviez pas de diabète en goûtant... vos *urines!* déclara-t-il en chuchotant, les yeux tournés vers le sol. Enfin, vous voyez ce que je veux dire... pour voir si elles ne contenaient pas trop de sucre.

– Oui, oui, je sais, répondit machinalement le Dr Burrows, bien trop intrigué par le globe incandescent – duquel irradiait une douce lumière – pour prêter attention aux curiosités médicales d'Oscar. Comme c'est étrange! D'après le métal ouvragé, je me risquerais à dire que ça doit dater du XIXe siècle... Quant au verre, je dirais qu'il est plus récent. Du verre soufflé, c'est certain... Mais je n'ai aucune idée de ce qu'il y a à l'intérieur du globe. Peut-être une substance chimique – vous l'avez laissé longtemps à la lumière ce matin, monsieur Embers?

– Non, je l'ai gardé précieusement sous mon manteau depuis que Mme Tantrumi me l'a confié. Juste après le petit déjeuner, c'était à ce moment-là. J'étais en train de faire ma petite promenade – ça facilite le transit intestinal, vous savez, et d'ailleurs...

– Je me demande si ce n'est pas radioactif, l'interrompit brusquement le Dr Burrows. J'ai lu quelque chose au sujet d'une roche de l'époque victorienne, et de collections de minéraux conservées dans d'autres musées, montrant des signes de radioactivité. On a même découvert un lot de spécimens très dangereux en Écosse – des cristaux d'uranium très puissants, il a fallu les enfermer dans un coffre tapissé de plomb, on ne pouvait pas les exposer. Trop risqué.

– Oh, j'espère que ce machin-là n'est pas dangereux ! dit Oscar, en reculant d'un pas. Je l'ai gardé tout ce temps près de ma hanche neuve. Imaginez un peu que ça fasse fondre le...

– Non, je ne pense pas que ce soit aussi puissant – cela ne vous aura probablement fait aucun mal, pas en l'espace de vingt-quatre heures en tout cas.

Le Dr Burrows observa l'intérieur du globe.

– Comme c'est curieux... Il y a un liquide qui bouge là-dedans... On dirait qu'il... C'est comme un orage...

Après un instant de silence, il secoua la tête d'un air incrédule, avant d'ajouter :

– Non, ce doit être la chaleur de ma main qui produit cette réaction... Vous savez, c'est thermoréactif...

– Eh bien, je suis ravi que cela vous intéresse. Je dirai à Mme Tantrumi que vous souhaitez le garder, dit Oscar en reculant d'un autre pas.

– Très certainement, répondit le Dr Burrows. Je ferais mieux de faire quelques recherches avant de l'exposer, juste pour ne pas prendre de risque. Mais avant tout, il va falloir que j'écrive un mot de remerciements à Mme Tantrumi au nom du musée, ajouta-t-il, cherchant en vain un stylo dans la poche de sa veste. Attendez-moi là un instant je vous prie, monsieur Embers. Je vais chercher de quoi écrire.

Le Dr Burrows sortit du hall principal, pénétra dans le couloir où il réussit à trébucher au passage sur un vieux rondin qui traînait là. Des gens du coin l'avaient sorti des marécages l'année précédente et juraient qu'il s'agissait d'un canoë préhistorique. Il ouvrit une porte où le mot *Conservateur* était gravé sur le verre dépoli. Un empilement de cartons encombrait le bureau plongé dans l'obscurité. Tandis qu'il cherchait l'interrupteur de sa lampe de bureau, le Dr Burrows desserra les doigts du globe. Ce qu'il vit alors le laissa stupéfait.

La lumière semblait avoir gagné en intensité depuis qu'il l'observait, tandis qu'à l'intérieur du globe le liquide s'agitait avec d'autant plus de vigueur.

— C'est remarquable ! Je ne connais aucune substance qui irradie en proportion inverse de l'obscurité dans laquelle elle se trouve plongée, marmonna-t-il dans sa barbe. Non, je dois me tromper, c'est impossible ! C'est juste qu'ici on en remarque mieux la luminosité.

Mais la luminosité du globe avait bel et bien gagné en intensité, car il n'eut pas besoin d'allumer sa lampe de bureau pour retrouver son stylo. Le globe répandait une merveilleuse lumière d'un vert fluorescent, presque aussi claire que celle du jour. Il quitta son bureau, le cahier des donations sous le bras, tenant le globe devant lui. Comme il s'y attendait, le globe commença à s'obscurcir dès qu'il entra dans la lumière.

Oscar s'apprêtait à dire quelque chose, mais le Dr Burrows le dépassa, franchit la porte du musée et sortit dans la rue. Il entendait Oscar qui criait, alors que la porte du musée se refermait derrière lui en claquant :

— Non, mais jamais de la vie ! Jamais de la vie !

Le Dr Burrows était si fasciné par le globe qu'il en oublia complètement le vieil homme. Il exposa l'objet à la lumière du jour et constata que le feu qui l'animait était presque éteint. Le liquide s'était obscurci en une couleur grisâtre. Plus il exposait le globe à la lumière naturelle, plus le fluide s'opacifiait, au point de prendre un aspect noir huileux.

Le Dr Burrows revint à l'intérieur. Le liquide commença alors à s'agiter, comme mû par une tempête miniature, et se remit à diffuser la même lumière magique. Oscar l'attendait, l'air contrit.

— Fascinant, fascinant... dit le Dr Burrows.

— Mais dites, j'ai bien cru que vous aviez vos vapeurs, mon gars. Je me demandais si vous n'aviez pas besoin de prendre un peu l'air, à vous voir détaler comme ça. Vous n'allez pas vous évanouir, n'est-ce pas ?

— Non, tout va bien, je vous assure, monsieur Embers. Je voulais juste vérifier quelque chose. Auriez-vous l'amabilité de m'indiquer l'adresse de Mme Tantrumi, à présent ?

— Je suis ravi que vous l'appréciiez, dit Oscar. Pendant que nous y sommes, je vais vous donner le numéro de mon dentiste, histoire de vous faire examiner les dents, et fissa !

Chapitre Quatre

Will était affalé sur le guidon de son vélo, à l'entrée d'un terrain vague bordé d'arbres et de buissons sauvages. Il jeta un nouveau coup d'œil à sa montre : il laisserait encore cinq minutes à Chester, mais pas une de plus. Il perdait un temps précieux.

Il s'agissait d'une friche à l'abandon, comme on en trouve en bordure des villes. Les habitants du coin l'avait surnommée « les Quarante Trous », en raison des innombrables cratères qui en grêlaient la surface. Certains atteignaient près de trois mètres de profondeur. Ce terrain vague servait de champ de bataille aux deux gangs d'adolescents ennemis, le Clan et la Clique, qui recrutaient leurs membres dans les logements sociaux les plus durs de Highfield. C'était aussi le théâtre de jeux sinistres, comme la chasse aux oiseaux ou aux grenouilles. Bien trop souvent, ceux-ci s'achevaient par la lente agonie de ces pauvres créatures sous les tortures des jeunes garçons qui, avec une joie sadique, empalaient leurs petites carcasses sur des bâtons.

Chester tournait au coin de la rue pour se rendre aux Quarante Trous, lorsqu'il perçut du coin de l'œil un éclat métallique. C'était la bêche polie de Will. Ce dernier la portait en bandoulière, tel un samouraï terrassier.

Il sourit et accéléra le mouvement, serrant contre son propre torse une bêche de jardin des plus ordinaire, tout en faisant de grands signes en direction de la silhouette solitaire dans le lointain. Avec son teint d'une étonnante pâleur, sa casquette et ses lunettes de soleil, ce ne pouvait être que lui... Will avait en effet une drôle de dégaine, il portait ce qu'il appelait son « attirail de mineur », à savoir un cardigan trop grand pour lui, rapiécé aux coudes avec des ronds de cuir, un vieux pantalon de velours recouvert d'une épaisse couche de boue séchée à la couleur indéfinissable. Les seules choses dont Will prenait vraiment soin, c'étaient sa bêche adorée et les coques en métal de ses chaussures de chantier.

— Ben alors, qu'est-ce qui t'est arrivé ? demanda Will en voyant arriver Chester.

Will ne parvenait pas à concevoir que son ami ait pu avoir du retard, ni que quoi que ce soit d'autre puisse revêtir une plus grande importance à ses yeux.

C'était une grande première dans la vie de Will, lui qui n'avait jamais parlé de rien à aucun camarade d'école – ni à quiconque d'ailleurs. Il n'était pas encore certain d'avoir fait le bon choix. Après tout, il ne connaissait pas Chester si bien que ça.

— Désolé, j'ai crevé en route, s'excusa Chester, pantelant. Il a fallu que je laisse mon vélo à la maison et que je coure jusqu'ici. Fait un peu chaud aujourd'hui.

Will leva les yeux vers le soleil et fronça les sourcils. Le soleil ne l'aimait guère. L'absence de pigmentation de sa peau signifiait que même la faible lumière d'un ciel couvert pouvait lui infliger de terribles brûlures. Il devait à son albinisme le blanc presque pur des cheveux qui dépassaient de sa casquette, tout comme ses yeux bleu pâle qui scrutaient l'esplanade des Quarante Trous avec impatience.

— Très bien, allons-y directement. On a déjà perdu trop de temps, dit sèchement Will.

Il s'éloigna sur son vélo sans prêter attention à Chester, qui se mit à courir derrière lui.

— Allez, c'est par là, le pressa-t-il en voyant que l'autre peinait à garder l'allure.

— Hé ! Moi, je croyais qu'on était déjà arrivés ! lui lança Chester, toujours à la traîne, et toujours aussi essoufflé.

Chester Rawls – presque aussi large que haut, fort comme un bœuf, plus connu sous le nom de Cuboïde ou de Chest Armoire – avait le même âge que Will, mais il était clair qu'on l'avait mieux nourri, ou bien que ses parents lui avaient légué un physique d'haltérophile. Parmi les graffitis les moins orduriers qui ornaient les toilettes de l'école, on pouvait lire que son père était une armoire à glace et sa mère une commode ventripotente.

Même si l'amitié grandissante qui unissait Will et Chester semblait des plus improbable, c'était justement ce qui les séparait des autres à l'école qui les avait rapprochés, à savoir leur peau. Chester souffrait de graves crises eczémateuses. Sa peau se desquamait par plaques et ses démangeaisons lui mettaient la chair à vif. Il devait cette affection à une allergie non identifiée – ou à sa propre nervosité, lui avait-on dit sans que cela change quoi que ce soit. Quelle qu'en soit la cause, il avait enduré les quolibets et les railleries de ses camarades, les pires étant sans doute les surnoms de « Monstre à écailles » et de « Cul de serpent », jusqu'à ce que, n'y tenant plus, il profite de son physique pour répondre par la force aux moqueries et réduise ainsi ses bourreaux au silence.

De même, la pâleur laiteuse de Will l'éloignait de la norme. Pendant un temps, il avait enduré les surnoms de « Face de craie » et de « Bonhomme de neige » qui revenaient telle une ritournelle. De tempérament plus impétueux que Chester, il avait fini par perdre patience alors que ses persécuteurs lui avaient tendu une embuscade par une soirée d'hiver sur le chemin menant à l'un de ses sites de fouilles. Hélas pour ces derniers, Will s'était fort bien servi de sa bêche. Il en était résulté un combat inégal, au cours duquel certains perdirent des dents, tandis qu'un autre eut le nez salement cassé.

On comprendra aisément pourquoi on laissa Will et Chester en paix pendant un bon bout de temps, après ça. On les traitait avec ce respect plein de rancœur que l'on réserve aux chiens enragés. Cependant, les deux garçons ne se méfiaient pas moins de leurs camarades de classe, persuadés que si jamais ils venaient à baisser leur garde ceux-ci recommenceraient à les persécuter. Ils restaient des marginaux, des solitaires relégués en touche – même si les prouesses physiques de Chester lui valaient de jouer dans la plupart des équipes sportives de l'école. Ils se sentaient en sécurité dans leur isolement. Personne ne leur adressait la parole, et eux ne parlaient à personne.

Ils avaient passé des années sans même se saluer, même s'ils partageaient en secret une admiration mutuelle pour la manière dont ils s'étaient défendus contre les petites brutes de l'école. Sans vraiment s'en apercevoir, ils s'étaient peu à peu rapprochés, passant de plus en plus de temps ensemble pendant les récréations. Cela faisait si longtemps que Will était seul et sans ami qu'il dut bien admettre qu'il était agréable d'avoir un copain. Mais il savait aussi que s'il voulait que cette amitié ait un sens, il devait tôt ou tard révéler la passion de sa vie à Chester – ses fouilles. Aujourd'hui, ce temps était enfin venu.

Will zigzaguait entre les mottes herbeuses, les cratères et les décharges sauvages. Il s'arrêta d'un seul coup, lorsqu'il atteignit l'autre bout du terrain. Il descendit de son vélo et le cacha dans une petite tranchée, sous la carcasse d'une voiture abandonnée dont la marque était indéfinissable tant elle avait été transformée par la rouille et le travail des récupérateurs.

— Nous y sommes, annonça-t-il tandis que Chester le rattrapait.

— C'est là qu'on commence à creuser? demanda Chester à bout de souffle, tout en balayant d'un regard circulaire le sol à ses pieds.

— Non. Recule un peu.

Chester fit quelques pas en arrière avec un petit air amusé.

— On va creuser un nouveau trou, Will?

Will ne répondit pas et se mit à genoux. On aurait dit qu'il cherchait quelque chose à tâtons sous une touffe d'herbe. Il finit par trouver ce qu'il cherchait : une corde à nœuds. Il se releva, puis tira vigoureusement sur la corde. À sa grande surprise, Chester vit d'abord se dessiner une ligne de faille dans le terrain puis un épais panneau marine se soulever sous une pluie de terre, révélant l'entrée obscure d'un souterrain.

— Pourquoi est-ce que tu le caches?

— Je peux pas laisser ces ordures mettre à sac mes fouilles, pas vrai? répondit Will avec l'aplomb d'un propriétaire.

— On va descendre là-dedans, c'est ça? demanda Chester en se rapprochant du vide pour mieux voir.

Mais Will avait déjà commencé à se glisser par l'ouverture. Après un décroché d'un mètre ou deux, la galerie souterraine s'enfonçait plus profondément dans les entrailles de la terre.

— J'en ai un pour toi, indiqua Will en enfilant un casque jaune avant d'allumer sa lampe frontale.

Il vit le visage indécis de Chester penché juste au-dessus du trou.

— Bon alors, tu viens ou pas? demanda Will avec impatience. Tu peux me croire, y a aucun risque.

— T'es sûr ?

— Évidemment, rétorqua Will qui appuya son propos en frappant l'une des poutres de soutènement proche de lui, arborant un sourire confiant destiné à encourager son ami. (Il ne broncha pas lorsqu'une petite pluie de terre lui tomba sur les épaules ; à la faveur de la pénombre, Chester n'avait rien vu.) C'est aussi sûr qu'une maison. Je te le jure.

— Bon...

Une fois à l'intérieur, Chester fut si surpris qu'il en resta bouche bée. Une galerie de deux mètres sur deux s'enfonçait lentement dans les ténèbres. De vieilles poutres en bois étayaient les parois à intervalle régulier. Cela ressemblait exactement aux mines des vieux westerns qui passaient à la télé le dimanche après-midi, pensa Chester.

— C'est génial ! T'as pas fait ça tout seul, Will, c'est pas possible !

— Bien sûr que si. J'y travaille depuis l'an dernier... et encore, t'as pas tout vu, viens un peu par là ! répondit Will avec un sourire satisfait.

Will replaça le panneau qui scellait l'entrée du souterrain, tandis que Chester regardait disparaître le dernier petit bout de ciel bleu avec un sentiment mitigé. Les deux garçons s'engagèrent ensuite dans la galerie. Contre les parois, Will avait empilé çà et là des planches et des poutres de soutènement.

— Waouh ! fit Chester à mi-voix.

Chose surprenante, le passage s'élargissait pour déboucher sur une zone de la taille d'une pièce assez vaste. Tout au fond, la galerie principale se subdivisait en deux autres tunnels. Au milieu de cet espace trônaient une petite montagne de seaux, une table à tréteaux et deux vieux fauteuils. Au plafond, les planches étaient soutenues par des tubes réglables rouillés par endroits.

– Enfin de retour à la maison ! dit Will.

– Mais c'est délirant ! s'exclama Chester qui n'en croyait pas ses yeux. T'es sûr qu'on a le droit d'être ici, au fait ?

– Évidemment. Mon père m'a montré comment voliger et étayer une galerie – tu sais, c'est pas la première fois que...

Will hésita un instant, puis se reprit. Il avait bien failli parler de la gare qu'il avait découverte avec son père. Chester lui lança un regard suspicieux, tandis que Will tentait de noyer le poisson en feignant une quinte de toux. Son père lui avait fait jurer de ne rien dire et il ne pouvait trahir sa confiance, pas même auprès de Chester. Il renifla bruyamment avant de poursuivre.

– C'est parfaitement solide. Mieux vaut ne pas creuser de galeries sous un bâtiment – dans ce cas, il faut des étais plus résistants – et planifier beaucoup plus en amont. Ce n'est pas une bonne idée non plus de creuser là où il y a de l'eau ou des fleuves souterrains parce que tout risque de s'effondrer.

– Dis, Will, y a pas d'eau par ici, n'est-ce pas ? demanda aussitôt Chester.

– À part ça, celle-là, répondit Will en fouillant dans une boîte de carton posée sur la table, dont il sortit une bouteille en plastique qu'il tendit à son ami. Reposons-nous un moment.

Ils s'assirent tous deux dans les fauteuils branlants, chacun buvant à sa bouteille, tandis que Chester observait le plafond, tendant le cou pour mieux voir la fourche que formaient les deux galeries.

– C'est tellement tranquille ici, pas vrai ? soupira Will.

– Oui, répondit Chester. Très... euh... silencieux.

– Bien plus que ça, il fait tellement chaud et tout est si calme ici. Et puis cette odeur... ça réconforte, pas vrai ? Papa dit que nous venons tous de là. Comme les hommes des cavernes, il y a bien longtemps. Et bien sûr que nous finirons tous ici, sous terre, je veux dire. C'est pour ça que tout nous semble si familier. On se croirait à la maison.

— On peut dire ça, acquiesça Chester d'un air dubitatif.

— Tu sais, avant, je croyais que lorsque tu achetais une maison, tu devenais aussi propriétaire de tout ce qu'il y avait en dessous.

— Qu'est-ce que tu veux dire ?

— Eh bien, ta maison est bâtie sur un lopin de terre, pas vrai ? dit Will en frappant le sol de la caverne pour souligner son propos. Et tout ce qui se trouve en dessous, jusqu'au centre de la Terre, eh bien, ça t'appartient aussi. Évidemment, au fur et à mesure que tu te rapproches du centre de la planète, la « tranche », si tu veux, diminue jusqu'à ce que tu arrives au cœur du gâteau.

Chester acquiesça lentement. Il ne savait que répondre.

— Au lieu d'habiter un bâtiment posé sur la croûte terrestre, j'ai toujours imaginé qu'on pouvait creuser des galeries dans sa tranche de monde, sur des milliers de kilomètres qui ne servent à rien, dit Will d'un ton rêveur.

— Je vois, répondit Chester qui commençait à comprendre. Donc, si tu creusais toujours plus profond, tu obtiendrais un truc semblable à un gratte-ciel, mais la tête en bas. Comme un poil incarné, ou un machin dans le genre.

Chester gratta machinalement l'eczéma qui lui couvrait l'avant-bras.

— Oui, c'est exactement ça. Je ne l'avais jamais envisagé sous cet angle, c'est bien vu. Mais Papa m'a dit qu'en fait le sous-sol ne nous appartient pas — l'État a le droit d'y construire des lignes de métro et tout ce qu'il veut.

— Oh, dit Chester qui se demandait pourquoi ils avaient abordé ce sujet.

— Bien, dit Will en se relevant d'un bond. Va te chercher une pioche, prends quatre seaux et une brouette, et accompagne-moi là-bas. (Il lui montra l'une des deux galeries plongées dans l'obscurité.) Nous avons un petit problème de roche.

Pendant ce temps, à l'air libre, le Dr Burrows rentrait chez lui d'un pas décidé. Il adorait réfléchir en parcourant les deux kilomètres qui le séparaient de son foyer, et puis ça lui permettait aussi d'économiser un billet de bus.

Il s'arrêta brusquement devant la vitrine du marchand de journaux, vacilla légèrement, fit volte-face et entra dans la boutique.

— Dr Burrows! Je commençais à me demander si vous n'aviez pas disparu, dit l'homme qui se trouvait derrière le comptoir en levant les yeux de son journal. Je me suis dit que vous étiez parti en croisière autour du monde...

— Ah non, hélas! répondit le Dr Burrows en essayant d'ignorer les Snickers, Mars et autres barres chocolatées exposées de façon si tentante.

— Nous vous avons gardé vos commandes bien au chaud, continua le commerçant en se penchant sous le comptoir, d'où il sortit une pile de magazines. Les voilà. *Les Dossiers d'archéologie*, *Archéox*, et *Les Beaux Arts*. Tout y est, j'espère?

— Parfait, parfait, répondit le Dr Burrows en cherchant son portefeuille. Vous ne voudriez tout de même pas que quelqu'un d'autre les prenne!

Le commerçant haussa les sourcils.

— Croyez-moi, on ne peut pas dire qu'il y ait une demande excessive pour ce genre de littérature par ici, dit-il en prenant le billet de vingt livres que lui tendait le Dr Burrows. On dirait que vous venez de faire quelques fouilles, commenta le boutiquier en voyant les ongles noirs du Dr Burrows. Vous êtes descendu dans une mine de charbon ?

— Non, répondit le Dr Burrows en regardant la crasse qui s'était incrustée sous ses ongles. Pour tout vous dire, je fais un peu de bricolage dans ma cave ces temps-ci. Heureusement que je ne me les ronge pas, n'est-ce pas ?

Le Dr Burrows quitta la boutique muni de ses nouvelles lectures. D'une main, il essayait de les fourrer dans la poche extérieure de son attaché-case tandis qu'il poussait la porte de l'autre. Alors qu'il s'acharnait encore sur les magazines sans prêter attention au trottoir, il entra en collision avec un bolide humain. Le souffle coupé, il rebondit contre un petit homme trapu, laissant choir au passage son attaché-case et ses magazines. Il avait l'impression d'avoir percuté de plein fouet une locomotive. Mais l'homme ne sembla en rien affecté par cet incident et poursuivit son chemin. Troublé, bégayant, le Dr Burrows essaya d'interpeller l'homme pour s'excuser, mais celui-ci se contenta de rajuster ses lunettes de soleil, se retourna à peine et lui adressa un ricanement sans ralentir le pas pour autant.

Le docteur était sidéré. C'était un homme en chapeau. Ces derniers temps, il avait remarqué parmi la population de Highfield des personnes d'un genre, disons, différent, qui cependant ne sortaient pas trop du lot. Comme il avait l'habitude d'observer les gens, et après avoir, comme toujours, analysé la situation, il en avait déduit que ces personnes devaient avoir un lien entre elles. Ce qui le surprenait le plus, c'est que lorsqu'il abordait le sujet avec d'autres habitants de Highfield, nul ne semblait avoir remarqué la présence de ces hommes : ils avaient pourtant un profil étrangement incurvé, portaient des casquettes aplaties, des manteaux noirs, et de très épaisses lunettes.

Au moment de la collision, l'homme avait bien failli perdre ses lunettes noires, ce qui avait permis au Dr Burrows d'observer pour la première fois ce spécimen d'un peu plus près. À part l'étrange courbure de son visage et ses cheveux épars, il avait des yeux d'un bleu très clair, presque blanc, la peau translucide et le teint terreux. Mais il y avait autre chose. Cet homme dégageait une drôle d'odeur, comme une odeur de renfermé. Elle rappelait celle des vêtements moisis, dans les vieilles valises que des donateurs anonymes déposaient parfois sur les marches du musée.

Il regarda l'homme qui descendait la Grand-Rue d'un pas vif, jusqu'à ce qu'il ait presque disparu au loin. Un passant qui traversait alors la rue lui boucha soudain la vue, et l'homme en chapeau s'évanouit d'un seul coup. Le Dr Burrows plissa les yeux pour scruter l'horizon, en vain. Il n'y avait pourtant pas grand monde sur le trottoir.

Le Dr Burrows se dit alors qu'il aurait sans doute dû faire l'effort de le suivre. Mais, en parfait gentleman, il n'aimait guère les confrontations et se ravisa bien vite. Non, ce n'était pas une bonne idée, cet homme était bien trop hostile. Il aurait toujours le temps de découvrir où il vivait, comme peut-être toute la bande de ses sosies enchapeautés, lorsqu'il se sentirait un peu plus intrépide.

Chapitre Cinq

L e Dr Burrows marchait d'un pas rapide ; il sifflotait et balançait sa mallette en cadence. Comme à son habitude, il tourna au coin de la rue à 6 h 30 précises et aperçut enfin son logis. C'était l'une des nombreuses maisonnettes qui bordaient Broadlands Avenue – petites boîtes de brique alignées en rangs serrés, à peine assez grandes pour une famille de quatre personnes. Seul point positif, la famille Burrows avait vue sur un grand espace ouvert, car l'arrière de la maison donnait sur le terrain communal.

À peine le Dr Burrows eut-il pénétré dans le hall d'entrée et commencé à trier les vieux livres et magazines qu'il transportait dans sa mallette que son fils déboula à vélo dans Broadlands Avenue. Il slalomait avec aisance entre les lignes blanches discontinues qui divisaient la route en son milieu, et sa bêche étincelait à la lumière rougeoyante des réverbères qui venaient de s'allumer. Arrivé à la hauteur de la maison, il braqua d'un coup son guidon, franchit le portail au prix d'un dérapage vertigineux qui fit hurler ses freins crescendo, jusqu'au moment où il s'immobilisa enfin sous l'auvent. Will descendit de son vélo, verrouilla son antivol et disparut dans la maison.

Will était de ces garçons qui ont besoin d'espace. Il était donc rare qu'il reste chez lui en dehors de l'heure des repas ou du coucher. Comme tant d'autres gamins de son âge, il prenait la maison pour un hôtel. Et comme il devait faire attention, lorsqu'il sortait, à ne pas s'exposer à la lumière néfaste du soleil, il n'avait d'autre choix que de descendre sous terre dès qu'il en avait l'occasion – ce qui n'était, bien entendu, pas pour lui déplaire.

– Salut, Papa, dit-il à son père qui se trouvait dans le salon.

Ce dernier avait les yeux rivés sur l'écran et tenait toujours à la main sa mallette qu'il n'avait d'ailleurs pas encore refermée. Curieux comportement...

À n'en pas douter, le Dr Burrows était un modèle pour son fils. Il suffisait qu'il lance une remarque anodine ou lâche quelque bribe d'information pour que Will se précipite dans une « enquête » des plus délirante, généralement par des fouilles tout aussi insensées. Quant au Dr Burrows, il se débrouillait toujours pour arriver pile au moment où son fils était sur le point d'exhumer quelque trésor archéologique. Mais la plupart du temps, il préférait se plonger dans les livres qu'il gardait à la cave – sa cave. Là, il pouvait échapper à la vie de famille et se perdre dans ses rêves remplis de temples grecs et de somptueux colisées romains.

– Tiens, bonjour ! répondit-il d'un air absent après un long silence, toujours absorbé par le spectacle sur le petit écran. Will jeta un coup d'œil dans le salon. Sa mère était assise là, tout aussi fascinée par l'émission.

– Bonjour Maman ! lança Will.

– Bonjour, finit-elle par répondre sans s'apercevoir que le garçon avait déjà quitté la pièce.

Les parents de Will s'étaient rencontrés à l'université, où Mme Burrows étudiait les médias ; elle débordait d'énergie, et ne cachait pas son ambition de faire carrière à la télévision.

Hélas, pour l'heure, la télévision occupait ses journées pour une tout autre raison. Elle la regardait avec une dévotion presque fanatique, jonglant sans interruption avec ses deux magnétoscopes pour être sûre de ne rater aucune de ses émissions préférées, et il y en avait tellement...

Comme chaque soir, Will s'était rué dans la cuisine – plus précisément sur le réfrigérateur. Sans même un regard pour sa sœur, il en ouvrit la porte.

– Salut, p'tite sœur. Qu'est-ce qu'on mange ce soir? Je meurs de faim.

– Ah, l'abominable homme de boue est de retour parmi nous, lui répondit Rebecca. C'est drôle, je me disais bien que tu n'allais pas tarder à débarquer, ajouta-t-elle en se plaquant contre la porte du frigo pour l'empêcher d'y fourrer son nez.

Et avant qu'il ait le temps de protester, elle lui colla un paquet vide dans les mains.

– Poulet sauce aigre-douce, riz aux légumes. C'était en promo au supermarché, deux pour le prix d'un.

Will regarda le paquet, puis le rendit à sa sœur sans commentaire.

– Alors, comment vont les dernières fouilles en date? s'enquit-elle.

– Pas géniales, nous sommes tombés sur une strate de grès.

– Nous? demanda Rebecca avec étonnement, en sortant le plat du micro-ondes dont la sonnerie venait juste de retentir. J'ai bien entendu, Will, tu as dit « nous »? Rassure-moi, Papa ne travaille tout de même pas avec toi pendant les heures d'ouverture du musée, n'est-ce pas?

– Non, c'est Chester. Tu sais, mon copain de l'école. Il me donne un coup de main.

Rebecca venait d'enfourner un second plat et faillit bien se coincer les doigts dans la porte de l'appareil en entendant la réponse de son frère.

— Tu veux dire que tu as demandé à quelqu'un de t'aider ? Eh bien, on aura tout vu ! Moi qui croyais que tu ne faisais confiance à personne dès qu'il s'agissait de tes fameux projets.

— Tu as raison. En général c'est vrai, mais Chester est assez cool, rétorqua Will, quelque peu surpris par l'intérêt soudain de sa sœur. Je peux compter sur lui et il m'aide beaucoup.

— Je ne sais pas grand-chose de lui, sauf qu'on le surnomme...

— Je sais, merci, l'interrompit Will sèchement.

Rebecca avait douze ans, soit deux ans de moins que son frère, et elle ne lui ressemblait en rien. Elle était mince et délicate, contrairement à Will qui était plutôt corpulent. Quant au soleil, elle ne s'en souciait pas le moins du monde ; avec son teint mat et sa chevelure noire, elle pouvait affronter les jours les plus chauds au plein cœur de l'été. Will, quant à lui, ne pouvait s'y risquer : il aurait suffi qu'il s'expose durant quelques minutes à peine pour que sa peau se mette à rougir et à brûler.

Leurs caractères différaient en tout point. En fait ils n'avaient rien en commun, et leur cohabitation s'apparentait plus à une trêve précaire qu'à une vie de famille. Chacun suivait sa route, sans se mêler des affaires de l'autre.

Point de sorties en famille non plus, contrairement à ce que l'on aurait pu attendre, car le Dr Burrows et son épouse avaient des goûts tout à fait opposés. Will partait en expédition avec son père – sur la côte sud en général, avec une préférence marquée pour le site balnéaire de Lyme Regis, où ils passaient le bord de mer au peigne fin, en quête de fossiles qui avaient affleuré à la suite d'un récent glissement de terrain.

Rebecca organisait ses propres vacances et partait régulièrement en excursion – où et dans quel but, Will n'en avait pas la moindre idée. Il s'en fichait d'ailleurs pas mal. Quant à Mme Burrows, lors des rares occasions où elle se risquait à mettre le nez hors de la maison, elle se contentait de faire les boutiques du West-End ou d'aller voir le dernier film sorti.

Ce soir-là, comme presque tous les soirs, les Burrows regardaient une comédie des années soixante-dix maintes fois rediffusée, un plateau télé posé sur les genoux. Le Dr Burrows semblait apprécier la série. Tout le monde dîna en silence, à l'exception de Mme Burrows qui marmonna soudain : « Bon... ça, c'est bon ! ». Elle parlait sans doute du plat qui venait de sortir du micro-ondes, à moins que ce ne soit du dernier épisode de ce sitcom démodé. Quoi qu'il en soit, personne ne fit l'effort de lui poser la question.

Will avait englouti son repas en moins de deux et quitté la pièce sans un mot, pour déposer son plateau dans l'évier de la cuisine avant de monter les marches quatre à quatre un sac de toile à la main. Il l'avait exhumé le jour même. Ce fut ensuite au tour du Dr Burrows de quitter la pièce pour laisser son plateau sur la table de la cuisine. Rebecca n'avait pas encore terminé son repas, elle lui emboîta néanmoins le pas.

— Papa, il faut régler deux factures. J'ai mis les chèques là-bas sur la table.

— Il y a assez d'argent sur notre compte ? demanda-t-il en apposant sa signature au bas des deux chèques d'un trait de plume, sans même prendre la peine d'en vérifier le montant.

— Je te l'ai déjà dit la semaine dernière. J'ai réussi à négocier un meilleur taux pour la maison. Ça nous a fait économiser un peu sur la prime d'assurance.

À dire vrai, c'était Rebecca qui veillait à la gestion des affaires domestiques. Dans n'importe quelle autre maison, les parents en auraient bien entendu assumé la responsabilité, mais chez les Burrows il en allait tout autrement.

Rebecca était extrêmement méticuleuse — et encore, c'était peu dire. Dans la cuisine, elle affichait sur un tableau la liste des provisions dont elle aurait besoin pour les deux semaines à venir, au moins. Elle classait les factures et les relevés de compte de la famille dans des dossiers soigneusement étiquetés qu'elle rangeait dans l'un des placards de la cuisine. La bonne marche de la maison ne s'enrayait que les rares fois où Rebecca s'absentait. Le Dr Burrows, son épouse et leur fils Will subsistaient alors en consommant la nourriture que leur avait laissée Rebecca dans le congélateur. Ils se servaient à leur guise, avec toute la délicatesse d'une meute de loups affamés. À son retour, Rebecca se contentait de remettre de l'ordre dans tout ça sans protester, comme si elle s'était résignée à devoir toujours passer derrière les autres membres de la famille. Tel était son destin.

La chambre de Will se trouvait à l'arrière de la maison. Il devait être 2 heures du matin, lorsqu'un bruit le réveilla soudain. Ça venait du jardin.

– Une brouette ? dit-il en identifiant tout de suite l'objet. Une brouette pleine !

Il sortit de son lit et colla son visage à la fenêtre. En contrebas, à la lumière du croissant de lune, il distingua une silhouette noire qui poussait une brouette le long de l'allée. Will écarquilla les yeux pour mieux voir.

– Papa ! s'exclama-t-il lorsqu'il reconnut les traits de son père.

Le clair de lune se reflétait sur les verres des lunettes du Dr Burrows. Celui-ci gagna le fond du jardin, franchit la brèche qui trouait la haie et, toujours sous le regard perplexe de son fils, s'aventura sur le terrain communal. Will observa la scène jusqu'à ce qu'un rideau d'arbres l'empêche de voir ce que faisait son père.

– Qu'est-ce qu'il peut bien fabriquer ? marmonna-t-il.

Le Dr Burrows avait toujours suivi un rythme un peu particulier, notamment en raison des siestes qu'il s'octroyait pendant ses heures de présence au musée, mais une telle activité n'avait rien d'habituel.

Will se souvint tout à coup qu'il avait aidé son père à creuser le sol de la cave pour en abaisser le niveau de près d'un mètre, afin d'augmenter la hauteur sous plafond; ils avaient alors coulé une chape de béton. Puis, un mois plus tard environ, le Dr Burrows avait eu la brillante idée d'aménager dans cette cave une sortie, fermée par une porte qui donnait sur le jardin. Pour autant qu'il le sache, son père n'avait pas poursuivi ses travaux, mais le Dr Burrows pouvait se montrer imprévisible. Pourquoi tant de cachotteries? Pourquoi ne lui avait-il pas demandé un coup de main?

L'esprit encore embrumé et des rêves de fouilles plein la tête, Will retourna dans son lit. Toutes ces questions pouvaient attendre.

Chapitre Six

Le jour suivant, Will et Chester reprirent leurs fouilles après la classe. Chester s'acharnait sur la fameuse strate de pierre, et Will poussait une brouette chargée de seaux vides. Il venait de se débarrasser des déblais et repartait en sens inverse pour aider son ami.

— Tu t'en sors ? demanda Will.

— Tout ce que je peux te dire, c'est que ça ne s'améliore pas, répondit Chester en s'essuyant le front du revers de la manche, mais celle-ci était si crasseuse qu'il se couvrit le visage de poussière.

— Attends, laisse-moi regarder ça. Repose-toi donc un peu !

— D'accord.

Will éclaira la roche de sa lampe frontale. On voyait les impacts de leurs coups de pics sur les strates de grès marbrées de subtiles nuances de jaune et de brun. Il soupira.

— Je crois qu'on ferait mieux de s'arrêter pour réfléchir un peu. On ne va tout de même pas se taper la tête contre un mur de grès pour rien. Allons boire un coup !

— Ouais, bonne idée, répondit Chester d'un ton plein de gratitude.

Ils retournèrent dans la chambre principale et Will lui tendit une bouteille d'eau.

— Je te remercie d'avoir bien voulu continuer ce travail. On y prend goût, pas vrai ? dit-il à Chester, le regard perdu dans le vague.

— Eh ben, en fait, je t'ai dit que je t'aiderais pour cette paroi rocheuse, mais maintenant que j'ai essayé, je ne suis plus très sûr d'avoir encore envie de continuer ! J'avais vraiment mal aux bras hier soir.

— Oh, tu vas t'y faire, et puis tu sais, t'as ça dans le sang !

— Tu crois ça, vraiment ? demanda Chester, rayonnant.

— Ça ne fait pas l'ombre d'un doute. Un jour, tu seras même aussi bon que moi, enfin disons presque !

Chester lui donna une tape amicale et ils éclatèrent de rire. Mais Will prit tout à coup un air grave.

— Qu'est-ce qui se passe, Will ?

— Va falloir revoir tout ça. Cette veine de grès est peut-être trop épaisse pour qu'on arrive à la percer, répondit Will, les mains sur la tête – une habitude héritée de son père. Qu'est-ce que tu dirais de... passer par en dessous ?

— Par en dessous ? Ça ne va pas nous emmener trop profond ?

— T'inquiète, je suis déjà descendu bien plus bas que ça.

— Quand ça ?

— J'ai creusé deux galeries bien plus profondes que celle-là, répondit Will sans plus de détails. Tu vois, si on creuse sous la roche, cette strate de grès pourra faire office de toit.

— Sans étais ?

— Aucun danger, la strate forme un seul bloc.

— Et si jamais t'avais tort ? Qu'est-ce qu'on fera si jamais ça s'effondre ?

Chester n'avait pas l'air ravi.

— Arrête de stresser. Allez, au boulot !

Will avait pris sa décision et s'acheminait déjà vers le fond de la galerie lorsque Chester le rappela.

– Hé! Ça rime à quoi, ce travail de forçat?... Je veux dire, y a quelque chose d'indiqué sur tes plans? À quoi ça sert qu'on fasse tout ça?

Pris au dépourvu, Will mit quelques secondes à lui répondre.

– Non, Chester, il n'y a rien sur les documents du service cartographique, ni sur les cartes d'archives de Papa.

Will inspira profondément, puis se tourna vers Chester :

– Ce qui compte, ce sont les fouilles.

– Tu crois, toi, qu'il y a quelque chose d'enfoui là-dessous, c'est ça? répliqua Chester. Comme les trucs qu'on trouve dans les vieilles décharges dont tu m'as parlées?

Will secoua la tête.

– Non, ces découvertes-là, c'est un coup de pot, mais ce coup-ci c'est bien plus important, dit-il en appuyant son propos d'un grand geste de la main.

– Quoi?

– Tout ça!

Will balaya du regard les parois et la voûte de la galerie.

– À chaque nouvelle pelletée de terre, c'est comme si on remontait le temps d'un cran, tu ne trouves pas? déclara Will avec un grand sourire. Là où personne n'est allé depuis des siècles... Ou peut-être même que personne n'y a jamais mis les pieds.

– Ça veut dire que tu n'as pas la moindre idée de ce qui se trouve là-dessous?

– Aucune idée, mais je ne vais pas me laisser intimider par un morceau de grès, rétorqua Will d'un ton résolu.

Chester était abasourdi.

– C'est juste, que... Je pensais que... Si on ne sait pas où on va, on pourrait peut-être travailler dans l'autre galerie, non?

Will fit de nouveau non de la tête, sans plus d'explications.

– Mais ça serait nettement plus facile, insista Chester, dont la voix laissait transparaître une certaine exaspération, comme s'il savait déjà que Will refuserait d'entendre raison. Pourquoi ne veux-tu pas y aller ?

– Une intuition, répondit sèchement Will avant de filer au fond de la galerie, sans laisser à son ami le temps d'ajouter un mot.

Chester haussa les épaules et reprit son pic.

– Will est fou. Et moi aussi d'ailleurs, fou à lier. Qu'est-ce que je fais ici ? grommela-t-il. Dire que je pourrais être chez moi en ce moment... en train de jouer à la Playstation... Bien au chaud, et surtout au sec.

Chester examina ses vêtements maculés de boue.

– Complètement malade ! répéta-t-il à plusieurs reprises.

La journée du Dr Burrows était semblable aux précédentes. Il se prélassait sur son fauteuil, un journal plié sur les genoux, à deux doigts de s'assoupir après son goûter, lorsque la porte du musée s'ouvrit brusquement. Joe Carruthers, ancien major dans l'armée de Sa Majesté la reine d'Angleterre entra d'un pas décidé. Son regard balaya la pièce puis s'arrêta sur le Dr Burrows, qui se balançait doucement.

– Du nerf, Burrows ! beugla-t-il, pas mécontent d'avoir réveillé le docteur en sursaut.

Joe Carruthers, vétéran de la Seconde Guerre mondiale, n'avait perdu ni son allure martiale ni sa rudesse. Il avait un appendice nasal rubicond qui lui valait le surnom fort peu sympathique, de « Face d'ananas ». Peut-être était-ce une vieille blessure de guerre, ou plutôt, comme le soupçonnait parfois Burrows, le résultat d'une consommation excessive d'alcool ? Pour un homme de plus de soixante-dix ans, Carruthers était cependant d'une surprenante vivacité et avait tendance à aboyer très fort. C'était bien la dernière personne que le docteur avait envie de voir.

— En selle, Burrows ! J'ai besoin de vous pour une mission de reconnaissance, si z'avez un instant. Mais z'avez forcément le temps, je vois bien que z'êtes pas franchement débordé. Arrêtez-moi si je me trompe !

— Ah, je suis désolé, monsieur Carruthers, mais je ne peux pas laisser le musée sans surveillance. Je suis de garde, quand même, répondit le Dr Burrows d'une voix lasse ; il était prêt à se rendormir.

Mais à l'autre bout du couloir, Joe Carruthers se remit à beugler de plus belle.

— Allons, mon gars, je vous parle d'une mission spéciale ! J'veux votre avis. Ma fille et son nouveau julot ont acheté une baraque juste à côté de la Grand-Rue. Z'ont fait des travaux dans la cuisine et z'ont trouvé quelque chose... Un truc bizarre.

— Bizarre comment ? demanda le Dr Burrows, contrarié par cette intrusion.

— Un trou bizarre dans le sol.

— N'est-ce pas du ressort des maçons, dans ce cas ?

— Non, z'y êtes pas du tout, mon vieux. Rien à voir.

— Pourquoi ça ? demanda le Dr Burrows.

Carruthers venait de piquer sa curiosité.

— Vaudrait mieux qu'vous veniez voir par vous-même, mon ami. J'veux dire, vous connaissez toute l'histoire du coin. J'ai tout de suite pensé à vous. C'est lui le meilleur, voilà c'que je lui ai dit, à ma fille Penny. Ce p'tit gars-là, il connaît son affaire, que j'lui ai dit.

Le Dr Burrows adorait qu'on le considère comme l'historien local. Il se leva donc de son siège et enfila son blouson d'un air important. Après avoir fermé le musée, il suivit Face d'ananas qui remontait la Grand-Rue au pas cadencé. Ils tournèrent bientôt dans Jekyll Street, et débouchèrent sur la place Martineau.

Ils parvinrent enfin au numéro 23, la petite maison en brique de sa fille, de style géorgien, coincée entre deux bâtiments mitoyens. Elle était en tout point semblable aux autres habitations qui bordaient la place. Chaque fois qu'il passait dans ce quartier, le Dr Burrows admirait ces étroites maisons dotées d'un minuscule jardin tout en longueur, à l'arrière. Il était ravi d'avoir enfin l'occasion de jeter un coup d'œil à l'intérieur. Face d'ananas se mit à tambouriner sur la porte à panneaux avec une véhémence propre à la défoncer. Il se fichait pas mal qu'elle datât de l'époque géorgienne... Une jeune femme vint ouvrir, et son visage s'illumina lorsqu'elle aperçut son père sur le seuil.

– Bonjour, Papa. Alors, tu as réussi à le faire venir, dit-elle en se tournant vers le Dr Burrows avec un sourire timide. Je vous en prie, entrez dans la cuisine. Elle est un peu en désordre, mais je vais préparer du thé, dit-elle en refermant la porte derrière eux.

Le docteur examina la pièce. Elle était entièrement vidée de ses meubles, et les murs de brique avaient été mis à nu. Au fond de la cheminée, un tas de suie indiquait l'emplacement du foyer. Derrière s'étendait un espace assez vaste pour servir de cachette à un adulte.

– Voilà qui n'est pas banal. Un deuxième conduit de cheminée ? bougonna le Dr Burrows, hochant la tête avec perplexité.

– Mais non ! s'exclama-t-il ensuite.

Il se rapprocha du foyer et observa le sol, dans lequel on avait aménagé un conduit d'aération d'un mètre de large environ.

Après s'être frayé un chemin, il s'accroupit au bord du trou pour y jeter un coup d'œil.

— Ah... vous n'auriez pas une lampe torche par hasard? demanda-t-il à Penny. Parois de briques, début du XVIIIᵉ siècle selon moi, déclara le Dr Burrows en éclairant la brèche. On dirait que ça a été construit en même temps que la maison, marmonna-t-il sous le regard attentif de Face d'ananas et de sa fille. Mais bon sang, à quoi est-ce que ça pouvait bien servir?

Plus étrange encore, le puits paraissait sans fin.

— Vous l'avez sondé? Vous savez si c'est profond? demanda-t-il à Penny en indiquant le trou.

— Avec quoi je l'aurais sondé? répondit-elle sans ambages.

— Puis-je prendre ce machin-là? demanda le Dr Burrows en prélevant un bout de brique sur un tas de gravats.

Penny acquiesça. Le Dr Burrows se pencha vers l'abîme, la main tendue au-dessus du vide.

— À présent, tendez l'oreille, leur dit-il en laissant tomber la brique.

Ils l'entendirent rebondir contre les parois du conduit, tandis que le son se faisait de plus en plus sourd à mesure qu'elle dégringolait. Le Dr Burrows s'était agenouillé au bord du puits.

— Est-ce qu'elle est...? demanda Penny.

— Chut! souffla le Dr Burrows, accompagnant sa remarque d'un geste brusque de la main.

Après un moment, il releva la tête et adressa un regard inquiet à ses interlocuteurs.

— Je ne l'ai pas entendue toucher le fond, remarqua-t-il, sa chute m'a semblé sans fin... Comment ce puits peut-il être aussi profond?

Puis, sans se soucier de la crasse, Burrows se mit à plat ventre et se glissa aussi près de l'ouverture qu'il le pouvait sans y tomber, pour sonder les ténèbres à l'aide de sa lampe torche. D'un seul coup, il se figea et renifla bruyamment.

— Impossible !

— Quoi donc, Burrows ? demanda Face d'ananas. Au rapport !

— Je me trompe peut-être, mais je jurerais qu'il y a un léger courant d'air ascendant, déclara le docteur en sortant la tête du puits. Pourquoi, je n'en ai pas la moindre idée – à moins qu'on n'ait construit un système de ventilation sous chaque maison. Mais je ne vois vraiment pas pourquoi on aurait fait ça. Le plus étrange, c'est que le conduit semble doubler la cheminée. J'imagine qu'il va jusqu'à la souche sur le toit, ajouta-t-il en roulant sur le dos pour diriger le faisceau de sa lampe vers le haut.

Mais ce que Burrows avait omis de dire – ou qu'il n'avait osé leur avouer, de peur qu'ils ne puissent croire une histoire aussi abracadabrante –, c'est qu'il avait déjà senti cette odeur de renfermé si caractéristique. C'était la même que celle qu'il avait perçue dans la Grand-Rue la veille, en se heurtant à l'*homme en chapeau*.

Pendant ce temps, Will et Chester progressaient. Ils étaient en train de creuser le sol juste en dessous de la strate de grès, lorsque la pelle de Will heurta quelque chose de dur.

— Ah non ! Ne me dis pas que la roche s'enfonce jusque-là ! hurla-t-il avec exaspération.

Chester, qui se trouvait dans la chambre principale, laissa tomber sa brouette sur-le-champ et accourut.

— Qu'est-ce qu'il se passe, Will ? demanda-t-il, surpris par ce soudain accès de colère.

— Zut ! Zut et zut ! s'exclama Will en donnant de violents coups de pic sur la roche.

– Quoi ? Qu'est-ce que c'est ? cria Chester.

Il était sous le choc. Jamais il n'avait vu Will perdre ainsi son sang-froid. On aurait cru qu'il était possédé.

Will redoubla ses efforts et s'acharna sur la strate rocheuse avec une telle frénésie que Chester dut faire plusieurs pas en arrière pour éviter le déluge de terre et de pierres qu'il déversait devant lui à grands coups de pic.

Soudain, Will s'immobilisa et se tut. Puis il posa son pic, s'agenouilla et se mit à gratter le sol devant lui, comme s'il cherchait désespérément quelque chose.

– Eh bien, regarde-moi ça !

– Quoi ?

– Juge par toi-même, rétorqua Will hors d'haleine.

Chester se mit à quatre pattes et découvrit ce qui avait déchaîné la colère de son ami. Will avait dégagé plusieurs rangées de briques qui formaient un mur affleurant sous la couche de grès. Il en avait même délogé quelques-unes.

– Et si c'était un égout ou un couloir de métro, ou un truc dans ce genre-là ? T'es sûr qu'on peut faire ça ? demanda Chester avec anxiété. Ça pourrait faire partie du réseau d'alimentation en eau... J'aime pas ça du tout !

– Du calme, Chester. Les cartes n'indiquent rien par ici. Nous sommes à la périphérie de la vieille ville, d'accord ?

– D'accord, répondit Chester sur un ton hésitant.

– Eh bien, on n'a rien construit au cours des cent ou cent cinquante dernières années ! Il est donc peu probable qu'il s'agisse d'un tunnel, même oublié. J'ai examiné toutes les anciennes cartes avec Papa. Il pourrait s'agir d'un égout, mais si tu regardes bien la courbure des briques au point de jonction entre le grès et le mur, nous sommes probablement au sommet d'une construction. C'est peut-être la cave d'une vieille maison – ou bien encore les fondations d'un bâtiment.

Je me demande juste comment on a pu construire ça sous le grès. C'est vraiment très bizarre.

Chester recula de quelques pas, mais ne dit rien. Will reprit donc son travail. Puis il marqua une nouvelle pause, lorsqu'il s'aperçut que son ami se tenait toujours derrière lui, rongé par l'inquiétude. Will se tourna vers lui avec un soupir de résignation.

— Écoute Chester, si ça te peut te faire plaisir, on va s'arrêter là pour aujourd'hui et je vérifierai tout ça avec Papa ce soir. Je lui demanderai ce qu'il en pense.

— Oui, j'aimerais autant, Will. Tu sais, juste au cas où...

Le Dr Burrows salua Face d'ananas et sa fille, promettant de faire son possible pour consulter les archives locales, afin d'en apprendre un peu plus sur la maison géorgienne. Il eut une grimace en jetant un coup d'œil à sa montre. Il n'aurait pas dû laisser le musée fermé aussi longtemps, mais il voulait encore vérifier quelque chose avant d'y retourner.

Il fit plusieurs fois le tour de la place, inspectant minutieusement les maisons mitoyennes. On avait construit tous ces bâtiments à la même époque et toutes les maisons étaient identiques. Mais ce qui l'intriguait, c'est qu'on ait pu installer ces mystérieux conduits d'aération dans chacune d'elles. Il traversa la route et franchit le portail du terre-plein central, petite aire pavée où l'on avait planté quelques rosiers négligés. De là, il pourrait mieux observer les toitures. Il se mit à compter le nombre exact des tuyaux, les pointant du doigt un par un.

— Le compte n'y est pas, déclara-t-il en fronçant les sourcils. Voilà qui est en effet bien étrange.

Tournant les talons, il quitta la place et s'en retourna au musée, juste à temps pour la fermeture.

Chapitre Sept

Au cœur de la nuit, postée à l'étage derrière la fenêtre de sa chambre, Rebecca observait la silhouette noyée dans la pénombre d'un homme qui s'attardait sur le trottoir, juste devant la maison des Burrows. Il portait une casquette de base-ball, sur laquelle il avait rabattu une capuche qui lui cachait le visage. Il lançait des regards furtifs de part et d'autre de la rue et avançait tel un renard aux aguets. Il vérifia que personne ne le voyait, se rua sur les poubelles, s'empara du plus gros sac et en déchira le plastique avant d'y plonger les deux mains.

— Tu me prends pour une idiote ou quoi ? chuchota Rebecca dont le souffle embua la vitre.

Elle n'avait pas l'air inquiète du tout. Elle avait bien suivi les mises en garde diffusées à propos de récents vols d'identité dans le quartier de Highfield, et détruit méthodiquement tous les courriers officiels, relevés de comptes et de cartes de crédit — tout ce qui pouvait contenir des informations confidentielles sur la famille.

Impatient de dénicher enfin quelque chose, l'homme sortait les ordures du sac et les jetait à terre. Des boîtes de conserve vides, des emballages et quelques bouteilles atterrirent sur la pelouse de la maison. Il extirpa une liasse de papiers, les approcha de ses yeux, puis les retourna pour mieux les examiner à la lumière des réverbères.

– Vas-y, lança-t-elle au charognard. Fais-toi plaisir !

Après avoir débarrassé un bout de papier de la couche de graisse et du marc de café dont il était couvert, il se retourna pour mieux capter la lumière.

Rebecca le regarda lire fébrilement la lettre et sourit lorsque l'homme comprit enfin qu'il n'en tirerait rien. D'un geste plein de dégoût, il tendit le bras et la laissa choir sur le sol.

C'en était trop. Rebecca, qui s'était appuyée contre le rebord de la fenêtre, se leva et ouvrit les rideaux.

L'homme détecta le mouvement et releva soudain la tête. Il s'immobilisa en voyant la fillette puis, après avoir vérifié qu'il n'y avait personne dans la rue, il fixa Rebecca d'un air détaché. On aurait dit qu'il la mettait au défi d'appeler la police.

De rage Rebecca serra les poings, car elle savait bien que personne d'autre ne se chargerait de nettoyer tout ça le lendemain matin. Une corvée de plus qui s'ajoutait à sa liste !

Elle tira les rideaux, s'éloigna de la fenêtre et sortit de sa chambre en chaussons, à l'écoute des bruits de la maison. Elle discerna depuis le palier plusieurs sortes de ronflements. À travers la porte de la chambre principale elle avait tout de suite reconnu le son familier : Mme Burrows dormait ! Pendant le moment de calme qui suivit, Rebecca tendit encore l'oreille jusqu'à pouvoir distinguer les longues inspirations nasales du Dr Burrows. Puis elle inclina la tête vers la chambre de Will, à l'affût du bruit de sa respiration plus rapide.

– Super ! murmura-t-elle avec un mouvement de tête exalté.

Tout le monde dormait à poings fermés, ce qui la mit tout de suite à l'aise. Son heure était venue, la maison lui appartenait désormais. Elle pouvait enfin agir à sa guise. Un court moment de répit avant qu'ils ne se réveillent tous et que règne à nouveau le chaos. Elle se redressa et s'avança sans bruit jusqu'au seuil de la chambre de Will. À l'intérieur, tout était immobile. Telle une ombre, elle se faufila près du lit et resta plantée là à l'observer. Will dormait sur le dos, les bras étalés au-dessus de la tête. Elle scruta son visage à la lumière des rayons de lune qui filtraient au travers des rideaux entrouverts, puis se pencha sur lui.

« Regardez-moi ça ! Une telle insouciance », pensa-t-elle en remarquant une petite trace sous le nez de son frère.

Elle poursuivit son inspection et vit tout à coup les mains de Will. De la boue ! Elles en étaient couvertes. Il n'avait même pas pris la peine de les laver avant de se mettre au lit et, plus dégoûtant encore, il s'était sans doute curé le nez en dormant...

— Un vrai porc, siffla-t-elle entre ses dents.

Troublé dans son sommeil, Will s'étira et contracta les muscles de ses doigts. Il n'était pas conscient de la présence de sa sœur et émit un soupir de contentement, se tortillant un peu avant de reprendre sa position initiale.

— Quel boulet ! murmura-t-elle avant de se diriger vers l'endroit où il avait jeté ses vêtements sales.

Elle les ramassa pour les mettre dans le panier en osier qui se trouvait dans le coin du palier. Avant de rouler les vête-ments en boule, elle vérifia toutes les poches et tomba sur un bout de papier resté dans le jean. Elle le déplia, mais ne par-vint pas à le déchiffrer dans la pénombre. « Probablement sans intérêt », pensa-t-elle en le fourrant dans une poche de sa robe de chambre. Elle pénétra ensuite dans la chambre de ses parents en s'efforçant de ne pas faire grincer les lattes de bois que recouvrait une vieille moquette à longues mèches.

Rebecca contempla le Dr Burrows et sa femme pendant quelques minutes, on aurait dit qu'elle cherchait à deviner leurs pensées. Puis elle détourna le regard et s'empara de la tasse vide que Mme Burrows avait laissée sur la table de chevet. Elle la renifla brièvement : du chocolat chaud avec un soupçon d'alcool, se dit-elle. Enfin, elle ressortit de la pièce sur la pointe des pieds, la tasse à la main et descendit à la cuisine. N'ayant aucune difficulté à s'orienter dans le noir, elle posa la tasse dans l'évier, pivota sur elle-même et se dirigea vers le couloir. Elle marqua un nouveau temps d'arrêt, la tête légèrement inclinée sur le côté, les yeux clos. Elle écoutait, l'oreille tendue.

— Tout est si calme et si paisible, pensa-t-elle. Pourquoi n'est-ce pas toujours comme ça ?

Comme en transe, elle resta là, immobile, puis retint son souffle.

Elle perçut le bruit d'une toux étouffée. Rebecca lança un coup d'œil furieux en direction de l'escalier. Quelqu'un avait troublé sa méditation et gâché cet instant de répit.

« J'en ai vraiment assez de tout ça », se dit-elle avec amertume.

Elle se rendit à la porte d'entrée, défit la chaîne de sécurité puis se dirigea vers le salon. Par la fenêtre, on voyait le jardin derrière la maison. Au clair de lune, la pelouse semblait parsemée de taches argentées et mouvantes. Elle s'installa dans le fauteuil de Mme Burrows, sans quitter des yeux ni le jardin ni la haie qui le séparait du terrain communal. Immobile et enveloppée par cette obscurité de velours, Rebecca savoura ce moment de solitude nocturne, jusqu'aux petites heures du jour. Elle était aux aguets.

Chapitre Huit

L e lendemain, le Dr Burrows triait des boutons, penché sur
   une vitrine juste sous la fenêtre de la salle d'exposition du
musée. Il venait de faire l'acquisition de boutons pleins de vert-
de-gris, prélevés sur des uniformes militaires, et les incorporait
au reste de la collection. Il y en avait de toutes sortes, en laiton,
en matière plastique, en nacre et en émail, disposés en rangées
irrégulières. Il commençait à perdre patience, car malgré tous
ses efforts leur boucle au dos les empêchait de tenir à plat sur
leur planchette gainée. Alors qu'il poussait un profond soupir
d'énervement, un coup de Klaxon attira son attention.

Du coin de l'œil, il aperçut un homme qui marchait sur le
trottoir d'en face. Il portait une casquette plate, un manteau
long et des lunettes noires, alors que le temps était couvert et
que le soleil perçait à peine. Il aurait très bien pu s'agir de
l'homme qu'il avait heurté devant la boutique du marchand de
journaux, mais comment s'en assurer ? Ils se ressemblaient tous
tellement !

Qu'est-ce qui singularisait donc ces gens à ce point ? Le
Dr Burrows avait l'intime conviction qu'ils avaient quelque
chose de particulier. Ça ne collait pas, on aurait dit qu'ils
débarquaient d'une autre époque. À en juger par la manière

dont ils étaient vêtus, ils auraient aussi bien pu venir du XVIII\ee siècle, l'époque du roi George. Le Dr Burrows avait l'impression d'avoir découvert des fossiles vivants, comme dans ces reportages sur les pêcheurs asiatiques qui ramenaient des poissons primitifs dans leurs filets. Ou quelque chose d'encore plus excitant : le « chaînon manquant » dans l'histoire de l'humanité... Toutes ces questions hantaient ses rêveries et pimentaient sa routine quotidienne.

Le Dr Burrows n'était pas homme à réfréner ses obsessions, et on pouvait dire que cette fois il avait bel et bien mordu à l'hameçon. Il devait y avoir une explication rationnelle à la présence des *hommes en chapeau,* et le Dr Burrows était bien décidé à la découvrir.

« Très bien, décida-t-il aussitôt, pourquoi remettre cette enquête à plus tard ? »

Il reposa la boîte de boutons et se précipita hors du musée, refermant la porte principale. Il repéra l'homme qui marchait un peu plus loin devant lui et se mit à le suivre dans la Grand-Rue, à une distance raisonnable.

L'homme tourna au coin de la rue, emprunta Disraeli Street, la traversa et prit la première à droite pour emprunter Gladstone Street, juste après le vieux couvent. Mais le Dr Burrows ne le laissa pas filer pour autant. Il se tenait à une vingtaine de mètres quand, soudain, l'homme se retourna et le fixa droit dans les yeux.

Lorsqu'il vit le ciel se refléter dans les verres fumés de l'*homme en chapeau,* le Dr Burrows eut un frisson d'effroi. La partie était finie. Il tourna les talons et, ne sachant trop que faire, s'agenouilla et fit mine de nouer le lacet imaginaire d'une chaussure sans œillets. Sans se relever, il jeta un coup d'œil furtif par-dessus son épaule, mais l'homme avait disparu.

Scrutant frénétiquement l'horizon, le Dr Burrows se releva puis se mit à courir vers l'endroit où il avait vu sa proie pour la dernière fois. Il découvrit là un étroit passage entre deux petits bâtiments, quelque peu surpris de n'avoir jamais remarqué l'arcade qui en signalait l'entrée. Cela ressemblait à un tunnel séparant les deux édifices pour déboucher sur une petite allée. Burrows avait beau fixer l'intérieur, il ne voyait pas grand-chose dans la pénombre. Il distinguait pourtant quelque chose tout au bout, un mur qui fermait l'allée. C'était une impasse.

Il jeta un dernier coup d'œil dans la rue puis secoua la tête, incrédule. Où l'individu était-il passé ? Comment avait-il pu disparaître aussi subitement ? Le docteur inspira profondément, puis s'engagea dans le passage. Il avançait avec prudence, car il craignait que l'homme ne se tienne à l'affût, caché dans le renfoncement d'une entrée. À mesure que ses yeux s'habituaient à la pénombre, il distingua des cartons détrempés et des bouteilles de lait, brisées pour la plupart et jonchant le sol pavé.

Il retrouva la lumière du jour avec un soulagement certain et s'arrêta pour contempler la scène. De part et d'autre de la ruelle, s'étendaient des jardinets séparés par des murets. Tout au bout, une usine de trois étages bloquait le passage. Et seul le dernier étage du vieux bâtiment comportait quelques fenêtres. L'homme n'avait donc pu s'enfuir par là.

« Où diable est-il donc passé ? » se demanda le docteur en cherchant dans l'impasse, puis dans la rue où une voiture passait en trombe. À sa droite, le mur était couvert d'un grillage d'un bon mètre de hauteur ; il était donc fort peu probable que l'homme l'ait escaladé. Mais l'autre côté du mur était plus accessible. Le Dr Burrows y jeta un coup d'œil, là où s'étendait un jardin à l'abandon. Il y avait çà et là quelques massifs au milieu d'une bande de terre boueuse qui tenait lieu de pelouse. Le tout était parsemé de gamelles en plastique délavé remplies d'une eau vert sombre.

Le docteur contempla ce terrain vague privatif d'un air abattu.

Il s'apprêtait à laisser tomber mais changea brusquement d'avis. Lançant sa mallette par-dessus le mur, il se hissa tant bien que mal à sa suite. C'était plus haut qu'il ne l'avait cru et il se retrouva assis dans la boue de l'autre côté du mur. Il tenta de se remettre debout mais dérapa encore et retomba, renversant au passage le contenu d'un des récipients. Il avait désormais le bras trempé jusqu'à l'épaule. Il jura dans sa barbe, se sécha comme il put et se remit maladroitement sur pied en agitant les bras pour reprendre son équilibre.

— Enfer et damnation ! dit-il entre ses dents en entendant le grincement d'une porte derrière lui.

— Y a quelqu'un ? Qui est là ? Qu'est-ce qui se passe ? demanda une voix inquiète de femme.

Le Dr Burrows fit volte-face et vit une vieille femme à moins de deux mètres, entourée de trois chats observant l'intrus avec une indifférence toute féline. Elle ne devait pas jouir d'une très bonne vue, car elle tournait la tête dans toutes les directions. Elle avait de fins cheveux blancs, portait une robe de chambre à fleurs, et le Dr Burrows estima qu'elle devait avoir au moins quatre-vingts ans.

— Euh... Roger Burrows, enchanté de faire votre connaissance, dit-il, incapable d'expliquer comment ni pourquoi il avait atterri dans son jardin.

Le visage de la vieille dame s'illumina.

— Oh, Dr Burrows, comme c'est gentil à vous de me rendre une petite visite. Quelle bonne surprise !

— Oui, euh... Eh bien, je passais par là et... répondit le Dr Burrows tout aussi surpris qu'elle et particulièrement embarrassé.

— Quelle courtoisie, comme c'est rare de nos jours ! C'est très aimable à vous de venir me voir.

— Euh... Mais pas du tout, répondit-il avec une certaine hésitation dans la voix, tout le plaisir est pour moi !

— Je me sens parfois un peu seule avec mes minous. Vous prendrez bien un peu de thé ? J'ai mis la bouilloire à chauffer.

Le Dr Burrows ne savait trop que faire. Lorsqu'il avait vu la vieille dame, il avait aussitôt pensé prendre la fuite en sautant de l'autre côté du mur. Il ne s'attendait absolument pas à bénéficier d'une hospitalité aussi chaleureuse. Incapable de répondre, il acquiesça, fit un pas en avant et se prit le pied dans un autre récipient qui lui inonda la jambe. Une petite masse visqueuse formée par des algues s'était accrochée à sa chaussette et il se pencha pour s'en débarrasser.

— Oh, surtout, faites bien attention, Dr Burrows, dit la vieille dame. Je les ai mis là pour les oiseaux.

Elle retourna vers sa cuisine, précédée de ses chats.

— Avec ou sans lait ? Du sucre, peut-être ?

— Les deux s'il vous plaît, répondit le Dr Burrows, planté sur le seuil de la cuisine, tandis qu'elle s'affairait à l'intérieur, tentant d'atteindre une théière sur une étagère.

— Je suis désolé de venir ainsi à l'improviste, dit le Dr Burrows pour meubler la conversation. C'est vraiment très gentil à vous de me recevoir.

— Non, c'est vous qui êtes trop aimable. Je devrais vous remercier.

— Vraiment ? bredouilla-t-il.

Il ne parvenait pas à se remémorer son nom, malgré des efforts surhumains.

— Oui, pour votre très gentille lettre. Je ne vois plus très bien, vous savez, mais M. Embers me l'a lue.

Soudain, le mystère s'éclaircit et Burrows poussa un soupir de soulagement, il comprenait enfin !

— Le globe phosphorescent ! Un curieux objet, en effet, madame Tantrumi.

— Oh, vous m'en voyez ravie, mon cher.

– Monsieur Embers vous a certainement dit que je devais le faire examiner ?

– Oui, nous ne voudrions pas risquer d'irradier tout le monde, n'est-ce pas ?

– Non, répondit le Dr Burrows en réprimant un sourire, ce serait vraiment très fâcheux. Madame Tantrumi, je suis venu vous voir, car...

Elle tendit l'oreille tout en remuant le thé, impatiente d'entendre la suite.

– Eh bien, j'espérais que vous pourriez me montrer l'endroit où vous l'avez trouvé...

– Oh non, mon cher, ce n'est pas moi, ce sont les ouvriers de la compagnie du gaz. Préférez-vous les palets au beurre ou à la crème anglaise ? proposa-t-elle en lui tendant une boîte toute cabossée.

– Euh... Au beurre, s'il vous plaît. Vous disiez que les ouvriers de la compagnie du gaz l'avaient trouvé ?

– Oui. Dans la cave.

– Là en bas ? demanda le Dr Burrows en montrant une porte ouverte près d'un petit escalier menant à l'étage. Verriez-vous un inconvénient à ce que j'y jette un coup d'œil ? dit-il en glissant le palet au beurre dans sa poche avant de descendre prudemment les marches en brique recouverte de mousse.

La cave était divisée en deux parties. La première était vide, à l'exception de quelques plats remplis d'une pâtée pour chats noirâtre et desséchée et de quelques gravats jonchant le sol. L'autre partie se trouvait juste sous le perron de la maison. Semblable à la première, elle était toutefois moins bien éclairée et on y avait entreposé plusieurs meubles. Dans un coin, un piano droit semblait prêt à tomber en morceaux, tant il était rongé par l'humidité. Dans la pénombre d'une petite alcôve, il aperçut une armoire au miroir brisé. Il l'ouvrit et s'immobilisa aussitôt.

Il renifla à plusieurs reprises. Oui, c'était bien la même odeur que celle de l'homme en chapeau. Et que celle, plus récemment, dans la cheminée de Penny Hanson. À mesure qu'il s'habituait à l'obscurité, il distingua plusieurs pardessus dans l'armoire – noirs, selon toute apparence – et toute une série de casquettes plates et autres couvre-chefs, dans un rayonnage sur le côté. Chose remarquable, les étagères ne semblaient aucunement poussiéreuses au toucher, contrairement aux autres meubles dans la cave. Lorsque le Dr Burrows déplaça l'armoire pour vérifier si l'on n'avait rien caché derrière, elle lui sembla étonnamment solide. Comme il n'y avait rien, il reprit son inspection. Sous le compartiment à chapeaux, il dénicha un petit tiroir au fond duquel il découvrit cinq ou six paires de lunettes de soleil. Il en prit une, ainsi qu'un pardessus, avant de remonter à l'étage et de ressortir dans le jardin.

— Madame Tantrumi, savez-vous qu'il y a pas mal de choses dans l'armoire qui se trouve à la cave ?

— Ah bon ? répondit la vieille dame en se dandinant jusqu'à la porte de la cuisine.

— Oui, des manteaux et des lunettes de soleil. Ça vous appartient ?

— Oh non ! Vous savez, je ne descends presque jamais à la cave. Le sol est trop irrégulier. Auriez-vous l'amabilité de me les montrer d'un peu plus près ? Je ne les vois pas très bien.

Le Dr Burrows la rejoignit sur le seuil de la cuisine et lui tendit le pardessus. Elle en effleura le tissu comme elle aurait caressé la tête d'un chat inconnu. Épais et raide au toucher, ce manteau n'avait rien qui lui fût familier. Sa coupe était vieillotte, et sa capuche taillée dans un tissu encore plus épais.

— Je ne peux pas vous dire avec certitude si ce manteau m'appartient. Mon mari – paix à son âme – l'a peut-être laissé là en bas, ajouta-t-elle avant de retourner dans sa cuisine.

Le Dr Burrows observa les lunettes de soleil. Elles étaient constituées de deux verres épais, presque opaques et parfaitement plats, semblables en cela à des lunettes de soudeur. Chaque branche était articulée par un mécanisme à ressort des plus étrange, destiné à la maintenir collée au visage. Il n'en revenait pas. Pourquoi ces drôles de gens allaient-ils entreposer leurs affaires dans une armoire oubliée au fin fond d'une cave vide ?

— Y a-t-il d'autres personnes qui viennent ici, madame Tantrumi ? demanda Burrows à la vieille dame, alors qu'elle lui servait du thé.

Elle tremblait tellement qu'il crut bien qu'elle allait renverser sa tasse d'un coup de théière.

— Je ne comprends pas très bien où vous voulez en venir, répondit-elle, sur la défensive.

— J'ai simplement vu des types bizarres dans les parages... ils portent toujours de grands manteaux et des lunettes de soleil, comme celles-ci...

Devant l'angoisse de la vieille dame, le Dr Burrows cessa ses questions.

— Oh, j'espère qu'il ne s'agit pas d'une de ces bandes de criminels dont on entend parler si souvent. Je ne me sens plus en sécurité, bien que mon ami Oscar soit très gentil et me rende visite presque tous les jours. C'est que, voyez-vous, je n'ai personne, pas de famille. Mon fils est parti en Amérique. C'est un bon garçon, vous savez. L'entreprise pour laquelle il travaille l'a muté, avec sa femme...

— Vous n'avez donc vu personne correspondant à cette description, des hommes à cheveux blancs ?

— Non, cher monsieur, je ne vois pas du tout de qui vous voulez parler, ajouta-t-elle d'un air dubitatif. Venez donc vous asseoir avec moi.

– Je vais juste remettre ça à sa place, dit le Dr Burrows en retournant à la cave.

Mais avant de redescendre l'escalier, il ne put s'empêcher de soulever le couvercle du piano et d'appuyer sur les touches. L'instrument émit quelques sons sourds et discordants. Il tenta de l'éloigner du mur mais, aux craquements qui se firent entendre, il crut bien qu'il allait tomber en morceaux. Puis il examina les deux parties de la cave, sondant le sol dans l'espoir d'y découvrir une trappe secrète. De retour dans le petit jardin, il inspecta le terrain, s'efforçant d'éviter les gamelles en plastique, sous le regard intrigué des chats de Mme Tantrumi.

À l'autre bout de la ville, Chester et Will étaient revenus dans la galerie des Quarante Trous.

– Et alors, qu'est-ce qu'il a dit, ton père, qu'est-ce qu'il pense de ce que nous avons trouvé ? demanda Chester tandis que Will tentait de desceller à coups de burin les briques de la structure non identifiée.

– On a de nouveau étudié les cartes et on n'a rien trouvé. Will mentait. Il dormait déjà lorsque le Dr Burrows était remonté de sa cave, et le lendemain matin il s'était levé après le départ de son père.

– Pas de conduites d'eau ni d'égouts. Il n'y a rien d'indiqué pour cette parcelle, poursuivit Will qui tentait de rassurer son ami. C'est du solide, tu sais, construit pour durer.

Will avait déjà retiré deux épaisseurs de briques, sans être parvenu pour autant de l'autre côté de la cloison.

– Écoute, juste au cas où je me serais trompé et si jamais l'eau se mettait à jaillir, va donc te poster à l'autre bout de la chambre principale. Le flot devrait te porter jusqu'à l'entrée, ajouta Will en redoublant ses efforts.

– Quoi ? demanda Chester. Un flot… Me porter ? Je n'aime pas du tout ça, je m'en vais.

Chester tourna les talons, marqua un temps d'arrêt, indécis, puis se ravisa et prit le chemin de la chambre principale en maugréant.

Will se contenta de hausser les épaules. Rien ne l'en empêcherait, il allait peut-être découvrir quelque incroyable secret. Son père n'en reviendrait pas et c'est lui qui l'aurait trouvé, tout seul cette fois. Personne ne l'arrêterait, pas même Chester. Il se mit à attaquer au burin le mortier d'une autre brique. Celui-ci explosa d'un seul coup avec un sifflement aigu. Le morceau détaché fila telle une balle de revolver et vint se ficher dans la paroi juste derrière Will, qui laissa tomber ses outils et se jeta sur le sol. Il finit par se reprendre et se remit à l'ouvrage. Quelques secondes encore, et il avait dégagé le reste du mortier.

— Eh, Chester! appela Will.

— Ouais, quoi? cria Chester d'un ton bourru depuis la chambre principale. Qu'est-ce qu'il y a?

— Y a pas d'eau! répondit Will. Viens donc voir par ici.

À contrecœur, Chester revint sur ses pas et constata que Will avait réussi à percer le mur. Il avait le visage collé contre la brèche qu'il venait d'ouvrir et humait l'air.

— Y a pas de doute possible, c'est pas une conduite d'évacuation d'eaux usées, dit Will. Mais le problème, c'est qu'elle était sous pression.

— Une conduite de gaz, alors?

— Non, ça ne sent pas le gaz, et de toute façon on n'a jamais fabriqué de conduites de gaz en brique. D'après l'écho, il s'agit d'une pièce assez vaste, ajouta-t-il, l'air impatient. Je savais que nous tenions quelque chose. Tu peux me chercher une bougie et la tige de métal qui se trouvent dans la pièce principale?

Chester s'exécuta sans broncher. Will alluma la bougie assez loin de la brèche, puis il la rapprocha tout doucement, l'œil rivé sur la flamme.

— Ça sert à quoi, ton truc ? demanda Chester qui le regardait d'un air fasciné.

— S'il y avait du gaz à l'intérieur, la flamme changerait de couleur, répondit Will comme si de rien n'était. C'est ce que font les archéologues quand ils ouvrent les pyramides.

Il ne put déceler aucun changement dans la combustion de la bougie, lorsqu'il la rapprocha puis la plaça contre la brèche.

— La voie est libre, on dirait, déclara Will en soufflant la bougie.

Il prit la tige de métal de trois mètres de long que Chester avait déposée contre la paroi de la galerie, puis l'enfonça presque tout entière dans le trou.

— Rien. C'est sacrément grand, dit Will d'un ton plein d'enthousiasme. Mais je crois que je touche le sol à présent, murmura-t-il en tentant de jauger la profondeur de la pièce. Oui, élargissons la brèche !

Ils travaillèrent ensemble. En l'espace de quelques minutes, Will put s'y glisser, la tête la première. Il poussa un grognement étouffé en atterrissant sur le sol.

— Will ? Tout va bien ? demanda Chester.

— Oui, c'était juste un peu plus haut que ce que je croyais. Passe d'abord les pieds et je te guiderai jusqu'en bas.

Après de terribles efforts, Chester finit par passer de l'autre côté de la paroi. Il avait en effet les épaules plus larges que Will. Lorsqu'ils furent à l'intérieur, tous deux inspectèrent les lieux.

Ils se trouvaient dans une chambre octogonale dont les murs courbes remontaient vers le plafond, pour aboutir à une clef de voûte centrale à environ six mètres du sol. Il s'agissait d'une rose sculptée dans la pierre. Ébahis, et dans un silence plein de respect, les deux garçons admiraient les chapelets d'ornements gothiques incrustés dans les briques parfaitement disposées. Le sol aussi était en brique.

– Génial ! chuchota Chester. Qui aurait cru qu'on tomberait sur un truc comme ça ?

– On dirait la crypte d'une église, pas vrai ? dit Will. Mais le plus étrange, c'est que...

– Quoi ? demanda Chester en éclairant le visage de Will.

– Tout est parfaitement sec. L'air n'a rien de confiné non plus. Je n'en suis pas certain, mais...

– T'as vu ça, Will ? l'interrompit Chester en balayant le sol et l'une des parois de sa lampe torche. Il y a quelque chose d'écrit sur les briques. Sur toutes les briques !

Will se tourna aussitôt vers la paroi la plus proche. On avait en effet gravé des inscriptions en lettres gothiques sur chacune des briques.

– Tu as raison. Ce sont des noms : James Hobart, Andrew Kellogg, William Butts, John Cooper...

– Simon Jennings, Daniel Lethbridge, Silas Samuels, Abe Winterbotham, Caryll Pickering... Il doit y en avoir des milliers, dit Chester.

Will extirpa son marteau de sa ceinture et se mit à taper sur les murs pour voir si ça ne sonnait pas creux. Peut-être y avait-il un passage derrière l'une des parois ?

Après avoir méthodiquement sondé deux des huit parois, Will s'arrêta subitement, se toucha le front et déglutit.

– T'as senti ça ? demanda Chester.

– Ouais, j'ai les oreilles qui bourdonnent, répondit Will en se curant vaguement l'oreille d'un doigt encore ganté. Comme quand on prend l'avion.

Ils se turent un instant. Ils attendaient qu'il se passe quelque chose, et sentirent tout à coup un tremblement, un son presque inaudible, un peu comme une note grave jouée à l'orgue... Le vrombissement gagnait en intensité, ils avaient l'impression que leur crâne allait exploser...

— Je crois qu'on ferait mieux de sortir de là, suggéra Chester d'un air perplexe. Il luttait contre la nausée qu'il sentait monter.

Pour une fois, Will ne lui opposa aucun refus.

— Allons-y, dit-il d'une voix étranglée.

Il commençait à voir trente-six chandelles.

En deux temps, trois mouvements, nos deux héros franchirent la brèche par laquelle ils étaient entrés et remontèrent jusqu'à la grotte principale pour s'affaler dans un fauteuil. Ils n'en avaient pas encore parlé, mais les sensations inexplicables s'étaient dissipées presque aussi vite qu'elles étaient survenues, dès l'instant qu'ils étaient passés de l'autre côté de la cloison.

— C'était quoi, ce truc là-bas ? demanda Chester en bâillant pour se déboucher les oreilles.

— Aucune idée. Je demanderai à Papa de venir vérifier ça, il aura peut-être une explication. Ce doit être un changement de pression, ou quelque chose comme ça.

— Tu crois vraiment que c'est une crypte, Will ? Qu'il y avait une église ici à l'origine ?... À quoi correspondent tous ces noms ?

— Peut-être, répondit Will, songeur. Mais quelqu'un, des artisans ou des maçons, l'a construite avec beaucoup de soin. Ils n'ont pas laissé le moindre copeau ni la moindre saleté derrière eux, et puis ils l'ont scellée avec la même application. Pourquoi diable se donner tant de mal ?

— J'y avais pas pensé. T'as raison.

— Et puis il n'y a ni entrée ni sortie. Je n'ai trouvé aucune galerie adjacente... pas une seule ! Une chambre scellée où l'on a inscrit des noms, un peu comme un monument aux morts ? s'interrogea Will, perplexe. Sur quoi est-on tombés ?

Chapitre Neuf

Will savait que Rebecca pouvait se montrer sans pitié et que ça ne valait vraiment pas la peine de subir son courroux, en tout cas pas juste avant un repas. C'est pourquoi il secoua ses vêtements et débarrassa ses chaussures de chantier d'une quantité respectable de boue, avant d'entrer en trombe par la porte de devant. Il jeta son sac par terre – ce qui fit cliqueter ses outils – avant de s'immobiliser, stupéfait.

Une drôle de scène l'attendait, en effet. La porte du salon était fermée et Rebecca avait l'oreille collée au trou de la serrure. Elle fronça les sourcils dès qu'elle l'aperçut.

– Qu'est-ce que... commença Will, coupé dans son élan par Rebecca, qui venait de se relever d'un bond et lui faisait signe de se taire.

Elle attrapa son frère par le bras et l'entraîna dans la cuisine. Tout cela amusait beaucoup Will.

– Qu'est-ce qui se passe? demanda Will dans un murmure indigné.

C'était en effet très étrange. Il venait de prendre Rebecca en flagrant délit. Elle qui d'ordinaire jouait les saintes-nitouches écoutait aux portes!

Mais, fait encore plus remarquable, la porte du salon était fermée. Will jeta un nouveau d'œil en direction du salon, il n'en croyait pas ses yeux.

— Je ne me souviens pas qu'on n'ait jamais fermé cette porte, dit-il. Tu sais à quel point elle déteste...

— Ils se disputent! rétorqua Rebecca.

— Ah bon? À propos de quoi?

— Je n'en suis pas certaine. J'ai d'abord entendu Maman qui hurlait de fermer la porte. J'essayais d'en savoir plus quand tu as débarqué.

— Tu as bien dû entendre quelque chose!

Rebecca ne répondit pas tout de suite.

— Allez, insista Will. Qu'est-ce que t'as entendu?

— Eh bien, commença-t-elle sans se presser, elle hurlait qu'il n'était qu'un sale raté... Qu'il devait arrêter de perdre son temps avec toutes ces idioties.

— Et quoi d'autre?

— J'ai pas réussi à entendre la suite, mais ils sont tous les deux dans une colère noire. Ils hurlaient pratiquement. Ça doit être vraiment grave, parce qu'elle est en train de manquer son feuilleton préféré!

Will ouvrit le réfrigérateur et prit un pot de yaourt, puis le remit en place.

— Et alors? Pourquoi ils se disputent? Je ne les ai jamais vus comme ça.

C'est alors que la porte du salon s'ouvrit brusquement, les faisant tressaillir l'un et l'autre. Le Dr Burrows sortit de la pièce et fonça vers la cave. Il avait l'air furieux, le visage écarlate, le regard noir. Il chercha sa clé, marmonnant des paroles inintelligibles, déverrouilla la porte puis la claqua derrière lui.

Will et Rebecca avaient encore les yeux rivés sur la porte de la cave, lorsqu'ils entendirent vociférer Mme Burrows :

— Tu n'es qu'un bon à rien, espèce de fossile ! Reste donc dans ta cave, tu peux y croupir, je n'en ai rien à cirer, vieux machin débile ! s'époumona-t-elle avant de claquer la porte du salon avec une violence inouïe.

— Pas très bon pour les peintures, tout ça, dit Will d'un ton détaché.

Rebecca était tellement prise par la scène qu'elle ne sembla pas entendre sa remarque.

— Bon sang, voilà qui ne pouvait pas tomber plus mal. J'ai vraiment besoin de lui parler de ce que nous avons trouvé aujourd'hui, marmonna-t-il.

Cette fois, Rebecca l'avait bien entendu et elle rétorqua :

— Tu peux faire une croix dessus ! Écoute, tiens-toi tranquille jusqu'à ce que ça se tasse, ajouta-t-elle d'un air de supériorité. Si ça se tasse un jour... Quoi qu'il en soit, le repas est prêt, tu n'as qu'à te servir. En fait, je crois que tu peux même manger tout ce qu'il y a, je ne pense pas que les autres auront faim.

Sans rien ajouter, Rebecca quitta la pièce. Will posa les yeux sur le four, puis haussa légèrement les épaules.

Il engloutit la quasi-totalité des trois plats préparés puis monta dans sa chambre. Le silence qui régnait dans la maison avait quelque chose d'angoissant. Il n'entendait même pas la télévision dans le salon, tandis que, assis sur son lit, il polissait le fer de sa bêche à l'aide d'un chiffon, jusqu'à ce qu'elle brille de mille feux. Puis il se pencha pour la déposer délicatement sur le sol, éteignit sa lampe de chevet et se glissa sous sa couette.

Chapitre Dix

Will se réveilla, bâilla paresseusement et contempla sa chambre d'un œil embrumé, quand il remarqua enfin la lumière qui filtrait derrière ses rideaux. Il se releva d'un bond. Quelque chose clochait, la maison était beaucoup trop calme ce matin-là. Il jeta un coup d'œil à la pendule. Les événements de la nuit passée l'avaient tellement perturbé qu'il en avait oublié de régler son réveil.

Il dénicha quelques habits relativement propres dans son armoire, enfila vite fait son uniforme d'écolier, puis fila se brosser les dents à la salle de bains.

En ressortant, il vit que la porte de la chambre de Rebecca était entrouverte. Il s'attarda un instant sur le seuil et tendit l'oreille. Il s'agissait en effet de son sanctuaire, et plus d'une fois elle lui avait fait des remontrances pour y être entré sans frapper. Mais elle était sortie et Will décida d'y jeter un coup d'œil. Comme d'habitude, la pièce était impeccable : elle avait fait son lit au carré et ses vêtements de ville n'attendaient que son retour de l'école. Tout était en ordre et à sa place. Il repéra le petit réveil noir posé sur la table de nuit.

« Pourquoi elle ne m'a pas réveillé ? » pensa-t-il.

Il vit alors que la porte de la chambre de ses parents était elle aussi entrouverte. Il ne put résister à la tentation d'y entrer. Ils n'avaient pas dormi dans leur lit. Voilà qui n'allait pas du tout.

Où étaient-ils passés ? Will repensa à la dispute de ses parents la nuit précédente et commença à en saisir toute la gravité. Contrairement à ce que l'on aurait pu penser, Will était un garçon sensible, bien qu'il eût du mal à exprimer ses émotions. C'est pourquoi il aimait tant jouer les téméraires devant sa famille, et les indifférents face aux autres. C'était sa façon de se protéger des moqueries dont il faisait l'objet. *Ne montre jamais tes sentiments, ne réagis jamais aux piques idiotes, ne leur donne jamais ce plaisir.*

Il n'y avait jamais vraiment réfléchi, mais il savait que sa famille était des plus singulière. Ils étaient tous si différents les uns des autres... On aurait dit quatre parfaits étrangers réunis dans un même compartiment de train. L'assemblage avait tenu tant bien que mal, chacun connaissait sa place ; et si le résultat final n'était pas idéal pour autant, ils avaient fini par trouver un certain équilibre. Mais tout paraissait sérieusement compromis. En tout cas, c'était l'impression qu'avait eue Will ce matin-là.

Planté au milieu du palier, il prêtait l'oreille à cet étrange silence, tout en regardant les portes des deux chambres. L'heure était grave.

– Et c'est maintenant qu'il faut que ça arrive... Pile au moment où je trouve truc d'enfer, marmonna-t-il.

Il voulait parler à son père, lui raconter ce qu'il avait vu dans la galerie des Quarante Trous, l'étrange édifice qu'ils avaient découvert, Chester et lui. Mais c'était comme si tout cela n'avait plus aucune importance sans le soutien de son père. Le Dr Burrows lui aurait dit « Beau travail ! », avec un sourire empreint de fierté paternelle.

Alors qu'il descendait l'escalier sur la pointe des pieds, Will eut l'étrange sensation de ne pas être chez lui. Il jeta un coup d'œil dans le salon dont la porte était encore fermée. « Maman doit avoir dormi là », pensa-t-il en se dirigeant vers la cuisine. Sur la table, était posé un seul bol. Il restait encore quelques Rice Crispies collés au fond, ce qui signifiait que sa sœur avait déjà pris son petit déjeuner et s'en était allée à l'école mais, chose étrange, elle n'avait pas débarrassé la table. Qui plus est, le bol de pétales de maïs et la tasse de thé de son père n'étaient ni sur la table ni dans l'évier... et Will sentit monter en lui un vague sentiment d'inquiétude. Pour peu qu'il sache en interpréter les preuves, cette scène de la vie quotidienne lui fournirait la clé de l'énigme.

Mais non, il ne trouverait aucune réponse ici. Il fallait qu'il sorte et rejoigne Chester !

Chapitre Onze

Chester se prélassait sur l'un des fauteuils défoncés de la chambre principale, dans la galerie des Quarante Trous. Il roula une petite bille de glaise entre ses doigts et l'ajouta à la pile qui commençait à grossir sur la table située juste à côté de lui. Puis il visa sans grande conviction le col d'une bouteille de Volvic vide qu'il avait posée en équilibre sur une brouette.

Will était très en retard et Chester commençait à se demander ce qui avait bien pu retenir son ami. Cela n'avait pas grande importance en soi, mais il brûlait d'impatience de lui raconter ce qu'il avait découvert lorsqu'il était arrivé sur leur site de fouilles.

Lorsque Will parut enfin, Chester le vit descendre dans la galerie avec l'énergie d'un escargot, la bêche posée sur les épaules et les yeux rivés au sol.

— Salut, Will ! s'exclama Chester d'une voix enjouée en lançant toute une poignée de billes sur la bouteille qui semblait vouloir lui résister.

Mais il rata sa cible et se tourna vers Will pour entendre sa réponse. Ce dernier se contenta d'émettre un grognement puis releva enfin la tête. Il avait l'air très abattu. Chester avait bien remarqué que quelque chose ne tournait pas rond ces derniers jours : Will semblait l'éviter, et lorsque Chester avait réussi à lui parler, son ami s'était montré fort peu bavard.

Un silence pesant s'installa peu à peu jusqu'à ce que, n'y tenant plus, Chester s'exclame :

— Le passage est bloqué...

— Mon père nous a quittés, coupa Will.

— Quoi ?

— Il s'était enfermé dans la cave, mais à présent nous pensons qu'il est parti.

Chester comprit soudain pourquoi son ami se comportait aussi étrangement. Il s'apprêtait à dire quelque chose, mais se ravisa *in extremis*.

Will se laissa choir dans le fauteuil le plus proche, comme s'il avait été à bout de forces.

— Quand est-ce que c'est arrivé ? demanda Chester avec maladresse.

— Il y a deux jours... il s'est disputé avec Maman.

— Qu'est-ce qu'elle en dit ?

— Rien ! Elle ne nous a pas dit un seul mot depuis qu'il est parti, répondit Will.

Chester jeta un regard vers l'entrée de la galerie, puis se tourna vers Will qui grattait d'un air pensif une croûte de boue sur le manche de sa bêche. Chester prit une profonde inspiration, et risqua :

— Je suis désolé, mais il faut que je te dise quelque chose...

— Quoi donc ? demanda calmement Will.

— La galerie est bloquée.

— Quoi ? dit Will qui reprit instantanément ses esprits.

Il quitta son fauteuil d'un bond et fonça vers la galerie. Chester n'avait pas menti. Il était impossible de rejoindre la drôle de pièce en briques : en fait, le passage était obstrué sur une profondeur de trois mètres, soit la moitié de sa longueur.

– Je n'arrive pas à y croire, dit Will en regardant avec désespoir le mur de terre et de pierre qui s'élevait jusqu'au plafond.

Il vérifia les étais juste devant lui, tirant des deux mains et les frappant du bout armé de ses chaussures de sécurité.

– Ils n'ont rien d'anormal, dit-il en s'accroupissant pour examiner les éboulis en plusieurs endroits.

Sous le regard admiratif de Chester, Will prit un peu de terre dans sa main et l'examina d'un œil expert.

– Bizarre !

– Quoi donc ? demanda Chester.

Will huma longuement la terre, en prit une pincée et la roula lentement entre ses doigts avant de se tourner vers Chester, les sourcils froncés.

– Qu'est-ce qui se passe, Will ?

– Les étais étaient parfaitement sains, je les avais vérifiés la dernière fois avant de partir. Il n'a pas plu ces derniers jours, non ?

– Non, je ne crois pas, Will.

– Et cette terre n'est pas assez humide pour faire s'effondrer le toit, elle ne contient pas plus d'eau que prévu. Mais c'est encore ça qui est le plus étrange.

Will se pencha, ramassa une grosse pierre sur la pile et la lança à Chester qui l'attrapa au vol et l'examina, perplexe.

– Désolé, mais je ne comprends pas. Qu'est-ce que ça a de si important ?

– C'est du calcaire. Il y a des bouts de calcaire dans ce tas de terre. Touche la surface de la roche, elle est crayeuse, ça n'a rien à voir avec le grès. Elle est farineuse.

– Farineuse ? demanda Chester.

– Oui, bien plus granuleuse. Attends un peu, laisse-moi vérifier que je ne fais pas d'erreur, dit Will en dépliant la plus longue lame de son canif pour prélever un morceau de roche.

– Tu vois, il s'agit dans les deux cas de roches sédimentaires, et elles sont tellement similaires qu'il est parfois difficile de les distinguer. On peut le vérifier en mettant une goutte d'acide dessus – ça fait mousser le calcaire – ou bien l'examiner au microscope. Seul le grès contient de gros grains de quartz, mais la meilleure méthode, c'est encore... et voilà ! annonça Will en prélevant un minuscule morceau de pierre qu'il porta aussitôt à sa bouche, au grand étonnement de Chester.

Will se mit ensuite à le broyer entre ses dents.

– Tu fais quoi là au juste, Will ?

– Hum ! répondit Will, pensif. Oui, je suis quasiment sûr que c'est du calcaire... Tu vois, ça donne une pâte homogène... Si c'était du grès, il y aurait des grumeaux et ça craquerait même un peu sous la dent.

Chester grimaça en entendant les bruits émanant de la bouche de son ami.

– Tu rigoles ou quoi, Will ? Ça te bousille pas les dents ?

– Pas encore, en tout cas, rétorqua Will en arborant un large sourire. (Il réajusta le morceau et se remit à mâchonner.) Oui, c'est sûr, c'est de la craie, décréta-t-il enfin avant de recracher. Tu veux essayer ?

– Non merci, sans façons, répondit Chester sans hésitation.

Will indiqua le toit d'un geste de la main.

– Je ne crois pas qu'il y ait une poche isolée de dépôt calcaire par ici. Je connais bien la géologie de l'endroit.

– Où veux-tu en venir, alors ? demanda Chester en fronçant les sourcils. Tu veux quand même pas dire que quelqu'un est descendu jusqu'ici pour bloquer la galerie ?

– Oui... Non... Oh, je ne sais pas, répondit Will en donnant un coup de pied dans le gros tas de terre. Tout ce dont je suis sûr, c'est qu'il y a quelque chose de vraiment bizarre dans tout ça.

— C'est peut-être l'une des bandes du coin. Le Clan ? suggéra Chester. Ou peut-être bien la Clique ?

— Non, c'est peu probable, répondit Will en se tournant vers la galerie qui se trouvait derrière lui. Ils auraient laissé d'autres traces de leur passage. Et pourquoi se seraient-ils contentés d'obstruer la galerie ? Tu les connais, ils auraient tout cassé. Non, c'est absurde, conclut-il.

— En effet.

— En tout cas, ils ne voulaient pas qu'on y retourne, pas vrai, Chester ?

Lorsque Will rentra chez lui, Rebecca était en train de faire ses devoirs à la cuisine. À peine eut-il le temps de poser sa bêche dans le porte-parapluie et d'y accrocher son casque jaune que sa sœur l'appela.

— Tu rentres tôt.

— Ouais, on a eu un problème avec l'une de nos galeries et j'avais pas envie de creuser aujourd'hui, dit-il en s'affalant sur un siège de l'autre côté de la table.

— T'as pas creusé ? lança-t-elle sur un ton faussement intéressé. Ça doit aller encore plus mal que je ne l'imaginais.

— Une partie de la galerie s'est effondrée.

— Ah bon... répondit-elle, absente.

— Je ne comprends pas ce qui s'est passé. Ce ne sont pas les infiltrations d'eau et le plus bizarre, c'est que les éboulis...

Will se tut lorsqu'il vit Rebecca se lever de table pour s'affairer devant l'évier. Elle n'écoutait pas un mot de ce qu'il lui racontait. Will s'en fichait pas mal, il avait l'habitude qu'on l'ignore. Las, il se prit la tête dans les mains puis se redressa soudain. Il venait d'avoir une idée.

— Tu ne crois pas qu'il a des ennuis là-bas, dis ? demanda-t-il.

– Qui ça ? demanda Rebecca tout en rinçant une casserole.

– Papa. Tout est si calme, je veux dire. Nous pensons tous qu'il est parti quelque part, mais il est peut-être encore dans la cave. Je vais aller y jeter un coup d'œil, dit Will en se levant de sa chaise.

– Sûrement pas ! s'exclama Rebecca, se retournant pour lui faire face. Tu sais bien qu'il ne veut jamais qu'on y descende sans lui.

– Je vais chercher le double de la clé.

Will se précipita hors de la pièce. Rebecca, plantée devant l'évier, serrait les poings dans ses gants en caoutchouc jaune. Il réapparut quelques secondes plus tard.

– Bon, tu viens ou quoi ?

Rebecca ne bougea pas d'un pouce, tourna la tête pour regarder par le fenêtre comme si elle mijotait quelque chose.

– Allez ! insista Will, le visage soudain rouge de colère et d'excitation.

– D'accord, comme tu voudras, répondit-elle enfin, comme si elle émergeait d'un songe.

Elle enleva ses gants et les posa soigneusement sur l'égouttoir.

Ils s'avancèrent jusqu'à la porte de la cave et l'ouvrirent tout doucement, de peur que leur mère ne les entende. Mais à en juger par le vacarme de tirs de pistolet provenant du salon, cette précaution était tout à fait superflue.

Will alluma la lumière et ils descendirent les marches de chêne verni. Parvenus au bas de l'escalier, ils scrutèrent la pièce en silence. Pas la moindre trace du Dr Burrows. La cave était remplie d'objets lui appartenant, mais rien n'avait changé depuis la dernière visite de Will. Les étagères bien garnies de la bibliothèque de son père s'étalaient sur deux murs. Des trésors personnels trônaient sur un autre meuble, une lampe de cheminot, la machine à imprimer les billets qu'ils avaient trouvée dans la vieille gare désaffectée, une rangée de petites têtes d'argile aux traits grossiers. Le Dr Burrows avait placé un établi contre un mur pour y poser son ordinateur. Un sac entamé de biscuits apéritifs y traînait.

La seule chose qui clochait était la brouette remplie de terre et de petits cailloux abandonnée près de la porte du jardin.

– Je me demande ce que ça peut bien faire ici ? dit Will.

Rebecca haussa les épaules.

– C'est bizarre. Je l'ai vu emporter tout un chargement vers le terrain communal, poursuivit Will.

– Quand ça ? demanda Rebecca en fronçant les sourcils.

– Il y a deux semaines. Au milieu de la nuit. J'imagine qu'il a rapporté toute cette terre pour l'analyser.

Will prit un peu de terre dans la brouette et l'étudia en la roulant entre ses doigts, puis la porta à ses narines et inspira profondément.

– Beaucoup d'argile, déclara-t-il avant de plonger les deux mains au fond de la brouette pour en retirer deux poignées de terre, qu'il serra un instant entre ses doigts avant de les laisser s'écouler sur le tas.

Il se tourna vers Rebecca, l'air dubitatif.

– Qu'est-ce qu'il y a ? l'interrogea-t-elle avec impatience.

– Je me demandais juste d'où ça pouvait venir, dit-il. C'est...

– Qu'est-ce que tu racontes ? À l'évidence il n'est pas ici, et rien de tout ça ne va nous aider à le retrouver ! lança Rebecca avec une telle véhémence que Will en resta bouche bée. Allons, remontons à l'étage, le pressa-t-elle.

Sans lui laisser le temps de répondre, elle gravit les escaliers d'un pas décidé, le laissant seul dans la cave.

Will poussa un soupir de dédain, se frotta les mains et resta immobile au centre de la pièce, jusqu'à ce que la curiosité le pousse à agir enfin. Il s'avança vers l'établi et se mit à feuilleter les papiers que son père y avait laissés. Il y avait des photocopies d'articles sur Highfield, des photos de vieilles maisons aux tons sépia et des cartes défraîchies. L'une d'elles retint son attention – on y avait écrit quelques commentaires au crayon. Il reconnut les pattes de mouche de son père.

Place Martineau – la clé? Système de ventilation? Mais pour quoi faire? lut Will en suivant du doigt les lignes que son père avait tracées au crayon entre les maisons qui bordaient la place.

« Qu'est-ce qu'il comptait faire? » se demanda Will.

Il jeta un coup d'œil sous le banc, trouva l'attaché-case de son père et en vida le contenu. Il y avait surtout des magazines et des journaux. Dans l'une des poches extérieures, il trouva de la monnaie et quelques emballages de barres chocolatées. Puis il s'accroupit pour passer en revue les boîtes d'archivage rangées sous l'établi.

Mais son enquête fut interrompue par les appels insistants de sa sœur. Il devait venir dîner avant que ça ne refroidisse. Cependant, avant de remonter à la cuisine, Will fit un petit détour du côté de la porte de derrière pour vérifier la penderie. Le casque de son père et son bleu de travail avaient disparu.

De retour au rez-de-chaussée, il entendit un tonnerre d'applaudissements et de rires s'échappant du salon, dont la porte était toujours close.

Will et Rebecca mangèrent en silence à la cuisine. Will regarda Rebecca, qui tenait une fourchette dans une main et un crayon dans l'autre. Elle faisait ses maths.

– Rebecca, tu sais où sont passés le casque et le bleu de travail de Papa?

– Non, il les garde toujours à la cave. Pourquoi?

— Eh bien, ils n'y sont plus.

— Il les aura peut-être laissés quelque part sur un site de fouille.

— Un autre site ? Non, il m'en aurait parlé. Et puis, quand aurait-il eu le temps de faire ça ? Quant il n'était pas au musée, il était à la maison. Il n'est jamais allé ailleurs, pas vrai ? En tout cas, pas sans me le dire...

Devant le regard inquisiteur de Rebecca, Will ne finit pas sa phrase.

— Je connais cet air-là. Tu viens d'avoir une idée, n'est-ce pas ? demanda-t-elle, suspicieuse.

— Non, ce n'est rien, répondit-il. Je t'assure.

Chapitre Douze

Le lendemain matin, Will se réveilla de bonne heure. Désireux d'oublier la disparition de son père, il enfila ses vêtements de travail et dévala l'escalier à toute allure. Après un petit déjeuner rapide, il espérait aller retrouver Chester aux Quarante Trous pour déblayer les gravats qui obstruaient la galerie. Rebecca se trouvait déjà dans la cuisine, elle guettait son arrivée. À peine eut-il franchit le seuil de la porte qu'elle le saisit au collet.

– C'est à nous de nous occuper de Papa, tu sais, dit-elle à son frère légèrement surpris. On ne peut pas compter sur Maman, elle a perdu les pédales.

Will ne souhaitait qu'une chose, sortir de là. Il essayait désespérément de se comporter comme si tout était normal. Depuis le soir où ses parents s'étaient disputés, il avait continué à aller à l'école avec sa sœur, comme d'habitude. Ils prenaient désormais leurs repas seuls à la cuisine. Leur mère sortait furtivement du salon pour chaparder dans le frigo et engloutir son butin, comme on pouvait s'en douter, devant la télévision. Ainsi disparaissaient des tourtes, des morceaux de fromage, des miches de pain entières et des plaquettes de margarine.

Will et Rebecca avaient croisé leur mère dans le couloir à deux reprises, vêtue de sa chemise de nuit et de ses pantoufles aux talons éculés. Madame Burrows s'acheminait vers les toilettes en traînant les pieds et les avait salués d'un vague signe de tête.

– J'ai pris une décision. Je vais appeler la police, déclara Rebecca, debout devant le lave-vaisselle.

– Tu crois vraiment que c'est une bonne idée ? Faudrait peut-être attendre un peu, non ?

Will savait que la situation ne prêtait pas à l'optimisme, mais il n'était pas encore disposé à sauter le pas.

– De toute façon, où est-ce qu'il aurait pu aller ? ajouta-t-il.

– J'en sais pas plus que toi, répondit sèchement Rebecca.

– Je suis passé devant le musée hier et il était encore fermé. Ça fait des jours qu'il n'a pas ouvert ses portes – non que quelqu'un s'en soit plaint.

– Peut-être qu'il en a eu assez... de tout ça, suggéra Rebecca.

– Mais pourquoi ?

– Il y a tout le temps des gens qui disparaissent. Va savoir pourquoi ! dit Rebecca en haussant ses frêles épaules. Mais c'est à nous de prendre les choses en main à présent, ajouta-t-elle d'un ton résolu. Et nous devons avertir Maman de ce que nous avons l'intention de faire.

– D'accord, répondit Will à contrecœur.

Il jeta un dernier regard plein de regret à sa bêche. Il aurait voulu pouvoir fuir cette maison, retrouver un univers normal.

Rebecca frappa à la porte du salon. Madame Burrows ne sembla pas les remarquer, elle avait les yeux rivés à l'écran. Ils attendirent les bras ballants, ne sachant trop que faire, puis Rebecca se rapprocha du fauteuil de sa mère, s'empara de la télécommande posée sur l'accoudoir et éteignit la télévision.

Madame Burrows ne cilla pas. Will voyait maintenant leurs trois silhouettes immobiles se refléter sur l'écran. Il prit une profonde inspiration. Après tout, c'était à lui et non à sa sœur de prendre les choses en main cette fois, et d'agir enfin.

— Maman... risqua Will d'un ton inquiet, Papa a disparu et ça va faire quatre jours.

— On pense qu'on devrait appeler la police... ajouta Rebecca, à moins que tu ne saches où il se trouve.

Madame Burrows posa un regard vide et empli de tristesse sur ses deux magnétoscopes. Elle avait soudain l'air si désemparé ! Will voulait juste lui demander ce qui n'allait pas, ce qui s'était passé, mais il n'y arrivait pas, les mots lui restaient dans la gorge.

— Oui, répondit leur mère d'une voix douce. Si vous voulez.

Ce fut tout ce qu'elle dit avant de retomber dans le silence, les yeux toujours baissés.

Will comprenait pour la première fois les conséquences de la disparition de son père. Qu'allaient-ils devenir sans lui ? Ils étaient dans un sacré pétrin. Tous autant qu'ils étaient, et plus particulièrement leur mère.

Rebecca passa un coup de fil au commissariat local et deux agents de police débarquèrent chez eux quelques instants plus tard. Il s'agissait d'un homme et d'une femme, tous deux en uniforme. Will leur ouvrit la porte et les invita à entrer.

— Rebecca Burrows ? demanda le policier tout en se découvrant.

Puis il sortit un petit carnet de sa poche.

— Désolé, dit-il.

Rebecca lui répondit d'un signe de tête, et la femme qui accompagnait l'agent lui adressa un sourire plein de sympathie.

– Tu nous as dit que ta mère était là, Rebecca. Est-ce que nous pourrions lui parler, s'il te plaît?

– Elle est dans cette pièce, répondit la fillette avant de les conduire au salon.

Rebecca frappa doucement à la porte.

– Maman? demanda-t-elle d'une voix douce en ouvrant la porte, avant de s'effacer pour laisser le passage aux deux fonctionnaires.

Will s'apprêtait à leur emboîter le pas, quand l'homme se tourna vers lui.

– Tu sais quoi, mon gars? J'prendrais bien un petit café, lui dit-il avant de refermer la porte derrière lui.

Will adressa un regard entendu à sa sœur.

– Oh, bon d'accord, je m'en occupe, dit Rebecca d'un ton irrité tout en se dirigeant vers la cuisine.

Depuis la cuisine ils entendaient le murmure des voix jusqu'à ce que, après plusieurs tasses de café, le policier ressorte enfin de la pièce, laissant sa collègue seule avec leur mère. Il entra dans la cuisine, posa sa tasse et sa soucoupe sur la table à côté d'eux.

– Je vais juste aire un petit tour de la maison, dit-il. Pour trouver des indices, ajouta-t-il en leur adressant un clin d'œil.

Avant que les deux adolescents n'aient eu le temps de réagir, l'agent était déjà en haut de l'escalier. Will et Rebecca restèrent donc assis là à regarder le plafond, à l'affût du bruit des pas qui se déplaçaient de pièce en pièce à l'étage.

– Tu crois qu'il compte trouver quoi au juste? demanda Will.

Ils l'entendirent redescendre les marches pour inspecter le rez-de-chaussée, puis il reparut dans l'embrasure de la porte.

– Il y a une cave ici, n'est-ce pas? demanda-t-il à Will en le regardant droit dans les yeux.

Will l'accompagna en bas et l'attendit au pied de l'escalier pendant qu'il inspectait les lieux. Les objets qu'avait exposés le Dr Burrows semblaient retenir toute son attention.

— Il a de drôles de trucs, ton père. J'imagine que vous avez des factures pour tout ça ? dit-il en s'emparant de l'une des petites têtes en terre cuite couverte de poussière. Je rigole, ajouta-t-il en voyant l'air inquiet de Will. Ton père travaille au musée de la ville, n'est-ce pas ?

Will acquiesça.

— J'y suis allé une fois quand j'étais petit... Pour une sortie de classe, je crois bien. Mais qu'est-ce que c'est que ça ? demanda-t-il soudain, en désignant la brouette pleine de terre.

— Je sais pas. Ça peut venir des fouilles de Papa. En général, on travaille ensemble.

— Des fouilles ?

— Oui.

— J'aimerais bien jeter un coup d'œil au jardin maintenant, déclara le policier en plissant les yeux, scrutant le visage de Will d'un air sévère.

Dehors, l'officier fouilla méticuleusement les bordures puis la pelouse, et notamment les quelques endroits pelés où le chat des voisins avait pour habitude de venir se soulager, ce qui expliquait l'absence de toute trace d'herbe. Il regarda le terrain communal pendant un instant, puis retourna dans la maison. Will le suivit. Dès qu'ils furent entrés, l'agent de police lui posa la main sur l'épaule.

— Dis-moi, mon garçon, personne n'a rien creusé dans le coin ces derniers temps, n'est-ce pas ? demanda-t-il d'une voix basse comme s'il s'agissait d'un sombre secret que Will mourait d'envie de partager avec lui.

Will se contenta de faire non de la tête, mais, alors qu'ils traversaient le couloir, le policier posa les yeux sur sa bêche plantée dans le porte-parapluie. Will tenta de s'interposer pour lui masquer la vue.

— Tu es sûr que tu n'as pas creusé dans le jardin ces derniers jours, toi ou quelqu'un de ta famille, d'ailleurs ? demanda l'officier d'un air suspicieux.

— Non, pas moi en tout cas. Pas depuis des années. J'ai creusé quelques trous sur le terrain communal lorsque j'étais plus jeune, mais Papa y a mis un terme, car quelqu'un aurait pu tomber.

— Sur le terrain communal, donc ? Des grands trous ?

— Ouais, plutôt. J'ai pas trouvé grand-chose là-bas, cela dit.

Le policier lui lança un drôle de regard et nota quelque chose dans son carnet.

— Quel genre de choses ? demanda l'agent en fronçant le sourcil.

— Oh, des bouteilles vides et des vieux machins.

C'est à cet instant que sa collègue sortit du salon pour le rejoindre devant la porte d'entrée.

— C'est bon ? demanda l'agent en glissant son carnet dans la poche de sa chemise, avant de braquer sur Will un dernier regard inquisiteur.

— J'ai tout noté, répondit la femme.

Les deux policiers se tournèrent vers les deux enfants et la femme prit la parole.

— Écoutez, je suis sûre qu'il n'y pas de quoi s'inquiéter, mais par mesure de précaution nous allons poursuivre l'enquête sur votre père. Si vous entendez quoi que ce soit ou si vous avez besoin de nous parler, vous pouvez nous appeler à ce numéro, dit-elle en tendant sa carte à Rebecca. La plupart du temps, la personne portée disparue revient d'elle-même. Les gens ont juste besoin de prendre un peu l'air, histoire de réfléchir un moment, poursuivit-elle avec un sourire réconfortant. Ou pour se calmer.

— Se calmer ? risqua Rebecca. Pourquoi notre père aurait-il besoin de se calmer ?

Les policiers eurent l'air un peu surpris par cette question. Ils se regardèrent un instant, puis se tournèrent vers Rebecca.

— Eh bien... après cette dispute avec ta mère, dit la femme.

Will aurait voulu qu'elle leur en dise plus, qu'elle leur explique pourquoi ils s'étaient disputés, mais la femme se tourna vers son collègue.

— Bien, il est temps de partir maintenant.

— Ridicule ! lança Rebecca d'un ton exaspéré, après avoir refermé la porte derrière eux. De toute évidence, ils n'ont pas la moindre idée de l'endroit où il a bien pu aller. Ils ne savent même pas quoi faire, ces idiots !

Chapitre Treize

– Will ? C'est toi ? demanda Chester en mettant sa main en visière pour distinguer son ami.

Will venait de sortir de la cuisine pour rejoindre Chester dans le minuscule jardin à l'arrière de la maison des Rawls. Il avait passé la matinée à écraser des mouches bleues et des guêpes à l'aide d'une vieille raquette de badminton. Elles offraient des cibles faciles, car la chaleur de midi les rendait léthargiques. Chester avait une drôle de dégaine avec ses tongs, son bonnet, son short trop large qui mettait en évidence son imposante carrure et ses épaules rougies par le soleil.

Will avait les mains dans les poches arrière de son jean. Il avait l'air soucieux.

– J'ai besoin que tu me donnes un coup de main, dit-il en jetant un coup d'œil derrière lui pour vérifier que les parents de Chester ne se trouvaient pas à portée de voix.

– Pas de problème. Qu'est-ce que tu veux ? répondit Chester en débarrassant les cordes élimées de sa raquette des restes d'une grosse mouche mutilée.

– Je voudrais jeter un coup d'œil à l'intérieur du musée ce soir, répondit Will. Je veux regarder dans les affaires de mon père.

Chester était désormais tout ouïe.

– Je veux voir s'il n'y aurait pas des indices dans son bureau, poursuivit Will.

– Quoi ? Tu veux y entrer par effraction ? demanda Chester d'un ton calme. Je ne suis pas...

Will ne lui laissa pas le temps de terminer sa phrase.

– J'ai les clefs, déclara-t-il en les sortant de sa poche pour les montrer à Chester.

Maintenant que son père avait disparu, Chester était le seul à qui il pouvait s'adresser. Ils avaient fait du bon travail ensemble dans la galerie des Quarante Trous, comme une véritable équipe, et puis Chester avait l'air vraiment inquiet pour le Dr Burrows.

Chester laissa tomber sa raquette, réfléchit un moment en regardant la maison, puis déclara :

– C'est d'accord, mais on n'a pas intérêt à se faire choper.

Le visage de Will se fendit d'un large sourire. Pour la première fois de sa vie, il avait un véritable ami.

À la nuit tombée, les deux garçons gravirent les marches du musée. Will ouvrit la porte et ils se faufilèrent à l'intérieur du bâtiment. On ne voyait pas grand-chose dans la pénombre zébrée par de faibles rayons de lune et à peine éclairée par les ampoules jaunes des réverbères.

– Suis-moi ! chuchota Will.

Ils franchirent le couloir principal accroupis, se dissimulant derrière les vitrines, grimaçant à chaque couinement de leurs baskets sur le parquet en bois.

– Attention au...

– Aïe ! cria Chester, qui venait de trébucher sur le morceau de bois déniché dans les marais, qui était exposé en plein milieu du couloir.

– Qu'est-ce que ça fiche là, bon sang ? dit-il, furieux, tout en se massant le tibia.

– Allez, viens! chuchota Will.

Le bureau du Dr Burrows était presque à l'autre bout du couloir.

– Une fois à l'intérieur, tu pourras allumer ta lampe, mais n'oublie pas de l'incliner vers le sol.

– Qu'est-ce qu'on cherche?

– Je ne sais pas encore. Commençons par son bureau, répondit Will.

Chester garda la lampe, tandis que Will fouillait dans les piles de documents. Ce n'était pas chose facile. Qu'il soit sur son lieu de travail ou à la maison, le Dr Burrows ne savait pas s'organiser. Des tas de documents trônaient çà et là sur le bureau, sans aucun ordre apparent. L'écran de son ordinateur était presque noyé sous une masse de Post-it jaunes écornés. Will se concentrait sur les feuilles volantes griffonnées par son père. Peine perdue. Ils ne trouvèrent rien d'intéressant et se mirent alors à fouiller dans les tiroirs.

– Waouh, regarde un peu ça, Will! s'exclama Chester en lui montrant la patte de chien empaillée fixée au bout d'un bâton d'ébène, qu'il avait dénichée parmi les boîtes de tabac.

Will se contenta d'un simple regard, fronça les sourcils, et poursuivit son inspection.

– Tiens, voilà un truc! lança Chester alors qu'il examinait le tiroir du milieu.

Cette fois, Will ne prit même pas la peine de lever la tête.

– Non, mais regarde, il y a une étiquette dessus.

Chester lui tendit un petit livre à la couverture veinée de brun et de violet. Sur l'étiquette figurait en lettres rondes et toutes tarabiscotées l'inscription *Ex libris*, avec juste en dessous le dessin d'un hibou à grosses lunettes.

– *Journal,* lut Will. C'est l'écriture de mon père, y a pas de doute, dit-il en ouvrant le livre. Gagné! On dirait un journal de bord.

Will feuilleta l'ouvrage avant de le fourrer dans son sac.

— Il a pas mal écrit dans celui-là. Y en a d'autres, Chester ?

Ils s'empressèrent de passer en revue les autres tiroirs puis, ne trouvant rien d'intéressant, ils décidèrent de quitter les lieux. Will referma le musée et ils reprirent le chemin des Quarante Trous, encore tout excités d'avoir bravé l'interdit. Leur galerie n'était pas loin, et puis là-bas au moins personne ne viendrait les déranger. Arrivé dans le souterrain, Will commença la lecture du journal.

— La première entrée date de quelques jours après la découverte de la gare désaffectée, dit-il en levant les yeux vers Chester.

— Quelle gare ?

Mais Will était déjà plongé dans le journal. Il s'efforçait de déchiffrer l'écriture de son père à haute voix, détachant bien chaque syllabe.

J'ai découvert depuis peu l'existence d'une petite... dans... étrange rassemblement d'intrus qui vont et viennent et s'immiscent parmi les gens de Highfield. Ils se distinguent par leur apparence singulière. Je ne puis encore dire avec certitude d'où ils viennent ni quel est leur but, mais malgré la brièveté de mes observations, je reste persuadé qu'il se trame quelque chose. Étant donné leur nombre (Cinq ? Plus ?)... l'homogénéité de leur apparence (raciale ?)... je présume qu'ils cohabitent, ou du moins qu'ils...

Will s'interrompit avant d'avoir fini la page.

— Je n'arrive pas à déchiffrer le reste, dit-il en regardant Chester. Ah, ici c'est plus lisible, déclara-t-il en tournant la page.

Aujourd'hui, j'ai pris possession d'un étonnant artefact que m'a apporté M. Embers. Il se pourrait bien qu'il soit lié à ces gens, même s'il me faut encore... étayer cette intuition. Il s'agit d'un petit globe emprisonné dans une cage dont le métal m'est encore inconnu à ce jour. Le globe diffuse une lumière d'une intensité variant en fonction de la luminosité ambiante. Chose surprenante, la relation est proportionnellement inverse : plus il fait sombre, plus la lumière du globe s'intensifie. Voilà qui défie toutes les lois de la physique et de la chimie que j'ai apprises.

Will tendit la page à Chester pour lui montrer l'esquisse dessinée par son père.

— Tu l'as vraiment vue, Will, cette chose lumineuse ?

— Non, il ne m'a rien montré du tout, répondit Will, songeur, avant de tourner une autre page.

Aujourd'hui, j'ai eu l'occasion de... examiner d'un peu plus près et pendant un bref instant l'un de ces hommes au visage livide.

— Livide, ça veut dire blanc comme un linge ? demanda Chester.

— Oui, j'imagine, répondit Will avant de reprendre sa lecture.

Il poursuivit jusqu'à la visite de Joe, dit Face d'Ananas, en arriva à la description du conduit inexplicable dans la maison de la fille de Joe, pour finir sur les observations et hypothèses de son père sur les infrastructures qui sous-tendaient la place Martineau et reliaient les maisons mitoyennes les unes aux autres. Will feuilleta ces pages et tomba sur la photocopie d'un passage, agrafée au journal.

— C'est écrit *Histoire de Highfield* en haut de la page et on dirait que ça parle d'un dénommé sir Gabriel Martineau, dit Will.

Né en 1673, Gabriel Martineau était le fils et l'héritier d'un teinturier prospère de Highfield. En 1699, il hérita de l'entreprise Martineau, Long & C, qui connut une expansion notable. Martineau ouvrit deux nouvelles usines au siège qui se trouvait sur Heath Street. Il était connu pour ses inventions et ses talents de chimiste, d'ingénieur et de physicien. En effet, même si l'on attribue généralement l'invention de la pompe à air à Hook (1635-1703), nombreux sont les historiens qui pensent que ce dernier a construit son premier prototype en s'inspirant des esquisses de Martineau.

En 1710, période de chômage généralisé, Martineau, homme très croyant renommé pour son paternalisme et sa phi-lanthropie envers la main-d'œuvre, se mit à employer un nombre substantiel d'ouvriers pour construire des logements pour ses propres employés. Il supervisa lui-même la construction de la place Martineau, telle que nous la connaissons, et de Grayston Villas qui fut détruit pendant le blitz. *Martineau ne tarda pas à devenir le plus gros employeur du canton de High-field et la rumeur courut que les « Hommes de Martineau » (c'est ainsi qu'on les nommait) avaient entrepris la construc-tion d'un large réseau de galeries souterraines, même s'il n'en reste aucune preuve aujourd'hui.*

En 1718, la femme de Martineau attrapa la tuberculose et mourut à l'âge de trente-deux ans. Martineau chercha le réconfort auprès d'une obscure secte religieuse et cessa presque totalement de paraître en public pour le restant de ses jours. Sa demeure, la maison Martineau, fut détruite par un incendie en 1733. On pense que Martineau et ses deux filles périrent dans l'incendie.

Le Dr Burrows avait écrit sous cet article :

Pourquoi ne reste-t-il aucune trace de ces galeries de nos jours ? À quoi servaient-elles ? Je n'en ai trouvé aucune mention dans les archives de la mairie ou du comté. Pourquoi, pourquoi, pourquoi ?

Juste en dessous, le Dr Burrows avait écrit au stylo bleu, en lettres capitales, et avec une telle fougue qu'il avait déchiré le papier par endroits :

VÉRITÉ OU FICTION ?

Will fronça les sourcils et se tourna vers Chester :
– C'est incroyable. T'avais déjà entendu parler de ce Martineau ?
Chester secoua la tête.
– Très bizarre, dit Will en relisant lentement la photocopie. Papa ne m'en a jamais parlé. Pas une seule fois. Pourquoi m'aurait-il caché un truc comme ça ?
Will se mordit la lèvre. Son exaspération se muait peu à peu en inquiétude. Soudain il releva la tête, comme si on lui avait donné un coup dans les côtes.
– Qu'est-ce qu'il y a, Will ?
– Papa était sur une piste, mais il ne voulait pas se faire piquer ses recherches. Pas cette fois. Voilà ! cria Will, qui venait de se souvenir du professeur de l'université de Londres qui avait profité de son rang pour s'emparer de la villa romaine mise au jour par son père.

Chester s'apprêtait à lui demander de quoi il parlait, quand Will se mit à tourner furieusement les pages du journal.

— Autre chose sur ces hommes livides... mais Will finit par tomber sur un endroit où il ne restait plus que des souches. On a arraché des pages! s'exclama-t-il.

Il tourna encore quelques pages jusqu'à la dernière entrée. Chester le vit hésiter.

— Tu vois la date? demanda Will.

— Où ca?

— Ça date de mercredi dernier... Le jour où il s'est disputé avec Maman, dit Will d'une voix calme.

Il prit une inspiration et lut à haute voix :

C'est ce soir ou jamais. J'ai trouvé une entrée. Si c'est bien ce que je pense, voilà qui confirmera mon hypothèse, aussi farfelue soit-elle. Ce pourrait être ça! Ma chance, ma dernière chance de me faire un nom. Mon heure de gloire! Il faut que je suive mon instinct. Il faut que je descende là-dessous. Il faut que je passe de l'autre côté.

— Je ne comprends pas, Will...

Will lui fit signe de se taire et poursuivit sa lecture :

C'est peut-être risqué, mais il faut que je le fasse. Il faut que je leur montre – si jamais j'ai raison, ils entendront parler de moi! Ils n'auront pas le choix. Je suis plus qu'un simple conservateur de musée.

Puis Will lut la dernière phrase, que son père avait soulignée plusieurs fois.

On se souviendra de moi!

– Waouh! s'exclama Will en se rasseyant sur son fauteuil humide. C'est incroyable!

– Oui, lui accorda Chester un peu à contrecœur. Il commençait à se dire que le père de Will n'avait peut-être plus toute sa tête. Tout ça ressemblait aux divagations d'un homme en train de perdre les pédales, et pas qu'un peu.

– Qu'est-ce qu'il comptait faire? Quelle est cette fameuse théorie qu'il évoque? s'interrogea Will en revenant à l'endroit où manquaient plusieurs pages. Je parie que tout était là. Il ne voulait pas que quelqu'un lui vole ses idées.

Will était surexcité à présent.

– Oui, mais où est-ce qu'il est allé, d'après toi? demanda Chester. Qu'est-ce qu'il veut dire par « passer de l'autre côté », Will?

Cette dernière remarque coupa Will dans son élan. Il adressa un regard vide à Chester.

– Eh bien, dit-il lentement, il y a deux choses qui m'ennuient. D'abord, je l'ai vu travailler à la maison un matin très tôt, environ quinze jours avant sa disparition. Je pense qu'il creusait sur le terrain communal... Mais ça n'a aucun sens.

– Pourquoi?

– Ben, quand je l'ai vu, je suis certain qu'il poussait une brouette pleine de terre en direction du terrain communal, et non l'inverse. Et puis je n'arrive pas à mettre la main sur son bleu de travail ni sur son casque.

Chapitre Quatorze

– Salut, Blanche-Neige, y paraît que ton vieux s'est fait la malle ? lança Speed à la cantonade en voyant entrer Will dans la salle de classe.

Tout le monde se tourna vers lui. Will serra les dents, s'assit à son pupitre et sortit ses livres de son sac.

Speed était un sale gosse tout maigre, aux cheveux noirs et gras, et c'était le chef d'une bande de garçons tout aussi peu recommandables qui se faisaient appeler « les Gris ». Tel un essaim de mouches noires, ils s'agglutinaient le plus souvent derrière l'abri à vélos. Ils se cachaient là pour fumer des cigarettes dès que le surveillant avait le dos tourné. Ils devaient leur nom aux nuages de fumée qui les accompagnaient lorsqu'ils se déplaçaient en bande, toussant sans interruption parce qu'ils essayaient de finir leur cigarette au plus vite de peur de se faire prendre en flagrant délit.

Ils arboraient tous des uniformes loqueteux, des nœuds de cravate gigantesques, des pulls élimés et des chemises froissées qui dépassaient à moitié de leurs pantalons. On aurait dit une troupe d'orphelins affamés qu'on aurait tirés du caniveau pour les laisser sécher à l'air libre. Quiconque avait la malchance de croiser leur chemin ne manquait pas de se faire copieusement insulter.

L'un de leurs tours préférés consistait à encercler un élève comme une meute de hyènes, puis à le faire avancer jusqu'au centre de la cour où ils s'ingéniaient alors à le tourmenter jusqu'à ce qu'il craque. Will avait eu le malheur d'assister à l'une de ces scènes. Un élève de seconde avait dû reprendre en boucle et à tue-tête *Maman, les p'tits bateaux.* Le garçon pétrifié butait sur les mots, mais Speed s'était montré sans pitié. Il n'avait cessé de lui bourrer les côtes de petits coups de poing jusqu'à ce que le garçon entonne à nouveau la chanson. En groupe, les badauds riaient, soulagés d'avoir échappé au sort de ce malheureux. Jamais Will n'oublierait le visage terrorisé de ce garçon qui manquait de s'étouffer à force de sangloter. Or c'était à lui que s'intéressait Speed à présent.

— On peut pas lui en vouloir, pas vrai ? Il en a sûrement eu ras-le-bol de voir ta fraise ! lança Speed d'un ton plein de dérision.

Courbé au-dessus de son pupitre, Will s'efforçait de faire mine de feuilleter son cahier.

— Ras la casquette de son monstre de fils ! hurla Speed de la voix gutturale et légèrement éraillée d'un adolescent en pleine mue.

Will sentait la colère monter en lui. Son cœur battait la chamade, son visage le brûlait. Il était d'autant plus furieux qu'il cherchait à dissimuler sa colère. Les yeux rivés sur une page choisie au hasard, il sentit le doute et la culpabilité l'assaillir l'espace d'un instant. Après tout, peut-être était-ce de sa faute si son père était parti...

Mais non, il n'y était pour rien. Son père ne les aurait jamais quittés comme ça. Ça devait être grave... très grave.

— Et pis avec ta tarée de mère, ça faisait vraiment trop ! beugla Speed encore plus fort.

Will entendit alors des rires étouffés tout autour de lui. Tout le monde était donc au courant pour sa mère. Il agrippa son cahier avec une telle force qu'il faillit en déchirer la couverture, mais il se contenta d'agiter lentement la tête sans relever les yeux. Il voulait éviter d'avoir à se battre, mais la petite vermine allait trop loin. Son honneur était en jeu, maintenant.

— Hé, la mauviette, je te cause ! T'as un père ou pas ? Me dis pas que t'es pas un bâtard...

C'en était trop ! Will se leva d'un bond et envoya valdinguer sa chaise qui raya le parquet. Speed s'était levé lui aussi, mais il le regarda droit dans les yeux. Il avait le visage déformé par un plaisir mauvais, ravi que ses insultes aient fait mouche. Au même moment, trois autres Gris qui étaient assis derrière Speed se levèrent à leur tour avec l'excitation du prédateur devant sa proie.

— Il en a pas eu assez, Face de clown ? ironisa Speed en roulant des mécaniques et en s'avançant vers Will suivi de toute sa bande ricanant derrière lui.

Parvenu à la hauteur de Will, Speed se rapprocha de lui, les poings serrés. Will savait qu'il ne devait pas reculer.

Speed réduisit encore un peu la distance qui les séparait et, à quelques centimètres du visage de Will, prit la pose d'un boxeur de seconde zone.

— Alors ? T'as pas eu ton compte ? demanda-t-il en appuyant bien sur chaque syllabe tout en lui enfonçant l'index dans le plexus.

— Fiche-lui la paix. Toi, on t'a assez vu, intervint Chester dont l'imposante carrure venait d'apparaître derrière son ami.

Speed lui jeta un coup d'œil inquiet, puis il se tourna vers Will.

Le petit voyou savait que toute la classe l'observait et qu'on attendait qu'il passe à l'action. Speed se contenta de siffler entre ses dents d'un air dédaigneux. Vaine tentative pour sauver son honneur. Il ne trompait personne. Deux des types de sa bande l'abandonnèrent et retournèrent à leur place, laissant le plus chétif des trois derrière eux. C'était un garçon de petite taille, maigre et nerveux, prêt au combat et qui sautillait d'un pied sur l'autre. Mais personne n'aurait été surpris de le voir affublé de culottes courtes.

— Eh bien, tu comptes faire quoi avec ta demi-portion comme renfort ? demanda Chester avec un sourire glacial.

Fort heureusement, le professeur entra à ce moment-là et, comprenant ce qui se tramait, s'éclaircit bruyamment la voix pour signaler sa présence. Mais Will, Chester et Speed ne bronchèrent pas et l'enseignant dut aller jusqu'à eux pour leur ordonner de retourner à leur place immédiatement.

Will et Chester se rassirent, laissant Speed debout dans la salle, son acolyte derrière lui. Le professeur les fusilla du regard, tous deux se dirigèrent vers leur pupitre en traînant les pieds. Will se cala sur sa chaise et adressa un sourire à Chester. C'était un véritable ami.

De retour chez lui, Will se glissa dans la maison, s'efforçant d'échapper à la vigilance de sa sœur. Avant d'ouvrir la porte de la cave, il marqua un temps d'arrêt dans le couloir et tendit l'oreille. Il perçut quelques notes de *You Are My Sunshine*. Rebecca chantait en faisant le ménage à l'étage. Il descendit rapidement les marches, releva le verrou de la porte du jardin et laissa entrer Chester, qui l'attendait dehors.

— T'es sûr que ça ne pose pas de problème ? J'ai l'impression que... Eh bien... que c'est mal !

— Ne sois pas débile, tout va bien, insista Will. Voyons un peu ce qu'il y a ici.

Ils inspectèrent tout ce qui se trouvait sur les étagères, puis passèrent en revue les cartons que Will avait déjà commencé à examiner. En vain.

— On perd notre temps, déclara Will, dépité.

— Mais d'où vient toute cette terre, d'après toi ? demanda Chester en allant jeter un coup d'œil à la brouette.

— Je ne sais pas encore. J'imagine qu'on pourrait aller faire un petit tour du côté du terrain communal, histoire de vérifier s'il n'était pas en train de préparer quelque chose.

— C'est grand, répliqua Chester, sans conviction. De toute manière, pourquoi aurait-il transporté la terre jusqu'ici ?

— Aucune idée, répondit Will en parcourant une dernière fois les étagères du regard.

Il fronça les sourcils en remarquant un truc bizarre sur le côté.

— Attends un peu, c'est bizarre, ce truc.

— Quoi donc ?

— Ben, on a branché un appareil là, au pied de la bibliothèque, mais je ne vois pas le reste du fil.

Will appuya sur l'interrupteur de la prise, mais rien ne se passa.

— Ça sert à quoi alors ? demanda Chester.

— C'est pas une lumière extérieure, ça c'est sûr.

— Pourquoi ça, Will ?

— Parce qu'on n'en a pas, répondit Will en examinant l'interstice entre les deux bibliothèques.

Will recula d'un pas et contempla les étagères d'un air songeur.

— C'est marrant, le fil ne ressort pas de ce côté-là.

Il prit l'escabeau posé près de la porte du jardin et y grimpa pour inspecter le dessus des étagères.

— Y a rien là non plus, dit-il. C'est absurde.

Will s'apprêtait à redescendre lorsqu'il s'immobilisa puis passa la main sur le sommet de la bibliothèque.

— T'as trouvé quelque chose, Will ?

– Des tonnes de poussière de brique, répondit Will qui sauta de l'escabeau et se mit à tirer sur la bibliothèque pour l'éloigner du mur.

– Y a du jeu. Allez, viens m'aider, Chester.

– Peut-être qu'elles sont mal fixées ? suggéra Chester.

– Mal fixées ? s'indigna Will. C'est moi qui ai aidé mon père à les monter.

Ils tirèrent sur le meuble de toutes leurs forces, mais il semblait bien accroché au mur.

– Laisse-moi vérifier un truc, dit Will en remontant sur l'escabeau. On dirait qu'il y a un clou mal enfoncé dans cette poutre.

Will l'arracha et le laissa tomber sur le béton aux pieds de Chester.

– On avait utilisé des vis pour fixer cette bibliothèque au mur, pas des clous, dit-il en regardant Chester, l'air perplexe.

Will sauta à terre, et ils se remirent tous deux à tirer sur la bibliothèque. Cette fois, elle se détacha du mur avec un bruit sonore : elle était montée sur gonds.

– C'est donc à ça que sert ce fil ! s'exclama Will en découvrant la brèche mal dégrossie qui avait été ouverte dans la partie inférieure du mur de brique.

Le trou faisait environ un mètre carré et marquait le départ d'un tunnel illuminé par des néons.

– Waouh ! dit Chester, émerveillé. Un passage secret !
Will lui sourit.

– Bien, vérifions ça, dit-il, et avant que Chester n'ait eu le temps de dire un seul mot, Will se faufila dans le tunnel.

– Il y a une courbe, là, lança-t-il d'une voix sourde.

Will passa de l'autre côté de l'angle, puis très lentement il recula, s'assit et regarda son ami d'un air dépité.

– Qu'est-ce qu'il y a, Will ?

– La galerie est bloquée. Elle s'est effondrée.

Will rampa lentement hors du souterrain, se redressa et laissa tomber la veste de son uniforme à ses pieds. Alors seulement il remarqua l'air sinistre de son ami.

– Qu'est-ce que t'as?

– L'éboulis... Tu crois pas que ton père pourrait se trouver là-dessous, non? dit Chester en chuchotant presque, réprimant un frisson d'horreur à cette idée. Il a pu se faire... écraser.

Will réfléchit un instant.

– Très bien, il n'y a qu'une façon de le savoir.

– Tu crois pas qu'on devrait le dire à quelqu'un? bégaya Chester, surpris par l'attitude en apparence détachée de son ami.

Mais Will ne l'écoutait plus. Il plissait les yeux, l'air préoccupé, ce qui voulait dire qu'il était en train de dresser un plan de bataille.

– Tu sais, cet éboulis est en tout point semblable à celui des Quarante Trous, ce n'est pas normal du tout. Y a des morceaux de calcaire dedans, ajouta-t-il en dénouant sa cravate de l'uniforme du collège avant de la jeter sur sa veste. C'est trop pour n'être qu'une coïncidence.

Will se posta à nouveau à l'entrée du passage souterrain et se pencha en avant.

– T'as remarqué les étais? dit-il en passant la main sur une poutre. Ce n'était pas un accident. On les a attaqués à la hache et arrachés volontairement.

Chester rejoignit son ami et examina les poutres à son tour. Elles comportaient de profondes entailles, et certaines étaient presque coupées en deux.

– Mon Dieu, t'as raison, Will!

Will retroussa ses manches.

– On ferait mieux de s'y mettre, alors. Rien ne sert d'attendre, il faut partir à point.

Will se faufila dans le souterrain, traînant derrière lui un seau qu'il avait trouvé près de la brèche.

Chester regarda son uniforme, s'apprêta à parler mais se ravisa au dernier moment. Il ôta sa veste pour l'accrocher soigneusement au dos d'une chaise.

Chapitre Quinze

— Vas-y, dit Will dans un murmure pressant, tapi dans l'ombre de la haie qui séparait le fond du jardin du terrain communal.

Chester poussa un grognement et souleva la lourde brouette, puis il se faufila maladroitement entre les arbres et les massifs du jardin. Sur le terrain communal, il vira à droite en direction des fossés dans lesquels ils déchargeaient les gravats. À l'évidence, le père de Will y était venu avant eux.

Will restait à l'affût du moindre passant, tandis que Chester se dépêchait de déverser le contenu de sa brouette. Puis il fit un rapide demi-tour pendant que Will restait à l'arrière pour enterrer les grosses pierres et les mottes d'argile ou de terre.

Lorsqu'il eut terminé, Will rattrapa Chester, mais la roue de la vieille brouette émit brusquement un son strident sur le chemin du retour, comme pour protester contre les innombrables voyages qu'on lui avait fait faire. Le bruit déchira le silence de cette belle nuit d'été.

Les deux garçons s'immobilisèrent brusquement, regardant alentour pour voir s'ils avaient attiré l'attention d'un voisin.

À bout de souffle, Chester se pencha en avant, les mains posées sur les cuisses, tandis que Will examinait la roue.

— Va falloir huiler ce fichu truc.

— Non, tu crois ? rétorqua Chester, sarcartisque.

— Je crois que tu ferais mieux de la porter jusqu'à la cave, répondit Will, glacial.

— Faut vraiment que je le fasse ? grommela Chester.

— Allez, je vais te donner un coup de main, dit Will en attrapant la brouette par-devant.

Ils la traînèrent jusqu'à la cave, jurant à mi-voix, puis se turent dès la haie du jardin et descendirent avec précaution la petite rampe menant au sous-sol.

— C'est à mon tour de creuser, j'imagine, dit Will d'un ton grognon tandis que les deux garçons s'affalaient sur le sol en béton, épuisés.

Chester ne répondit pas.

— Ça va ?

Chester acquiesça mollement, jeta un regard à sa montre et déclara :

— Faudrait que je rentre chez moi.

— Oui, je comprends bien, dit Will tandis que Chester se relevait avec lenteur et ramassait ses affaires.

Même s'il n'avait rien dit, Will était soulagé d'entendre la décision de Chester. Ils étaient l'un comme l'autre éreintés après un travail acharné. Chester tenait à peine debout.

— Demain même heure, alors, dit Will doucement, tout en contractant ses doigts, puis en étirant ses épaules pour atténuer les raideurs musculaires.

— Ouais, répondit Chester en quittant la cave, sans même regarder Will.

Comme d'habitude, ils reprendraient leur travail le lendemain après l'école.

Will mangeait un plat complètement froid, lorsque Rebecca apparut dans l'embrasure de la porte. Elle semblait surgie de nulle part, Will sursauta en déglutissant bruyamment.

— Mais regarde un peu dans quel état tu t'es mis ! Ton uniforme est tout crasseux, tu crois vraiment que je vais nettoyer tout ça une fois de plus ? dit-elle d'un ton menaçant.

— Non, pas vraiment, répondit-il en détournant le regard.

— Will, qu'est-ce que tu es en train de faire, au juste ?

— Je ne vois pas de quoi tu parles, dit-il en enfournant une nouvelle bouchée.

— Tu files en douce quelque part après l'école, n'est-ce pas ?

Il haussa les épaules et fit semblant d'inspecter une tranche de steak déséchée de la pointe de sa fourchette.

— Je sais que tu mijotes quelque chose. J'ai vu l'autre veau qui traînait dans le jardin.

— Qui ça ?

— Oh, arrête un peu ! Chester et toi, vous êtes en train de creuser des galeries quelque part, pas vrai ?

— T'as raison, admit Will en avalant sa bouchée.

Puis il respira à fond pour mentir de manière aussi convaincante que possible.

— On creuse du côté de la décharge municipale.

— Je le savais ! annonça Rebecca d'un ton triomphal. Comment peux-tu ne serait-ce que songer à creuser encore un de ces trous inutiles dans un moment pareil ?

— Papa me manque à moi aussi, tu sais, dit-il en prenant une bouchée de pommes de terre froides. Mais ce n'est pas à coups de serpillière ou en nous apitoyant sur notre sort comme Maman qu'on va s'en sortir...

Rebecca le regarda, l'air méfiant, tourna les talons et quitta la cuisine, furieuse.

Will termina son repas glacé, les yeux dans le vague. Il mâchonnait tout en ruminant ce qui s'était passé au cours du mois écoulé.

Il monta dans sa chambre où il déplia une carte géologique de Highfield, marqua l'emplacement de leur maison et la direction suivie par la galerie creusée par son père selon ses estimations. Et puis, tant qu'il y était, la place Martineau et la maison de Mme Tantrumi. Will contempla longuement la carte, comme une énigme à résoudre, la mit de côté et grimpa dans son lit. Quelques minutes plus tard, il sombrait dans un sommeil troublé de rêves peuplés de ces sinistres individus décrits dans le journal de son père.

Chapitre Seize

Plusieurs semaines passèrent avant qu'un inspecteur de police ne rende enfin visite à Mme Burrows pour lui poser quelques questions sur la disparition de son mari. Il parlait bien. Après s'être présenté non sans une certaine brusquerie à Will et Rebecca, il avait demandé à voir leur mère, laquelle était assise dans le salon.

Quelle ne fut pas leur surprise lorsqu'ils entrèrent dans la pièce : la flamme éternelle de la télévision était éteinte, et, plus remarquable encore, tout était incroyablement propre et rangé. Pendant la retraite de Mme Burrows, ni Will ni Rebecca n'avaient mis les pieds au salon. Ils pensaient donc y trouver un chaos sans nom, le sol jonché de nourriture à moitié consommée, de paquets vides, d'assiettes et de tasses sales. Il n'en était rien. Le salon était impeccable et, plus étonnant encore, leur mère portait l'une de ses plus jolies robes d'été, s'était coiffée avec soin et même maquillée. Cela n'avait plus rien à voir avec la robe de chambre beige et les pantoufles dans lesquelles elle marinait d'ordinaire.

Will n'en croyait pas ses yeux. Comment expliquer cette métamorphose subite ? Elle devait s'imaginer avoir décroché un rôle dans l'une des séries policières qu'elle affectionnait tant...

— Maman... voici... bégaya-t-il.

— L'inspecteur principal Beatty, compléta sa sœur.

— Entrez, je vous prie, dit Mme Burrows avec un sourire aimable en se levant de son fauteuil.

— Merci, madame Burrows... Je sais que vous traversez une période difficile...

— Mais non, pas du tout, répondit-elle, radieuse. Rebecca, tu veux bien nous préparer du thé, s'il te plaît ?

— C'est trop aimable à vous, Madame, remercia l'inspecteur Beatty, planté au centre de la pièce d'un air emprunté.

— Je vous en prie, prenez place, l'invita Mme Burrows en lui indiquant le canapé.

— Will, tu peux venir me donner un coup de main ? dit Rebecca en tirant son frère par la manche pour l'entraîner vers la sortie.

Will ne bougea pas d'un pouce, éberlué par l'attitude de sa mère, enfin redevenue la femme qu'elle avait été bien longtemps auparavant.

— Euh... Ouais... Oh, bon d'accord... marmonna-t-il.

— Vous prendrez du sucre ? demanda Rebecca à l'inspecteur sans lâcher le bras de son frère.

— Non merci, mais je veux bien un peu de lait.

— Très bien, du lait, pas de sucre. Et Maman, juste deux sucrettes, comme d'habitude ?

Madame Burrows lui sourit et hocha la tête, puis se tourna vers Will, comme si sa réaction l'amusait.

— Et peut-être aussi quelques biscuits à la crème anglaise ?

Will émergea de sa transe et suivit Rebecca dans la cuisine. Il n'en revenait pas.

L'inspecteur profita de l'absence des enfants pour s'adresser à Mme Burrows à voix basse, d'un ton grave. Son équipe et lui avaient fait leur possible pour retrouver le Dr Burrows, mais comme ils n'avaient rien trouvé ils avaient décidé de lancer une enquête approfondie. Cela signifiait qu'ils allaient publier une photo du docteur et procéder à un entretien détaillé avec sa femme au commissariat. Ils souhaitaient aussi parler à toutes les personnes qui avaient eu des contacts avec le Dr Burrows juste avant sa disparition.

– J'aimerais vous poser quelques questions dès maintenant, si vous n'y voyez pas d'inconvénient. Commençons par le métier de votre mari, déclara l'inspecteur en jetant un coup d'œil en direction de la porte pour voir si son thé allait enfin arriver. A-t-il jamais mentionné une personne en particulier, rencontrée au musée ?

– Non, répondit Mme Burrows.

– Je veux dire, est-ce qu'il aurait pu confier à quelqu'un ?...

– Où il comptait aller ? compléta Mme Burrows avec un rire glacial. Je crains que vous ne fassiez fausse route.

L'inspecteur se redressa sur sa chaise, quelque peu surpris par cette réponse.

– Il travaille seul au musée. Il n'a pas un seul collègue. Peut-être pourriez-vous interroger les vieux croûtons qui traînent avec lui, mais ne vous étonnez pas s'ils n'ont pas la mémoire aussi vive que par le passé...

– Ah bon ? répondit l'inspecteur avec un sourire en coin tout en prenant des notes dans son calepin.

– Ce sont des octogénaires, pour la plupart. Et pourquoi au juste voulez-vous nous interroger, mes enfants et moi ? J'ai déjà dit tout ce que je savais à vos collègues. Ne devriez vous pas plutôt lancer un avis de recherche ?

– Un avis de recherche ? Certes... En général nous passons des appels d'urgence à la radio.

– Et j'imagine que la disparition de mon mari ne constitue pas une urgence, n'est-ce pas ?

La conversation s'interrompit soudain lorsque Will et Rebecca parurent dans l'embrasure de la porte. Rebecca posa le plateau sur la table du salon et distribua des tasses, tandis que Will tenait une assiette de biscuits à la main. Leur présence ne semblait pas déranger l'inspecteur, ils prirent donc place. Le silence se fit de plus en plus pesant. Madame Burrows regardait l'inspecteur d'un air furibond, ce dernier avait les yeux rivés sur sa tasse.

— Je crois que nous devrions revenir au cas de votre mari, si vous voulez bien, Madame.

— Mais c'est justement de cela que je vous parle, rétorqua-t-elle. C'est plutôt pour vous que je me fais du souci, maintenant.

— Madame Burrows, il faut que vous compreniez que certaines personnes ne... ne veulent pas qu'on les retrouve. Elles veulent disparaître, car leur vie est devenue insupportable.

— Insupportable ? reprit Mme Burrows, furieuse.

— Oui, nous devons tenir compte de cette possibilité.

— Alors la vie de mon mari aurait été insupportable ? De quoi parlez-vous au juste ? C'est plutôt l'inverse, sa vie était devenue bien trop confortable.

— Madame... tenta d'interrompre l'inspecteur en adressant un regard impuissant aux deux enfants qui assistaient à la scène comme on observe un échange particulièrement animé entre deux joueurs de tennis.

— N'allez pas croire que je ne sais pas que la plupart des meurtres sont commis par des membres de la famille de la victime, déclara leur mère.

— Madame Burr...

— C'est pour cette raison que vous comptez nous interroger au commissariat, n'est-ce pas ? Pour trouver le coupable !

— Madame Burrows, personne n'a jamais dit qu'il y avait eu meurtre. Pourrions-nous reprendre là où nous en étions restés et repartir sur de bonnes bases ? suggéra-t-il en essayant de reprendre le contrôle de la situation.

— Je suis navrée. Je sais que vous faites votre métier, répondit Mme Burrows d'une voix plus calme avant de prendre une gorgée de thé.

L'inspecteur acquiesça, ravi de constater qu'elle était au bout de sa tirade. Il prit une profonde inspiration et regarda son calepin.

— Je sais que ce doit être difficile pour vous d'imaginer pareille chose, mais votre mari avait-il des ennemis ? Peut-être avait-il fait des affaires avec des gens...

Mme Burrows renversa soudain la tête en arrière et rit à gorge déployée, au grand étonnement de Will. L'inspecteur marmonna qu'il prenait ça pour un non puis écrivit dans son petit calepin. Semblant recouvrer quelque dignité, il annonça :

— Je suis dans l'obligation de vous demander cela, dit l'inspecteur en fixant Mme Burrows d'un regard insistant. Votre mari a-t-il jamais consommé de l'alcool de manière excessive, ou encore pris de la drogue ?

Mme Burrows se remit à rire.

— Lui ? Vous n'êtes pas sérieux !

— Très bien. Alors que faisait-il de son temps libre, dans ce cas ? demanda l'inspecteur d'un ton neutre, car il voulait en finir au plus vite. Avait-il des passe-temps ?

Rebecca lança un regard à Will.

— Il faisait des fouilles... archéologiques, répondit Mme Burrows.

— Ah, oui, commenta l'inspecteur en se tournant vers Will. Tu l'aidais, n'est-ce pas, mon garçon ?

Will acquiesça.

— Et où procédiez-vous à ces fouilles ?

Will s'éclaircit la voix et regarda sa mère puis s'adressa à l'inspecteur qui attendait toujours sa réponse, le stylo à la main.

— Eh bien, un peu partout, en fait. Dans les environs, à l'extérieur de la ville, dans des décharges, des endroits dans ce genre-là, quoi.

— Oh, je croyais qu'il s'agissait de vraies fouilles, répondit l'inspecteur.

— Mais c'était bien le cas, répondit Will avec fermeté. Nous avons même découvert le site d'une ancienne villa romaine, mais nous recherchions essentiellement des objets datant du XVIIIe et du XIXe siècles.

— Quelle était l'étendue... je veux dire, la profondeur de ces galeries ?

— Oh, ce n'étaient que des trous, répondit Will qui ne tenait pas à poursuivre sur ce sujet.

— Est-ce que vous étiez engagés dans ce genre d'activité au moment de sa disparition ?

— Non, monsieur l'inspecteur.

Rebecca fusilla son frère du regard.

— Tu es sûr qu'il n'avait rien en cours, peut-être à ton insu ?

— Non, je ne crois pas.

— D'accord, déclara l'inspecteur en rangeant son calepin. Ce sera tout pour aujourd'hui.

Le lendemain, Chester et Will ne s'attardèrent pas après la classe. Ils avaient repéré Speed et l'un des ses fidèles complices, Bloggsy, qui traînaient non loin du portail. Speed les observait, adossé à la grille, les mains dans les poches. Pendant ce temps, Bloggsy, vilaine créature à la chevelure rousse dont les frisottis faisaient penser au crin dont on bourre les coussins, se délectait à lancer des petits cailloux qu'il tirait des poches de sa parka sur les filles qui passaient à sa portée. Leurs cris indignés le mettaient en joie, il s'esclaffait alors d'un rire diabolique.

— Je crois qu'il veut jouer le match retour, dit Will en jetant un coup d'œil en direction de Speed.

Ce dernier le toisa de ses yeux haineux, mais dès que son regard croisa celui de Chester il leur tourna le dos avec mépris, pour murmurer quelque chose à l'oreille de Bloggsy. Son acolyte se contenta d'un sourire méprisant.

— Bande de nains, grogna Chester en s'éloignant.

Ils avaient décidé, Will et lui, de prendre un raccourci pour rentrer chez eux.

Ils quittèrent leur école, cet immense bâtiment moderne de verre et de brique, traversèrent la rue et pénétrèrent au plus proche de la cité. Construite dans les années soixante-dix, celle-ci avait été surnommée la « Cité aux cafards », pour des raisons évidentes. Les bâtiments infestés étaient délabrés, et la plupart des logements déserts ou incendiés. Il en fallait plus pour intimider Chester et Will, mais tout n'était pas si simple. En passant par là, ils étaient forcés de traverser le territoire de la Clique. Comparée à ce gang, la bande de Speed avait l'air d'une assemblée de fillettes.

Will et Chester marchaient côte à côte. Les faibles rayons du soleil se reflétaient sur les bouts de verre brisé qui jonchaient le bitume et encombraient le caniveau, quand soudain Will ralentit légèrement l'allure.

— Qu'est-ce qui se passe, Will ?

— Je sais pas, répondit-il en scrutant avec appréhension une ruelle adjacente.

— Allez, dis-moi, demanda Chester en regardant à son tour. Je ne pense vraiment pas qu'ils nous tendraient une embuscade ici.

– Juste une impression... C'est rien, Chester.

– Speed t'a rendu complètement parano, pas vrai ? répondit Chester avec un sourire, ce qui ne l'empêcha pas de presser le pas.

À la sortie de la cité, tous deux ralentirent enfin le pas pour atteindre la Grand-Rue et le musée. Comme tous les soirs, Will jeta un coup d'œil au bâtiment dans le vain espoir d'y entrevoir une lumière, des portes ouvertes et son père au travail. Il aurait voulu que tout soit à nouveau comme avant. Mais comme tous ces jours-ci, le musée était fermé, et ses fenêtres noires et hostiles. La mairie avait, bien sûr, décidé qu'il coûtait moins cher de fermer les lieux que de chercher un remplaçant temporaire au Dr Burrows.

Will leva les yeux vers le ciel. Des nuages menaçants se formaient peu à peu et masquaient le soleil.

– Ça pourrait facilement se passer ce soir, dit-il d'un ton léger. Comme il fera sombre plus tôt, nous n'aurons pas besoin d'attendre pour décharger la terre.

Soudain, Will grommela quelque chose.

– Tu peux répéter, Will ?

– J'ai dit de ne pas te retourner, je crois qu'on est suivis.

À une vingtaine de mètres derrière eux, un petit homme très trapu coiffé d'un chapeau mou, avec des lunettes noires et un immense pardessus jusqu'aux chevilles semblait regarder dans leur direction.

– Zut ! chuchota Chester. Je crois que tu as raison, il correspond pile à la description du journal de ton père !

– Un homme en chapeau ? dit Will avec un mélange de crainte et d'étonnement. Ralentissons un peu pour voir.

L'homme mystérieux ralentit l'allure.

– Très bien, dit Will, et si on traversait la rue ?

L'homme fit de même, et lorsqu'ils accélérèrent le pas il pressa le sien.

– Pas de doute, il nous suit, dit Chester, pris d'une panique soudaine. Mais qu'est-ce qu'il veut ?

– Je ne sais pas, dit Will, songeur. Je pense qu'on devrait le lui demander.

– Tu veux rire ? C'est après avoir rencontré des gens de ce genre-là que ton père a disparu, cet homme pourrait bien l'avoir enlevé. Allez, on dégage et on appelle la police ! Ou bien on demande de l'aide.

Ils se turent un instant et regardèrent autour d'eux.

– Non, j'ai une meilleure idée. On le prend en étau, on arrive par-derrière et on l'assomme, ajouta Will.

– Il est peut-être dangereux, et pas du tout mou du cha-peau, plutôt genre boxeur professionnel.

– Allez, répondit Will. Moi j'attire son attention et toi tu le plaques au sol, comme au rugby... Ça, tu sais le faire, il me semble ?

– Arrête ! dit Chester en agitant la tête, ça va pas, non ? Il est super costaud, ce type, il va me réduire en miettes !

– Oh, attends un peu, je crois qu'ils ont repris l'avantage.

– Comment ça, ils ? demanda Chester en suivant le regard de Will.

À une vingtaine de mètres en amont se trouvait un autre homme ressemblant en tout point au premier, mis à part sa casquette plate bien enfoncée sur le front et ses lunettes noires à peine visibles sous la visière. Son manteau très long battait dans le vent.

En atteignant la première boutique de la Grand-Rue, les deux garçons s'arrêtèrent pour jeter un coup d'œil alentour. Sur le trottoir d'en face, deux femmes bavardaient, appuyées sur leurs Caddies. L'une d'elles tenait en laisse un fox-terrier rétif affublé d'un manteau écossais. Personne d'autre à l'horizon.

Tout se bousculait dans l'esprit de Will et de Chester. Soudain, l'homme qui leur faisait face se dirigea vers eux. Ils n'avaient plus vraiment le choix. L'homme au chapeau mou martelait si fort le pavé de ses grosses bottes qu'on aurait cru un pilon.

— T'aurais pas une idée de génie, Will ? demanda Chester, pris de panique.

— Écoute-moi bien, on file droit sur le type à casquette, on vire sur le côté et on déboule dans la boutique des frères Clarke. C'est bon ? dit Will dans un souffle.

Chester n'avait pas la moindre idée de ce que Will comptait faire, mais étant donné les circonstances il était prêt à accepter n'importe quoi.

Clarke Frères était le principal magasin de la Grand-Rue. Deux frères, Junior et Senior, faisaient marcher cette boutique devant laquelle des étals de fruits soigneusement disposés trônaient de part et d'autre de la porte. La silhouette massive de l'homme à la casquette se découpait maintenant dans la lumière, bloquant toute la largeur du trottoir, et les vitrines étincelantes attiraient les deux garçons comme des papillons.

— Maintenant ! hurla Will, et ils filèrent d'un coup sur la chaussée, leurs cartable bringuebalant sur leur dos.

Les deux hommes foncèrent pour les intercepter. Ils étaient bien plus rapides que ne l'avaient imaginé Will et Chester. L'un attrapa Will par le col, et celui-ci poussa un cri étranglé. Sans réelle préméditation, Chester lui fonça dessus, faisant valser les lunettes noires. Will profita de la confusion pour se dégager des deux mains. L'homme étourdi par le choc grogna et bondit pour le rattraper.

Tête baissée, les épaules rentrées et trébuchant dans leur course tels des pantins tourneurs en perte d'équilibre, Chester et Will parvinrent à l'entrée du magasin des Frères Clarke au moment même où l'homme en chapeau tendait le bras pour les stopper – ultime mais vaine tentative.

Ils franchirent le seuil de concert, un bref instant coincés côte à côte dans l'encadrement de la porte et faisant retentir la sonnerie de plus belle. Ils roulèrent enfin sur le sol de la boutique. Chester, reprenant ses esprits, claqua violemment la porte et la maintint à l'aide d'un pied.

— Allons, mes enfants ! dit Clarke Junior, qui disposait des poupées de paille sur une étagère, perché sur un escabeau en proie à des oscillations de plus en plus menaçantes. Qu'est-ce que c'est que tout ce chahut ? Une envie irrépressible de fruits ?

— Euh non, pas vraiment, répondit Will qui tentait péniblement de reprendre son souffle en se relevant d'un air parfaitement naturel.

Chester avait le dos plaqué contre la porte, dans une posture un peu gauche.

— Qu'est-ce que c'est que tout ce boucan ?

Clarke Senior émergea de derrière son comptoir, des liasses de factures à la main.

— Rien de bien grave, répondit Clarke Junior en souriant. Ne t'occupe pas de nous, retourne à tes paperasseries, je parierais que ces deux casse-cou recherchent des fruits exotiques.

— Eh bien, j'espère qu'ils ne veulent pas de kumquats, car nous sommes en rupture de stock ! déclara Clarke Senior d'une voix sévère, avant de retourner maugréer sous son comptoir.

— Alors nous nous en passerons, répondit Clarke Junior en riant. Ne prêtez pas attention à Senior, il est toujours mal luné quand il fait les comptes. De la paperasse, encore de la paperasse, et plus une seule goutte d'encre, déclama-t-il.

La boutique des frères Clarke était une institution locale. Ils en avaient hérité de leur père, qui lui-même en avait hérité du sien. Pour autant qu'on le sache, les Clarke étaient déjà dans les affaires lors des conquêtes romaines, et sûrement leurs ancêtres vendaient déjà des navets... Clarke Junior était un quadragénaire flamboyant doté d'un fort penchant pour les vestes aux couleurs vives, assorties aux tomates de son magasin et confectionnées sur mesure par un tailleur local. D'une bonne humeur communicative, il était le chouchou de ces dames, jeunes ou moins jeunes, et son répertoire de bons mots semblait inépuisable. On se demandait pourquoi il était toujours resté célibataire.

Clarke Senior n'avait rien à voir avec son cadet. Conservateur convaincu, il désapprouvait l'exubérance de son frère. Son code vestimentaire traditionnel préconisait la même vieille blouse que ses ancêtres, par-dessus une tenue impeccable : chemise blanche et cravate noire. Ses chaussures étaient parfaitement cirées, et ses cheveux plaqués sur son crâne dans une coupe militaire.

À l'intérieur de leur petite boutique vert kaki, les deux frères se querellaient sans cesse, tels deux acteurs de boulevard.

– On s'attend à une ruée sur mes délicieuses groseilles, c'est bien ça ? demanda Clarke Junior en imitant l'accent gallois.

Comme le jeune garçon ne rentrait pas dans son jeu, Clarke Junior ajouta, en zézayant cette fois :

– Ah, vous êtes du genre ténébreux... Mais que vois-je, c'est bien le jeune Maître Burrows que voilà ? dit-il en posant un pied à terre. J'ai été navré d'apprendre la disparition de votre père, nous avons fait beaucoup de prières pour vous, ajouta-t-il en posant doucement la main droite sur son cœur. Comment votre mère prend-elle tout cela ? Et votre délicieuse petite sœur ?...

– Elles vont bien toutes les deux, répondit Will d'un air absent.

— C'est une de nos fidèles et bien-aimées clientes, vous savez ?

— Oui, rétorqua Will avec brusquerie.

Il essayait à la fois de suivre la conversation et de surveiller la porte d'entrée contre laquelle Chester était toujours adossé comme si sa vie en dépendait.

— Une cliente fort appréciée en effet, acquiesça Clarke Senior sans se relever, dans un bruissement de papier.

— En effet, en effet, renchérit Clarke Junior, souriant. Attendez-moi donc un instant, les enfants, je vais chercher un petit quelque chose pour la mère et la sœur de monsieur Burrows.

Will n'avait pas ouvert la bouche que Clarke Junior avait déjà tourné les talons avec sa grâce habituelle. Il semblait s'être retenu pour ne pas se livrer à un numéro de claquettes en gagnant l'arrière-boutique. Will profita de l'occasion pour jeter un coup d'œil dans la rue.

— Ils sont encore là ! cria-t-il avec un mouvement de recul.

Les deux hommes se tenaient sur le trottoir, encadrant les étals. À la lumière de la boutique, leurs profils étranges et fantomatiques luisaient dans la nuit. Ils portaient toujours leurs lunettes noires, leurs couvre-chefs et leurs longs manteaux, animés d'un air de détermination impitoyable.

— Demande-leur d'appeler la police, murmura Chester d'une voix étranglée en désignant le comptoir.

Clarke Junior reparut enfin avec une corbeille de fruits assortis ornée d'un gros ruban rose, qu'il offrit à Will, les bras tendus comme pour un air d'opéra.

— Pour votre famille, mon bon ami, en gage de notre soutien.

Will s'apprêtait à lui parler des hommes mystérieux, quand Chester dit d'une voix forte :

— La voie est libre !

— Comment ça, la voie est libre ? intervint Clarke Senior tel un diable surgissant de sa boîte.

— Retourne donc à ta paperasse ! rétorqua Clarke Junior sur le ton d'une maîtresse d'école en colère.

Cependant, Clarke Senior ne bougea pas d'un pouce.

— Il faut que jeunesse se passe, commenta Clarke Junior en gloussant. N'oubliez pas de faire mes amitiés à mademoiselle Rebecca. Croyez-moi, elle sait reconnaître les bons produits, c'est une jeune fille très douée.

Will acquiesça avec un pâle sourire.

— Merci pour le cadeau, monsieur Clarke !

— Oh, de rien !

— Nous espérons que votre père reviendra bientôt, ajouta Clarke Senior d'une voix empreinte de tristesse. Ne vous inquiétez pas, ce sont des choses qui arrivent de temps à autre.

— Ah... C'est comme ce Gregson, une histoire terrible, vraiment, soupira Clarke Junior d'un air entendu. Et puis il y a eu la famille Watkins, l'an passé. Des gens si gentils ! On ne les a jamais revus depuis qu'ils...

— Ça n'a rien à voir du tout, intervint brusquement Clarke Senior en s'éclaircissant la voix. Je ne crois pas qu'il soit très à propos de parler de ces choses-là, Junior. Tu ne trouves pas que tu manques un peu de compassion, non ?

Mais Junior n'écoutait plus. Maintenant qu'il était lancé, rien ne pouvait l'arrêter. Les bras croisés, il avait pris la pose des commères avec lesquelles il conversait d'ordinaire.

— C'est comme la fameuse histoire de ce navire fantôme, le *Marie-Céleste*. Lorsque la police est arrivée sur les lieux, les lits étaient vides, et les uniformes des garçons prêts pour le lendemain, mais toute la famille avait disparu. Si je ne m'abuse, madame W. avait acheté une livre de haricots verts et deux pastèques ce jour-là. Partis sans laisser la moindre trace.

— Quoi... les pastèques ? demanda Clarke Senior d'une voix neutre.

— Non, les membres de la famille, espèce de cornichon ! rétorqua Clarke Junior en roulant des yeux.

Pendant le silence qui suivit, Will regarda Clarke Junior puis Clarke Senior qui fusillait son frère du regard.

— Eh bien vous feriez mieux de partir maintenant ! déclara Clarke Junior avant de remonter avec grâce sur son escabeau en chantonnant « Croquez la pomme, *my darling...* ».

Will et Chester entrouvrirent la porte de la boutique et jetèrent un coup d'œil dans la rue.

— Tu ne vois rien ? demanda Chester.

— Non, rien en vue, répondit Will déjà sur le trottoir.

— On aurait dû appeler la police, tu sais.

— Pour leur dire quoi ? Que deux drôles de type avec des lunettes de soleil et des chapeaux ridicules nous ont pris en chasse avant de disparaître ?

— Oui, exactement, répondit Chester avec irritation. Et s'il s'agissait de la bande qui a kidnappé ton père ? ajouta-t-il.

— Oublie ça, on n'en sait rien.

— Mais la police... insista Chester.

— Tu veux vraiment nous faire perdre notre temps, avec tout le boulot qu'il nous reste à faire ? l'interrompit brusquement Will.

Il inspecta la Grand-Rue et se sentit soulagé en voyant qu'il y avait un peu plus de monde. Si les deux hommes réapparaissaient, les deux amis pourraient au moins appeler à l'aide.

— La police pensera qu'il s'agit d'une histoire de gamins. Et plus, on n'a même pas de témoins.

— Tu dois avoir raison, admit Chester à contrecœur. On ne manque vraiment pas de cinglés, en tout cas.

– Plus rien à craindre, maintenant. Ils sont partis. S'ils reviennent, on sera prêts cette fois, répondit Will, très sûr de lui.

Cet incident ne l'avait en rien dissuadé de poursuivre ses investigations, bien au contraire. Tout cela ne faisait que confirmer ses soupçons. Son père avait découvert quelque chose et lui-même était sur la bonne voie. Même s'il n'en avait pas parlé à Chester, il était maintenant plus déterminé que jamais à poursuivre son enquête et à explorer la galerie creusée dans la cave.

Will avait commencé à picorer des raisins dans le panier. Chester semblait s'être remis de ses appréhensions et lorgnait les fruits avec envie.

– Tu te dégonfles, ou bien tu continues à m'aider ? lui demanda Will en éloignant le panier pour le faire enrager.

– Oh, bon, d'accord ! Donne-moi donc une banane, tiens, lui répondit Chester en souriant.

Chapitre Dix-sept

— On a saboté les étais, c'est sûr, dit Will en s'accroupissant sur un tas de gravats près de Chester, dans l'espace confiné du boyau.

Ils avaient déblayé environ dix mètres et le sol était à présent beaucoup plus pentu. Les poutres commençaient à manquer. Will avait espéré récupérer quelques étais d'origine, mais à son grand étonnement il n'en restait que très peu et ils étaient trop endommagés. Ils avaient déjà réutilisé le maximum de poutres ainsi que quelques étais métalliques pour éviter l'effondrement dans la galerie des Quarante Trous.

— Vraiment, y a quelque chose qui m'échappe, dit Will en appuyant d'une main contre le rempart de terre.

— Il s'est passé quoi, d'après toi ? Tu crois que ton père a tout détruit derrière lui ? demanda Chester en contemplant le tas de terre et de roches qu'il restait à déblayer.

— Il aurait rebouché derrière lui au fur et à mesure ? Non, impossible. Et même, dans ce cas, où seraient passés les étançons ? On en aurait trouvé au moins quelques-uns. Non, tout ça n'a aucune sens, dit Will en se penchant pour ramasser une poignée de graviers. Toute cette terre est encore vierge. On l'a transportée jusqu'ici – exactement comme aux Quarante Trous.

– Mais pourquoi se donner tant de mal pour remblayer la galerie, alors qu'il était plus simple de tout démolir ? demanda Chester, perplexe.

– Parce que, à la surface, le sol se serait effondré sous les maisons ou que d'énormes trous seraient apparus dans les jardins, répondit Will d'un ton excédé.

– T'as raison.

Ils étaient tous deux à bout de forces. Le dernier tronçon avait été particulièrement difficile à dégager, car il y avait de gros rochers que Chester avait du mal à transporter tout seul dans sa brouette.

– J'espère que nous n'aurons pas besoin d'aller très loin, soupira Chester. Je commence vraiment à fatiguer.

– M'en parle pas, répondit Will, le regard tourné vers le front de taille. Tu te rends compte qu'on peut tomber sur un cul-de-sac, au fait ?

Chester le regarda, trop épuisé pour prononcer un mot. Ils restèrent assis là en silence, plongés dans leurs pensées.

– Je me demande ce que Papa pouvait bien avoir en tête lorsqu'il a entrepris tout ça sans rien dire à personne ? Même pas à moi, ajouta-t-il, dépité. Mais pourquoi ?

– Il devait avoir une bonne raison, suggéra Chester.

– Oui, mais pourquoi tous ces mystères ? Pourquoi un journal secret ? Je ne comprends pas. Dans la famille... On ne s'est jamais rien caché... Jamais des choses aussi importantes, en tout cas.... Pourquoi ne pas m'avoir dit ce qu'il comptait faire ?

– Tu travaillais bien dans la galerie des Quarante Trous de ton côté, non ?

– Papa était au courant. Mais t'as raison, je ne l'ai jamais dit à Maman. Ça ne l'aurait pas intéressée, de toute façon. Je veux dire, euh, nous n'étions pas vraiment...

Will hésita. Il cherchait le mot juste.

— ... Une famille idéale, mais on s'entendait plutôt pas mal et tout le monde savait plus ou moins ce que faisaient les autres. Maintenant c'est fini, tout ça.

Chester se cura l'oreille et en retira un peu de terre.

— Ma mère pense qu'on ne devrait jamais rien se cacher. Elle dit que ça finit toujours par resurgir, et qu'après ça fait des disputes. Elle affirme qu'un secret, c'est comme un mensonge. En tout cas, c'est ce qu'elle dit à mon père.

— Et moi, en ce moment, je suis justement en train de mentir à Maman et à Rebecca, répondit Will en baissant la tête.

Après le départ de Chester, Will était remonté de la cave et avait filé directement à la cuisine, comme à son habitude. Rebecca était assise à la table et dépouillait le courrier. Will remarqua tout de suite la disparition des innombrables boîtes de café de son père qui encombraient les lieux depuis des mois.

— Qu'est-ce que t'en as fait? demanda-t-il en regardant tout autour de lui. Où sont les boîtes de Papa?

Rebecca l'ignora. Elle examinait une estampille sur une enveloppe.

— Tu les as jetées, pas vrai? dit-il. Comment tu as pu faire une chose pareille?

Elle daigna enfin le gratifier d'un rapide coup d'œil, avant de reprendre sa lecture, comme à un moucheron qu'elle n'aurait pas pris la peine d'écraser.

— Je meurs de faim. Qu'est-ce qu'on mange, ce soir?

Will ne voulait pas risquer de froisser sa sœur, en tout cas pas à l'heure du repas. Il se dirigea donc vers le frigo et remarqua un paquet délicatement emballé dans du papier brun, qu'on avait mis de côté.

– C'est quoi, ça ? C'est pour Papa ! Je crois qu'on devrait l'ouvrir, dit-il, et sans la moindre hésitation il s'empara du couteau à beurre sale au fond de l'évier.

Il coupa le papier, pressé d'ouvrir l'emballage qui entourait une sphère, incandescente après tout ce temps passé dans le noir.

Will la tint devant lui, le regard brillant d'excitation à la lueur de la sphère dont la luminosité recommençait à décliner.

– Papa en parlait dans son journal.

Rebecca avait cessé d'étudier la facture de téléphone pour se lever de sa chaise. Elle ne quittait plus la sphère des yeux.

– Il y a une lettre aussi, dit Will en plongeant la main dans la boîte en carton.

– Montre ! dit Rebecca.

Will recula d'un pas, la sphère toujours à la main, et déplia la lettre d'un coup de poignet. Rebecca se rassit, les yeux rivés sur le visage de son frère, qui lut la lettre à voix haute. Elle provenait du département de physique de l'*University College*.

Mon cher Roger,

Quel plaisir d'avoir de tes nouvelles après toutes ces années ! Ta lettre m'a rappelé le bon vieux temps de nos études à l'université. Quant à l'objet que tu m'as envoyé, je suis désolé d'avoir tant tardé à te répondre, mais je voulais m'assurer que j'avais bien consulté tous les spécialistes. En définitive, je ne peux pas te dire grand-chose, cette sphère nous laisse tous perplexes.

Comme tu nous l'avais demandé, nous n'avons ni brisé ni percé le globe de verre. Aucune de nos expériences n'a eu un caractère invasif.

Nous n'avons enregistré aucune trace de radioactivité, te voilà donc rassuré sur ce point.

Un métallurgiste a examiné le métal du socle au microscope, il confirme qu'il date bien de l'époque du roi George. D'après lui, la grille qui enserre le globe est en chrysocale, alliage de cuivre et de zinc inventé par Christopher Pinchbeck (1670-1732). On s'en servait pour remplacer l'or, mais la production de ce métal a très vite cessé. Il semblerait que la formule ait été perdue à la mort du fils de l'inventeur, Edward. Le métallurgiste m'a dit que ce matériau était rare, donc il est d'autant plus difficile de trouver un expert capable de l'identifier formellement. Malheureusement, je n'ai pas réussi à faire dater la grille au carbone 14 pour avoir confirmation de l'époque de fabrication.

Autre fait remarquable, l'examen de la sphère aux rayons X a révélé la présence d'une particule en son centre. Elle reste toujours pile au cœur de la sphère, même lorsqu'on la secoue, voilà qui est fort étonnant. Qui plus est, la sphère contient bien deux liquides de densités différentes. Les tourbillons que tu as remarqués ne dépendent pas des variations de température internes ou externes, mais il s'agit sans conteste d'un phénomène photoréactif — le problème, c'est qu'il n'intervient qu'en l'absence de lumière !

Voici ce qui nous trouble : les gars du département de chimie n'ont jamais vu rien de pareil. J'ai dû me battre pour leur reprendre la sphère, ils mouraient d'envie d'en briser le globe pour procéder à un examen détaillé dans leur laboratoire. Ils ont analysé le rayonnement de la sphère au spectroscope lorsqu'elle était au maximum de son intensité (à ce stade, les ondes qui s'en dégagent entrent dans la partie visible du spectre lumineux, elle émet une lumière proche de celle du jour, avec un rayonnement UV d'un niveau acceptable). Quant aux liquides, il semblerait qu'ils soient principalement composés d'hélium et d'argent. Nous ne pourrons pas t'en dire plus tant que tu ne nous auras pas autorisés à l'ouvrir.

Nous avons formulé l'hypothèse suivante : la particule solide qui se trouve au centre de la sphère sert de catalyseur à une réaction déclenchée par l'absence de lumière. Nous ne connaissons aucune réaction comparable qui puisse durer aussi longtemps, si tant est que cette sphère date vraiment du XVIIIe siècle. Si tu t'en souviens, l'hélium n'a pas été découvert avant 1895 — ce qui contredit nos estimations quant à la date de fabrication de la grille.

En résumé, c'est une véritable énigme. Nous serions ravis de t'inviter à une réunion interdisciplinaire, afin de convenir d'analyses plus poussées. Certains membres de notre équipe seraient même assez contents de venir faire un tour à Highfield pour y mener leur petite enquête.

J'espère avoir bientôt de tes nouvelles.
Amitiés, Tom.

Professeur Thomas Dee

Will posa la lettre sur la table et croisa le regard de Rebecca. Il regarda la sphère un moment, puis éteignit la lumière et referma la porte de la cuisine. Ils virent tous deux la sphère passer en l'espace de quelques secondes d'un vague halo verdâtre à quelque chose qui s'approchait en effet de la lumière du jour.

— Waouh ! dit Will, émerveillé. Ils ont raison. En plus, elle est chaude.

— T'étais au courant, n'est-ce pas ? Je te connais par cœur, dit Rebecca en fixant son frère.

Will ne répondit pas et ralluma la lumière. La sphère s'assombrit à nouveau.

— Tu sais, Rebecca, t'as dit que personne ne faisait quoi que ce soit pour retrouver Papa ?

— Et alors ?

– Avec Chester, on a trouvé un truc qui lui appartenait et on a commencé à... Eh bien, on mène notre propre enquête.

– Je le savais ! s'exclama-t-elle. Qu'est-ce que vous avez trouvé ?

– Chut ! souffla Will en jetant un coup d'œil à la porte. Moins fort. Je n'ai aucune intention d'embêter Maman avec tout ça. Je ne voudrais surtout pas lui donner de faux espoirs. D'accord ?

– Oui.

– On a trouvé un livre dans lequel Papa consignait tout ce qu'il faisait, une sorte de journal de bord, poursuivit-il lentement.

– Oui, et alors ?...

Ils s'assirent et Will raconta à sa sœur ce qu'il avait lu dans le journal de leur père, puis il compléta son récit par la rencontre des deux hommes mystérieux au visage livide devant la boutique des frères Clarke. Il omit toutefois de lui parler de la galerie qu'ils déblayaient sous la maison ; mais ça, après tout, ce n'était qu'une toute petite cachotterie...

Chapitre dix-huit

Une semaine plus tard, Chester et Will réussirent enfin à percer le remblai. Déshydratés par la chaleur qui régnait dans le boyau, les muscles endoloris et fatigués à force de creuser et de déblayer tour à tour, ils étaient sur le point de cesser leur travail lorsque le pic de Will rencontra un gros bloc de pierre qui bascula de l'autre côté, ouvrant une brèche dans la paroi.

Les deux garçons scrutèrent les ténèbres opaques dans un silence de mort, et pas même un cri de joie ne vint saluer cette découverte. Un courant d'air humide et lourd s'échappait du trou, balayant leurs visages sales et fatigués. Chester aurait voulu pouvoir s'enfuir au loin, comme s'il redoutait de se voir soudain happé par la brèche.

– Je ferais mieux de rentrer maintenant, déclara-t-il, rompant enfin le silence. C'est l'heure du goûter.

Will se tourna vers son ami d'un air incrédule et fut soulagé de voir un sourire s'esquisser sur ses lèvres. Il était tellement heureux de ce qu'ils venaient d'accomplir qu'il éclata de rire, ramassa une motte de terre et la lança sur Chester qui l'esquiva de bon cœur – il gloussait sous son casque jaune.

– Tu... Tu... dit Will, qui cherchait en vain le mot juste.

– Ouais, quoi ? rétorqua Chester, radieux. Allez, on y jette un petit coup d'œil, ajouta-t-il en imitant Will qui avait déjà passé la tête dans la brèche.

– C'est une grotte... remarqua Will en éclairant la zone de sa lampe torche. On ne voit pas grand-chose... Ça doit être immense. On dirait qu'il y a des stalactites et des stalagmites. Écoute un peu...

– Quoi ? chuchota Chester.

– Je crois que c'est de l'eau... de l'eau qui goutte, dit-il en se tournant vers son ami.

– Tu veux rire ? répondit-il, l'air soucieux.

– Non. C'est peut-être un fleuve du néolithique...

– Attends, laisse-moi voir un peu, dit Chester en s'emparant de la lampe torche.

Ils résistèrent à la tentation de creuser plus avant et décidèrent de poursuivre le lendemain, lorsqu'ils seraient à nouveau frais et dispos – et surtout mieux préparés. Chester rentra chez lui fatigué, mais ravi que leur travail ait porté ses fruits. Ils manquaient tous deux cruellement de sommeil et, tout en remettant l'étagère en place, Will se disait même qu'il prendrait peut-être un bain ce soir-là. Puis il balaya le sol et remonta dans sa chambre à la vitesse d'un escargot.

Lorsqu'il atteignit le palier, Will entendit sa sœur qui l'appelait depuis son lit et grimaça.

– Will, je sais que tu es là.

Il soupira et ouvrit la porte de la chambre. Rebecca était allongée, en train de lire.

– Qu'est-ce que tu veux ? demanda-t-il, étonné comme toujours par la méticulosité avec laquelle sa sœur avait nettoyé les lieux.

– Maman a dit qu'elle voulait nous parler.

– Quand ?

— Dès ton retour.

— Bon sang, qu'est-ce qu'elle veut encore?

Lorsqu'ils entrèrent dans le salon, Mme Burrows était dans sa posture habituelle, affalée dans son fauteuil comme un pantin désarticulé. Rebecca s'éclaircit la voix pour attirer son attention et sa mère releva la tête. Elle était encore à moitié endormie.

— Ah! bien, dit-elle en se redressant sur son siège. Je crois qu'il est temps que nous prenions quelques décisions importantes, car votre père ne reviendra peut-être pas. Cela fait plusieurs semaines qu'on ne lui verse plus son salaire et, comme me l'a signalé Rebecca, nous sommes déjà à court d'argent.

Will se tourna vers sa sœur qui se contenta d'acquiescer.

— Nous avons épuisé toutes nos économies, et avec les traites pour la maison et toutes les autres dépenses, nous allons devoir nous serrer la ceinture...

— Nous serrer la ceinture? demanda Rebecca.

— J'en ai bien peur, répondit Mme Burrows d'un ton détaché. Nous n'aurons aucun revenu pendant un temps; il va donc falloir revoir nos attentes à la baisse et vendre tout ce qu'on pourra – y compris la maison.

— Quoi! s'exclama Rebecca.

— Et c'est toi qui vas t'en charger, ma fille. Je vais m'absenter quelque temps. On m'a conseillé de passer un moment dans un... Eh bien... Une sorte d'hôpital, où je pourrai me reposer et me refaire une santé. Pendant mon absence, vous irez chez tantine Jeanne. Elle veut bien s'occuper de vous.

Le frère et la sœur échangèrent un regard. Des images se bousculaient dans la tête de Will; il revoyait la tour dans laquelle vivait sa tante, les paliers jonchés de sacs poubelle et de couches usagées, les ascenseurs tagués qui empestaient l'urine, les rues bordées de voitures brûlées; le vacarme

145

incessant des bandes de voyous sur leurs scooters, et tous les dealers à la petite semaine. Il y avait aussi les ivrognes assis sur des bancs, qui se querellaient sans raison en sifflant leur vinasse.

— Pas question ! hurla-t-il soudain comme s'il se réveillait en plein cauchemar. Je refuse d'aller vivre là-bas. Je ne pourrai jamais supporter ça. Et l'école ? Et mes amis ? ajouta Will.

Madame Burrows se redressa d'un coup sur son siège, envoyant valser ses deux télécommandes au passage.

— Quels amis ? rétorqua-t-elle d'un ton plein de rancœur.

— Tu ne vas quand même pas nous expédier là-bas, Maman, intervint Rebecca. C'est horrible, et puis ça pue. Une vraie porcherie !

— Tantine Jeanne elle-même ne sent pas très bon, renchérit Will.

— Eh bien, qu'est-ce que vous voulez que j'y fasse ? Il faut que je me repose. Le docteur a dit que j'étais très stressée. La discussion est close : nous devons vendre la maison et il va falloir que vous restiez chez Jeanne jusqu'à ce que...

— Jusqu'à ce que quoi ? Que tu trouves du boulot ? l'interrompit Will d'un ton sec.

Madame Burrows le fusilla du regard.

— C'est très mauvais pour moi, tout ça. Le docteur a dit qu'il fallait que j'évite les disputes. Cette conversation est terminée, lança-t-elle soudain avant de s'affaler à nouveau sur le côté.

Abasourdi, Will sortit dans le couloir et s'assit sur la première marche de l'escalier. Rebecca, elle, s'adossa contre le mur, les bras croisés.

— Eh bien, c'est la fin ! Au moins, je ne serai pas là la semaine prochaine.

— Non, non et non... Pas maintenant ! beugla Will, le poing levé. Tu ne peux pas nous faire ça, alors que nous traversons une période aussi difficile !

— Non, tu as peut-être raison, dit-elle en secouant la tête.

Après un instant de silence, Will se releva et déclara d'un ton résolu :

— Je sais ce qu'il me reste à faire.

— Quoi ?

— Je vais prendre un bain.

— Ça ne te fera pas de mal, conclut Rebecca en le regardant gravir les marches de l'escalier.

Chapitre dix-neuf

– Allumettes ?
    – Je les ai.
– Bougies ?
– Je les ai.
– Couteau suisse ?
– Je l'ai.
– Lampe de poche de rechange ?
– Je l'ai.
– Ficelle ?
– J'en ai.
– Craie et corde ?
– Ouais.
– Boussole ?
– Euh... Ouais.
– Piles de rechange pour les lampes frontales ?
– J'en ai.
– Appareil photo et calepin ?
– Je l'ai, et je l'ai.
– Crayons à papier ?
– Eau et sandwichs.
– Je... On part pour un bout de temps, pas vrai ? demanda

Chester en regardant l'énorme paquet que Will avait enveloppé dans du papier d'aluminium.

Après avoir vérifié une dernière fois leur équipement dans la cave des Burrows et coché chaque élément sur la liste que Will avait dressée un peu plus tôt dans la journée, pendant le cours de travaux pratiques, les deux garçons fourrèrent le tout dans leur sac à dos respectif. Will referma le rabat de sa sacoche puis l'enfila sur ses épaules.

— Bon, allons-y, dit-il avec détermination, empoignant sa chère bêche au passage.

Après avoir tiré l'étagère en arrière et laissé entrer Chester à sa suite, il la verrouilla à l'aide d'un loquet de fortune de sa fabrication et se mit à quatre pattes pour ouvrir la voie.

— Hé, attends-moi ! l'appela Chester, surpris par l'enthousiasme débordant de son ami.

Parvenus devant le front de taille, ils délogèrent les derniers blocs de pierre, qui retombèrent sur le sol avec un bruit d'eau. Chester s'apprêtait à dire quelque chose, mais Will prit la parole avant même qu'il ait eu le temps d'ouvrir la bouche.

— Je sais, je sais, tu t'imagines que nous allons être submergés par une déferlante d'eaux usées. Mais les roches qui viennent de tomber sont encore visibles, ça veut dire qu'on n'aura de l'eau que jusqu'aux chevilles.

Will fit volte-face, se hissa dans la brèche à reculons, puis sourit à Chester avant de disparaître dans le noir. Chester se figea jusqu'à ce qu'il entende enfin Will retomber dans l'eau à pieds joints.

La dénivellation était d'environ deux mètres.

— Hé, c'est carrément cool ! lui cria Will.

Chester se décida donc à passer à son tour. La voix de Will résonnait étrangement dans une caverne en forme de demi-lune dont le sol était presque entièrement submergé, et qui devait bien mesurer sept mètres de haut et au moins trente de long. Ils se trouvaient à l'une des extrémités de la grotte, dont le fond restait invisible derrière l'arrondi d'une paroi.

Ils sortirent de l'eau, puis éclairèrent les lieux de leurs lampes frontales. Quelle ne fut pas leur stupéfaction lorsqu'ils découvrirent des rangs enchevêtrés de stalactites et de stalagmites de toutes tailles – de l'épaisseur d'un crayon à celle d'un arbuste. Les stalactites pointant vers le sol rencontraient parfois des stalagmites pour former des colonnes. Le sol était recouvert de vagues de calcite se chevauchant.

– C'est une caverne, dit Will d'une voix calme en caressant la surface d'une colonne d'un blanc laiteux presque translucide. C'est pas magnifique, ça ? Ça ressemble à une glaçure ou un truc du genre.

– Moi, je trouve que ça ressemble plutôt à de la morve congelée, murmura Chester en posant la main sur une petite colonne, comme s'il avait besoin de se convaincre qu'il ne rêvait pas – il retira sa main et se frotta les doigts d'un air dégoûté.

– Pas facile de croire que c'est vraiment de la roche, n'est-ce pas ? commenta Will en tapant sur une stalactite qui rendit un son sourd.

– Et en plus, il y en a partout, ajouta Chester en examinant la paroi.

L'air glacé fit légèrement frissonner Chester, qui fronça le nez en détectant une odeur de renfermé peu agréable. Mais pour Will, elle avait le parfum de la victoire. Il avait toujours rêvé de faire une découverte importante et cette caverne dépassait ses attentes les plus folles. Il était ivre de joie.

– Oui ! dit-il d'un air triomphal en levant le poing.

À cet instant précis, debout dans la caverne tel Howard Carter découvrant la chambre mortuaire de Toutankhamon, il était enfin devenu le grand aventurier qu'il avait toujours rêvé d'être. Will ne voulait pas en perdre une miette et ne savait plus où donner de la tête.

— Tu sais qu'il a probablement fallu des milliers d'années pour obtenir cela... commenta Will en reculant d'un pas, quand il buta soudain sur un obstacle.

Il se pencha pour voir ce dont il s'agissait : un petit objet noir écaillé affleurant à la surface de la coulée de calcite et ayant déteint sur la blancheur laiteuse de la pierre. Will essaya de le desceller, en vain. L'objet, incrusté dans le sol glissait entre ses doigts à chaque tentative.

— Éclaire-le donc, Chester. On dirait un boulon tout rouillé, mais c'est impossible.

— Euh, Will... Je crois que tu devrais venir jeter un coup d'œil là-dessus... dit Chester d'une voix tremblante.

Au centre des eaux troubles qui recouvraient le sol de la caverne gisaient les restes d'une énorme machine – des rangées de gros rouages brun rouille pris à l'intérieur d'une carcasse en fonte délabrée. L'engin était si haut qu'il touchait presque les stalactites naissantes descendant du plafond. On eût dit qu'une créature impitoyable avait éventré une locomotive et l'avait laissée mourir là.

— Bon sang, qu'est-ce que c'est que ce truc ? demanda Chester.

Will resta un moment à côté de lui sans rien dire. Il observait la scène.

— Qu'est-ce que j'en sais, moi ? répondit-il. Et puis il y a des bouts de métal un peu partout, regarde !

Will éclaira les bords de la mare centrale en essayant d'éclairer les confins les plus reculés de la caverne. Il avait d'abord cru qu'il s'agissait de dépôts de minéraux ; mais après les avoir regardés de plus près, il avait découvert que le sol était jonché de boulons de forme hexagonale, semblables à celui qu'il venait de trouver. Il y avait aussi des broches et d'innombrables fragments de fonte déchiquetée. Le rouge de l'oxyde de fer se mêlait à des traînées noirâtres que Will identifia comme des nappes d'essence.

Ils restèrent là en silence, à admirer leur trésor sans valeur, quand un son presque imperceptible attira leur attention. On aurait dit un grattement.

— Tu entends ça ? chuchota Chester.

Ils dirigèrent l'un et l'autre leur faisceau lumineux vers l'endroit d'où semblait provenir le bruit. Will s'avança dans la caverne en prenant garde de ne pas trébucher sur le sol accidenté, désormais invisible sous la nappe d'eau.

— Qu'est-ce que c'est ? demanda Chester dans un souffle.

— Chut ! l'interrompit Will.

Ils tendirent l'oreille et scrutèrent les ténèbres.

Un mouvement soudain, suivi d'un clapotis, les fit sursauter. Ils virent une forme claire bondir hors de l'eau, filer le long des arbres de la machine pour se poster enfin sur l'une des énormes poulies dentées. Un gros rat au pelage luisant et aux grandes oreilles rose vif s'essuya le museau avec ses pattes, puis s'ébroua dans une pluie de gouttelettes avant de se relever, les moustaches en alerte : il humait l'air ambiant.

— Regarde ! Il n'a pas d'yeux, souffla Will tout excité.

Chester eut un frisson d'horreur, mais ne dit rien. Will avait raison, il n'y avait pas la moindre petite fente dans la fourrure de l'animal, là où auraient dû se trouver ses orbites.

— Beurk, c'est trop dégueu ! s'exclama Chester en reculant d'un pas.

— Une adaptation de l'évolution, commenta Will.

— Je me fiche pas mal de savoir ce que c'est !

L'animal tourna brusquement la tête vers Chester, dont il avait entendu la voix. Une fraction de seconde lui suffit pour plonger et rejoindre la berge opposée avant de filer.

— Super ! Il est probablement allé chercher ses copains, dit Chester. Cet endroit va grouiller de rats d'une minute à l'autre.

— Mais ce n'est qu'un fichu rat ! dit Will en éclatant de rire.

— Non, ce rat n'a rien de normal ! T'as déjà entendu parler de rats sans yeux, toi ?

— Arrête un peu ! T'es une grande fille, maintenant. Tu te souviens pas de la souris verte qui courait dans l'herbe ? ajouta Will avec un sourire moqueur.

Ils longèrent la berge incurvée, tout en inspectant les trous de la caverne. Chester progressait d'un pas hésitant entre les rochers et les débris métalliques, se retournant sans cesse dans la crainte de voir surgir derrière lui une armée de rats sans yeux.

— Oh, mon Dieu, je n'aime pas ça du tout, grommelait-il.

Will força l'allure dès qu'il vit le bout de la caverne et Chester s'empressa de lui emboîter le pas, de crainte de se retrouver seul.

— Waouh ! s'exclama Will. Regarde un peu ça ! ajouta-t-il, en s'arrêtant si brusquement que Chester faillit le téléscoper.

On avait creusé un passage dans la roche.

Will éclaira la surface oxydée d'une épaisse porte métallique, criblée de rivets de la taille d'une demi-balle de golf. Elle avait l'air ancienne. Trois poignées massives avaient été posées le long du chambranle.

— Hé ! Non ! cria Chester en voyant Will avancer la main.

Mais Will ne l'écouta pas et donna un léger coup sur la porte.

— C'est du métal, dit-il en passant la main sur la surface irrégulière et noire qui ressemblait à de la mélasse carbonisée.

— Et alors? T'as quand même pas l'intention de l'ouvrir?
Will se tourna vers lui sans lâcher la porte.

— Je vais me gêner, tiens! Mon père est forcément passé par
là.

Will tendit le bras pour attraper la plus haute des trois poignées et tenta en vain de l'abaisser, mais elle refusa de céder. Il
lança sa torche à Chester, et s'acharna de nouveau dessus,
s'aidant cette fois de ses deux mains pour peser de tout son
poids. En vain.

— Essaie donc dans l'autre sens, suggéra Chester d'un ton
résigné.

Will fit une nouvelle tentative et poussa la poignée vers le
haut. Elle grinça quelque peu puis céda sans peine et ils entendirent la clenche qui retombait avec un bruit sourd. Il mani-
pula ensuite les deux autres poignées, recula d'un pas, reprit la
torche qu'il avait confiée à Chester et posa la main sur la
porte. Il était prêt.

— Eh bien! nous y voilà, dit-il à Chester qui se dispensa
pour une fois de toute objection.

Deuxième partie

La colonie

Chapitre vingt

L a porte pivota sur ses gonds dans un grincement métallique. Will et Chester marquèrent une pause et ressentirent une soudaine montée d'adrénaline lorsqu'ils dirigèrent le faisceau de leur lampe sur les ténèbres qui s'ouvraient face à eux. Ils étaient à deux doigts de prendre leurs jambes à leur cou mais, ne percevant rien d'anormal, ils franchirent prudemment le seuil de la porte en retenant leur souffle. Leurs cœurs battaient à tout rompre.

Ils découvrirent une pièce pratiquement ronde aux parois sinueuses, de moins de dix mètres de long, au fond de laquelle s'ouvrait une porte en tout point semblable à celle qu'ils venaient d'ouvrir, sauf qu'elle était percée d'un petit panneau de verre embué, riveté à la façon d'un hublot.

— On dirait un sas, remarqua Will dont le pas lourd résonnait sur le sol dégrossi. Allez, du nerf! lança-t-il à Chester qui le suivait de près et refermait déjà la porte derrière lui en tournant soigneusement chacune des trois poignées dans le sens inverse.

— Mieux vaut laisser les choses comme on les a trouvées, dit Chester. Juste au cas où.

Après avoir tenté vainement de voir à travers le hublot opaque, Will tourna les trois poignées de la seconde porte qui s'ouvrit avec un léger sifflement – on aurait dit un pneu qui se dégonfle. Chester lança un regard interrogateur à son ami, mais Will l'ignora et pénétra dans une pièce adjacente d'environ trois mètres sur trois. Le patchwork de plaques de métal rouillé aux soudures grossières qui constituait les murs ressemblait à la carlingue d'un vieux bateau.

– Regarde un peu. Il y a un numéro, là, observa Chester en refermant les poignées de la seconde porte derrière lui.

Le chiffre cinq figurait en effet juste en dessous du hublot, sur la peinture écaillée et jaunie.

Ils s'avancèrent avec prudence jusqu'à un enchevêtrement de barres métalliques bloquant le passage sur toute la hauteur. Will secoua la grille, mais elle était solide et refusa de céder. Alors il rangea sa lampe qui projetait des ombres vacillantes sur les murs et s'agrippa au métal humide pour tenter de distinguer ce qui se trouvait de l'autre côté.

– Je vois des murs et un plafond, mais... dit-il en tournant la tête de tous côtés, le sol est...

– Loin en contrebas, l'interrompit Chester, la visière du casque pressée contre la grille.

– Je peux te dire qu'il n'existe rien de tel sur les plans de la ville. Tu crois que j'aurais laissé passer un truc pareil ? demanda Will, comme pour se rassurer.

– Non. Attends un peu, Will, regarde-moi ça ! s'exclama Chester d'une voix forte. (Il venait de repérer de gros câbles derrière la grille.) C'est une cage d'ascenseur, ajouta-t-il, soudain rasséréné.

Ils venaient de découvrir quelque chose de familier, quelque chose qui n'avait rien d'inexplicable ni de menaçant. C'était bien une cage d'ascenseur. Pour la première fois depuis qu'ils avaient quitté l'environnement relativement normal de la cave des Burrows, Chester se sentait en sécurité : l'ascenseur devait relier cet étage à un tunnel ferroviaire, ou à quelque autre endroit tout aussi banal. Il se risqua même à penser que cette étape marquerait peut-être la fin de leur expédition improvisée.

Il saisit la poignée qui se trouvait sur sa droite et tira le panneau grillagé qui s'ouvrit avec un grincement strident. Surpris, Will fit un pas en arrière. Dans sa précipitation, il n'avait pas remarqué que cet obstacle n'était autre qu'une grille coulissante. Chester l'aida et ils purent enfin examiner la cage d'ascenseur sous le faisceau de leurs lampes. Des câbles couverts de graisse plongeaient en contrebas jusqu'au cœur de l'obscurité.

— C'est sacrément profond, dit Chester en agrippant d'une main tremblante la grille, soudain pris de vertige devant l'abîme qui s'ouvrait sous ses pieds.

Will détacha les yeux du vide pour scruter la pièce aux parois métalliques. Il distingua enfin un petit boîtier en bois noir avec en son centre un bouton de laiton poli.

— Oui ! triompha-t-il.

Sans un mot, il appuya sur le bouton à la surface huileuse. Rien ne se passa.

Il recommença. Toujours rien.

— Chester, referme la grille, vas-y ! hurla-t-il, incapable de contenir son excitation.

Chester s'exécuta et Will appuya de nouveau sur le bouton. Une lointaine vibration se fit entendre, suivie par le bruit sourd d'un mécanisme qui s'enclenche. Les câbles se mirent à vibrer dans un gémissement sourd qui provenait sans doute du treuil au-dessus de leurs têtes. L'ascenseur se rapprochait peu à peu.

— Je parie que ça mène à une station de métro, dit Chester en se tournant vers Will qui s'impatientait.

— Impossible. Je t'ai déjà dit qu'il y n'avait rien sur les plans. Ça n'a rien à voir, rétorqua Will avec exaspération, douchant ainsi le bel enthousiasme de Chester, puis ils collèrent leurs visages contre la grille pour éclairer la cage d'ascenseur de leurs lampes frontales.

— Eh ben, si on ne sait pas de quoi il s'agit... dit Chester, on peut encore rebrousser chemin.

— Allez... On peut pas laisser tomber, pas maintenant.

Ils se turent quelques instants, puis Chester rompit le silence.

— Et s'il y avait quelque chose dans l'ascenseur?

Il recula, soudain pris de panique.

Will ne pouvait détacher ses yeux du gouffre.

— Attends, je n'arrive pas à... C'est encore trop noir... Attends! Je le vois, je le vois! Ça ressemble à un monte-charge. Comme dans les puits de mine!

Les yeux toujours rivés sur la machine qui montait lentement vers eux, Will en distingua enfin le toit.

— Arrête de stresser, tu veux. Y a personne dedans, dit-il en se tournant vers Chester.

— J'avais jamais imaginé ça, rétorqua Chester, sur la défensive.

— Ouais, c'est ça, mauviette!

Ayant vérifié que l'ascenseur était vide, Chester poussa un soupir de soulagement. La cage trembla un instant, puis s'immobilisa dans un grondement métallique. Will ouvrit la grille avec précipitation et se retourna vers son compagnon qui hésitait encore sur le seuil, manifestement pas très à l'aise.

— Je sais pas, Will. Ça m'a pas l'air très solide, dit-il en regardant l'engin.

Les parois de l'ascenseur étaient pleines, et le sol en métal était recouvert d'une couche de graisse noire et de poussière.

– Allez, Chester, c'est notre heure de gloire !

Pour Will, il était évident qu'ils devaient descendre et il n'avait même pas envisagé qu'il pût en être autrement. Si la découverte de la caverne l'avait ravi, cet ascenseur dépassait ses attentes les plus folles.

– On va être célèbres, dit-il en riant.

– Oh, pas de doute là-dessus. Je vois déjà les gros titres... « Deux morts dans un terrible accident d'ascenseur ! » déclara Chester. Ça n'a pas l'air fiable du tout... Il n'a pas l'air d'avoir été contrôlé depuis des lustres.

Sans la moindre hésitation, Will sauta à pieds joints sur la plaque métallique, qui commença à vibrer. Chester était tout simplement terrifié.

– C'est aussi sûr qu'une maison, affirma Will avec un grand sourire espiègle. (Il posa la main sur le levier en laiton et fixa Chester.) Alors, tu viens... Ou tu préfères retourner te battre avec le rat ?

Il n'en fallut pas plus pour convaincre Chester de monter sans plus attendre. Will referma la grille derrière lui et abaissa le levier. L'ascenseur se remit en branle et ils amorcèrent leur descente. À travers la grille, ils voyaient défiler les nuances de brun, de noir, de gris, d'ocre et de jaune de la roche, dans laquelle on avait creusé d'autres paliers.

– C'est encore loin, tu crois ? demanda Chester.

– Comment tu veux que je le sache ? répondit Will d'un ton bourru.

Cinq minutes plus tard, l'ascenseur s'arrêta si brutalement qu'ils en perdirent l'équilibre et s'affalèrent contre les parois.

– J'aurais peut-être dû relâcher le levier un peu plus tôt... s'excusa Will.

Chester lui lança un regard apathique, comme si rien n'avait plus d'importance à présent. Ils restèrent quelques instants prostrés sur le sol. Les faisceaux de leurs lampes découpaient des cercles lumineux sur les parois métalliques d'une nouvelle salle.

— Et nous voilà repartis, soupira Chester en ouvrant la grille.

Sans plus attendre, Will sortit de l'ascenseur et fonça sur la porte qui se trouvait au fond.

— Cette porte est très exactement semblable à celle qu'on a trouvée là-haut, remarqua Will en examinant les trois poignées.

Une seule différence : le numéro peint sous le hublot était un zéro.

Les deux garçons risquèrent quelques pas hésitants qui firent résonner le sol irrégulier d'une salle circulaire.

— Il semblerait que nous n'ayons guère le choix, dit Will en se dirigeant vers la sortie.

— On dirait des sas, comme dans un sous-marin, marmonna Chester.

Hissé sur la pointe des pieds, Will tenta en vain de regarder à travers le hublot couvert de graisse, plus opaque encore que les autres.

— C'est inutile, se dit-il.

Il confia sa lampe à Chester et tenta de tourner les trois poignées.

— Elle est coincée! grogna-t-il. Donne-moi un coup de main, tu veux?

Ils poussèrent de toutes leur forces et la porte céda brusquement, dans un grincement suivi d'un appel d'air : ils venaient de franchir le seuil d'un territoire inconnu.

Lorsqu'ils se relevèrent, ils virent que le sol était pavé. Ils n'oublieraient jamais ce spectacle : c'était une rue.

La voie était aussi large qu'une autoroute, disparaissant dans le lointain. De l'autre côté de la rue étaient alignés des réverbères, et à leur grande surprise ils découvrirent des rangées de maisons aussi loin que portait le regard.

Comme hypnotisés, Will et Chester se dirigèrent vers ce paysage fantasmagorique. La porte se referma derrière eux avec une telle violence qu'ils se retournèrent comme un seul homme.

– Un courant d'air ? demanda Chester d'un air ahuri.

Will se contenta de hausser les épaules – il sentait en effet un léger souffle d'air sur son visage. Il respira cette même odeur de renfermé. Chester dirigea le faisceau de sa lampe vers la porte, balayant au passage d'énormes blocs de pierre sur la paroi rocheuse dans laquelle elle était creusée, et les deux adolescents découvrirent alors avec étonnement qu'ils se trouvaient sous une arche semblable à la voûte d'une immense cathédrale.

– Qu'est-ce que c'est que tout ça ? Où on est ? demanda Chester en agrippant le bras de Will.

– Je ne sais pas, je n'avais jamais entendu parler d'un truc pareil, répondit Will qui contemplait l'avenue, éberlué. C'est trop génial !

– On fait quoi maintenant ?

– Je crois que... on devrait faire un tour, non ? C'est incroyable, s'émerveilla Will qui s'efforçait de remettre un peu d'ordre dans ses pensées. (Il était pris par le vertige de la découverte et dévoré par l'envie d'explorer les lieux.) Il faut immortaliser tout ça, marmonna-t-il en sortant son appareil photo.

– Will, arrête ! Le flash !

– Oups, désolé, s'excusa Will en passant la bandoulière de l'appareil photo autour de son cou. Je me suis laissé un peu emporter.

Sans un mot de plus, Will traversa la rue et fila vers les maisons. Chester suivit l'explorateur, grommelant, plié en deux, à l'affût du moindre signe de vie.

Les bâtiments semblaient avoir été sculptés dans la paroi, comme une architecture fossile à peine mise au jour. Les toits étaient attenants à la voûte, et à l'emplacement des cheminées se dressait un enchevêtrement de conduits en brique courant le long des murs pour disparaître dans la roche, telles des volutes de fumée pétrifiées. À peine furent-ils sur le trottoir d'en face qu'ils entendirent un bourdonnement sourd qui semblait monter du sol. Ils marquèrent un bref temps d'arrêt pour inspecter l'un des réverbères.

– C'est comme le...

– Oui, l'interrompit Will en palpant machinalement la poche où il avait rangé le globe de son père, emballé dans un mouchoir.

Mais le globe du réverbère, presque aussi gros qu'un ballon de foot, était serti dans quatre griffes métalliques au sommet d'une hampe en fonte. Deux papillons de nuit blancs comme neige tournoyaient autour du verre, frôlant la surface de leurs ailes poudrées, tels deux satellites épileptiques.

Will se raidit soudain, releva la tête et huma l'atmosphère – à cet instant précis, il ressemblait au rat aveugle qui s'était posté sur la grosse poulie dentée.

– Qu'est-ce qui se passe ? demanda Chester avec impatience. Ne me dis pas qu'on va encore avoir des ennuis ?

– Non, je me disais juste que... J'ai senti un truc. Quelque chose comme... de l'ammoniaque... Une odeur puissante, t'as pas remarqué ?

– Non, répondit Chester après avoir reniflé à plusieurs reprises. J'espère que ce n'est pas toxique.

– Eh bien, je ne sens plus rien. Tout va bien, non ?

– Ouais, on peut dire ça comme ça. Mais tu crois qu'il y a vraiment des gens qui vivent là ? demanda Chester en regardant vers les fenêtres des habitations.

Ils s'intéressèrent à la maison la plus proche, défi silencieux et menaçant.

— Je sais pas.

— Eh bien, qu'est-ce que ça fiche là, alors?

— Il n'y a qu'une façon de le savoir, dit Will, s'approchant subrepticement de la maison.

C'était une bâtisse en grès de style géorgien, simple et élégante. Derrière les fenêtres à petits carreaux qui encadraient l'entrée, on ne distinguait que des rideaux richement brodés. La porte était peinte d'une quadruple couche de vert brillant, équipée d'un heurtoir et d'une sonnette en laiton poli.

— 167, dit Will d'un air étonné en lisant le numéro juste au-dessus du heurtoir.

— Qu'est-ce que c'est que cet endroit? murmura Chester.

— Chut, répondit Will en s'avançant à pas de loup vers la fenêtre.

Une lueur filtrait à travers les rideaux. Il s'accroupit pour jeter un coup d'œil et, bouche bée, aperçut une collection de bibelots sur le linteau d'une cheminée, dans laquelle brûlait un feu de bois. Il vit aussi un canapé, avec quelques chaises, de nombreux cadres de toutes tailles sur les murs.

— Allez, Will, dis-moi ce que tu vois! demanda Chester qui ne cessait de regarder nerveusement vers la rue.

— Tu ne vas pas le croire! répondit Will en s'éloignant pour laisser la place à son ami, qui ne se fit pas prier.

— Waouh! C'est un vrai salon! dit-il en se tournant vers Will, qui se dirigeait vers la porte d'entrée.

Arrivé au coin du bâtiment, Will marqua un temps d'arrêt.

— Attends-moi, siffla Chester, terrorisé à l'idée de se retrouver seul.

Le bâtiment était séparé de la maison voisine par une petite allée en cul-de-sac contre la paroi de la caverne. Will jeta un coup d'œil pour vérifier si la voie était libre, puis il fit signe à Chester de le suivre.

— C'est le numéro 166, dit Will en regardant la porte d'entrée identique à celle de la première maison.

Will s'avança sur la pointe des pieds jusqu'à la fenêtre mais ne put rien voir à travers les vitres.

— Qu'est-ce qu'il y a ? demanda Chester.

Will lui intima l'ordre de se taire en posant son index sur ses lèvres, puis rebroussa chemin jusqu'à la porte d'entrée.

— Will, non ! s'exclama Chester — il ne lui connaissait que trop bien cet air-là.

Mais il était trop tard. À peine Will avait-il touché la porte qu'elle s'ouvrit vers l'intérieur. Ils échangèrent un regard, puis s'avancèrent lentement dans le grand hall, aussi excités qu'apeurés.

Il faisait chaud dans la maison, et un mélange d'odeurs de cuisine et de feu de bois leur chatouilla les narines ; ce lieu habité ressemblait à n'importe quelle autre demeure. Les marches d'un escalier étaient garnies d'une moquette maintenue par des tringles en laiton. Au-dessus des boiseries vernies, les murs étaient recouverts de papier peint à rayures vertes. Des cadres dorés abritaient des photos de personnes massives aux larges épaules et au visage pâle. Chester était justement en train de contempler l'un de ces portraits lorsqu'une pensée effrayante lui traversa l'esprit.

— Ils ressemblent exactement aux hommes qui nous ont pris en chasse, dit-il. Oh, super, on est chez l'un de ces tarés, pas vrai ? Quelle foutue ville ! ajouta-t-il en prenant soudain toute la mesure de ce qu'il venait de dire.

— Écoute ! souffla Will.

Chester se figea alors que Will tendait l'oreille en direction des escaliers. Il régnait dans la maison un silence oppressant.

– J'ai cru entendre... Non... dit-il avant de se diriger vers la porte qui se trouvait sur leur gauche.

Il jeta un coup d'œil prudent dans le salon.

– Trop génial! s'exclama-t-il.

La curiosité était trop forte et Chester le suivit dans le salon.

Le feu qui crépitait dans l'âtre éclairait des cadres en cuivre jaune et en bois doré accrochés aux murs. Une petite peinture à l'huile était intitulée *La Maison Martineau*. Elle représentait une demeure majestueuse entourée de prairies verdoyantes.

Des fauteuils capitonnés d'un tissu rouge sombre légèrement brillant trônaient devant la cheminée. Il y avait une table de salle à manger de l'autre côté de la pièce, et Will reconnut un clavecin dans un angle. La pièce était éclairée par deux globes de la taille d'une balle de tennis, suspendus au plafond dans des armatures de pierres précieuses très travaillées. Cette scène aurait eu sa place dans l'exposition qu'il avait visitée avec son père, *La Vie au temps de nos ancêtres*.

Chester s'assit à la table sur laquelle étaient posées deux tasses de porcelaine ivoire.

– Elles sont pleines, dit-il, étonné. On dirait du thé!

Il toucha prudemment le bord d'une tasse et leva les yeux vers Will, abasourdi.

– C'est encore chaud. Qu'est-ce qu'il se passe ici? Où sont partis tous les gens?

– Je ne sais pas, répondit Will. On dirait que...

Ils échangèrent des regards incrédules.

– À dire vrai, je n'en ai pas la moindre idée, admit Will.

– Dégageons d'ici, suggéra Chester et ils se précipitèrent vers la porte.

Sur le trottoir, Will s'arrêta si brutalement que Chester vint s'écraser contre lui.

– Pourquoi est-ce qu'on court, au fait ? demanda Will.

– Euh.. le... eh bien... bégaya confusément Chester en tentant d'expliquer ce qui le préoccupait tant.

Ils s'attardèrent un instant sous la sublime lumière des réverbères, puis Chester remarqua, désemparé, que Will s'intéressait à la route filant dans le lointain.

– Allez, Will, on rentre et puis c'est tout, dit-il en frissonnant, tout en jetant un dernier coup d'œil aux fenêtres de la maison, convaincu qu'on les guettait. Cet endroit me donne la chair de poule.

– Non, dit Will, sans même lui adresser un regard. Continuons sur la route pendant un moment pour voir où elle mène. On s'en ira après, promis. D'accord ?

Il s'éloignait déjà.

Chester ne bougea pas d'un pouce, les yeux rivés sur la porte métallique par laquelle ils étaient passés. Il emboîta le pas à Will, le long des maisons. La plupart des fenêtres étaient éclairées, mais leurs occupants semblaient s'être volatilisés.

Lorsqu'ils parvinrent à la dernière maison, au tournant de la route, Will marqua un temps d'arrêt. Il hésitait à poursuivre. Valait-il mieux s'en tenir là, pour cette première journée ? Chester le supplia d'une voix désespérée. Il en avait assez, il était grand temps de rebrousser chemin. Ils entendirent un bruit derrière eux, d'abord comme un bruissement de feuillage, puis assourdissant.

– Bon sang, qu'est-ce que ?... s'exclama Will.

Une volée d'oiseaux fondit sur eux comme d'énormes balles traçantes. Will et Chester s'accroupirent d'instinct en levant les bras pour se protéger le visage, tandis que la nuée blanche tournoyait au-dessus de leur tête.

– Des oiseaux ! Ce ne sont que des oiseaux ! dit Will en riant, tentant en vain d'en assommer quelques-uns.

Chester s'esclaffa à son tour, même s'il n'était guère rassuré. Les volatiles finirent par s'envoler, s'engagèrent dans la galerie et disparurent aussi vite qu'ils étaient venus. Will fit quelques pas hésitants, puis s'immobilisa.

— Des boutiques! dit-il avec surprise.

— Quoi? répondit Chester.

Une rangée de magasins aux vitrines bombées bordait la rue. Les deux adolescents se rapprochèrent en silence

— Incroyable, murmura Chester devant la première boutique : les marchandises exposées étaient déformées par les vitrines en verre soufflé, comme par des lentilles mal taillées.

— Tissus Jacobson, lut Chester sur l'enseigne.

Les rouleaux de tissus étaient disposés dans la vitrine sous une étrange lumière verte.

— Un marchands de fruits et légumes, remarqua Will à son tour.

— Et là on dirait une quincaillerie, renchérit Chester en indiquant une autre boutique.

— Tu sais, on ne doit pas être très loin de la Grand-Rue, dit Will en levant les yeux vers le toit de la grotte.

Poussés par la curiosité, ils poursuivirent leur chemin, admirant ces drôles de boutiques à l'ancienne. Ils parvinrent à un carrefour où la galerie se divisait en trois. La voie centrale semblait descendre tout droit dans les entrailles de la terre.

— OK, ça suffit, dit Chester d'un ton résolu. On part, maintenant. J'ai vraiment pas envie d'aller me perdre là-dedans.

Il pressentait un danger, ils devaient rebrousser chemin.

— Très bien, mais...

À peine Will eut-il posé le pied sur le pavé qu'il vit venir au loin quatre chevaux blancs dont les sabots jetaient des étincelles. Ils avaient le souffle lourd et tiraient une sinistre voiture noire qui fonçait droit sur eux. Un homme en descendit et les agrippa par le col de ses mains noueuses, les soulevant de terre.

— Vous êtes des intrus ! hurla l'homme d'une voix féroce, l'air dégoûté.

Will tenta de le frapper d'un coup de bêche, mais on la lui arracha des mains.

L'homme portait un minuscule casque et un uniforme bleu foncé taillé dans une toile grossière qui crissait au moindre de ses mouvements. Will entrevit une étoile à cinq branches en tissu orangé que l'on avait cousue sur son manteau sous une rangée de boutons ternis. Leur ravisseur immense et menaçant était, à n'en pas douter, quelque agent de police.

— Au secours, articula Chester d'une voix étranglée, le souffle coupé par la poigne d'acier de l'homme qui lui comprimait la glotte.

— Nous vous attendions, gronda l'homme.

— Quoi ? demanda Will sans comprendre.

— Ton père nous a dit que vous ne tarderiez pas à nous rejoindre.

— Mon père ? Où est mon père ? Qu'est-ce que vous lui avez fait ? Reposez-moi à terre ! exigea Will en lui donnant des coups de pieds pour se dégager.

— Inutile de te débattre, dit l'homme en rapprochant la tête de son nez. Des Surfaciens, quelle horreur !

— Vous ne sentez pas très bon non plus, rétorqua Will en le reniflant à son tour.

L'homme lui lança un regard méprisant, puis se tourna vers Chester pour le flairer. Ce dernier tenta d'en profiter pour lui asséner un coup de tête au passage, mais l'homme esquiva son attaque. Chester avait néanmoins réussi à faire tomber son casque d'un moulinet du bras, laissant voir son crâne pâle couvert de petites touffes de fins cheveux blancs.

Furieux, l'agent le secoua violemment, puis lui cogna la tête contre celle de Will en poussant un terrible rugissement. La hargne de leur agresseur leur fit aussitôt abandonner tout projet de résistance, même s'ils pouvaient encore compter sur la protection de leur casque.

— Assez! hurla l'homme.

Les deux garçons, encore un peu sonnés, entendirent un chœur de rires sarcastiques derrière lui. Ils virent alors d'autres individus qui les regardaient de leurs yeux pâles et hostiles.

— Vous croyez que vous pouvez descendre jusqu'ici et pénétrer impunément dans nos maisons? gronda l'homme en les entraînant vers l'entrée de la galerie centrale où la route devenait plus pentue.

— Pour vous deux, c'est la taule, grogna quelqu'un derrière eux.

Puis on les traîna sans autre forme de procès à travers les rues qui se remplissaient petit à petit : les gens sortaient sur le seuil des maisons pour voir passer les deux étrangers. Chaque fois qu'ils trébuchaient, le gigantesque agent de police les remettait d'aplomb sans le moindre ménagement. On aurait dit qu'il cherchait à montrer qu'il avait la situation bien en main pour s'attirer les faveurs du public.

Malgré leur panique et leur confusion, Will et Chester cherchaient le moyen de s'échapper, espérant que quelqu'un viendrait à leur secours. Lorsqu'ils comprirent enfin la gravité de la situation, ils abandonnèrent tout espoir. On les emmenait dans les entrailles de la terre, et ils ne pouvaient opposer la moindre résistance.

Ils contournèrent le coude de la galerie en un clin d'œil et débouchèrent sur un vaste espace ouvert. Quelle ne fut pas leur stupéfaction lorsqu'ils découvrirent l'enchevêtrement de ponts, d'aqueducs et de passerelles qui surplombait tout un réseau de rues et d'allées pavées bordées de bâtiments.

Le policier les entraînait avec une incroyable vélocité, sous le regard impassible des badauds qui s'étaient massés là. Tous n'avaient pas le teint livide et les yeux délavés du ravisseur et des deux hommes dans la Grand-Rue. Et s'ils n'avaient porté des vêtements aussi vieillots, ils auraient pu passer inaperçus n'importe où en Angleterre.

— Au secours ! Au secours ! criait désespérément Chester, qui tentait toujours de se libérer de l'emprise du policier.

Mais Will ne lui prêtait guère attention. Il semblait fasciné par un grand homme maigre posté près d'un réverbère. Ce personnage avait un visage dur et des lèvres minces ; sa chemise au col blanc était empesée et son long manteau noir luisait comme du cuir patiné. Il se distinguait nettement de la foule qui l'entourait. Ses épaules légèrement rentrées faisaient penser à un arc bandé sur le point de décocher sa flèche. Il suintait le mal par tous les pores, et Will se sentit envahi par une terreur soudaine lorsqu'il croisa son regard.

— Je crois que nous sommes dans un sacré pétrin, Chester, dit-il sans cesser d'observer l'homme sinistre au sourire diabolique.

Chapitre vingt et un

Will et Chester trébuchèrent à plusieurs reprises. On leur fit gravir le petit escalier d'un bâtiment à un étage, niché entre des immeubles sans caractère que Will identifia comme des bureaux ou des usines. À l'intérieur, le policier leur fit faire une brusque volte-face et leur arracha leurs sacs à dos. Puis il les poussa brutalement vers un banc de chêne dont l'assise était patinée par tous les malfaiteurs qui s'y étaient déjà assis au fil du temps. Les garçons heurtèrent le mur de plein fouet.

– Vous n'avez pas intérêt à bouger ! rugit le policier en se postant devant la porte.

Depuis sa place, Will apercevait les curieux assemblés dans la rue. Ils se pressaient et jouaient des coudes pour regarder à travers la vitre. Certains levèrent le poing en poussant des cris de colère à l'encontre de Will. Ce dernier se renfonça dans son siège et tenta d'attirer l'attention de Chester, mais son ami, terrorisé, gardait les yeux rivés au sol.

Will repéra un panneau d'affichage près de la porte, sur lequel on avait punaisé de nombreux papiers encadrés de noir. De là où il se trouvait, il ne parvenait à déchiffrer que les titres, comme « Ordre » ou « Décret », suivis d'une série de chiffres.

De larges plinthes noires couraient le long des murs du commissariat, dont la peinture d'un blanc douteux s'écaillait par endroits. Quant au plafond fissuré et jaunâtre, on aurait dit la carte routière d'un pays inconnu. Juste derrière Will, figurait la photo d'un bâtiment inquiétant aux fenêtres comme des meurtrières et dont l'entrée principale était protégée par d'énormes barreaux. « Prison de Newgate », lut-il en dessous.

Le policier avait déposé la bêche et les sacs à dos sur un long comptoir, devant trois bureaux posés au milieu d'une forêt de classeurs. La pièce principale communiquait avec de nombreux bureaux plus petits, où retentissait le cliquetis rapide de machines à écrire.

Will observait un réseau de conduits en cuivre poli qui couraient sur les murs comme une vieille vigne, il perçut soudain un sifflement strident suivi d'un bruit sourd. Chester se redressa en clignant des yeux tel un lapin aux abois.

Un second policier surgit d'une pièce adjacente. En dépit de ses cheveux blancs coupés courts, il ressemblait à s'y méprendre à son collègue plus jeune et arborait sur sa veste la même étoile orange. Il se précipita vers les tuyaux de laiton, consulta de vieux manomètres reliés à une boîte en bois par un faisceau de fils, puis ouvrit une valve pour en extraire un cylindre de forme oblongue. Il dévissa l'embout pour en sortir un rouleau de papier et prit enfin connaissance du message.

— Les Styx sont en route, dit-il d'un ton grave en se dirigeant vers le comptoir sur lequel était posé un gros cahier qu'il consulta sans un regard pour les deux garçons.

— Chester... murmura Will.

Comme ce dernier ne réagissait pas, Will avança le bras vers lui pour le secouer un peu, mais une matraque s'abattit violemment sur ses doigts.

— Cessez sur-le-champ! aboya un policier.

— Aïe! cria Will en se levant, les poings serrés. Espèce de gros... hurla-t-il en frémissant.

— Du calme, Will! lui dit Chester.

Furieux, Will se dégagea et défia le policier du regard.

— J'exige qu'on me dise pourquoi on nous retient prisonniers.

À son visage écarlate, ils crurent un instant que la tête de l'agent allait exploser, mais il eut un gros rire sonore. Chester était si terrorisé qu'il ne pouvait détacher ses yeux de leur geôlier.

— Assez! tonna l'homme derrière le comptoir.

D'un regard il réduisit son collègue au silence.

— Toi, lança-t-il à Will, assis!

Sa voix était si autoritaire que Will reprit immédiatement sa place à côté de Chester.

— Je suis l'officier en chef, poursuivit l'homme en se rengorgeant. Vous avez rencontré mon second, ajouta-t-il en désignant l'autre d'un signe de tête.

Puis il se mit à lire d'une voix monocorde le rouleau de papier qu'il venait de retirer du cylindre:

— En vertu de la loi XII, article 2, vous êtes accusés d'avoir pénétré dans le Quartier par effraction.

— Mais... risqua timidement Will

Le chef l'ignora et continua sa lecture à voix haute.

— En outre, vous vous êtes introduits dans une propriété privée sans y avoir été invités, avec l'intention de voler, contrevenant ainsi aux dispositions de la loi VI, article 6. Comprenez-vous les charges qui pèsent contre vous?

Les deux garçons échangèrent des regards confus. Avant même que Will ait eu le temps de répondre, le policier avait déjà repris la parole.

– Voyons ce que nous avons là... dit-il en déversant le contenu de leurs sacs sur le comptoir. Ah, du porc ! s'exclama-t-il, ravi, en reniflant les sandwichs que Will avait emballés dans du papier d'aluminium.

Il les mit de côté en se pourléchant et Will sut qu'il pouvait dire adieu à son déjeuner.

Il poursuivit méthodiquement son inspection. S'intéressant d'abord à la boussole, il s'attarda plus longuement sur le couteau suisse dont il examina chaque lame avant d'enfiler les minuscules ciseaux sur ses gros doigts. Puis il déplia la carte géologique écornée de Will et y jeta un bref coup d'œil, sans cesser de faire rouler une pelote de ficelle qu'il finit par renifler d'un air dégoûté. Il s'occupa ensuite de l'appareil photo.

– Hum, marmonna-t-il, songeur, en le regardant sous toutes les coutures.

– Ça m'appartient, dit Will.

Le chef l'ignora avec superbe puis reposa l'appareil, prit une plume qu'il trempa dans un encrier encastré dans le comptoir et s'éclaircit la voix :

– Votre nom ! beugla-t-il en jetant un coup d'œil à Chester.

– Euh... Chester... Chester Rawls, bégaya-t-il.

– Et toi ? lança-t-il à Will.

– Il m'a dit que mon père était ici, déclara Will en pointant son second du doigt. Où est-il ? Je veux le voir maintenant !

Le chef regarda son collègue, puis Will.

– Tu ne verras personne si tu ne fais pas ce qu'on te demande.

Il lança un regard désapprobateur à son second, les sourcils froncés. Ce dernier détourna les yeux, mal à l'aise.

– Nom !

– Will Burrows, répondit Will avec lenteur.

Le chef consulta à nouveau le rouleau.

– Cela ne correspond pas à ce qui est inscrit sur ce document, dit-il en pointant sur Will son regard d'acier.

– Je me fiche pas mal de ce que ça dit. Je sais encore comment je m'appelle, non ?

Le chef ne le quitta pas des yeux pendant le long moment de silence qui suivit, puis referma brusquement le cahier, soulevant un nuage de poussière au-dessus du comptoir.

– Qu'on les mette en cellule ! aboya-t-il à s'en rompre les cordes vocales.

On les força à se relever, puis on leur fit passer une grande porte en chêne au bout du hall d'accueil. Ils entendirent alors le long sifflement suivi d'un bruit sourd signalant l'arrivée d'un nouveau message.

Le couloir menant au cachot était long d'une vingtaine de mètres. Il était à peine éclairé par un globe suspendu au-dessus d'un petit bureau et d'une chaise en bois. Le mur de droite était nu et s'ouvrait sur quatre portes métalliques encadrées par un solide chambranle de brique. On fit avancer les deux garçons jusqu'à la dernière porte, marquée du numéro quatre.

Le second sortit ses clefs et ouvrit la porte, qui pivota silencieusement sur des gonds bien huilés. Il fit un pas de côté, invitant d'un signe de tête les deux garçons à entrer dans la cellule. Comme ils hésitaient, il perdit patience et les poussa à l'intérieur, refermant brutalement la porte derrière eux.

Le son métallique fit écho contre les murs et leur cœur se serra lorsqu'ils entendirent tourner la clef dans la serrure. Ils explorèrent à tâtons leur cellule humide et sombre, Chester renversa un seau au passage. Une banquette d'un mètre de large était fixée au mur, juste en face de la porte ; ils s'y assirent sans dire un mot. Ils s'habituèrent petit à petit à la faible lumière qui filtrait à travers le guichet et Chester rompit le silence en reniflant bruyamment.

— Oh, mec, c'est quoi qui pue comme ça ?

— Je sais pas, répondit Will en humant l'air à son tour. Du vomi ? De la sueur ?

Il inspira encore et déclara en affectant le ton docte d'un connaisseur :

— Du phénol et... du soufre ?

— Quoi ? marmonna son ami.

— Non, c'est du chou. Du chou bouilli !

— Je me fiche pas mal de savoir ce que c'est, en tout cas ça pue ! dit Chester en grimaçant. Cet endroit est trop dégueu, ajouta-t-il en se tournant vers son ami dont la silhouette se fondait dans la pénombre. Comment on va sortir de là, Will ?

Will ramena ses genoux sous son menton, les pieds posés sur le bord de la banquette. Il se gratta le mollet, mais ne dit rien. Il s'en voulait, mais il ne tenait pas à ce que son ami s'en aperçoive. Peut-être Chester avait-il eu raison, depuis le début, d'aborder les choses avec prudence et de le mettre en garde. Il contracta les mâchoires et serra les poings dans le noir. Quel triple idiot ! Ils s'étaient fait choper comme des débutants. Et lui s'était laissé emporter. Comment allait-il retrouver son père, maintenant ?

— Je crains le pire, déclara Chester en regardant le sol d'un air résigné. On ne reverra jamais notre maison, pas vrai ?

— Écoute, t'en fais pas. On a réussi à entrer et je peux te dire qu'on trouvera le chemin de la sortie, affirma Will pour rassurer son ami, même si leur situation l'inquiétait tout autant.

Peu enclins à poursuivre cette conversation, ils se turent. La pièce fut emplie d'un bourdonnement incessant, entrecoupé par le grattement sporadique de quelque insecte invisible.

Will se réveilla en sursaut et fut surpris de découvrir qu'il s'était assoupi sur la banquette. Combien de temps avait-il dormi ainsi, à demi affalé contre le mur? Il scruta la pénombre d'un œil myope et vit que Chester avait les yeux rivés sur la porte de leur cellule, pleins d'une terreur presque palpable. Suivant son regard, il aperçut le visage épais du second dans l'encadrement du guichet.

L'homme plissa les yeux et fit tourner la clef dans la serrure. La porte s'ouvrit enfin. La silhouette du policier se découpait dans l'embrasure, telle une créature monstrueuse dans une bande dessinée.

— Toi, dit-il à Will, sors!

— Quoi? Pourquoi?

— Du nerf! aboya le policier.

— Will? demanda Chester apeuré.

— Ne t'inquiète pas, Chester, tout ira bien, dit Will d'une voix faible en se levant, les jambes pleines de crampes dues à l'humidité.

Il s'étira, puis sortit dans le couloir d'un pas mal assuré, vers la porte principale du cachot, sans même qu'on l'y ait invité.

— Reste où tu es! hurla le second, qui reverrouillait la porte, à l'adresse de Chester.

Il empoigna Will par le bras. Ils traversèrent une suite de couloirs sinistres dont les murs écaillés étaient blanchis à la chaux. Le bruit de leurs pas résonnait sur le sol de pierre. Ils tournèrent enfin à l'angle d'un couloir et pénétrèrent dans une étroite cage d'escalier qui débouchait sur un cul-de-sac. L'endroit sentait la terre humide.

Une lumière vive s'échappait de l'embrasure d'une porte. Will sentait l'angoisse monter en lui à mesure qu'ils se rapprochaient. On le força à entrer. Ébloui, il regarda autour de lui en plissant les yeux.

La pièce était vide, à part une chaise bizarre et une table métallique. Deux grands hommes maigres et voûtés s'y tenaient face à face – leurs têtes se touchaient presque tandis qu'ils chuchotaient comme des conspirateurs. Will avait beau tendre l'oreille pour saisir ce qu'ils disaient, il n'y comprenait rien. Ils semblaient parler une langue totalement inconnue, ponctuée de sons aigus et éraillés, très étrange.

Les deux hommes étaient vêtus de chemises semblables, aux cols blancs si larges qu'ils retombaient sur les épaules de leurs longs manteaux de cuir crissant au gré de leurs gestes. La peau couleur mastic frais de leurs visages décharnés contrastait avec leurs pupilles d'un noir de jais. Ils avaient les cheveux rasés jusqu'aux tempes, si bien qu'on aurait pu croire qu'ils portaient des casques brillants.

Ils interrompirent subitement leur conversation et se tournèrent vers Will.

– Ces messieurs sont des Styx, déclara le second qui se tenait derrière lui. Réponds à leurs questions.

– Assis, dit le Styx de droite en fixant Will d'un regard implacable, pointant de son long index l'étrange chaise devant la table.

Malgré son inquiétude, Will ne protesta pas. Le policier le força à s'asseoir, puis rabattit une barre de métal dotée de deux crampons matelassés destinés à maintenir en place la tête de l'occupant. Le policier l'ajusta à bonne hauteur, puis resserra les crampons contre les tempes de Will pour lui immobiliser la tête. Pendant qu'il effectuait ces derniers réglages, Will comprit qu'il devrait à présent affronter les deux Styx, semblables à deux prêtres cupides derrière leur table.

Le policier se pencha en avant pour attraper quelque chose sous sa chaise. Will entendit le cliquetis de grosses boucles métalliques reliées par des vieilles sangles de cuir, avec lesquelles il lui attacha les poignets aux cuisses.

— Ça sert à quoi, tout ça ? risqua-t-il.

— C'est pour ta propre sécurité, répondit le policier tout en enroulant d'autres sangles autour de ses jambes, juste sous le genou, pour les fixer aux pieds de la chaise.

Will se tordit de douleur, car le policier serrait si fort que le cuir lui entamait les chevilles, ce qui semblait réjouir les deux Styx. Le second lui plaqua le dos contre le dossier de la chaise et lui passa encore une sangle autour du torse et des bras. Le policier attendit un signe de tête de l'un des deux Styx, puis sortit en refermant la porte.

L'un des Styx posa une drôle de lampe au centre de la table, devant le garçon. Elle était montée sur un pied massif, sur lequel s'articulait un bras arrondi surmonté d'un abat-jour coiffant une ampoule violette, semblable à la vieille lampe à UV qu'il avait vue dans le musée de son père. Un câble brun torsadé reliait la lampe à une petite boîte noire munie de cadrans et d'un interrupteur, que le Styx enclencha de son doigt blanc. La boîte se mit à vrombir doucement.

Son acolyte recula pendant qu'il manipulait les boutons de contrôle. L'ampoule s'embrasa soudain d'une lueur orange, avec un clic sonore, puis s'éteignit à nouveau.

— Vous me prenez en photo ? demanda Will, risquant en vain un trait d'humour d'une voix chevrotante.

Le Styx ne lui prêta aucune attention et tourna un bouton sur la boîte noire, comme pour chercher une station de radio.

Will éprouva une sensation de plus en plus désagréable. Il bâilla en silence pour soulager l'étrange pression qui s'intensifiait dans son crâne et lui comprimait les tempes. Puis tout s'assombrit, comme si l'appareil avait absorbé toute la lumière de la pièce. C'est à peine s'il distinguait la silhouette des deux Styx se découpant sur le mur.

Il percevait une pulsation diffuse dont il ne parvenait pas à localiser l'origine. Plus le bourdonnement s'amplifiait, plus il avait l'impression que son corps tout entier vibrait à l'unisson – un peu comme si un avion passait et repassait au-dessus de lui. La vibration se transforma progressivement en une boule d'énergie qui résonnait dans sa tête. À cet instant précis, Will fut pris d'une panique bien réelle. Mais comment résister, ligoté comme il l'était ?

Le Styx qui manipulait les commandes paraissait guider la sphère vrombissante : il la fit descendre lentement le long de son torse, pivoter quelques instants autour de son cœur. Will toussa malgré lui. Puis la sphère traversa plusieurs fois son corps de part en part et s'immobilisa un instant. Will avait l'impression qu'il s'agissait d'un organisme vivant et qu'il cherchait quelque chose. La sphère se déplaça de nouveau, il la sentait maintenant à demi enfoncée dans sa nuque.

– Qu'est-ce qu'il se passe ? demanda Will en rassemblant le peu de courage qui lui restait, mais les deux hommes s'abstinrent de répondre. Vous ne me faites pas peur avec tous vos machins, vous savez !

Les Styx restèrent muets.

Will ferma les yeux un instant. Lorsqu'il les rouvrit, c'est à peine s'il put distinguer leurs silhouettes qui s'obscurcissaient à vue d'œil. Il fut plongé dans le noir complet et tenta de se débattre sur sa chaise.

– L'absence de lumière te dérange-t-elle ? demanda le Styx qui se tenait sur sa gauche.

– Non, pourquoi ?

– Comment t'appelles-tu ?

Les mots semblaient aussi tranchants que des lames de rasoir jaillies des ténèbres.

– Je vous l'ai déjà dit. Will, Will Burrows.

– Ton vrai nom !

Will se tordit à nouveau de douleur, il avait l'impression de recevoir une décharge électrique dans les tempes à chaque nouvelle question.

— Je ne comprends pas ce que vous voulez dire, dit-il en serrant les dents.

La boule d'énergie se déplaça vers le centre de son crâne tandis que le bourdonnement s'amplifiait, il avait le cerveau comme dans un étau.

— Es-tu venu avec le dénommé Burrows?

Will avait le tournis. Des ondes de douleur se réverbéraient dans tout son être. Il avait l'impression que d'innombrables aiguilles lui piquaient les pieds et les mains, et cette sensation atroce s'étendait peu à peu au reste de son corps.

— C'est mon père! hurla-t-il.

— Qu'es-tu venu faire ici?

La voix sèche et précise s'était rapprochée.

— Que lui avez-vous fait? demanda Will, s'étranglant à demi en déglutissant.

Il était sur le point de vomir.

— Où est ta mère? poursuivit le Styx d'une voix mesurée qui semblait désormais émaner directement de la boule d'énergie.

C'était comme si les deux Styx avaient réussi à pénétrer dans son cerveau et fouillaient sa mémoire, tels des cambrioleurs en quête d'objets de valeur.

— Qu'es-tu venu faire ici? répétèrent-ils.

Will tenta une fois encore de se libérer de ses liens et s'aperçut qu'il ne sentait plus son corps. À dire vrai, il n'était plus qu'une tête flottant à la dérive sur un nuage de ténèbres. Il ne savait plus distinguer le haut du bas.

— Ton nom? Ton but?

Les questions fusèrent, tandis que les deux Styx drainaient ses dernières forces, puis leurs voix incessantes se firent plus distantes. Ils hurlaient dans le lointain et à chacun de leurs mots s'embrasaient de minuscules taches scintillantes qui flottaient à la limite du champ de vision de Will. Les ténèbres ne furent bientôt plus qu'un océan bouillonnant de petits points blancs, si intenses qu'il en avait mal aux yeux. Les murmures de leurs voix éraillées dansaient tout autour de lui. La pièce tanguait et roulait de plus belle. Will sentit monter en lui une nouvelle vague de nausée, suivie d'une sensation de brûlure lui envahissant le cerveau. Du blanc, encore du blanc, partout ce même blanc aveuglant qui enflait dans sa tête. Son crâne allait exploser.

— Je vais vomir... S'il vous plaît... Je vais... m'évanouir... s'il vous plaît...

La lumière blanche le consumait. Il se sentait devenir de plus en plus petit, minuscule point noir perdu dans un océan de blancheur. Puis la lumière commença à décliner, la brûlure s'atténua, et tout devint aussi noir et silencieux que si l'univers tout entier s'était éteint.

Will revint à lui lorsqu'il entendit le second, qui l'avait pris sur son épaule, tourner la clef dans la serrure de sa cellule. Il était affaibli et tremblant. Il y avait des traces de vomi sur ses vêtements et il fut pris d'une nouvelle nausée lorsqu'il sentit le goût âcre et métallique sur sa langue. Il gémit. Il avait mal à la tête et son champ de vision lui sembla plus étroit qu'à l'ordinaire.

— On fait moins le malin maintenant, hein? dit l'agent de police en lui lâchant le bras.

Will essaya de faire quelques pas, mais il avait les jambes en coton.

— Inutile d'essayer. Pas après avoir goûté à la Lumière noire pour la première fois, ricana le policier.

— Will, qu'est-ce qu'ils t'ont fait? demanda Chester, paniqué, tout en l'aidant à rejoindre la banquette. Ça fait des heures que tu es parti.

– Suis juste fatigué... parvint à marmonner Will en s'écroulant sur la banquette avant de se rouler en boule, soulagé de pouvoir poser sa tête douloureuse contre le métal froid.

Il ferma les yeux... Mais il avait encore le tournis et de nouvelles vagues de nausée l'assaillaient.

– Toi! beugla le policier.

Chester sauta de la banquette et se tourna vers le policier, qui lui faisait signe de s'approcher en remuant son gros index.

– À ton tour.

– Oh non! s'exclama Chester en regardant Will qui venait de sombrer dans l'inconscient.

– Maintenant! ordonna le policier. Ne m'oblige pas à le dire deux fois.

Chester sortit dans le couloir à contrecœur. Après avoir refermé la porte, le policier lui empoigna le bras et l'entraîna.

– Qu'est-ce que c'est, la Lumière noire? demanda Chester, terrorisé.

– Juste des questions, sourit le policier. T'as pas de raison d'avoir peur.

– Mais je ne sais rien...

Will fut réveillé quand on ouvrit le guichet placé au bas de la porte de sa cellule.

– Repas, lui annonça une voix glaciale.

Will mourait de faim. Il se releva en s'appuyant sur un bras. Il avait le corps aussi endolori que s'il souffrait d'une grippe.

– Oh, mon Dieu, grommela-t-il, puis il pensa soudain à Chester.

Il aperçut son ami à la lumière qui filtrait du guichet ouvert : il gisait là, sous la banquette, recroquevillé sur lui-même. Il avait le souffle court, le teint pâle et maladif.

Will se leva en chancelant, puis transporta péniblement les deux plateaux jusqu'à la banquette. Il en inspecta rapidement le contenu. Deux bols de nourriture et des timbales en fer-blanc remplies d'un liquide non identifié. Ce repas n'avait rien d'appétissant, mais il avait le mérite d'être chaud et de ne pas sentir trop mauvais.

— Chester? dit-il en s'accroupissant aux côtés de son ami.

Will se sentait terriblement mal. Tout était de sa faute. Il se mit à secouer doucement Chester par l'épaule.

— Hé, Chester, ça va?

— Euh... quoi?... gémit son ami en essayant de relever la tête.

Il avait saigné du nez, des traces d'hémoglobine coagulée maculaient sa joue.

— Mange, Chester. Allez, tu te sentiras mieux après.

Will hissa son ami sur la banquette et l'adossa contre le mur. Il trempa sa manche dans l'une des timbales et lui nettoya le visage.

— Fiche-moi la paix! objecta Chester d'une voix faible en tentant de le repousser.

— Voilà qui est déjà mieux. Tiens, mange donc quelque chose, insista Will en lui tendant un bol, mais Chester refusa.

— J'ai pas faim. Je me sens vraiment pas bien.

— Bois un peu au moins. Je crois que c'est une sorte de tisane, dit Will en lui tendant une tasse chaude. Qu'est-ce qu'ils t'ont demandé? marmonna-t-il, la bouche pleine d'une purée grisâtre.

— Tout. Nom... adresse... ton nom... tout ça. Je ne me souviens pas de grand-chose. Je crois que je me suis évanoui. J'ai bien cru mourir, dit Chester d'une voix monocorde, le regard perdu dans le vide.

Will gloussa doucement. Aussi étrange que cela pût paraître, les plaintes de son ami allégeaient ses propres souffrances.

– Qu'est-ce qu'il y a de si drôle ? demanda Chester, indigné. Ça n'a rien de drôle !

– Non, répondit Will en riant. Je sais. Désolé. Tiens, essaie donc ça. C'est plutôt pas mal, en fait.

Chester eut un frisson de dégoût en voyant la pâte grise au fond de son bol, il la tâta néanmoins du bout de sa cuillère puis la renifla d'un air suspicieux.

– Ça ne sent pas trop mauvais, dit-il en essayant de se convaincre.

– Arrête ta comédie et mange, tu veux ! s'exclama Will en enfournant une nouvelle bouchée. (Il reprenait déjà des forces.) Je n'arrête pas de penser que je leur ai dit quelque chose à propos de Maman et de Rebecca, mais j'ai peut-être rêvé.

Il déglutit puis garda le silence quelques instants, se mordillant les joues comme s'il était rongé par le doute.

– J'espère juste que je ne vais pas leur causer d'ennuis. Et le journal de Papa, poursuivit-il en prenant une nouvelle bouchée. Je n'arrête pas d'y repenser – comme si j'étais là-bas et que je les voyais tourner chaque page de leurs longs doigts blancs. Mais c'est impossible, n'est-ce pas ? Tout est confus. Et toi ?

– Je ne sais pas, répondit Chester en se calant sur son siège. J'ai peut-être parlé de votre cave... de ta famille... de ta mère... et de Rebecca... Oui... Je leur ai peut-être parlé d'elle... Mais... Oh, mon Dieu, je ne sais pas... C'est un tel chaos dans ma tête. Je ne sais plus si c'est ce que je leur ai dit ou si j'y ai juste pensé.

Chester reposa sa tasse et se prit la tête dans les mains pendant que Will s'adossait contre le mur, les yeux tournés vers le plafond sombre.

– Je me demande quelle heure il est là-haut, dit-il dans un soupir.

Au cours de la semaine suivante, ils subirent d'autres interrogatoires avec les Styx. À chaque fois, la Lumière noire produisait les mêmes horribles effets. Ils étaient épuisés, ne savaient plus ce qu'ils avaient dit à leurs bourreaux et ressentaient les mêmes épouvantables nausées.

Un beau jour, on finit par les laisser tranquilles. Les Styx devaient sans doute avoir obtenu tout ce qu'ils voulaient savoir. Will et Chester espéraient que les séances d'interrogatoire étaient bel et bien finies à présent. Et dans la pénombre constante de leur cellule, ils perdirent peu à peu la notion du temps, au point de ne plus distinguer le jour de la nuit.

Par-delà les murs de leur cellule, les Styx se livraient à des enquêtes, organisaient des réunions et décidaient de leur sort dans leur langue secrète et gutturale.

Les deux garçons ignoraient tout de ce qui se tramait dans l'ombre et s'efforçaient de ne pas perdre le moral, évoquant à mots couverts les différentes manières dont ils pourraient s'enfuir. Ils se demandaient si Rebecca parviendrait à reconstituer les pièces du puzzle, si elle conduirait les autorités jusqu'à la galerie dissimulée dans la cave des Burrows. Ils s'en voulaient tellement de ne pas lui avoir laissé un mot!

C'est lors d'une discussion particulièrement animée que le second ouvrit le guichet pour jeter un coup d'œil dans leur cellule. Ils se turent dès qu'il ouvrit la porte. Sa silhouette sinistre leur était devenue familière à présent et il était si trapu qu'il bloquait presque entièrement le passage. À qui le tour cette fois?

— De la visite.

Les deux garçons échangèrent un regard incrédule.

— De la visite? Pour nous? demanda Chester qui n'en croyait pas ses oreilles.

L'officier secoua la tête, puis posa les yeux sur Will.

— Toi.

— Et Chest...

— Toi, tu viens maintenant ! hurla le policier.

— Ne t'inquiète pas, Chester, je ne partirai pas sans toi, dit Will à son ami d'un ton confiant, tandis que ce dernier acquiesçait en silence avec un sourire peiné.

Will sortit de la cellule en traînant les pieds. La porte se referma derrière lui avec un bruit métallique. Will dut retenir ses larmes, il aurait tant voulu retrouver le confort de sa maison !

On le fit entrer dans une pièce aux murs blanchis et au parquet vernis. Une grande table en chêne y était entourée de quelques chaises. Après tout ce temps au cachot, Will ne s'était pas encore habitué à la lumière et distinguait à peine les deux silhouettes floues qui l'attendaient. Il se frotta les yeux, puis examina ses vêtements. Il portait une chemise crasseuse et constellée de traces de vomi. Il l'essuyait mollement, quand son attention fut attirée par une curieuse petite fenêtre percée dans le mur à sa gauche. Le verre de ce hublot à la surface mouchetée et sans éclat – c'était pourtant bien du verre –, d'une étrange couleur bleu noir, semblait absorber la lumière des globes éclairant la pièce.

Will n'arrivait pas à en détacher le regard, lorsqu'il comprit soudain de quoi il s'agissait : ils se trouvaient derrière la vitre. Ils étaient en train d'observer la scène. Plus il fixait le hublot, plus il avait l'impression que les ténèbres de la Lumière noire l'enveloppaient de nouveau. Il fut soudain secoué d'un spasme, se rattrapa de justesse en agrippant le dossier d'une chaise devant lui. L'officier l'empoigna par le bras droit et l'aida à s'asseoir en face de deux étrangers assis là.

Will prit une profonde inspiration et son vertige se dissipa. Il entendit quelqu'un tousser, releva la tête et vit un homme imposant accompagné d'un jeune garçon quelque peu en retrait. Il ressemblait beaucoup aux autres adultes qu'il avait déjà vus – il aurait très bien pu s'agir du second en civil. Il regardait Will fixement, avec un mépris à peine dissimulé. Will était bien trop épuisé pour s'en formaliser et regardait l'étranger d'un œil vide.

Le jeune garçon se rapprocha de la table en faisant grincer sa chaise. Il observait Will avec émerveillement. Il avait l'air sympathique, c'était le premier visage amical que rencontrait Will depuis son arrestation. Will estima qu'il devait avoir deux ans de moins que lui. Il avait des cheveux courts presque blancs et un regard bleu pâle pétillant de malice. Will avait la vague impression de le connaître, lorsqu'il le vit esquisser un sourire. Mais il avait beau fouiller sa mémoire, son esprit était par trop embrumé. Il ferma les yeux, pris de tournis.

– Je suis M. Jérôme, dit l'homme d'un ton autoritaire et monocorde après s'être éclairci la voix. (Il n'était manifestement pas ravi d'être là.) Voici mon fils...

– Cal, compléta le garçon.

– Caleb, corrigea immédiatement l'homme.

Il y eut ensuite un long silence gêné. Will garda les yeux fermés. Étrangement, il se sentait plus en sécurité ainsi.

Monsieur Jérôme adressa un coup d'œil agacé au second.

– Ça ne sert à rien, grommela-t-il. C'est une perte de temps.

Le policier se pencha en avant et secoua Will par l'épaule.

– Tiens-toi droit et sois poli avec ta famille. Un peu de respect.

Will écarquilla les yeux et se tourna vers le policier, ébahi.

– Qu'est-ce que vous racontez?

Monsieur Jérôme haussa les épaules et baissa les yeux. Le garçon fronça les sourcils et regarda tour à tour Will, le policier puis son père, comme s'il ne comprenait pas très bien ce qui se passait.

— Chester a raison, vous êtes tous timbrés ici! s'exclama Will.

Il rentra la tête dans les épaules en voyant le policier qui s'avançait pour le frapper, mais l'intervention du jeune garçon désamorça la situation.

— Tu ne te souviens pas de ça? demanda-t-il en sortant un petit objet d'un vieux sac de toile pour le poser sur la table.

C'était un petit jouet en bois sculpté, un rat ou une souris. La peinture passée de son museau autrefois blanc s'écaillait et son petit manteau était tout élimé, mais ses yeux luisaient comme par magie. Cal avait les yeux rivés sur Will.

— Mamie m'a dit que c'était ton préféré, poursuivit-il comme Will ne réagissait pas. On me l'a donné après ton départ.

— De quoi est-ce que tu... demanda Will d'un ton perplexe. Après mon départ pour où?

— Tu ne te souviens donc de rien? demanda Cal, puis il adressa un regard plein de déférence à son père qui s'était assis, les bras croisés.

Will tendit la main et prit le petit jouet pour l'observer d'un peu plus près. En l'inclinant, il remarqua que les paupières de l'animal se fermaient, éteignant la lueur qui brillait dans ses yeux. Il devait y avoir un minuscule globe dans la tête, lequel diffusait sa lumière à travers les deux billes de verre.

— Il dort, dit Cal. Tu avais ce jouet... dans ton berceau.

— De quoi tu parles? s'exclama Will en laissant brutalement tomber le jouet sur la table, comme s'il venait de le mordre.

— Tu t'appelles Seth, répondit Cal d'un ton plein de rancœur. Tu es mon frère.

– Mais bien sûr... rétorqua Will en lui riant au nez, comme si toute l'amertume accumulée depuis sa capture remontait d'un coup.

Il en avait assez de cette plaisanterie. Il connaissait sa famille, et ces deux guignols n'en faisaient assurément pas partie.

– C'est la vérité. Nous avons la même mère. Elle a tenté de s'enfuir avec ses deux enfants, mais c'est toi qu'elle a emmené à la Surface en me confiant à Mamie et à Papa.

Will roula des yeux et se tourna vers le second.

– Très malin. Bien joué, mais je ne marche pas.

Le policier pinça les lèvres, mais ne dit rien.

– Une famille de Surfaciens t'a recueilli... dit Cal, en haussant le ton.

– T'as raison... Mais ce n'est certainement pas une famille de timbrés dans votre genre qui va m'accueillir ici ! répliqua Will avec colère.

– C'est nous, ta vraie famille. Nous sommes du même sang.

– Tout ça ne nous mènera nulle part, déclara M. Jérôme en se levant soudain avant de reboutonner son manteau.

– Mamie a toujours dit que tu reviendrais, ajouta Cal d'une voix calme.

– Je n'ai pas de grands-parents. Ils sont tous morts ! hurla Will en bondissant de sa chaise, ivre de rage et au bord des larmes.

Puis il se rua sur le rectangle de verre opaque.

– Très malin ! s'égosilla-t-il, le nez collé à la vitre. Vous m'avez presque piégé.

Will mit sa main en visière pour mieux voir à travers la vitre, en vain. Le second lui empoigna le bras et l'entraîna au loin. Will n'opposa aucune résistance, il avait perdu toute volonté de se battre.

Chapitre vingt-deux

Allongée sur son lit, Rebecca regardait le plafond. Elle venait de prendre un bain chaud et portait sa robe de chambre vert pomme, les cheveux enroulés dans une serviette. Elle chantait doucement en écoutant de la musique classique, passant en revue les événements des trois dernières semaines.

Un soir, tard dans la nuit, quelqu'un s'était mis à tambouriner sur la porte d'entrée, à grand renfort de coups de sonnette. Rebecca avait dû se lever pour répondre, car rien au monde, pas même une fanfare, n'aurait pu réveiller Mme Burrows depuis qu'on lui avait prescrit des somnifères.

Le père de Chester avait bien failli renverser la fillette lorsqu'il s'était rué à l'intérieur. Il l'avait mitraillée de questions.

— Est-ce que Chester est chez vous ? Il n'est pas encore rentré. On a essayé de vous appeler, mais personne ne répond.

Il avait le teint grisâtre, son imperméable beige était froissé, et son col tout de travers, comme s'il l'avait enfilé en toute hâte.

— Nous avons pensé qu'il était resté dormir chez vous. Il est bien là, n'est-ce pas ?

— Je ne sais pas... dit-elle en jetant un coup d'œil dans la cuisine.

Will n'avait pas touché à l'assiette qu'elle avait laissée sur la table.

— Il nous a dit qu'il donnait un coup de main à Will, mais... est-ce qu'il est là? Où est ton frère? Tu peux aller le chercher, s'il te plaît? bégaya M. Rawls en regardant l'escalier d'un air anxieux.

Rebecca se précipita à l'étage, entra sans frapper dans la chambre de Will et alluma la lumière. Elle savait déjà qu'il n'était pas là. D'ailleurs, son lit n'était même pas défait. Elle éteignit donc la lumière, referma la porte derrière elle et redescendit voir M. Rawls.

— Non, pas la moindre trace de Will, dit-elle. Je crois que Chester était là hier soir, mais je ne sais pas où ils sont passés. Peut-être...

À ces mots, M. Rawls se mit à débiter un flot de paroles incohérentes et ressortit aussi sec, sans même refermer la porte derrière lui. Il lui fallait vérifier leurs cachettes habituelles et prévenir la police.

Rebecca resta dans le couloir à se mordiller la lèvre inférieure. Elle était furieuse contre elle-même de ne pas s'être montrée plus vigilante. Vu son comportement mystérieux depuis qu'il traînait avec son nouveau copain, Will devait mijoter quelque chose depuis des semaines, cela ne faisait aucun doute, mais quoi?

Rebecca frappa à la porte du salon puis, comme elle n'obtenait aucune réponse, l'ouvrit et entra dans la pièce plongée dans les ténèbres et sentant le renfermé. Sa mère ronflait paisiblement.

— Maman, dit-elle d'une voix douce, mais insistante.

— Hein? Que...

– Maman, reprit-elle d'une voix plus forte en la secouant par l'épaule.

– Quoi? Noooon... Hein?

– Allez, Maman, réveille-toi, c'est important.

– Nan, répondit une voix ensommeillée.

– Réveille-toi, Will a disparu!

– Laisse-moi... tranquille, grommela Mme Burrows en chassant Rebecca d'un geste de la main, puis elle bâilla d'un air indolent.

– Est-ce que tu sais où il est allé? Et Chester?

– Oh, va-t-en! hurla sa mère en se tournant de l'autre côté et se couvrant la tête d'une vieille couverture de voyage pour replonger dans son état d'hibernation.

Les ronflements ne tardèrent pas à reprendre. Rebecca poussa un soupir d'exaspération en regardant la masse informe affalée sur le fauteuil.

Elle se rendit à la cuisine et s'assit, le numéro de l'inspecteur principal à la main et le téléphone sans fil posé devant elle sur la table. Elle réfléchit jusqu'au petit matin avant de se décider à lui téléphoner. Elle laissa un message sur son répondeur, remonta dans sa chambre et essaya de lire en attendant qu'il réponde.

La police arriva à 7 h 06 précises, et à partir de là les événements s'enchaînèrent. La maison se mit à grouiller d'agents en uniforme. Ils fouillèrent chaque pièce, inspectèrent tous les placards, retournèrent le moindre tiroir. Les mains revêtues de gants de latex, ils commencèrent par la chambre de Will et finirent par la cave, sans rien trouver d'intéressant. Rebecca s'amusait presque à les regarder sortir les vêtements de Will du panier à linge sale posé au coin du palier. Ils les rangèrent méticuleusement dans un sac en plastique, puis les emportèrent. Elle se demandait ce que des slips sales pourraient bien leur apprendre.

Le lendemain, une voiture de police vint la chercher avec sa mère pour interroger cette dernière plusieurs heures durant. Pendant ce temps, Rebecca l'attendait dans une autre pièce, en compagnie d'une assistante sociale.

Trois jours plus tard, Rebecca repensa à tout ce qui venait d'arriver. Elle ferma les yeux pour se remémorer les visages de marbre au commissariat et les échanges auxquels elle avait assisté.

— Ça ne va pas du tout, dit-elle en jetant un coup d'œil à sa montre.

Elle se leva de son lit, déroula la serviette qu'elle avait enroulée autour de sa tête et s'empressa de s'habiller.

Au rez-de-chaussée, Mme Burrows était engoncée dans son fauteuil, tout habillée, pelotonnée sous son plaid comme dans un cocon de grosse toile. Elle dormait à poings fermés lorsqu'un bruit la tira de son sommeil. C'était un bruissement prolongé, comme si un vent puissant avait agité les feuillages du jardin. Elle entrouvrit les yeux et distingua une forme massive tapie dans la pénombre, près des rideaux. Elle crut rêver lorsqu'elle vit l'ombre se déplacer dans le champ de la télévision allumée. *Que faire ? Semblant de dormir ? Ou bien rester tranquillement allongée pour ne pas être dérangée ?* se demandait-elle sans parvenir à discerner le visage de l'individu.

Elle tenta de maîtriser sa panique grandissante. La silhouette resta immobile, pendant un moment qui lui parut une éternité. Madame Burrows commençait même à penser qu'il ne s'agissait peut-être, après tout, que d'une illusion d'optique ou du fruit de son imagination fertile. Elle relâcha son souffle et ouvrit grand les yeux.

Elle entendit soudain quelqu'un renifler et, horreur, l'ombre se divisa en deux silhouettes fantomatiques qui foncèrent droit sur elle. Alors qu'elle se sentait basculer dans la folie, une voix intérieure lui dit avec calme et conviction : « Ce ne sont pas des fantômes. »

En un éclair, les deux hommes étaient sur elle. Elle voulut crier, en vain. Elle sentit le contact d'un tissu rugueux contre son visage et une bizarre odeur de renfermé évoquant celle de vieux vêtements moisis. Une main puissante l'empoigna. Madame Burrows se recroquevilla de douleur, haletante, jusqu'à pouvoir reprendre son souffle. Elle poussa un hurlement.

Mais elle eut beau crier et se débattre comme une furie, rien n'y fit, ils l'emportèrent dans la cuisine. Sur le seuil de la cave, elle aperçut une autre silhouette et l'un de ses agresseurs lui plaqua une énorme main humide sur la bouche pour étouffer ses cris.

Qui étaient-ils, que voulaient-ils? Madame Burrows eut une pensée pour sa télévision et ses magnétoscopes adorés! C'était donc ça qu'ils étaient venus chercher? Quelle injustice! c'était la goutte d'eau qui faisait déborder le vase...

Avec l'énergie du désespoir, elle dégagea l'une de ses jambes et décocha un puissant coup de pied à l'un de ses agresseurs, se débattant avec une force surhumaine. Ses assaillants avaient beau tenter de la maîtriser, elle ruait et se tortillait comme une diablesse. Soudain, voyant le visage de l'un de ses assaillants à sa portée, elle lui mordit le nez de toutes ses forces, secouant la tête sans lâcher prise, tel un fox-terrier avec un rat.

Son assaillant émit un gémissement aigu et relâcha son emprise. Il n'en fallut pas plus à Mme Burrows pour se dégager. Les deux hommes la lâchèrent et tombèrent à la renverse, tandis que leur victime se redressait en moulinant des bras. Avec un hurlement, elle fonça droit dans la cuisine, leur abandonnant le plaid qui l'enveloppait, tel un lézard en fuite perdant sa queue.

Quelques secondes plus tard, Mme Burrows était de retour : elle se précipita sur les trois formes massives. Ce fut alors le chaos.

Perchée en haut de l'escalier, Rebecca occupait la place d'honneur et ne perdait pas une miette du spectacle. Dans la pénombre du couloir, elle voyait tantôt scintiller un objet métallique, tantôt le visage déchaîné de Mme Burrows, qui maniait leur nouvelle poêle à frire extra-large au revêtement antiadhésif comme s'il s'agissait d'un sabre.

Les trois hommes redoublaient leurs attaques, en vain : elle ne cédait pas un pouce de terrain et les repoussait en multipliant ses assauts. Le métal résonnait chaque fois qu'il rencontrait l'os d'un crâne ou l'articulation d'un coude. Perchée au-dessus de la mêlée, Rebecca regardait les coups pleuvoir à un rythme effréné, dans un concert de plaintes et de grognements.

— À mort ! hurlait Mme Burrows. Meurs, meurs !

Dans une ultime tentative, l'un des trois hommes essaya d'arrêter le bras de Mme Burrows qui frappait en tous sens, mais il reçut au passage un coup terrible qui lui arracha un hurlement de douleur, comme celui d'un chien blessé. Il vacilla puis s'effondra sur ses acolytes qui réussirent à prendre la fuite, tels des cafards surpris par la lumière.

Rebecca mit à profit ce moment d'accalmie pour descendre et allumer la lumière du couloir. Madame Burrows, les cheveux défaits et pendants, tourna des yeux déments vers elle.

— Maman..., dit Rebecca d'une voix douce.

Madame Burrows brandit la poêle au-dessus de sa tête et s'avança vers sa fille, qui recula d'un pas en voyant la fureur prédatrice animer son regard.

— Maman ! Maman, c'est moi. Tout va bien, ils sont partis... Ils sont tous partis maintenant.

Madame Burrows revenait peu à peu à elle et arborait un air étrangement satisfait. Elle hocha lentement la tête et sembla enfin reconnaître sa fille.

— Tout va bien, Maman, dit Rebecca pour la calmer.

Elle se rapprocha de sa mère haletante et lui retira la poêle des mains. Madame Burrows ne lui opposa aucune résistance.

Rebecca poussa un soupir de soulagement. Elle remarqua alors des éclaboussures sur la moquette de l'entrée. Non, ce n'était pas de la boue, mais du sang.

— S'ils saignent, déclara Mme Burrows, ça veut dire que je peux les tuer.

Elle esquissa un sourire carnassier, poussa un grognement sourd, puis partit d'un rire démoniaque et grinçant.

— Que dirais-tu d'une bonne tasse de thé? demanda Rebecca en s'efforçant de sourire, tandis que Mme Burrows reprenait son calme.

Rebecca prit sa mère par la taille et la conduisit au salon.

Chapitre vingt-trois

Le chef ouvrit la porte de la cellule à la volée, ordonna à Will de se lever et le sortit encore tout endormi du cachot. Ils passèrent par l'accueil, franchirent le seuil du commissariat avant de s'immobiliser sur le perron de pierre.

Le policier relâcha Will, qui vacilla quelques instants en haut des marches. Il entendit un bruit sourd : on venait de jeter son sac à ses pieds. L'agent tourna les talons sans un mot et rentra dans le bâtiment.

Après être resté si longtemps enfermé dans cette cellule lugubre et confinée, Will trouvait la lumière des réverbères des plus étrange. Une légère brise lui caressait le visage ; malgré son odeur de renfermé caractéristique, le garçon n'en était pas moins soulagé.

Et maintenant ? pensa-t-il en se grattant le cou à la jonction du col de la chemise en tissu grossier que lui avait donnée l'un des policiers. L'esprit encore tout embrumé, Will réprimait un bâillement, lorsqu'il entendit le hennissement d'un cheval nerveux qui martelait les pavés mouillés de ses sabots. Will leva les yeux. Un peu plus bas sur la route, s'approchait une voiture noire tirée par deux chevaux d'un blanc immaculé. Un cocher était posté à l'avant. Parvenu à la hauteur du commissariat, Cal ouvrit la portière, sauta du véhicule et se dirigea vers lui.

— Qu'est-ce que tu veux ? demanda Will d'un ton suspicieux en reculant d'un pas.

— On te ramène à la maison, répondit Cal.

— À la maison ? Qu'est-ce que tu veux dire, à la maison ? Avec toi ? Je n'irai nulle part sans Chester ! affirma-t-il d'un ton résolu.

— Chut ! Arrête un peu et écoute-moi ! lui dit Cal en se rapprochant de lui. Ils nous observent, ajouta-t-il en indiquant le coin de la rue d'un signe de tête sans le quitter des yeux.

Will vit une silhouette solitaire et immobile tapie dans la pénombre. Seul le col blanc était visible dans les ténèbres.

— Je ne pars pas sans Chester... souffla Will.

— Qu'est-ce que tu crois qu'il va lui arriver si tu ne viens pas avec nous ? Réfléchis un peu.

— Mais...

— Ils peuvent se montrer cléments, ou bien lui mener la vie dure. Ça dépend de toi, dit Cal en lançant un regard implorant à Will.

— Très bien, soupira Will en secouant la tête alors qu'il jetait un dernier regard en direction du commissariat.

Cal sourit, ramassa le sac de Will, le conduisit jusqu'à la voiture et l'invita à monter. Will s'exécuta à contrecœur, les mains dans les poches et la tête baissée. Tout cela ne lui disait rien qui vaille.

Il examina l'intérieur austère du véhicule – les concepteurs n'en avaient certainement pas privilégié le confort. Les sièges et les panneaux latéraux étaient en bois dur laqué de noir, et il s'en dégageait une odeur de vernis mâtinée d'eau de Javel qui lui rappelait celle du gymnase le jour de la rentrée. Après un si long séjour en cellule, il ne pouvait pas faire le difficile. Il eut un pincement au cœur lorsqu'il repensa à son ami, désormais seul en prison. Lui avaient-ils au moins dit qu'il avait été libéré? Will trouverait le moyen de le tirer de là, dût-il en mourir.

Will se renfonça dans son siège, l'air abattu, et étendit ses jambes sur la banquette en face. Il tira le rideau parcheminé pour voir le défilé monotone des maisons sinistres et des vitrines éteintes qui bordaient les immenses rues désertes. Cal l'observait du coin de l'œil avec un sourire satisfait et finit par imiter Will, posant à son tour ses pieds sur la banquette.

La voiture poursuivait sa route, et les rangées de réverbères s'espaçaient à mesure qu'ils progressaient. Will en conclut qu'ils ne devaient plus être très loin des limites de la ville. Les bâtiments étaient à présent séparés par des bandes de terre plus vastes, couvertes de lichens vert sombre, auxquelles succédèrent des champs aux clôtures branlantes où l'on cultivait sans doute de gros champignons.

Ils ralentirent l'allure et franchirent un petit pont qui surplombait un canal noir d'encre. Will regarda les eaux lourdes qui coulaient avec la lenteur du pétrole brut et se sentit submergé par une terreur inexplicable.

À peine Will s'était-il renfoncé dans son siège, prêt à s'assoupir, que la voiture plongea soudain avant de retrouver l'horizontale. Le cocher hurla « Oh! » et les chevaux se mirent au trot.

Will était parfaitement réveillé maintenant. Il passa la tête par la fenêtre et vit un énorme portail en métal bloquant le passage. Un groupe d'hommes se chauffait les mains autour d'un brasier. Au milieu de la route, une silhouette encapuchonnée agitait sa lampe bien haut pour faire signe au cocher de s'arrêter. La voiture ralentit et, horreur suprême, Will reconnut aussitôt la silhouette d'un Styx émergeant de la pénombre. Il referma vite le rideau et se fit tout petit tout en adressant un regard interrogateur à Cal.

— C'est le Portail de la tête de mort, l'entrée principale de la Colonie, expliqua Cal d'un ton rassurant.

— Je croyais qu'on était déjà dans la Colonie.

— Non, répondit Cal d'une voix lasse, ce n'était que le Quartier. C'est un peu comme... un poste avancé... notre ville frontière.

— Il y a d'autres villes derrière ce portail ?

— D'autres villes ? Tu veux rire ! La Colonie s'étend sur des kilomètres.

Will resta sans voix, les yeux rivés sur la portière, écoutant avec effroi le cliquetis des bottes qui se rapprochaient en martelant les pavés.

— Ne t'inquiète pas, ils contrôlent tous ceux qui franchissent le portail. Ne dis rien, et s'il y a le moindre problème, je m'en occupe, dit Cal en lui pressant le bras.

À cet instant, le Styx ouvrit la portière du côté de Will et leva sa lampe pour éclairer leurs visages. Puis il fit un pas en arrière et examina le visage du cocher qui lui tendit un bout de papier. Il le consulta d'un coup d'œil. Apparemment satisfait, il revint vers les deux garçons, aveugla Will de sa lampe et referma la porte avec un ricanement de mépris. Il rendit la note au cocher, fit un signe au gardien du portail, puis s'éloigna du véhicule.

Will souleva prudemment le rideau, jeta un coup d'œil à l'extérieur pour voir d'où provenaient les sons métalliques qu'il entendait, et fut fort étonné de constater que ce qu'il avait d'abord pris pour un portail n'était autre qu'une grille. Elle remontait à présent sous un immense crâne édenté taillé dans une pierre plus claire.

— C'est sacrément effrayant, grommela Will.

— C'est le but du jeu. C'est un avertissement, répondit Cal d'un ton détaché.

Le cocher fit claquer son fouet, et la voiture s'engouffra dans la gueule de cette effrayante apparition.

Will passa la tête par la fenêtre et regarda redescendre la grille, qui finit par disparaître derrière l'un des coudes de la galerie. Les chevaux pressèrent l'allure, la voiture vira de bord et se mit à filer le long d'une pente raide avant de s'engager dans une autre galerie, immense et creusée dans du grès rouge. Pas un seul bâtiment en vue. À mesure qu'ils descendaient, l'odeur de fumée devenait de plus en plus marquée, et pendant un instant le bourdonnement incessant qui les accompagnait partout atteignit une telle intensité que la voiture tout entière se mit à vibrer.

La voiture négocia un dernier virage : le vrombissement s'atténua et l'air devint plus léger. Cal rejoignit Will à la fenêtre pour voir l'immense zone qui s'étendait devant eux. La route était bordée d'immeubles, et un entrelacs de conduits en brique courait le long des parois de la caverne loin au-dessus de leurs têtes, telles autant de varices enflées. Dans le lointain, des cheminées crachaient des flammes froides et bleues, tandis que des colonnes de fumée s'élevaient dans les airs sans que le moindre souffle ne dévie jamais de la trajectoire rectiligne. Elles formaient une nappe ondoyante sous le toit de la caverne — on aurait dit un océan agité par la houle.

— Voici la Colonie, dit Cal, le visage collé contre la vitre étroite. C'est... chez nous

Le souffle coupé, Will admirait le paysage en silence.

Chapitre vingt-quatre

Pendant que Will et Cal s'acheminaient vers la maison des Jérôme, Rebecca attendait patiemment au côté d'une assistante sociale devant la porte d'un appartement situé au treizième étage de Mandela Heights, tour sinistre et délabrée qui avait été érigée dans la partie la plus mal famée du quartier de Wandsworth. L'assistante sociale venait d'appuyer sur la sonnette du numéro 65 pour la troisième fois, sans obtenir de réponse. Rebecca contemplait le sol crasseux. Elle entendait le gémissement du vent qui s'engouffrait par les fenêtres brisées des parties communes, froissant au passage les sacs poubelle à moitié remplis qui s'entassaient dans un coin de la cage d'escalier.

Elle frémit d'horreur à l'idée qu'on s'apprêtait à l'abandonner dans l'un des pires endroits de la Terre.

L'assistante sociale avait lâché le bouton graisseux de la sonnette et s'était mise à tambouriner sur la porte, mais personne ne répondait. Il y avait pourtant quelqu'un à l'intérieur, puisque la télé était allumée. Elle frappa à nouveau, cette fois avec plus d'insistance et, enfin, entendit une quinte de toux de l'autre côté de la porte.

— Ça va, ça va, j'arrive... cria une femme d'une voix stridente. Donnez-moi deux minutes, pour l'amour de Dieu !

L'assistante sociale se tourna vers Rebecca et lui adressa une grimace qu'elle voulait rassurante.

— Tu as entendu ? Elle est chez elle.

— Ah ? Super, rétorqua Rebecca d'un ton sarcastique, puis elle ramassa ses deux petites valises.

Elles attendirent dans un silence gêné que la femme parvienne à déverrouiller la porte et à en retirer la chaîne de sécurité, à grand renfort de jurons et de grognements ponctués de nouvelles quintes de toux. Une femme d'âge moyen, les cheveux en bataille et un mégot collé au coin des lèvres, parut enfin sur le seuil.

— Qu'est-ce que c'est que tout ce vacarme ? demanda-elle en clignant de l'œil à cause de la fumée, comme si elle voulait battre la mesure de sa paupière.

Elle dévisageait l'assistante sociale d'un air suspicieux.

— Je vous amène votre nièce, Mme Boswell, annonça l'assistante sociale en montrant Rebecca derrière elle.

— Quoi ? demanda sèchement la femme sans se préoccuper de la cendre qui tombait sur les chaussures impeccables de l'assistante sociale.

Rebecca eut un mouvement de recul.

— Vous ne vous souvenez pas ? Nous nous sommes parlé au téléphone hier...

Madame Boswell posa son regard myope sur sa nièce, qui s'avança un peu en souriant, pour qu'elle puisse mieux la voir.

— Bonjour, tantine Jeanne, fit-elle d'un ton faussement enjoué.

— Rebecca, ma chérie, bien sûr... mais regardez-moi ça, comme tu as grandi ! Une vraie jeune fille, maintenant ! s'exclama tantine Jeanne en toussant. Donnez-vous la peine d'entrer, je suis en train de préparer du thé, ajouta-t-elle en ouvrant grand la porte.

Elle leur tourna le dos et se fraya un chemin d'un pas traînant dans l'étroit couloir de son appartement, entre les piles de vieux journaux et les innombrables enveloppes et brochures qui jonchaient la moquette crasseuse. Une fine couche de poussière recouvrait tout, des toiles d'araignée pendaient dans les coins et l'air empestait le tabac. Rebecca resta un moment sur le seuil sans dire un mot, toujours à côté de l'assistante sociale. Cette dernière lui tira soudain sa révérence, la salua et lui souhaita bonne chance, pressée de déguerpir. Elle jeta un coup d'œil à la porte de l'ascenseur en partant, comme si elle espérait qu'elle avait été réparée par miracle depuis leur entrée dans l'immeuble. Elle redoutait en effet la longue descente qui l'attendait.

Rebecca entra prudemment dans l'appartement et suivit sa tante dans la cuisine.

— J'aurais bien besoin d'un coup de main, dit tantine Jeanne en prenant un paquet de cigarettes au milieu des débris qui jonchaient la table. Si tu veux rester sous mon toit, poursuivit-elle en toussant, va falloir que tu fasses ta part de travail.

Rebecca ne broncha pas. Elle craignait de se salir au moindre geste.

— Allez, Bec, pose tes sacs, retrousse tes manches et faisnous donc un peu de thé, lança tantine Jeanne qui s'assit en souriant.

Elle alluma une nouvelle cigarette avec la précédente et écrasa le mégot sur la table en Formica, ignorant le cendrier qui débordait déjà.

* * *

La famille Jérôme vivait dans une opulente demeure à l'intérieur cosy. Le sol était tapissé d'une moquette aux motifs subtils, les murs peints en vert sombre et en bordeaux, et les pièces garnies de meubles en bois vernis. Cal débarrassa Will de son sac à dos qu'il plaça à côté d'une petite table, sur laquelle trônait une lampe à huile au verre jaune pâle posée au centre d'un napperon de lin.

— Par ici, dit Cal en indiquant la première porte du couloir. Voici le salon, annonça-t-il fièrement.

Pour filtrer l'air de cette pièce à l'atmosphère un peu lourde, une grille d'aération incrustée de poussière avait été installée juste au-dessus de la porte. Le plafond bas était orné de moulures jaunies par la fumée et la suie produites par le feu qui crépitait dans la grande cheminée. Vautré sur un tapis persan, un gros animal presque imberbe dormait sur le dos, les pattes en l'air, exposant sans aucune pudeur ses bourses pendantes.

— Un chien! s'exclama Will, quelque peu surpris de rencontrer un animal domestique en ces lieux.

De la couleur d'une ardoise rayée, il n'avait pour toute fourrure que quelques touffes de poils clairsemées. Sa peau pendante faisait tant de plis qu'on aurait dit qu'il avait enfilé un costume trop grand.

— Un chien? Mais non, c'est Bartleby, un chat de la race des rex. C'est un excellent chasseur.

Perplexe, Will regarda de nouveau l'animal dont l'énorme cage thoracique se soulevait au rythme régulier de sa respiration. Un chat? Il avait pourtant la taille d'un doberman, au pelage mal taillé mais plutôt bien nourri, et absolument rien de félin. Will se pencha pour le voir de plus près. Bartleby émit un grognement et ses énormes pattes tressaillirent dans son sommeil.

— Attention! Il pourrait t'arracher le visage, l'avertit une vieille femme assise dans l'un des deux grands fauteuils placés de part et d'autre de l'âtre.

— Je ne comptais pas le toucher, répondit-il sur la défensive.

Les yeux gris pâle de la vieille femme brillèrent.

— Tu n'as pas besoin de le toucher, tu sais. Il suit ses instincts, notre Bartleby, ajouta-t-elle d'un ton affectueux en se tournant vers l'énorme animal qui se prélassait au coin du feu.

— Mamie, voici Will, dit Cal.

— Oh, j'avais compris ! C'est un Macaulay tout craché et il a les yeux de sa mère. Aucun doute possible. Bonjour, Will.

Will resta stupéfait. Cette vieille femme était si douce et ses yeux pétillaient de joie. Il avait l'impression qu'un vague souvenir venait de resurgir dans sa mémoire, comme une braise mourante soudain ravivée par la brise. Il se sentait réconforté par sa présence. Mais pourquoi ? Lui qui d'ordinaire se méfiait des adultes qu'il rencontrait pour la première fois... Et puis, comment pouvait-il baisser ainsi sa garde dans un endroit aussi étrange. Il avait certes accepté de suivre ces gens et de jouer leur jeu, mais il n'avait nullement l'intention de leur accorder sa confiance. Cependant, il y avait quelque chose de différent chez cette vieille dame. Il avait l'impression de la connaître...

— Viens t'asseoir près de moi, dit-elle en indiquant l'autre fauteuil en cuir, d'une main délicate mais abîmée — cette femme avait dû travailler dur toute sa vie. Je suis sûre que tu as des tas de choses passionnantes à me dire sur ta vie là-haut, dit-elle en levant les yeux. Caleb, prépare-nous du thé. Nous mangerons quelques friandises. Will va tout me raconter.

Will s'assit au bord du fauteuil et se réchauffa au coin du feu. De façon inexplicable, il avait le sentiment d'être enfin arrivé dans un sanctuaire.

La vieille dame avait une fine chevelure cotonneuse ramassée en un chignon haut maintenu par une barrette en écaille de tortue. Elle portait une robe bleue à manches longues, et une haute fraise blanche lui encadrait le bas du visage.

— Pourquoi est-ce que j'ai l'impression de vous connaître ? demanda soudain Will.

Il avait l'étrange sentiment qu'il pouvait lui dire tout ce qui lui passait par la tête.

— Parce que nous nous connaissons, répondit-elle en souriant. Je t'ai vu tout bébé, je t'ai chanté des berceuses.

Will s'apprêtait à protester, mais il se ravisa en fronçant les sourcils. Cette vieille femme lui semblait si familière. Il sentit sa gorge se serrer et déglutit plusieurs fois pour contenir son émotion.

— Elle aurait été tellement fière de toi, tu sais, dit-elle en voyant les larmes qui perlaient à ses yeux. Tu étais son premier enfant... Tu pourrais m'attraper cette photo, là au milieu, s'il te plaît, ajouta-t-elle en indiquant la poutre d'un mouvement de tête.

Will se leva et regarda les nombreux cadres de toutes formes et de toutes tailles qui ornaient la cheminée. Il ne reconnut pas immédiatement les gens. Certains souriaient de toutes leurs dents, d'autres posaient d'un air solennel. Tous ces clichés avaient l'aspect irréel des daguerréotypes qu'il avait vus au musée de son père à Highfield. Ces portraits anciens avaient immortalisé les images spectrales d'un passé lointain. Il s'exécuta et prit la plus grande photo, trônant à la place d'honneur, au centre du linteau. Mais il eut un mouvement d'hésitation quand il vit qu'il s'agissait de M. Jérôme et de Cal, plus jeunes.

— Oui, c'est bien celle-là, confirma alors la vieille dame.

Will la lui tendit et elle la posa à l'envers sur ses genoux, en défit les attaches et souleva le dos du cadre où était dissimulée une autre photo. Elle l'extirpa à l'aide de ses ongles et la lui tendit sans commentaire.

Will l'inclina sous la lumière pour mieux l'examiner. Une jeune femme vêtue d'un chemisier blanc et d'une longue jupe noire tenait dans ses bras un bébé emmailloté dans un linge. Elle avait les mêmes cheveux blancs que Will, un beau visage délicat, un regard doux, des lèvres pulpeuses et la mâchoire carrée... comme lui ! se dit-il, en se touchant le visage malgré lui.

— Oui, dit la vieille femme d'une voix douce. C'est Sarah, ta mère. Tu lui ressembles énormément. On a pris cette photo quelques semaines après ta naissance.

— Hein ? s'exclama Will en laissant presque tomber la photo.

— Ton véritable nom est Seth... C'est ainsi que nous t'avions baptisé, et c'est toi qu'elle tient dans ses bras.

Will crut que son cœur allait s'arrêter de battre. Il regarda le bébé dont le visage était à peine visible. Les pensées se bousculaient dans son esprit et, submergé par l'émotion, il avait les mains tremblantes. Malgré tout, quelque chose finit par émerger du chaos de sa mémoire, comme si cette question n'avait jamais cessé de le hanter. Pourquoi ne ressemblait-il pas du tout au Dr Burrows, ni à Mme Burrows, et encore moins à Rebecca ? Il les avait pourtant connus toute sa vie.

Il avait du mal à se concentrer sur la photo, mais se força à l'examiner de nouveau en quête du moindre détail.

— Oui... dit Mamie Macaulay d'une voix douce.

Will acquiesça malgré lui. Aussi irrationnel que cela pût paraître, il savait qu'elle disait la vérité. Cette femme sur la photo, au visage monochrome et légèrement flou, était bien sa vraie mère, et toutes les personnes qu'il venait de rencontrer n'étaient autres que sa vraie famille. C'était inexplicable, mais il en avait la certitude.

Ses soupçons se dissipèrent instantanément. Non, ils ne cherchaient pas à le tromper et tout cela n'était pas un stratagème de leur part. Une larme roula le long de sa joue sale, y dessinant un fin sillon pâle. Il s'empressa de l'essuyer du revers de la main, rouge de honte, et rendit la photographie à Mamie Macaulay.

— Dis-moi, comment est-ce là-haut, en Surface ? demanda-t-elle pour lui épargner tout embarras.

— Eh bien... commença-t-il d'une voix hésitante.

— Tu sais, je n'ai jamais vu la lumière du jour, ni senti le soleil sur ma peau. Comment ça fait ? Il paraît que ça brûle.

— Vous n'avez jamais vu le soleil ? demanda Will, n'en croyant pas ses oreilles.

— Comme la plupart d'entre nous ici, intervint Cal qui venait de rentrer dans la pièce et avait pris place sur un petit tapis aux pieds de sa grand-mère et à côté de son chat, dont il caressait le double menton galeux ; l'animal se mit presque aussitôt à ronronner bruyamment.

— Raconte-nous, Will, raconte-nous comment sont les choses là-haut, insista Mamie Macaulay, la main posée sur la tête de Cal qui s'était adossé contre l'accoudoir de son fauteuil.

Will commença son récit. Après quelques hésitations, il raconta sa vie à la surface dans un flot ininterrompu de paroles. Il lui semblait si simple, si naturel de parler à ces gens qu'il venait tout juste de rencontrer. Il raconta sa famille, son école, ses fouilles avec son père – ou plutôt celui qu'il croyait être son père jusqu'alors –, sa mère et sa sœur.

— Tu aimes beaucoup ta famille surfacienne, n'est-ce pas ? demanda Mamie Macaulay.

Will acquiesça. Il le savait aucune révélation sur sa famille vivant ici-bas dans la Colonie ne changerait l'affection qu'il éprouvait pour son père. Et même si Rebecca lui menait la vie dure, elle lui manquait terriblement. Un sentiment de culpabilité l'envahit soudain : il l'imaginait rongée par l'inquiétude, à se demander ce qui avait bien pu lui arriver. Tout son petit monde si bien rangé s'écroulait autour d'elle. *Je suis désolé, Rebecca. J'aurais dû t'en parler. J'aurais dû te laisser un mot!* pensa-t-il. Avait-elle prévenu la police après avoir découvert sa disparition, pour qu'ils lancent une procédure de recherche tout aussi inefficace que la précédente? En effet, ils n'avaient jamais retrouvé son père. Puis la pensée de Chester, seul dans cette horrible cellule, chassa toutes ses autres préoccupations.

— Que va-t-il arriver à mon ami? demanda-t-il brusquement.

Mamie Macaulay ne répondit pas, le regard fixé sur les flammes. Cal ne tarda pas à rompre le silence.

— Ils ne le laisseront jamais retourner là-haut... ni toi, d'ailleurs.

— Mais pourquoi? demanda Will. Nous promettrons de ne jamais rien dire... à propos de tout ça.

— Les Styx ne l'accepteraient jamais, expliqua Mamie Macaulay en toussant, après un instant de silence. Ils ne peuvent pas prendre le risque de dévoiler notre existence aux Surfaciens. Cela pourrait conduire à la Découverte.

— La Découverte?

— Oui, c'est ce qu'on apprend dans le *Livre des catastrophes*. C'est la fin du monde. Après avoir été découverts, les gens du bas périssent par les mains de ceux du haut, dit Cal d'une voix monocorde, comme s'il récitait un poème.

— Dieu nous en préserve, murmura la vieille femme en tournant son regard vers les flammes.

— Qu'est-ce qu'ils vont faire de Chester, alors? demanda Will qui redoutait d'entendre leur réponse.

— Soit ils le mettront au travail, soit ce sera le bannissement... Ils le mettront dans un train et l'expédieront dans les Profondeurs, où il sera livré à lui-même.

Will s'apprêtait à leur demander ce qu'étaient les Profondeurs, quand on ouvrit la porte d'entrée à la volée. Le feu s'intensifia et cracha une pluie d'étincelles qui luirent brièvement, s'élevant dans le conduit de cheminée. Mamie Macaulay sourit en voyant Cal et Bartleby se lever d'un bond.

— Bonjour tout le monde ! tonna une puissante voix masculine.

Le chat encore assoupi se cogna contre le pied d'une table pliante qui s'effondra sous le choc, au moment même où un homme à la carrure massive entrait dans la pièce, les joues rouges et l'œil pétillant d'impatience.

— Où est-il, où est-il ? cria-t-il avant de poser son regard perçant sur Will qui se leva de son fauteuil avec appréhension, ne sachant trop comment interpréter un tel chahut.

L'homme franchit la distance qui les séparait en deux enjambées, souleva Will de terre comme s'il n'était qu'un fétu de paille et le serra dans ses bras. Puis il éclata d'un rire tonitruant avant d'admirer le jeune garçon qu'il tenait à présent à bout de bras. Impuissant, ce dernier pédalait dans le vide à plusieurs centimètres du sol.

— Laisse-moi un peu te regarder. Oui... Oui... C'est tout le portrait de sa mère. Les yeux, n'est-ce pas, Mamie ? Il a ses yeux et puis son menton... la forme de son beau visage, mon Dieu, ha, ha, ha ! beugla-t-il en secouant la tête.

— Repose-le par terre, Tam, je t'en prie, intervint Mamie Macaulay.

L'homme s'exécuta, le sourire aux lèvres et les yeux toujours fixés sur Will.

— C'est un grand jour, un grand jour en effet, dit-il en lui tendant son énorme main. Je suis ton oncle Tam.

Will la lui serra machinalement

— C'est un vrai Macaulay, ce petit, déclara-t-il d'une voix forte. Tu ne trouves pas, Mamie ?

— Cela ne fait pas l'ombre d'un doute, confirma-t-elle d'une voix douce. Mais tu vas l'effrayer à force de chahuter comme ça, Tam.

Bartleby frottait son énorme tête contre le pantalon gris de l'oncle Tam, se frottait contre ses jambes en ronronnant. Parfois même, il poussait des miaulements graves qu'on eût dit venus d'un autre monde. Tam jeta un bref coup d'œil à la créature, puis se tourna vers Cal qui, debout, à côté du fauteuil de sa grand-mère, savourait visiblement la scène.

— Cal, l'apprenti magicien, comment ça va, mon garçon ? Qu'est-ce que tu dis de tout ça, hein ? Mon Dieu, qu'il est bon de vous voir tous les deux sous le même toit, dit Tam en regardant les deux enfants. Les deux frères réunis, ah, mes neveux. Voilà qui mérite bien qu'on boive un coup. Un vrai.

— Nous étions sur le point de prendre le thé, intervint Mamie Macaulay sur-le-champ. Je t'en sers une tasse, Tam ?

— Pourquoi pas ? répondit-il en se tournant vers sa mère, une lueur maligne au coin de l'œil. Rattrapons le temps perdu.

La vieille femme disparut aussitôt dans le couloir. Tam prit sa place en faisant couiner le fauteuil sous son poids, puis il allongea ses jambes et alluma sa pipe.

— Tu sais que ton père surfacien est passé par ici ?

— Vous l'avez vu ? demanda Will en se penchant vers l'oncle Tam.

— Non, mais j'ai parlé à d'autres gens qui, eux, l'avaient vu.

— Où est-il ? Le policier a dit qu'il était sain et sauf.

— Sain et sauf ? demanda l'oncle Tam d'un air grave en retirant brusquement la pipe qu'il avait à la bouche. Écoute, ne crois pas un seul mot de ce que te diront ces ordures. Ce ne sont que des serpents perfides qui lèchent les bottes de leurs maîtres, les Styx.

— Ça suffit maintenant, Tam, intervint Mamie Macaulay en entrant dans la pièce.

Elle apportait un plateau chargé de tasses et de « friandises » comme elle disait – il s'agissait de petits morceaux de gâteaux informes nappés d'un glaçage blanc.

— Donc, à propos de mon père ? demanda Will, qui n'y tenait plus.

Tam acquiesça, ralluma sa pipe et tira quelques grosses bouffées qui noyèrent son visage derrière un épais brouillard.

— Tu l'as manqué d'une semaine. Il est parti pour les Profondeurs.

— On l'a banni ? demanda Will en se redressant d'un coup – il se souvenait du terme employé par Cal.

— Non, non ! s'exclama Tam en gesticulant, la pipe à la main. C'est lui qui a voulu y aller ! Drôle d'idée. Tout le monde raconte qu'il est parti de son plein gré... Pas d'annonce publique... Pas de spectacle. Aucune des mises en scène qu'affectionnent les Styx d'ordinaire.

L'oncle Tam tira sur sa pipe, exhala une longue bouffée de fumée et son front se rida soudain.

— J'imagine que le spectacle n'aurait pas été très intéressant à voir. Pas de gémissements ni de vociférations de la part du condamné, ajouta-t-il les yeux rivés sur les flammes et l'air toujours aussi perplexe. Au cours des semaines qui ont précédé son départ, on l'a vu se promener dans le coin. Il griffonnait des choses dans son calepin, importunait les gens par des questions absurdes. Je crois que les Styx pensaient qu'il était un peu... dit Tam en se tapotant la tempe, mais Mamie Macaulay lui lança un regard sévère en toussotant... Qu'il était inoffensif, conclut-il. Je crois que c'est pour ça qu'ils l'ont laissé libre d'aller et venir, mais tu peux être certain qu'ils ne le lâchaient pas d'une semelle.

— C'est quoi au juste, les Profondeurs ? demanda Will.

— Les cercles intérieurs... l'Intérieur, répondit l'oncle Tam en pointant le sol de sa pipe. Là, sous nos pieds. Les Profondeurs.

— C'est un mauvais endroit, n'est-ce pas ? intervint Cal.

— Je n'y ai jamais mis les pieds, mais je ne connais personne qui voudrait s'y rendre de son plein gré, répondit l'oncle Tam en adressant un regard entendu à Will.

— Mais qu'est-ce qu'il y a là-bas ? demanda Will qui mourait d'envie d'en apprendre plus sur l'endroit où était parti son père.

— Eh bien, à environ huit kilomètres sous nos pieds, il y a d'autres... j'imagine qu'on peut parler de colonies. C'est là où s'arrête le train des mineurs, là où vivent les Coprolithes, dit-il en tirant bruyamment sur sa pipe. L'air y est lourd. C'est le bout de la ligne de chemin de fer, mais les galeries continuent plus loin, sur des kilomètres, paraît-il. Selon la légende, il y aurait même un autre monde au centre de la terre, avec des bourgs et des villes plus anciennes et plus vastes que la Colonie, ajouta l'oncle Tam avec dédain. Ce ne sont que des balivernes, si tu veux mon avis.

— Mais est-ce que quelqu'un est déjà descendu dans ces galeries ? demanda Will espérant une réponse positive.

— Eh bien, il y a eu des rumeurs... Aux alentours de l'an 200, un colon est revenu après des années de bannissement. Comment s'appelait-il déjà ?... Abraham quelque chose ?

— Abraham de Jaybo, précisa Mamie Macaulay d'une voix posée.

L'oncle Tam se tourna vers la porte et baissa d'un ton.

— Lorsqu'ils l'ont retrouvé à la gare des mineurs, il était dans un terrible état, couvert de coupures et d'ecchymoses... Il avait littéralement perdu sa langue. On la lui avait coupée, à ce qu'on raconte. Il était tellement affamé qu'il ressemblait à un cadavre ambulant. Il n'a pas tenu très longtemps. Il est mort une semaine plus tard, d'une maladie inconnue. Du sang jaillissait à gros bouillons de sa bouche et de ses oreilles. Il ne pouvait évidemment pas parler, mais certains disent qu'il avait fait plein de dessins sur son lit de mort, trop effrayé pour dormir.

— Qu'est-ce qu'ils représentaient? demanda Will en écarquillant les yeux.

— Il y avait de tout, des machines infernales, des animaux étranges et des paysages improbables, et puis des choses que personne ne comprenait. Les Styx ont dit que tout cela n'était que le produit d'un esprit dérangé, mais d'autres croient qu'il n'était pas fou. On garde ces dessins sous clef dans les coffres du gouverneur... Mais je ne connais personne qui les ait vus.

— Mon Dieu, je ne sais pas ce que je donnerais pour y jeter un coup d'œil, dit Will, passionné par ce qu'il venait d'entendre.

L'oncle Tam gloussa bruyamment.

— Quoi? demanda Will.

— Eh bien, apparemment, ce fameux Burrows aurait dit exactement la même chose quand on lui a raconté cette histoire... et en employant les mêmes mots.

Chapitre vingt-cinq

Après avoir bu son thé, mangé quelques petits gâteaux et entendu toutes ces révélations, l'oncle Tam finit par se lever, s'étira en bâilla bruyamment, fit craquer les articulations de son corps massif enfin se tourna vers Mamie Macaulay.

– Eh bien, Maman, il est temps que je te ramène à la maison.

Ils saluèrent Will et Cal et quittèrent la pièce. Mais sans la voix tonitruante et les gros rires contagieux de Tam, la maison ne semblait plus la même.

– Je vais te montrer ta chambre, dit Cal à Will qui se contenta de marmonner.

Will était comme ensorcelé, et les pensées se bousculaient dans sa tête tel un banc de poissons affamés.

Ils empruntèrent le couloir et Will reprit un peu ses esprits lorsqu'il remarqua la série de portraits qui y étaient exposés.

– Je croyais que ta grand-mère vivait ici, remarqua Will avec nonchalance.

– On l'autorise à me rendre visite ici, répondit Cal en détournant le regard.

Will comprit que Cal ne lui avait pas tout dit.

– Qu'est-ce que tu veux dire par « on l'autorise » ?

— Oh, elle a sa propre maison. C'est là que sont nés l'oncle Tam et notre mère, répondit Cal d'un ton évasif en secouant la tête. Allez, viens !

Cal avait déjà gravi la moitié des marches, le sac à dos de Will accroché à son bras lorsqu'il constata, non sans un certain agacement, que Will ne l'avait pas suivi : il admirait encore les portraits tout au bout du couloir. Quelque chose avait piqué sa curiosité.

Sa soif de découverte et son goût pour l'aventure avaient repris le dessus, dissipé sa fatigue et ses inquiétudes quant au sort de son père et de son ami Chester.

— Qu'est-ce qu'il y a derrière cette porte ? demanda-t-il en indiquant une porte noire avec une poignée en laiton.

— Oh, rien, c'est juste la cuisine, répondit Cal avec impatience.

— Je peux jeter un coup d'œil ? dit Will qui se dirigeait déjà vers la porte sans attendre sa réponse.

— Oh, d'accord, mais il n'y a vraiment rien à voir, soupira Cal, qui se résigna à descendre l'escalier et déposa son sac à dos sur la dernière marche. Ce n'est qu'une cuisine !

Will se retrouva dans une pièce au plafond bas, qui ressemblait à un hôpital de l'époque de la reine Victoria. En tout cas, cette pièce aux murs beige pâle en avait l'odeur, car aux exhalaisons culinaires se mêlaient de fortes émanations de phénol. Le sol et le plan de travail étaient couverts de grands carreaux blancs parcourus de fissures et d'innombrables rayures, usés par des années de récurage.

Le bruit d'un couvercle de casserole attira son attention. Quelque chose mijotait sur un gros poêle obsolète, couvert d'une couche luisante de graisse carbonisée. Will se pencha au-dessus d'un autre récipient posé sur le feu, mais le nuage de vapeur légèrement salée qui s'en dégageait l'empêcha d'en distinguer le contenu. Puis il remarqua une autre porte à sa droite, juste à côté de la planche à découper suspendue au mur avec son hachoir.

— Où ça mène?

— Écoute, tu ferais pas mieux de...

Cal ne termina pas sa phrase. Il était inutile de discuter avec son frère, qui fouinait déjà dans la pièce adjacente.

Les yeux de Will s'illuminèrent en découvrant un cagibi semblable à la remise d'un alchimiste. Sur de nombreuses étagères trônaient de gros bocaux remplis d'éléments non identifiés, déformés par la courbure du verre épais, et décolorés par le fluide huileux dans lequel on les avait plongés. On aurait dit des spécimens anatomiques préservés dans du formol.

Sur une étagère inférieure, Will remarqua des plateaux de métal sur lesquels étaient disposés de gros objets ronds. De la taille d'un ballon de football, ils arboraient une surface gris brun, à la texture poudreuse et veloutée.

— Qu'est-ce que c'est que ça?

— Des cèpes. On en cultive un peu partout, mais surtout dans les chambres basses.

— Vous les utilisez pour quoi? demanda Will en s'accroupissant pour observer leur surface de velours moucheté.

— C'est des champignons. On les mange. Tu en as sans doute mangé quand tu étais au cachot.

— Ah, d'accord, dit Will en grimaçant. Et ça? demanda-t-il encore en indiquant des bandes de viande séchée.

— Tu devrais pouvoir me dire ce que c'est, répondit Cal en souriant.

Will hésita un instant, puis se pencha pour en examiner une. Il s'agissait sans conteste de viande. On aurait dit des tendons allongés, de la couleur de croûtes encore fraîches. Will renifla avec hésitation puis secoua la tête d'un air perplexe.

– Aucune idée.

– Allons, cette odeur...

Will ferma les yeux, puis renifla encore.

– Non, je ne connais pas cette o... dit-il en rouvrant soudain les yeux. C'est du rat, n'est-ce pas ? poursuivit-il, à la fois ravi et consterné par sa découverte. Vous mangez du rat ?

– C'est délicieux... Je ne vois pas où est le problème. Maintenant, dis-moi de quelle espèce il s'agit, ajouta Cal qui se délectait de la mine dégoûtée de Will. Rat d'élevage, rat d'égout, ou rat aveugle ?

– Je n'aime pas les rats, et j'aime encore moins l'idée de les manger. Je n'en ai pas la moindre idée.

Cal secoua lentement la tête d'un air faussement déçu.

– C'est facile, c'est du rat aveugle, dit-il en soulevant du doigt l'une des tranches de viande avant de la renifler à son tour. L'odeur est plus prononcée, c'est un mets délicat. En général, nous en mangeons le dimanche.

Leur conversation fut soudain interrompue par un bruit assez proche de celui d'une mitraillette. Ils se retournèrent aussitôt et virent Bartleby ronronnant à plein régime. Ses immenses yeux ambrés étaient rivés sur la viande séchée et des gouttes de salive coulaient déjà le long de son menton glabre.

– Dehors ! lui cria Cal en indiquant la porte de la cuisine.

Le chat ne bougea pas d'un pouce et resta obstinément assis sur le carrelage, comme hypnotisé par la viande.

– Bart, j'ai dit dehors ! hurla de nouveau Cal en s'avançant pour refermer la porte derrière Will.

Le chat émit un rugissement menaçant et révéla une rangée de dents blanches et acérées, tandis que se dilataient tous les pores de sa peau – on aurait dit qu'il avait la chair de poule.

– Espèce d'insolent ! Arrête de faire semblant d'être en colère ! lança Cal.

Il décocha un coup de pied joueur à l'animal désobéissant, qui esquiva son attaque par un bond de côté. Bart se retourna lentement d'un air de mépris et s'éloigna avec nonchalance en agitant la queue dans un ultime geste de défi.

— Il vendrait son âme au diable pour un morceau de rat, dit Cal en secouant la tête.

Après cette rapide inspection de la cuisine, Cal et Will gravirent enfin l'escalier aux marches grinçantes qui menait à l'étage.

— Voici la chambre de Père, dit Cal en ouvrant une porte sombre au milieu du palier. Nous ne sommes pas censés y entrer, et s'il nous attrapait ce serait l'enfer.

Will jeta un rapide coup d'œil au bas de l'escalier pour s'assurer que la voie était bien libre avant de lui emboîter le pas. Au centre de la pièce trônait un immense lit à colonnes, si haut qu'il touchait presque le plafond délabré et menaçait de s'effondrer sous son propre poids. Il n'y avait aucun autre meuble autour du lit, excepté une lampe allumée.

— Qu'est-ce qui était accroché là? demanda Will en remarquant une série de traces un peu plus claires sur le mur gris.

— Des photos... il y en avait des tas, que Papa a arrachées, répondit Cal en fronçant les sourcils.

— Mais pourquoi?

— À cause de Mère. C'est elle qui avait meublé cette pièce. Après son départ, Père...

Cal se tut soudain. Il était clair qu'il n'avait pas envie de s'appesantir sur le sujet et Will s'abstint d'insister – pour l'heure en tout cas, car il n'avait pas oublié la photo de sa mère, même s'il ne comprenait pas encore très bien pourquoi on l'avait dissimulée. Qu'il s'agisse de sa vraie famille ou non – et Will avait encore du mal à accepter quelque chose d'aussi incroyable –, il avait bien l'intention de découvrir ce qu'ils lui cachaient.

Après être ressorti de la chambre, Will s'arrêta un instant sur le palier pour admirer un impressionnant globe lumineux au creux d'une main de bronze qui semblait sortir du mur – on aurait dit qu'un fantôme venait de traverser la paroi.

— D'où viennent ces lumières ? demanda-t-il en touchant la surface froide du globe.

— Je ne sais pas. Je crois qu'on les fabrique dans la caverne de l'Ouest.

— Mais comment ça marche ? Papa en a fait examiner une par des experts, mais ils n'en avaient pas la moindre idée.

— Je ne sais pas vraiment, mais je peux te dire que ce sont les scientifiques qui travaillaient pour sir Gabriel Martineau qui en ont découvert la formule...

— Martineau ? le coupa Will.

Il se souvenait du nom, qu'il avait lu dans le journal de son père.

— Non, poursuivit Cal sans prêter attention à sa remarque, je ne pourrais pas te dire ce qui les fait fonctionner. Je crois qu'ils utilisent du verre d'Anvers. Ça a quelque chose à voir avec la façon dont les éléments se mélangent quand on les met sous pression.

— Il doit y en avoir des milliers ici.

— Nous ne pourrions survivre sans ça, répondit Cal. Leur lumière remplace celle du soleil.

— Comment les éteignez-vous ?

— Les éteindre ? demanda Cal, surpris. Pourquoi veux-tu que nous les éteignions ? poursuivit-il en s'avançant sur le palier

— Bon, tu comptes répondre à ma question à propos de Martineau, oui ou non ? demanda Will qui n'avait pas bougé.

— Sir Gabriel Martineau, reprit Cal, comme si Will avait fait preuve d'un manque de respect caractérisé, c'est notre Père fondateur – notre sauveur. Il a construit la Colonie.

– Mais j'ai lu qu'il était mort dans un incendie en... euh... il y a plusieurs siècles de cela.

– C'est ce qu'on a voulu vous faire croire à vous, les Surfaciens. Il y a bien eu un incendie, mais il n'est pas mort, répondit Cal d'un air méprisant.

– Que s'est-il passé dans ce cas?

– Il est descendu ici pour rejoindre les Pères fondateurs

– Les Pères fondateurs?

– Mon Dieu! répondit Cal, excédé. Je ne vais pas tout te raconter maintenant. Tu liras tout dans le *Livre des catastrophes*, si ça t'intéresse tant que ça.

– Le *Livre des catastrophes*?

– Oh, non, mais c'est pas vrai!

Cal regarda Will droit dans les yeux en serrant les dents. Il était tellement agacé que Will s'abstint de toute autre question, et ils entrèrent dans une autre chambre.

– C'est ma chambre. Papa a préparé un lit supplémentaire quand on lui a dit que tu devais rester chez nous.

– On? Qui ça, on? demanda immédiatement Will.

Cal haussa les sourcils comme s'il venait de poser une question ridicule. Will se contenta donc de regarder cette pièce toute simple, à peine plus grande que la sienne chez les Burrows. Deux lits étroits et une armoire suffisaient presque à la remplir. Il s'assit au pied de l'un des deux lits et remarqua des vêtements posés sur l'oreiller.

– Oui, ils sont pour toi, confirma Cal.

– Ça ne me ferait pas de mal de me changer en effet, grommela Will en regardant son jean crasseux.

Il défit le paquet de vêtements neufs et palpa le tissu du pantalon : il était brillant, rêche et presque écailleux au toucher – probablement une couche imperméabilisante.

Cal s'allongea sur son lit et Will en profita pour se changer. Ces vêtements lui semblaient étranges et froids au toucher. Le pantalon était raide et rugueux, fermé par des boutons de métal et une ceinture. Il enfila la chemise sans prendre la peine d'en défaire les boutons, puis secoua lentement les épaules et les bras comme s'il cherchait à ajuster cette nouvelle peau. Il termina par la longue veste à capuche qu'ils portaient tous. Même s'il était ravi de quitter ses habits sales, il se sentait à l'étroit dans ce nouvel accoutrement.

— Ne t'inquiète pas, ça va s'assouplir avec la chaleur, indiqua Cal, remarquant son inconfort.

Cal se leva, franchit le lit de Will, puis s'agenouilla devant l'armoire sous laquelle il avait caché une vieille boîte de biscuits.

— Regarde un peu ça, dit-il en posant la boîte sur le lit de Will avant d'en ôter le couvercle.

— C'est ma collection, annonça-t-il fièrement.

Il plongea la main dans la boîte, en sortit un téléphone portable déglingué et le tendit à Will, qui tenta de l'allumer. Il était mort. *Ni outil, ni parure,* pensa-t-il. Le Dr Burrows employait cette expression, lorsqu'il découvrait quelque chose de semblable. Quelle ironie quand on savait que la plupart des trésors du Dr Burrows ne rentraient dans aucune de ces deux catégories !

— Et ça ? poursuivit Cal en lui montrant une petite radio bleue.

Will l'alluma et n'obtint qu'un faible grésillement en tournant le bouton de réglage.

— Tu ne capteras rien d'ici, dit Will, mais Cal sortait déjà autre chose de sa boîte.

— Regarde un peu. Elles sont trop géniales.

Cal défroissa quelques brochures avec des automobiles, parsemées de petites taches de moisissure blanche, et les tendit à Will comme s'il s'agissait de parchemins inestimables. Will fronça les sourcils en les examinant.

— Ce sont des modèles très anciens, tu sais, dit-il en feuille-tant tour à tour la section des voitures de sport et celle des berlines familiales. La nouvelle Capri, lut-il à haute voix en souriant. Où t'as eu tout ça ? demanda-t-il en reposant les brochures qui s'enroulèrent.

— L'oncle Tam, dit Cal à voix basse, et il se rapprocha un peu après avoir jeté un coup d'œil prudent vers la porte de sa chambre. Il franchit souvent les frontières de la Colonie, mais il ne faut le dire à personne. Sans quoi, il serait banni, ajouta-t-il d'un ton hésitant. Il monte même en Surface.

— En ce moment ? demanda Will en scrutant le visage de Cal. Et quand ça ?

— De temps à autre, répondit Cal d'une voix si douce que Will peinait à l'entendre. Il troque les trucs que... qu'il trouve, bégaya Cal, qui en avait déjà trop dit.

— Où ça ?

— Pendant ses voyages, esquiva Cal en rangeant les objets dans la boîte qu'il glissa sous l'armoire. Tu vas sortir, n'est-ce pas ? demanda-t-il en se tournant vers Will avec un sourire complice.

— Hein ? s'exclama Will, surpris par cette question si soudaine.

— Allez, tu peux me le dire. Tu vas t'enfuir, pas vrai ? J'en suis sûr !

Cal tremblait d'impatience en attendant la réponse de Will.

— Retourner à Highfield, c'est ça ?

Cal acquiesça vigoureusement.

— Peut-être que oui, peut-être que non. J'en sais rien, répondit Will avec prudence.

Malgré ce qu'il éprouvait pour cette nouvelle famille, il préférait ne prendre aucun risque. Une petite voix intérieure lui disait qu'il s'agissait peut-être d'un piège compliqué visant à le garder éternellement prisonnier. Ce garçon qui prétendait être son frère pouvait très bien travailler pour les Styx. Will n'était pas encore prêt à lui accorder toute sa confiance.

Cal regarda Will droit dans les yeux.

— En tout cas, lorsque tu t'enfuiras, je partirai avec toi.

Cal était tout à fait sérieux. Pris au dépourvu, Will ne sut que répondre, et fut littéralement sauvé par le gong : quelqu'un les sonnait avec insistance.

— C'est l'heure du dîner. Père doit être rentré. Viens, dit Cal qui se leva d'un bond, courut vers la porte et descendit les marches menant à la salle à manger. Will lui emboîta le pas. Monsieur Jérôme, qui trônait déjà à une table rustique, ne leva pas les yeux lorsqu'ils entrèrent dans la pièce.

La salle à manger n'avait rien à voir avec le somptueux salon dans lequel il s'était trouvé quelques heures plus tôt. Le décor était spartiate et les meubles fort simples semblaient avoir subi des siècles d'usure. En les regardant de plus près, Will vit qu'on avait rafistolé les tables et les chaises avec plusieurs pièces de bois brut, ciré ou verni – certaines pièces étaient même encore hérissées d'échardes. Les chaises hautes étaient branlantes et démodées, et les deux garçons firent gémir leurs pieds grêles lorsqu'ils prirent enfin place aux côtés du père. Ce dernier daigna à peine regarder Will, qui se tortillait sur son siège en essayant de trouver une position confortable. Il se demandait comment ces chaises pouvaient supporter le poids d'un homme aussi massif que M. Jérôme.

Ce dernier s'éclaircit bruyamment la voix. Le père et le fils inclinèrent la tête et joignirent leurs mains pour une prière. Will les imita timidement.

— Plus jamais ne se couchera le soleil, et la lune ne tirera jamais plus sa révérence, car la lumière du Seigneur brillera sur toi pour l'éternité, et ainsi s'achèveront tes sombres journées de deuil, récita M. Jérôme.

Will ne put s'empêcher d'entrouvrir les yeux pour le regarder. Il trouvait tout cela quelque peu étrange – aucun membre de sa famille n'aurait eu l'idée de dire le bénédicité. La seule prière qu'il ait jamais entendue se résumait aux cris de sa mère hurlant : « Tais-toi, pour l'amour du ciel ! ».

– Sur la terre, comme au ciel, conclut le paternel.

– Amen, dirent Cal et son père à l'unisson, mais Will n'eut pas le temps de se joindre à eux.

Ils se redressèrent, et M. Jérôme fit tinter sa timbale avec le dos de sa cuillère.

Il s'ensuivit un silence gêné, durant lequel chacun garda les yeux rivés sur la table. Puis un homme vêtu d'un tablier de cuir, aux cheveux longs et gras tombant sur un visage parcheminé, entra d'un pas traînant dans la pièce. Il posa brièvement sur Will un regard fatigué et apathique puis détourna la tête. Perdus au fond de ses orbites creuses, ses yeux ressemblaient à la flamme mourante d'une bougie.

L'homme faisait la navette entre la cuisine et la salle à manger, les servant tour à tour. D'après ses observations, Will conclut qu'il devait avoir enduré d'immenses souffrances, peut-être même contracté une maladie grave.

Le premier plat consistait en un bouillon clair dont le fumet épicé sentait le curry. Il était accompagné d'une assiette de petites choses blanches, semblables à des cornichons pelés. Cal et M. Jérôme s'empressèrent de commencer leur soupe, qu'ils absorbaient avec des gargouillis grossiers qui ne semblaient pas les gêner le moins du monde. Ils en renversaient une bonne partie sur leurs vêtements, avec un tel vacarme que Will n'en croyait ni ses yeux ni ses oreilles.

Will s'apprêtait à avaler une première cuillerée de soupe, lorsqu'il crut voir se tortiller l'un des machins blancs au fond de son assiette. Il vida le contenu de sa cuillère dans son bol, puis s'en servit pour retourner ce drôle de truc bizarre et s'assurer qu'il n'avait pas rêvé.

Il découvrit alors avec stupeur une rangée de petites pattes brun-noir recroquevillées sous l'abdomen. C'était une sorte d'asticot ! Horrifié, Will se redressa d'un coup sur son siège et contempla la créature qui se cambrait en ondulant ses petites pattes, comme pour le saluer.

Il pensa tout d'abord qu'il s'agissait d'une erreur et jeta un coup d'œil aux deux autres assiettes avant même de parler. À cet instant précis, Cal saisit un asticot entre le pouce et l'index et le mordit à pleines dents. L'animal se tordit entre ses doigts.

Will avait le cœur au bord des lèvres. Il laissa tomber sa cuillère dans son bol avec un tel fracas que le serviteur accourut, croyant qu'on l'avait sonné, et repartit aussi vite qu'il était venu. Will détourna les yeux pour éviter le regard haineux que lui adressa M. Jérôme. Pendant ce temps, Cal gobait son asticot vivant comme un énorme spaghetti.

Will frissonna d'horreur. Comment aurait-il pu finir sa soupe à présent ? Il resta donc assis à attendre que le serviteur débarrasse la table. Le plat principal qui suivit consistait en une bouillie assaisonnée d'une sauce brunâtre, aussi peu identifiable que le potage. Will vérifia que rien dans son assiette n'était encore vivant et commença à manger sans enthousiasme, chaque nouvelle bouchée entraînant un hoquet de dégoût. De surcroît, les manières de ses compagnons de table ne s'étaient pas améliorées entre-temps.

Si M. Jérôme n'avait pas adressé une seule parole à Will, la rancœur infinie qu'il éprouvait à son égard était presque palpable. Will ne savait ce qui lui valait une telle haine et commençait à se demander si cela avait quelque chose à voir avec sa vraie mère, dont personne ne semblait vouloir lui parler. Peut-être cet homme méprisait-il tout simplement les Surfaciens? Quoi qu'il en soit, Will aurait voulu qu'il rompe enfin ce silence intenable, même au prix de paroles désagréables – simplement pour en finir. Pris de bouffées de chaleur, il essaya de desserrer un peu le col amidonné de sa nouvelle chemise. Il suffoquait et avait l'impression qu'une gelée toxique et glacée venait de submerger la pièce.

Quel ne fut pas son soulagement lorsque M. Jérôme termina sa bouillie! Après avoir avalé un verre d'eau trouble, il se leva brusquement, plia sa serviette en deux et la jeta négligemment sur la table. Il s'apprêtait à sortir lorsque le serviteur entra dans la pièce, un saladier en cuivre à la main. Monsieur Jérôme l'écarta de son chemin d'un violent coup de coude qui l'envoya valser contre le mur. Le serviteur retrouva tant bien que mal l'équilibre, mais le choc avait été tel que le contenu du saladier s'était répandu sur le sol. Des pommes et des oranges avaient roulé jusque sous la table.

Comme si l'attitude de M. Jérôme n'avait rien d'anormal, le serviteur s'abstint de toute protestation. L'infortuné, en dépit de sa lèvre fendue et de son menton en sang, se mit à quatre pattes pour ramasser les fruits.

– Il ne m'aime pas beaucoup, n'est-ce pas? demanda Will.

Cal secoua la tête en pelant une orange.

– Pourquoi?...

Le serviteur venait de se poster derrière la chaise de Cal d'un air soumis.

– Tu peux disposer, lui ordonna Cal sans ménagements, sans même prendre la peine de le regarder.

Le serviteur s'exécuta.

– Qui est cet homme? s'enquit Will.

– Oh, c'était juste Watkins.

– Comment dis-tu qu'il s'appelle? demanda Will après un silence.

— Watkins... Terry Watkins.

Will répéta plusieurs fois le nom dans sa tête.

— Je suis sûr d'avoir déjà entendu ce nom...

Il ne savait pas pourquoi, mais ce nom éveillait en lui un curieux pressentiment.

Cal continuait son repas, se délectant manifestement de voir son frère aussi perplexe.

— Ils étaient portés disparus, s'exclama tout à coup Will. Toute la famille !

— Oui, en effet.

— On les a kidnappés ! lança Will, surpris par cette réponse.

— Nous n'avions pas le choix. Ils posaient des problèmes. Watkins est tombé sur un conduit d'aération et nous ne pouvions pas le laisser raconter ça à tout le monde.

— Mais cet homme ne ressemble pas à Watkins. C'était un homme imposant. Je l'ai rencontré... nous étions dans la même école, ses fils et moi. Non, ce n'est plus la même personne.

— On les a mis au travail, sa famille et lui, dit Cal froidement.

— Mais... bégaya Will, on lui donnerait bien cent ans d'âge. Que lui est-il arrivé ?

Will ne pouvait s'empêcher de penser aux épreuves qu'on leur avait déjà fait subir, à Chester et à lui. Allaient-ils connaître le même sort ? Ces gens les réduiraient-ils en esclavage ?

— Comme je viens de te le dire, on les a mis au travail, répéta Cal en humant le parfum d'une poire.

Comme elle portait des traces du sang laissé par Watkins, il l'essuya sur sa chemise avant de la croquer.

Will essayait de comprendre à qui il avait à faire. L'affection naissante qu'il éprouvait pour son frère s'était dissipée d'un seul coup. Will n'aimait guère le côté revanchard, voire hostile, de sa personnalité. Il prétendait vouloir s'échapper de la Colonie, et l'instant d'après agissait comme s'il s'y sentait parfaitement à l'aise.

— C'est très dur pour Père, il faudra lui donner le temps. J'imagine que tu lui rappelles trop de choses, suggéra Cal en considérant le siège vide.

— À propos de quoi, au juste? rétorqua Will qui ne ressentait aucune compassion pour ce vieil homme revêche.

S'il avait pu ne jamais le revoir, il n'aurait certainement pas pleuré. C'est à cet instant que l'image de sa nouvelle famille s'effrita.

— À propos de mère, évidemment. L'oncle Tam dit qu'elle a toujours été un peu rebelle, soupira Cal avant de retomber dans le silence.

— Mais... est-ce qu'il s'est passé quelque chose de grave?

— Nous avions un frère. Il était encore tout bébé, lorsqu'une fièvre l'a emporté. Elle s'est enfuie juste après, expliqua-t-il, le regard empreint de nostalgie.

— Un frère? répéta Will.

Call le regarda fixement. Il avait le visage grave.

— Elle essayait de nous faire sortir tous les deux, lorsque les Styx l'ont rattrapée.

— Donc, elle a réussi à s'échapper?

— Oui, mais de justesse. C'est pourquoi je suis toujours ici, ajouta Cal en mordant dans sa poire à pleines dents avant de reprendre son récit en parlant la bouche pleine. L'oncle Tam dit qu'elle est la seule personne qu'il connaisse à avoir réussi à s'échapper et à rester en Surface.

— Elle est encore en vie?

Cal acquieça.

— Pour autant qu'on le sache. Mais elle a enfreint la loi. Les Styx n'abandonnent jamais leurs recherches en pareil cas, même si on parvient jusqu'en Surface. Cela ne s'arrête pas là. Un jour ils te rattrapent, et alors ils te punissent.

— Te punissent ? Comment ?

— Pour Mère, ce serait la peine capitale, dit-il brièvement. Voilà pourquoi tu dois faire tellement attention.

Une cloche retentit quelque part dans le lointain. Cal se leva et jeta un coup d'œil par la fenêtre.

— Sept coups. Il faut qu'on y aille.

Will suivit Cal, et après plusieurs détours ils rejoignirent enfin la file qui s'était formée à l'extérieur d'un bâtiment ressemblant à un banal entrepôt. Les deux Styx qui gardaient les portes en bois clouté se tenaient comme d'habitude, légèrement penchés en avant, tels deux maîtres d'école irascibles prêts à frapper leurs élèves. Will se fit tout petit et se fondit dans la masse, dans l'espoir d'échapper à leur vigilance, car leurs yeux de jais ne manqueraient pas de remarquer sa présence.

Le hall était étonnamment grand — la moitié d'un terrain de football. Le sol était pavé de grosses dalles humides, luisantes par endroits. Les murs blanchis à la chaux étaient recouverts d'un crépi grossier. Il y avait des plate-formes surélevées aux quatre coins : il s'agissait de chaires en bois brut depuis lesquelles les Styx surveillaient l'assemblée d'un œil féroce.

On avait accroché d'immenses tableaux de part et d'autre de l'entrée. Will observa celui placé à sa gauche, faute de pouvoir se frayer un chemin à travers la foule. Un homme à la face sinistre, vêtu d'un manteau noir et d'un gilet vert sombre, posait au premier plan. Il était affublé d'un chapeau haut-de-forme. Debout parmi ce qui ressemblait à des poteries, il examinait une grande feuille de papier de la taille d'une carte. Des hommes munis de pics et de bêches se pressaient tout autour, semblant lui vouer une admiration sans bornes. Sans trop savoir pourquoi, Will se mit à penser à des images du Christ et de ses apôtres.

– Qui c'est ? demanda Will à Cal en montrant le tableau, tandis que les gens continuaient à affluer.

– Sir Gabriel Martineau. Ce tableau s'intitule *Premier Coup de pioche*.

La foule devenait de plus en plus compacte, et Will dut se contorsionner pour voir le tableau. Mis à part le personnage principal, c'est-à-dire Martineau lui-même, Will était fasciné par les ouvriers, dont les visages fantomatiques étaient baignés par une douce lumière semblable à un rayon de lune argenté qui leur conférait un air de sainteté. Certains d'entre eux semblaient même couronnés d'une auréole plus lumineuse encore.

– *Non*, se dit Will. *Ce ne sont pas des auréoles, mais des cheveux blancs.*

– Et qui sont ces autres gens ? demanda-t-il à Cal.

Cal s'apprêtait à lui répondre, quand un corpulent Colon le heurta brutalement et passa son chemin sans même prendre la peine de s'excuser. Sa conduite ne semblait pas choquer Cal le moins du monde.

– Ce sont nos ancêtres, Will, finit-il par répondre d'une voix lasse.

– Ah...

Will aurait bien voulu pouvoir satisfaire sa curiosité dévorante, mais la foule qui s'était massée dans l'église lui bouchait à présent entièrement la vue. Il se tourna donc vers l'avant où étaient alignés une dizaine de bancs d'église bondés de Colons et se dressa sur la pointe des pieds pour voir ce qui se trouvait au fond. Au mur, un énorme crucifix semblait composé de deux sections de rails maintenues par de gros rivets à têtes rondes.

Un Styx monta en chaire, juste à côté de la croix métallique et toutes les conversations cessèrent brusquement. Il portait une longue soutane noire et ses yeux étincelaient dans l'air embrumé. Il baissa les paupières un bref instant, pencha la tête en avant puis les releva lentement vers le ciel. Il tendit les bras vers l'assemblée des fidèles et se mit à psalmodier une litanie monocorde d'une voix perçante, tandis que s'ouvraient les pans de sa soutane. On aurait dit une chauve-souris prenant son envol. Will eut d'abord du mal à distinguer ses paroles, même si les autres Styx les reprenaient en chœur de leur voix aussi grinçante qu'une toile de parchemin qu'on déchire.

— Sachez-le, mes frères, sachez-le, déclama la prêtre qui balaya la foule d'un regard de glace en prenant de grandes inspirations mélodramatiques. À sa surface, la Terre est envahie de créatures qui n'ont de cesse de guerroyer et périssent par millions. Brutalité et méchanceté y sont sans limites. Leurs nations s'effondrent pour renaître et s'effondrer à nouveau. Ils ont dévasté les forêts immenses et empoisonné les verts pâturages.

Tout autour de Will, les fidèles acquiesçaient en marmonnant.

— Leur avidité n'a d'égal que leurs appétits funestes. Ils ne veulent que la misère, la terreur et la ruine de toutes les autres créatures de ce monde. Et malgré leur iniquité, ils aspirent à s'élever jusqu'au firmament... Mais, écoutez-moi bien, le poids excessif de leurs péchés les maintiendra rivés au sol, poursuivit le prédicateur en agrippant de ses doigts pâles le rebord de sa chaire, le corps penché en avant.

Le Styx marqua une pause et balaya l'assemblée de ses yeux noirs, pointant le long index osseux de sa main gauche vers le ciel.

— Ils chassent, troublent ou pillent sans limites tout ce qui se trouve à la surface de la Terre ou au fond de l'Océan. Ces profanateurs serviront de tombeau et de vaisseau à toutes les créatures qu'ils ont massacrées en masse. Et lorsque viendra le Jugement dernier, dit-il en abaissant le bras pour pointer un doigt menaçant sur ses ouailles, écoutez bien ces mots : ils seront précipités dans l'abîme et perdus à jamais pour Notre-Seigneur... Et nous, ce jour-là, les justes et les vrais, nous qui suivons la voie authentique, sortirons de terre pour tout recommencer et bâtir un nouveau royaume... la nouvelle Jérusalem. Car tels sont les enseignements et la sagesse que nous ont transmis nos ancêtres à travers les âges, grâce au *Livre des catastrophes*.

Un silence total s'abattit sur l'assemblée. Puis le prêtre reprit la parole d'une voix plus calme, presque normale.

– Que ce soit bien clair, que ce soit bien compris, conclut-il en inclinant la tête.

Will crut apercevoir M. Jérôme assis sur l'un des bancs, mais la foule était si compacte qu'il n'aurait pu l'affirmer avec certitude.

L'assemblée tout entière entonna soudain en chœur :

– La Terre appartient à Notre-Seigneur et à ses fidèles, la Terre et toutes ses créatures. Nous témoignons notre éternelle gratitude à notre Sauveur, Sir Gabriel, et aux Pères fondateurs qui nous ont guidés et nous ont montré la voie de la communion de chacun avec tous, car tout ce qui arrive sur Terre se répercute au royaume de Dieu.

Il y eut un instant de pause, puis le Styx reprit la parole.

– Sous terre, comme là-haut.

– Amen, répondirent les ouailles d'une voix forte.

Le Styx recula d'un pas et disparut. Will voulut se tourner vers Cal pour lui poser une question, mais la foule qui se dirigeait déjà vers la porte ne lui en laissa pas le temps. Elle quittait le hall aussi vite qu'elle y était entrée. Les deux garçons furent emportés par la marée humaine jusque dans la rue, où ils regardèrent les fidèles s'égailler dans toutes les directions.

— Je ne comprends pas ce truc : sous la terre, comme là-haut, interrogea Will à voix basse. Je croyais que tout le monde détestait les Surfaciens.

— « Là-haut », ça ne veut pas dire « en Surface », répondit Cal avec tant de colère que plusieurs hommes solidement charpentés se tournèrent vers Will avec une moue de dégoût.

Will grimaça de douleur. Il commençait presque à regretter d'avoir un frère cadet.

— Mais vous devez faire ça souvent — aller à l'église ? risqua Will une fois remis de la réponse cinglante de Cal.

— Une fois par jour, dit Cal. Vous allez aussi à l'église en Surface, non ?

— Pas notre famille.

— Comme c'est étrange, commenta Cal en jetant un coup d'œil par-dessus son épaule pour s'assurer que personne ne pouvait l'entendre. Ce ne sont que des balivernes, de toute façon, ajouta-t-il d'un ton sarcastique. Allez, viens, on va voir Tam. Il sera à la taverne du quartier de Low Holborn.

Arrivés au bout de la rue, ils remarquèrent une volée d'étourneaux blancs au-dessus de leur tête, qui fondit sur l'endroit vers lequel ils se dirigeaient. Alors surgissant de nulle part, Bartleby fit son entrée. À peine eut-il aperçu les oiseaux qu'il se mit à fouetter l'air de sa queue, la mâchoire tremblante. Il poussait des miaulements plaintifs d'une surprenante douceur, compte tenu de sa taille.

— Allons, gros bêta, tu sais bien que tu ne pourras jamais les attraper, lança Cal à l'animal qui levait le museau vers le ciel.

À mesure qu'ils s'avançaient vers le centre de la caverne, Will ne pouvait s'empêcher de regarder tout autour de lui. Il y avait des paysages incroyables, et les rangées de maisons serrées les unes contre les autres s'étendaient à l'infini. Jusque-là, il n'avait pas encore pris conscience de l'immensité du lieu. Une brume ondoyait, nuage chatoyant au-dessus des toits innombrables, illuminée par les globes incandescents des réverbères.

Pendant un instant, ce paysage lui rappela Highfield en période de canicule, si ce n'est qu'il apercevait la roche affleurant de temps à autre sous cette immense canopée de brume. Cal força soudain l'allure. D'autres Colons venaient à leur rencontre ; à la manière dont ils dévisageaient Will avec insistance, il était clair qu'ils savaient qui il était. Plusieurs d'entre eux changèrent de trottoir en bougonnant, d'autres s'arrêtèrent pour lui jeter des regards furibonds, certains firent même mine de lui cracher dessus.

Will était particulièrement choqué par leurs comportements.

— Fais comme s'ils n'étaient pas là, lui conseilla Cal d'un ton plein d'assurance.

— On dirait qu'ils me détestent.

— C'est toujours la même chose avec les étrangers.

— Mais...

— Ne t'inquiète pas, ça passera, tu verras. Tu es nouveau, et n'oublie pas qu'ils savent tous que ta mère est l'une des leurs. Ils ne te feront rien.

Cal s'immobilisa brusquement et se tourna vers Will.

— Mais garde bien la tête baissée, et surtout ne t'arrête pas. Compris ? Ne t'arrête sous aucun prétexte.

Will ne savait pas de quoi voulait parler Cal, avant de voir l'entrée du passage obscur devant lequel se tenait son frère. Il devait faire à peine un mètre de large. Cal s'y engagea et Will lui emboîta le pas à contrecœur : l'odeur sulfureuse des eaux usées ayant longtemps stagné empestait l'atmosphère du lieu.

Ils pataugeaient dans des flaques invisibles, et Will s'écartait prudemment des murs qui dégoulinaient d'une substance visqueuse et grasse.

Will fut ravi de retrouver enfin la lumière, mais quelle ne fut pas sa stupéfaction lorsqu'il se trouva face à une scène tout droit sortie du Londres de l'époque victorienne. Ils venaient de déboucher dans une allée étroite bordée de bâtiments si penchés que leurs étages supérieurs se touchaient presque. Leur charpente en bois était dans un terrible état de délabrement, et la plupart des fenêtres étaient cassées ou condamnées.

Sans pouvoir dire d'où provenaient tous ces bruits, Will entendait tout autour de lui des éclats de voix, des cris et des rires entrecoupés de bribes de musique étouffées – on aurait dit que quelqu'un faisait des gammes sur une cithare. Les aboiements des chiens répondaient aux braillements incessants d'un nourrisson. Will sentait des odeurs de fumée de tabac et de charbon, et apercevait dans l'embrasure des portes des gens attablés à l'intérieur des bâtisses aux façades délabrées. Des hommes en bras de chemise fumaient leur pipe à leur fenêtre et regardaient le sol d'un œil apathique. Un canal partageait la ruelle en son milieu et charriait un filet d'eau sale qui s'écoulait parmi les épluchures et débris en tout genre. Will manqua y traîner ses pieds et se rangea vivement sur le côté.

– Non ! Attention ! s'exclama aussitôt Cal. Ne t'approche pas des immeubles !

Des gens s'attardaient dans les étroits passages perpendiculaires à la rue principale, et Will devinait leurs mystérieuses silhouettes qui s'agitaient dans l'obscurité. On entendait des voix étouffées, des grognements hystériques, parfois même un cri déchirant dans le lointain.

Soudain surgit de la pénombre un homme portant un châle noir sur la tête. Lorsqu'il le souleva, Will aperçut un visage ratatiné couvert de sueur. Sa peau avait la couleur des vieux ossements. Il attrapa Will par le bras et plongea ses yeux visqueux dans les siens.

— Ah, qu'est-ce que tu cherches, mon mignon? dit-il dans un sifflement asthmatique, esquissant un sourire biaisé sur une rangée de chicots brunâtres.

Bartleby gronda quand il vit Cal s'interposer entre Will et le vieil homme pour libérer son frère de son emprise. Ils circulèrent à travers ce dédale de ruelles et Cal ne lui lâcha la main que quand ils parvinrent dans une rue mieux éclairée.

— C'était quoi, cet endroit?

— Les Taudis. C'est là que vivent les pauvres. Et tu n'en as vu que la périphérie – je ne te souhaite vraiment pas de voir le reste, dit Cal.

Cal filait si vite que Will peinait à maintenir la cadence. Il subissait encore le contrecoup de son séjour au cachot. Il avait mal à la poitrine et du plomb dans les jambes. Mais il se força à avancer, car il ne voulait rien laisser paraître devant Cal.

Le chat gambadait loin devant eux. Will suivait obstinément Cal, qui enjambait les plus grosses flaques et esquivait des cascades jaillissant parfois du plafond de la caverne, tels des geysers inversés surgis de nulle part.

Ils traversèrent une suite de larges rues bordées d'étroites maisons mitoyennes et Will aperçut au loin les lumières d'une taverne au carrefour de deux avenues. Des clients ivres se pressaient à l'extérieur, riaient et criaient fort. On entendait la voix suraiguë d'une femme qui chantait au milieu du vacarme. À mesure qu'ils se rapprochaient, Will déchiffra le nom de l'établissement, The Buttock and File. On avait peint sur l'enseigne la plus étrange locomotive qu'il ait jamais vue. Un diable à la peau écarlate occupait la place du conducteur, le front cornu, muni d'une fourche et affublé d'une queue en pointe.

— Cal ! Amène donc Will par ici, tonna une voix amicale.

Les clients se retournèrent et le dévisagèrent, d'un air tantôt curieux, tantôt amusé, parfois indifférent. Mais la plupart exprimaient avant tout une hostilité sans bornes. L'oncle Tam émergea d'un groupe et fit un grand geste aux deux garçons. L'attitude de la clientèle ne semblait pas le déranger le moins du monde. Il posa ses bras épais sur leurs épaules respectives et se tourna vers la foule d'un air de défi.

Les festivités battaient leur plein à l'intérieur, ce qui rendait ce terrible silence d'autant plus pesant. Il semblait à Will qu'il entendait l'écho des déferlantes se fracassant sur les rochers au bord de l'Océan.

Un rot tonitruant retentit soudain dans la foule, puis se réverbéra de loin en loin contre les façades des immeubles voisins. Jamais Will n'avait entendu si long et si puissant renvoi. Quelques vivats et sifflets entrecoupés de gros rires gras vinrent saluer l'exploit.

— Maintenant que tu as rencontré les grands gueux, dit l'oncle Tam en indiquant la foule, laisse-moi te présenter les aristocrates, la crème de la crème. Voici Joe Waites, dit-il en faisant pivoter Will face à un vieillard ratatiné dont le sourire figé était orné d'une unique dent.

Elle dépassait de sa lèvre supérieure, telle une défense en ivoire. Sa calotte était si serrée aux tempes que ses yeux menaçaient de sortir de leurs orbites. Il tendit la main à Will, qui la lui serra avec une certaine réticence ; à sa surprise, le vieil homme avait la paume chaude et sèche.

— Et voici Jesse Shingles, poursuivit Tam en indiquant d'un signe de la tête un homme fringant vêtu d'un costume trois-pièces bon marché et portant des lunettes cerclées de noir.

L'homme s'inclina avec grâce et gloussa en haussant ses épais sourcils.

— Et pour finir, le grand, l'unique Imago Freebone.

Ce dernier portait ses longs cheveux humides et un catogan semblable à ceux des motards. Il tendit la main à Will et les pans de son gros manteau de cuir s'entrouvrirent, découvrant un corps si massif que Will retint un mouvement de recul.

— Je suis ravi de rencontrer un mythe. Nous ne sommes que d'humbles personnes, dit Imago, faisant une révérence en se touchant le front.

— Euh... bonjour, répondit Will qui ne savait trop que penser.

— Arrête ta comédie, lança Tam avec une grimace.

Imago se redressa, lui tendit à nouveau la main et déclara d'une voix neutre :

— Will, je suis très heureux de faire ta connaissance.

Will lui serra de nouveau la main.

— Je ne devrais pas te taquiner ainsi, ajouta Imago avec sincérité. Nous savons tous ce que tu as traversé, poursuivit-il en lui prenant la main – son regard exprimait chaleur et compassion. J'ai eu l'insigne honneur de subir moi-même la Lumière noire à plusieurs reprises, avec les compliments de nos chers amis, dit-il.

— Ouais, ça vous retourne complètement l'estomac, ajouta Jesse Shingles avec un sourire affecté.

Par leur apparence si singulière, les associés de l'oncle Tam intimidaient beaucoup Will. Mais lorsqu'il eut jeté un coup d'œil autour de lui, il s'aperçut qu'ils n'étaient pas si différents des autres convives massés devant la taverne.

— Je vous ai commandé un quart de pinte de New London à chacun, déclara Tam en tendant leur chope aux deux garçons. Vas-y doucement, Will. Tu n'as jamais rien goûté de pareil auparavant.

— Pourquoi? Qu'est-ce qu'il y a dedans? demanda Will en examinant d'un air suspicieux le liquide grisâtre couronné d'une fine couche d'écume.

— Mieux vaut que tu ne le saches pas, mon garçon, vraiment, répondit Tam, déclenchant les rires de ses amis.

Joe Waites caquetait comme un oiseau. Imago riait à gorge déployée, la tête en arrière et les épaules secouées de spasmes, mais pas un son ne sortait de sa bouche. Tapi sous le banc, Bartleby émit un grognement et se pourlécha bruyamment les babines.

— Tu as donc assisté à ton premier office? demanda l'oncle Tam. Qu'est-ce que tu en as pensé?

— C'était... euh... intéressant, répondit Will d'un ton évasif et morne.

— En tout cas, après des années de pratique, ça devient vraiment lassant. Enfin... Ça tient les Cols d'albâtre à distance.

Tam but une gorgée, s'étira, puis poussa un soupir de contentement.

— Ouais, si j'avais une pièce de monnaie pour chaque « Sous terre, comme là-haut », bon sang, je serais riche à présent!

— « Hier comme demain », dit Joe Waites d'une voix lasse et nasillarde en imitant le prêtre Styx. C'est ce que nous enseigne le *Livre des catastrophes*.

Waites bâilla, ouvrant une bouche démesurée et révélant les gencives roses et édentées parmi lesquelles trônait son unique dent.

— Suffit d'avoir entendu parler d'une catastrophe pour les connaître toutes, ajouta Imago, avec un petit coup de coude à Will.

— Amen, reprirent en chœur Jesse Shingles et Joe Waites, puis ils trinquèrent en riant. Bénie soit cette boisson!

Will vit à sa grande surprise que Cal riait de bon cœur avec les autres. Bien que son frère semblât parfois si dévot, il n'hésitait pas à afficher son irrespect, voire son mépris, pour la religion.

— Dis-nous, Will, qu'est-ce qui te manque le plus ici en bas ? demanda soudain Jesse Shingles en levant le pouce vers le plafond rocheux.

Will ne savait que répondre, mais, alors qu'il s'apprêtait à ouvrir la bouche, le petit homme continua en ces termes :

— Moi, ce qui me manquerait le plus, ce seraient les frites et le poisson pané ; même si je n'y ai jamais goûté, ajouta-t-il avec un clin d'œil complice à l'attention d'Imago.

— Ça suffit, intervint Tam qui jeta un regard aux autres convives, visiblement inquiet. Ce n'est ni le lieu ni l'heure.

— Allez, vas-y, essaie donc ! lança soudain Cal en indiquant la chope de Will à grand renfort de gestes.

Contrairement à lui, son frère n'y avait pas encore touché. Will but donc une gorgée de liquide blanchâtre et le garda en bouche quelques instants avant de l'avaler.

— Alors ? s'enquit Cal.

— Pas mal, répondit Will en se passant la langue sur les lèvres.

C'est alors que se fit sentir la brûlure de l'alcool. Will écarquilla les yeux et des larmes commencèrent à perler, il avait la gorge en feu. Oncle Tam et Cal sourirent en le voyant retenir une quinte de toux.

— Je n'ai pas l'âge de boire de l'alcool, dit Will d'une voix étranglée en reposant la chope sur le bord de la table.

— Mais qui t'en empêche ? Les règles sont totalement différentes ici. Tant que tu respectes la loi, que tu accomplis ta part de travail et que tu assistes aux offices, personne ne viendra te reprocher un petit moment de détente. Ça ne regarde personne, de toute façon, dit Tam en lui donnant un tape amicale dans le dos.

— Vas-y, rince-toi le gosier ! répondit en chœur la petite troupe en signe d'approbation, et chacun leva sa chope pour trinquer bruyamment.

Et ainsi de suite jusqu'à la quatrième ou cinquième chope, Will ne savait plus très bien. Tam venait de déclencher l'hilarité générale en racontant l'histoire alambiquée d'un policier et de la fille d'un jongleur aveugle, mais Will n'y avait rien compris.

Tam jeta soudain un coup d'œil dans sa chope, y plongea les doigts et sortit quelque chose de la mousse.

— C'est encore moi qui récupère cette fichue limace, dit-il en la tenant entre ses deux doigts, ce qui déclencha un autre fou rire général.

— Tu seras marié avant la fin du mois si tu ne la manges pas, lança Imago.

— Dans ce cas... répondit Tam en riant de bon cœur avant de poser la limace grise sur sa langue.

Will n'en revenait pas.

Il la fit tourner plusieurs fois dans sa bouche, puis il la mâchonna et l'avala enfin sous les cris et les applaudissements de ses amis.

Un peu plus tard, Will trouva dans l'alcool le courage de s'adresser directement à Tam.

— Tam... oncle Tam, j'ai besoin de votre aide.

— Tout ce que tu voudras, mon garçon, lui répondit Tam en posant sa main sur son épaule. Tu n'as qu'à demander.

Mais par où commencer ? Will avait l'esprit embrumé par les vapeurs d'alcool et les pensées se bousculaient dans sa tête... Trouver son père... Et qu'était-il arrivé à sa sœur... Et puis sa mère ?... Mais quelle mère ? Au milieu de ce brouillard, une idée finit par se préciser : avant toute chose, il devait libérer Chester.

— Il faut que je fasse sortir Chester de là, hurla-t-il.

— Chut! souffla Tam en regardant tout autour de lui tandis que les autres membres de la troupe se rapprochaient de lui comme pour le protéger des regards.

— Tu as la moindre idée de ce que tu me demandes là? dit Tam à mi-voix.

Will le regarda d'un air perplexe, ne sachant trop que répondre.

— Et où iriez-vous? Vous retourneriez à Highfield? Tu crois que vous serez en sécurité là-haut, avec les Styx à vos trousses? Vous ne tiendriez pas une semaine. Qui vous protégerait?

— Je pourrais aller trouver la police, avança Will. Ils...

— Tu n'écoutes pas. Ils ont des espions partout, répéta Tam avec insistance.

— Et pas seulement à Highfield, murmura Imago à son tour. En Surface, tu ne peux faire confiance à personne. Pas même à la police... à personne.

— Il faudrait que tu te perdes là où ils n'auraient jamais l'idée de venir te chercher. As-tu une idée de l'endroit où tu pourrais aller?

Peut-être était-ce l'alcool ou la fatigue, mais Will avait du mal à retenir ses larmes.

— Mais je ne peux pas me contenter de ne rien faire. Lorsque j'ai eu besoin d'aide pour retrouver mon père, dit-il d'une voix enrouée, la gorge serrée par l'émotion, j'ai pu compter sur Chester, et voilà qu'il est coincé au cachot... à cause de moi. Je lui dois bien ça.

— Tu as la moindre idée de ce que c'est que d'être un fugitif? demanda Tam. De passer le reste de ta vie à avoir peur de ton ombre, sans personne pour t'aider, car tu mettrais en danger tous tes amis?

Will déglutit bruyamment en écoutant les paroles de Tam. Il sentait tous les regards posés sur lui.

— Si j'étais toi, j'oublierais Chester, ajouta Tam avec dureté.

— Je... ne... peux pas, dit Will d'une voix tendue, les yeux rivés sur sa chope. Non...

— Ainsi vont les choses ici-bas, Will... Tu t'y feras, ajouta Tam en secouant la tête avec emphase.

La bonne humeur du moment s'était complètement évanouie. Cal, Tam et ses amis avaient tous un air grave et sans pitié. Will ne savait pas s'il avait mis les pieds dans le plat, mais il ne pouvait en rester là. L'émotion était trop forte. Il releva la tête et regarda Tam droit dans les yeux.

— Mais pourquoi vous restez tous ici-bas? demanda-t-il. Pourquoi vous ne vous enfuyez pas?

— Parce que ici c'est aussi chez nous, répondit Tam en pesant bien ses mots. Ce n'est peut-être pas grand-chose, mais la plupart d'entre nous n'ont jamais rien connu d'autre.

— Nos familles vivent ici, ajouta Joe Waites. Tu t'imagines peut-être qu'on pourrait se faire la malle en les laissant derrière nous? Tu as la moindre idée de ce qui leur arriverait?

— Des représailles, commenta Imago d'une voix à peine audible. Les Styx les massacreraient tous autant qu'ils sont.

— Des rivières de sang, murmura Tam.

— Tu crois vraiment qu'on serait heureux de vivre dans un lieu inconnu où tout nous serait étranger? ajouta Joe Waites d'une voix tremblante en s'approchant de Will. Où est-ce qu'on irait? Qu'est-ce qu'on ferait?

— Nous ne serions pas à notre place... pas dans notre époque... renchérit Jesse Shingles.

Will ne put qu'acquiescer, intimidé par l'intensité des émotions qu'il avait suscitées chez ces hommes. Il poussa un soupir entrecoupé de sanglots.

— D'accord, mais il faut que je sorte Chester de là. Même si je dois y aller tout seul.

— Têtu comme une mule, dit Tam en secouant la tête après un instant de silence, puis il sourit. Telle mère, tel fils, ça, y a pas de doute. Tu sais, on croirait l'entendre et ça fait vraiment tout drôle. Quand Sarah avait décidé quelque chose, il était inutile d'essayer de la faire changer d'avis. T'es aussi têtu qu'une de ces fichues mules, tiens! répéta-t-il en lui ébouriffant les cheveux de sa grosse main.

— Le revoilà, dit soudain Imago en tapotant le bras de Tam.

Soulagé de ne plus être au centre de l'attention, Will mit quelque temps à réagir. Il finit par repérer le Styx de l'autre côté de la rue. Il discutait avec un homme corpulent aux cheveux blancs et rêches, portant un manteau brun et brillant, un foulard rouge et crasseux noué autour de son maigre cou. Le Styx acquiesça, se retourna et partit enfin.

— Ça fait des lustres que ce Styx ne lâche pas Tam d'une semelle, chuchota Cal à l'oreille de Will.

— Qui est-ce?

— Personne ne connaît leurs noms, mais on le surnomme la Mouche, car il est très difficile de s'en débarrasser. Il en veut personnellement à oncle Tam et cherche à le faire tomber.

Will regarda la silhouette de la Mouche se fondre dans la pénombre.

— Il poursuit notre famille depuis que votre maman a filé entre les doigts des Cols d'albâtre et s'est rendue en Surface, dit Imago aux deux garçons.

— Et je resterai persuadé jusqu'à la fin de mes jours que c'est lui qui a tué mon père, dit Tam, d'une voix étrangement

249

dépourvue d'émotion. Aucun doute là-dessus... Ça n'était pas un accident.

— C'était un truc horrible, vraiment atroce, commenta Imago en secouant lentement la tête.

— Qu'est-ce qu'il fichait avec cette vermine ? demanda Tam à Imago en fronçant les sourcils.

— À qui est-ce qu'il parlait ? demanda Will en regardant l'autre homme qui traversait à présent la rue pour rejoindre la foule assemblée devant la taverne.

— Ne le regarde pas... C'est Heraldo Walsh... Un égorgeur, une ordure... le mit en garde Cal.

— Un voleur de la pire espèce, rugit Tam.

— Pourquoi est-ce qu'il parle avec un Styx alors ? demanda Will qui n'y comprenait plus rien.

— Ce sont les rouages d'une même machine, marmonna Tam. Les Styx sont sournois. Ils pourraient transformer un agneau en loup. Écoute-moi, Will. Je pourrais peut-être t'aider pour Chester, mais il faut que tu me fasses une promesse, murmura-t-il.

— Quoi donc, oncle Tam ?

— Si jamais on t'attrape, laisse Cal ou tout autre de la bande hors de tout ça. Nos vies et nos familles sont ici-bas, et nous n'avons pas le choix. Nous devons rester avec les Cols d'albâtre... les Styx. Tel est notre destin. Et je le répète, ils ne te laisseront pas une seconde de répit si tu les mets en colère, ils feront tout ce qui est en leur pouvoir pour te rattraper...

Tam s'interrompit tout à coup.

Will vit la peur dans le regard de Cal et se retourna. Heraldo Walsh se tenait à moins de deux mètres, avec à sa suite une troupe de Colons à l'air mal dégrossi. Il s'agissait manifestement de la bande de Walsh, les autres buveurs s'étaient écartés pour les laisser passer. Will eut un frisson d'effroi en lisant la haine dans leurs yeux. Tam se rangea immédiatement à ses côtés.

– Qu'est-ce que tu veux, Walsh? demanda Tam, les yeux plissés et les poings serrés.

– Ah, mon vieil ami, Tam l'idiot, répondit Walsh en arborant un large sourire édenté. Je voulais juste voir ce Surfacien de mes propres yeux.

Will aurait voulu pouvoir disparaître.

– Tu fais donc partie de ces ordures qui bouchent nos conduits d'aération et polluent nos maisons avec leurs eaux usées putrides. Ma fille est morte à cause d'individus de ton espèce, dit-il en se rapprochant de Will, la main levée comme s'il s'apprêtait à l'empoigner. Viens par ici, punaise fétide!

Will se recroquevilla sur lui-même. Il aurait voulu s'enfuir en courant, même s'il savait que son oncle le protégerait.

– Ça suffit, Walsh, dit Tam en s'interposant.

– Tu copines avec les mécréants, Macaulay, hurla Walsh sans quitter Will des yeux.

– Laisse tomber maintenant, il fait partie de ma famille! rétorqua Tam.

Mais Heraldo faisait preuve de l'acharnement d'un chien qui refuse de lâcher son os. Derrière lui, ses fidèles lançaient des jurons pour l'inciter au combat.

– Tu appelles ça un membre de ta famille? lança-t-il en pointant un doigt crasseux sur Will. Le bâtard de Sarah Jérôme? lança-t-il, ce qui ne manqua pas de déclencher un tonnerre de cris et de sifflets chez ses hommes. C'est la progéniture abâtardie d'une traînée, d'une traîtresse partie rejoindre le soleil, ajouta-t-il d'un ton sec.

– Assez! siffla Tam entre ses dents avant de lui jeter le reste de sa bière au visage.

Walsh avait les cheveux et les favoris trempés.

– Personne n'a le droit d'insulter ma famille, Walsh. En garde, tonna Tam.

– Un combat, un combat, un combat! scanda la bande d'Heraldo Walsh, et les acclamations fusèrent de toute part, reprises en chœur par le reste des convives pendant que d'autres clients se précipitaient hors de la taverne pour voir le spectacle.

– Qu'est-ce qui se passe? demanda Will à Cal.

Il était terrorisé par la foule immense qui les encerclait à présent. Au centre de cette cohue déchaînée, Tam et Walsh s'affrontaient du regard, et ils avaient l'air très en colère.

– Un combat de boxe, expliqua Cal.

Le tavernier corpulent, au visage rougeaud et luisant, sortit de l'établissement vêtu de son tablier bleu et se fraya un chemin à travers la foule jusqu'aux deux hommes. Il s'interposa puis s'agenouilla pour leur fixer des fers aux chevilles. Ils étaient maintenant reliés l'un à l'autre par une chaîne rouillée d'environ deux mètres de long.

Le tavernier fouilla dans la poche de son tablier dont il sortit un morceau de craie, puis traça une ligne sur le trottoir à mi-distance des deux combattants.

– Vous connaissez les règles, tonna-t-il d'un ton mélodramatique pour le plaisir de la foule assemblée. Pas de coups sous la ceinture, pas d'armes, pas de morsures ni de piques aux yeux. Le combat s'achève par KO, ou par la mort de l'un des pugilistes.

– Par la mort? murmura Will d'une voix tremblante.

Cal acquiesça d'un air sinistre.

Puis le tavernier repoussa à grand-peine les badauds qui jouaient des coudes pour être aux premières loges et délimita l'espace du ring.

– Avancez-vous jusqu'au trait, ordonna-t-il d'une voix forte.

Tam et Heraldo s'exécutèrent. Le tavernier les empoigna par le bras pour les empêcher de commencer, puis lâcha prise en hurlant « Partez ! », s'empressant de s'écarter.

Walsh tenta aussitôt de déséquilibrer son adversaire en reculant brusquement, mais Tam avait anticipé la manœuvre et profita de son élan pour se ruer sur lui. Il lui lança un direct du droit au menton, suivi d'un enchaînement de coups rapides. Son adversaire semblait les esquiver avec une apparente facilité. Il bondissait et plongeait comme un diable tandis que la chaîne cliquetait et rebondissait de plus belle contre le pavé au milieu des acclamations et des huées.

— Par Jupiter, il est rapide celui-là, observa Joe Waites.

— Mais il a pas l'allonge de Tam, pas vrai ? contra Jesse Shingles.

Heraldo Walsh s'accroupit soudain, bondit et déjoua la garde de Tam pour lui décocher un uppercut à lui décrocher la mâchoire. Du sang jaillit de la bouche de Tam, qui riposta par un coup sur la tête.

— Le marteau-pilon ! s'exclama Joe. Vas-y, Tam ! Vas-y, en beauté !

Heraldo Walsh fléchit les genoux. Il recula, vacillant mais fou de rage, et revint aussitôt à la charge en martelant le visage de son adversaire. Tam battit en retraite aussi loin que possible et se heurta à la foule qui s'écarta. Tam avait eu le temps de se remettre en garde, et lorsque Walsh chercha à l'atteindre de nouveau en moulinant l'air de ses poings, il se baissa puis bondit vers l'avant pour lui défoncer les côtes et l'estomac. Il frappait Walsh avec une telle puissance qu'on distinguait le son creux de ses coups dans le brouhaha général.

— Il le ramollit, commenta Cal, ravi.

Des groupes de supporters en colère s'empoignaient de temps à autre dans la cohue. Will voyait parfois une tête ou un poing émerger de la foule au milieu des chopes qui volaient, arrosant tout le monde au passage. L'argent circulait entre les spectateurs fébriles qui se lançaient dans des paris effrénés. Des doigts se levaient – un, deux, trois... – et l'on échangeait ensuite des pièces de monnaie. On se serait cru à la foire.

Soudain, la foule laissa échapper un long cri de stupeur. Heraldo Walsh venait de prendre Tam par surprise et lui avait broyé le nez d'un puissant crochet du droit. Un silence de mort s'abattit sur la scène lorsque Tam posa un genou à terre.

– C'est pas bon ça, commenta Imago avec inquiétude.

– Allez Tam ! hurla Cal à tue-tête. Macaulay, Macaulay, Macaulay...

Will reprenait leurs encouragements en chœur.

En vain. Tam ne se relevait toujours pas. Son visage ruisse-lait de sang, comme en témoignaient les pavés rougis. Il adressa un clin d'œil complice aux deux enfants.

– Le vieux renard ! dit Imago à mi-voix. Que la fête commence !

Tam attendit qu'Heraldo Walsh se rapproche de lui pour s'élancer, avec la grâce et la rapidité d'un jaguar, et lui décocha un terrible uppercut. Les mâchoires de son adversaire s'entre-choquèrent avec une effroyable violence. Il vacilla et Tam se jeta sur sa proie. Il frappa avec une telle force, une telle rapi-dité et une telle précision qu'il ne lui laissa pas la moindre chance d'esquiver ses coups.

Walsh recracha un morceau de dent dégoulinant de salive mêlée de sang qui atterrit sur les pavés. Des mains se tendaient déjà pour l'attraper, mais un homme affublé d'un chapeau mou tout mité s'en empara le premier, avant de disparaître dans la foule.

– Des chasseurs de souvenirs, dit Cal. Quels vampires !

Will vit Tam se ruer sur son adversaire. Walsh, épuisé et à bout de souffle, crachait du sang, et la paupière de son œil gauche était tellement enflée qu'on ne distinguait plus sa pupille. Les deux partisans qui l'épaulaient le poussèrent en avant, alors Tam lui donna le coup de grâce.

La tête de Walsh bascula en arrière et il vacilla lentement sur ses pieds, tel un ivrogne voulant danser la gigue, avant de s'effondrer sur le sol comme une poupée de papier mâché détrempé. Le vacarme cessa sur-le-champ.

Tam tentait de reprendre son souffle, penché en avant, les mains posées sur les genoux et les phalanges à vif. Le tavernier s'avança, toucha la tête d'Heraldo Walsh de la pointe de sa botte, mais ce dernier ne broncha pas.

— Tam Macaulay! hurla le tavernier à l'attention de la foule silencieuse.

Alors s'éleva un grondement si puissant qu'il fit vibrer les vitres des maisons jusque dans le quartier des Taudis.

On libéra Tam de ses entraves et ses amis se précipitèrent pour l'aider à rejoindre un banc sur lequel il s'affala lourdement en se palpant la mâchoire. Le deux garçons ne tardèrent pas à le rejoindre.

— Cette petite ordure était bien plus rapide que je ne le croyais, dit-il en pliant ses doigts ensanglantés et douloureux.

Un inconnu lui tendit une chope de bière en lui administrant une grande claque dans le dos, avant de disparaître à l'intérieur de la taverne.

— La Mouche est déçue, dit Jesse.

Tous les regards se tournèrent vers le Styx qui s'éloignait en faisant rebondir une étrange paire de lunettes sur sa cuisse.

— Mais il a obtenu ce qu'il voulait, répondit Tam avec dépit. On va raconter que je me suis encore trouvé mêlé à une querelle d'ivrognes.

– On s'en fiche, dit Jesse Shingles. C'était légitime. Tout le monde sait que c'est Walsh qui a commencé.

Tam regarda le corps désarticulé d'Heraldo Walsh gisant à l'endroit même où il était tombé. Aucun de ses fans n'avait pris la peine de le dégager de la chaussée.

– Une chose est sûre, il aura l'impression d'avoir dîné chez un Coprolithe à son réveil, gloussa Imago en regardant le barman lui jeter un seau d'eau en pleine figure avant de rentrer hilare dans la taverne.

Tam acquiesça d'un air songeur, puis il but une grande gorgée de bière et, de sa manche, essuya ses lèvres tuméfiées.

– Si jamais il se réveille un jour... conclut-il d'une voix calme.

Chapitre vingt-six

Le bruit assourdissant de la circulation emplissait la chambre de Rebecca, tandis que treize étages plus bas les automobilistes impatients rivalisaient à coups de Klaxon en ce lundi matin. Une légère brise souleva les rideaux et Rebecca fronça le nez de dégoût : des relents de tabac froid venaient lui chatouiller les narines. Tantine Jeanne avait clopé comme un pompier la nuit précédente et la fumée s'était insinuée dans les moindres recoins de l'appartement, brouillard insidieux et jaunâtre en quête de nouveaux espaces à polluer. Rebecca avait beau fermer la porte de sa chambre, rien n'y faisait.

Elle se leva, enfila sa robe de chambre et fit son lit en entonnant les premiers couplets de *You Are my Sunshine*[1]. Les dernières mesures furent remplacées par de vagues tra-la-la, le temps qu'elle pose une robe noire et une chemise blanche sur sa couette.

Elle s'arrêta net à la porte de sa chambre, la main sur la poignée, comme si une idée venait de lui traverser l'esprit. Tournant lentement sur elle-même, elle s'approcha de la petite table de nuit sur laquelle étaient posés deux petits cadres en argent.

1. « Tu es mon soleil… » (*N.d.T.*)

Elle s'en empara et s'assit sur son lit, le regard perdu dans le vague. Sur une photo un peu floue, Will était appuyé sur sa bêche, et sur l'autre on voyait le Dr Burrows et sa femme du temps de leur jeunesse. Ils étaient allongés sur des transats rayés, sur une plage inconnue. Madame Burrows avait les yeux rivés sur une imposante crème glacée, tandis que son mari, semblait-il, tentait de capturer une mouche. Sa main n'était pas nette sur la photo.

Tous avaient suivi leur propre chemin, la famille s'était désagrégée. Croyaient-ils vraiment qu'elle allait rester là, à s'occuper de tantine Jeanne, qui était encore plus paresseuse et plus exigeante que Mme Burrows ?

— Non, dit Rebecca à voix haute en esquissant un sourire. C'est fini.

Elle regarda les photos, puis inspira profondément.

— De simples accessoires, dit-elle, et elle les lança si fort contre le mur que le verre se brisa.

Vingt minutes plus tard, elle était habillée et prête à partir. Elle déposa ses petites valises devant l'entrée, puis se rendit à la cuisine. Elle n'ignorait pas que tantine Jeanne planquait ses clopes dans un tiroir, juste à côté de l'évier. Rebecca ouvrit la dizaine de paquets qu'elle y trouva et jeta les cigarettes dans l'évier. Puis elle s'occupa des cinq bouteilles de vodka bon marché de sa tante, qu'elle vida sur les cigarettes.

Enfin, elle frotta une allumette, mit le feu à une feuille d'essuie-tout, puis recula d'un pas pour la lancer dans l'évier. Les cigarettes et l'alcool s'embrasèrent d'un coup. Des flammes jaillirent de l'évier, s'enroulèrent autour des robinets en plastique imitation chrome, léchant les carreaux de faïence à fleurs ébréchés collés au mur. Rebecca ne s'attarda pas pour admirer son œuvre. Elle quitta l'appartement en claquant la porte d'entrée et descendit l'escalier au son de plus en plus lointain de l'alarme incendie.

* * *

Depuis qu'on était venu chercher Will et qu'il s'était retrouvé seul dans sa cellule avec pour toute compagnie les ténèbres éternelles du cachot, Chester avait touché le fond du gouffre.

– Un, deux, tr...

Il s'efforçait de terminer la série de pompes qu'il s'imposait chaque jour, entre autres exercices de survie.

– Tr...

Il inspira profondément, poussa en vain sur ses bras, expira brièvement et s'effondra sur la couche de crasse – invisible dans la pénombre – qui recouvrait la pierre. Il roula lentement sur le dos, se redressa et jeta un coup d'œil au guichet pour s'assurer que personne ne le regardait prier. *Mon Dieu...*

Chester associait cette pratique aux silences embarrassés et aux quintes de toux qui ponctuaient les séances de prière collective à l'école... Ce moment de recueillement faisait suite aux hymnes mal chantés que certains de ses camarades de classe pimentaient de paroles égrillardes, pour la plus grande joie de leurs amis.

Non, seuls les froussards priaient vraiment.

S'il vous plaît, faites que quelqu'un vienne... aidez-moi... s'il vous plaît... s'il vous plaît...

Chester se sentait seul et abandonné... Mais pourquoi avait-il suivi Will dans cette aventure ridicule ? Pourquoi n'était-il pas resté chez lui ? Et dire qu'il aurait pu être à la maison, bien au chaud, en sécurité... Mais non, il avait fallu qu'il suive Will... Il ne lui restait plus qu'à compter les jours au rythme des repas – deux bols de bouillie par jour – qu'on lui servait à intervalles réguliers, entrecoupés par des périodes de sommeil troublé. Il avait fini par s'habituer au bourdonnement incessant qui emplissait sa cellule. Le second lui avait expliqué qu'il s'agissait de la machinerie des stations de ventilation. Chester commençait même à puiser dans ce bruit un certain réconfort.

Depuis quelque temps, son geôlier se montrait un peu moins brutal ; il avait même daigné répondre à certaines de ses questions. On aurait dit qu'il jugeait à présent les formalités inutiles, ce qui n'était pas pour rassurer Chester. Cela signifiait-il qu'il allait passer le reste de sa vie en prison ? Ou bien que quelque chose de bien plus terrible encore se tramait dans l'ombre ?

Ses craintes n'avaient fait que redoubler lorsque le second lui avait apporté un seau d'eau noirâtre et une éponge puis lui avait ordonné de se débarbouiller. Chester était malgré tout ravi de pouvoir enfin se laver, et ce en dépit de l'eczéma qui le faisait souffrir atrocement. Les symptômes se traduisaient d'ordinaire par l'apparition de plaques sur les bras, et très rarement sur le visage. Cette fois, la crise n'avait pas épargné la moindre parcelle de son corps. Il avait la peau si desquamée qu'il en avait la chair à vif. Le second lui avait aussi jeté des vêtements propres, un pantalon trop large qui semblait avoir été taillé dans une pièce de bure et dont le frottement ne faisait qu'accentuer les démangeaisons qui le mettaient au supplice.

Chester avait fini par perdre la notion du temps, il ne savait plus depuis quand il était seul dans le cachot. Un mois, peut-être ? Mais comment s'en assurer ?

Quelle ne fut pas sa joie lorsqu'il découvrit un beau jour, en palpant les murs de sa cellule, qu'il pouvait y déchiffrer les lettres gravées dans la pierre par ses prédécesseurs. Des initiales, des noms et parfois des chiffres – étaient-ce des dates ?

Et puis, au ras du sol, quelqu'un avait inscrit en grosses lettres capitales : « C'est ici que je suis mort lentement ». Suite à cette dernière découverte, Chester abandonna tout projet de lecture.

En se tenant sur la pointe des pieds, juché sur la plaque de plomb de la banquette, il parvenait à s'agripper aux barreaux d'une meurtrière située juste en dessous du plafond et à se hisser assez haut pour apercevoir le potager négligé de sa geôle. Au-delà du lopin de terre, s'étendait une route disparaissant dans un tunnel éclairé par quelques globes qui ne s'éteignaient jamais. Chester regardait sans cesse l'entrée du tunnel, dans le vain espoir de voir Will venir à son secours. Mais point de Will à l'horizon, et Chester restait ainsi agrippé aux barreaux, priant avec ferveur jusqu'à ce que, les mains exsangues et les bras endoloris, il se laissât retomber dans sa cellule où il retrouvait la compagnie des ténèbres et replongeait dans le désespoir.

Chapitre vingt-sept

— Allez, debout, c'est l'heure!

Les cris de Cal tirèrent brutalement Will d'un profond sommeil sans rêve. Son frère lui secouait l'épaule sans ménagements.

Will se redressa. Le sang lui battait les tempes et il n'était vraiment pas au mieux de sa forme.

— Lève-toi, Will, on a des devoirs à accomplir.

Will n'avait pas la moindre idée de l'heure, il devait sûrement être très tôt. Il rota et l'amertume de la bière bue la veille lui envahit soudain la bouche. Il poussa un grognement et se recoucha sur son lit étroit.

— J'ai dit debout!

— Il faut vraiment que je me lève? protesta Will.

— M. Tonypandy nous attend et il n'est pas du genre patient.

Comment ai-je fait pour atterrir ici?

Les paupières closes, Will restait immobile sur son lit. Il ne rêvait que d'une chose, pouvoir se rendormir. Il était si terrorisé qu'il lui semblait revivre le jour de sa première rentrée des classes. Il n'avait aucune idée de ce qui l'attendait, mais il n'était certainement pas d'humeur à l'affronter.

– Will ! hurla Cal.

– Bon, bon... répondit Will, résigné.

Will se leva, s'habilla et suivit Cal qui descendait déjà l'escalier. Un petit homme trapu au visage sévère les attendait sur le seuil. Il regarda Will d'un air de dégoût manifeste, puis lui tourna le dos.

– Tiens, dépêche-toi d'enfiler ça, dit Cal en tendant à Will un lourd ballot noir.

Will le défit et enfila une combinaison cirée mal coupée qui le serrait aux aisselles et à l'entrejambe.

– On a l'air ridicules ! s'exclama-t-il.

– Tu en auras besoin là où nous allons, répondit sèchement Cal.

Will se présenta à M. Tonypandy qui le regarda brièvement d'un air indifférent sans lui décocher un mot, puis leur indiqua le chemin à suivre d'un geste de la tête.

Mais, arrivé dans la rue, Cal changea de direction. Il avait été affecté à un poste de travail dans un autre quadrant de la caverne Sud. Will eut un frisson d'angoisse lorsqu'il comprit que son frère ne l'accompagnerait pas. Même s'il le trouvait parfois agaçant, Cal n'en restait pas moins son guide en ces lieux dont il ne comprenait pas les coutumes primitives. Will se sentait terriblement vulnérable sans lui.

Il suivit donc M. Tonypandy à contrecœur en le regardant furtivement avancer clopin-clopant et marteler les pavés de sa jambe folle. L'homme était presque aussi haut que large et portait un drôle de chapeau enfoncé jusqu'aux sourcils, d'un tissu côtelé semblable à de la laine – il s'agissait en réalité d'un matériau plus proche de la fibre de coco. Son cou paraissait aussi large que sa grosse tête. Will songea qu'ainsi vu de derrière, cet homme ressemblait à un énorme pouce affublé d'un pardessus.

D'autres Colons leur emboîtaient le pas à mesure qu'ils se rapprochaient de leur lieu de travail, et ils finirent par former une troupe d'une bonne douzaine de jeunes ouvriers de dix à quinze ans. La plupart d'entre eux transportaient une bêche, mais certains étaient en plus munis d'étranges outils à long manche qui ressemblaient vaguement à des pics dotés d'une pointe et d'une longue lame concave à chaque extrémité. Vu l'usure des pièces métalliques et des manches gainés de cuir, ces outils avaient déjà beaucoup vécu.

— Excuse-moi, qu'est-ce que c'est que ce truc-là ? s'enquit Will à voix basse auprès de l'un des garçons qui marchait à ses côtés.

— C'est un fendoir à bitume, pardi! marmonna le garçon d'un air excédé.

— Un fendoir à bitume? répéta Will. Euh, merci, ajouta-t-il, mais le garçon avait déjà ralenti l'allure pour marcher derrière lui.

Will se sentit soudain plus seul que jamais. Il aurait tant voulu pouvoir rebrousser chemin et retourner à la maison Jérôme. Mais il n'avait pas le choix, il le savait. Il devait se tenir tranquille et obéir aux ordres.

La troupe finit par suivre une galerie qui résonnait au rythme du martèlement des bottes sur la pierre. Les parois étaient parcourues de veines noires et brillantes semblables à des strates de roche volcanique, ou peut-être était-ce de la houille polie, à y regarder de plus près. *Était-ce pour cela qu'on les avait fait venir ici?* Will était très inquiet. Des images de mineurs torse nu se faufilant dans des boyaux étroits, pour creuser un front de taille noir et poussiéreux et en extraire le charbon, se bousculèrent soudain dans sa tête.

Quelques minutes plus tard, ils pénétraient dans une autre caverne, plus petite que la précédente et dont l'atmosphère était si humide que Will sentit perler des gouttelettes de condensation sur son visage ruisselant de sueur. Il remarqua que d'énormes plaques de roche calcaire étayaient partiellement les parois de la caverne. Cal lui avait expliqué que la Colonie se composait d'un entrelacs de cavités naturelles et de grottes artificielles comme celle-ci.

– Mon Dieu, j'espère que Papa a pu voir ça! murmura Will.

Il aurait tant voulu s'arrêter pour contempler le paysage, voire crayonner une ou deux esquisses pour ses archives. Mais il dut se contenter d'un bref aperçu, car la troupe progressait à vive allure.

Les bâtiments étaient plus espacés dans cette caverne, ce qui lui donnait un petit air campagnard. Un peu plus loin, ils passèrent devant quelques granges aux poutres de chêne, près d'un groupe de maisons à un étage qui ressemblaient à de petits bungalows, creusés pour la plupart directement dans la roche. Quant aux habitants de la caverne, Will n'aperçut qu'une poignée d'individus avec de gros sacs de toile sur le dos ou qui poussaient des brouettes chargées.

Monsieur Tonypandy s'aventura ensuite dans une profonde tranchée au fond de laquelle gisait une couche d'argile détrempée. Cette terre traître et glissante collait aux semelles des bottes et ralentissait leur progression sinueuse, quand le fossé déboucha soudain sur un grand cratère creusé dans la paroi de la caverne où se dressaient deux constructions en pierre de facture grossière. Le groupe se répartit de part et d'autre des deux bâtiments au toit plat, desquels sortirent deux hommes plus âgés. Appuyés sur le manche de leur fendoir à bitume ou de leur bêche, les garçons connaissaient manifestement la procédure et attendaient tranquillement M. Tonypandy. Ce dernier venait d'engager une discussion animée avec les deux hommes. Pendant ce temps, les jeunes ouvriers plaisantaient et bavardaient bruyamment en toisant de temps à autre Will, lequel se tenait à l'écart. Puis M. Tony-pandy rebroussa chemin en clopinant et les abandonna là.

— Tu travailles avec moi, Jérôme, lança l'un des deux hommes à Will. Aux cabanes.

L'homme avait le visage fendu d'une longue balafre rouge, de la bouche à quelque part dans la nuque en passant par le front. Mais c'était surtout son œil trouble et suintant qui mettait Will particulièrement mal à l'aise. Chaque fois qu'il fermait sa paupière déchiquetée, c'était comme un essuie-glace défectueux.

— Là-dedans, là-dedans! aboya-t-il à l'attention de Will qui tardait à s'exécuter.

— Désolé, s'excusa Will qui suivit aussitôt l'homme dans le bâtiment le plus proche, accompagné de deux autres jeunes garçons.

L'air y était humide et, mis à part quelques outils posés dans un coin, la pièce était vide. Les trois garçons attendirent que l'homme ait fini de gratter le sol comme s'il cherchait un objet égaré, quand il heurta enfin un anneau métallique du bout du pied. Il le saisit à deux mains puis souleva une trappe de métal dans un grincement sonore, révélant un passage large d'un mètre.

— Très bien, on descend.

Ils descendirent par une échelle rouillée, l'un après l'autre. Lorsque tout le monde fut en bas, le balafré décrocha la lanterne de sa ceinture pour éclairer les parois de brique de la galerie. Will vit alors que le plafond était trop bas pour qu'un homme puisse s'y tenir debout. La maçonnerie était très érodée et les jointures dont le mortier crayeux s'effritait auraient mérité un bon colmatage. Il en déduisit que cette galerie devait servir depuis des décennies, voire des siècles, qui sait?

Le sol disparaissait sous dix centimètres d'eau saumâtre et Will, qui cheminait derrière le reste de la troupe, ne tarda pas à en avoir plein les bottes. Cela faisait dix bonnes minutes qu'ils pataugeaient, lorsque l'homme à la balafre s'immobilisa :

— Là-dessous... indiqua-t-il à Will d'un ton condescendant, comme s'il expliquait quelque chose à un enfant en bas âge. Là-dessous, il y a des trous de sonde. On enlève les sédiments... on les débouche. Compris ?

L'homme à la balafre éclaira le sol de la galerie. Des agrégats de limon et de calcaire formaient de petits îlots affleurant la surface de l'eau. Il déroula plusieurs mètres d'une corde dont il tendit les extrémités aux deux autres garçons, qui les nouèrent autour de leur taille. L'homme fit de même. Ils étaient à présent reliés les uns aux autres, tels des alpinistes en cordée.

— Surfacien, grogna le balafré, on prend la corde et on se la noue autour de la taille... et on fait un nœud bien serré.

Will n'osa demander pourquoi. Il se passa la corde autour de la taille puis la noua de son mieux. Alors qu'il en testait la résistance, l'homme lui tendit un fendoir à bitume tout cabossé.

— Maintenant, on creuse.

Les deux garçons se mirent à bêcher le sol de la galerie inondée. Will comprit alors qu'il était censé faire de même. Il donna un premier coup de sonde en faisant glisser son étrange outil le long de la paroi de brique jusqu'à ce qu'il rencontrât enfin une zone plus meuble composée de pierres et de sédiments compactés. Il hésita un instant et jeta un coup d'œil aux garçons pour vérifier qu'il procédait correctement.

— On continue à creuser et on ne s'arrête pas, hurla l'homme à la balafre en éclairant Will de sa lanterne.

Will se mit aussitôt à creuser. L'étroitesse de la galerie rendait sa tâche d'autant moins aisée qu'il utilisait un outil tout à fait inconnu. Et pour corser le tout, à peine avait-il dégagé quelques sédiments que l'eau s'engouffrait aussitôt dans le trou.

Will ne tarda cependant pas à maîtriser son nouvel outil. À présent qu'il avait trouvé la bonne cadence, il était heureux de pouvoir creuser à nouveau. Tous ses soucis semblaient s'être envolés, pour un temps du moins, tandis qu'il évacuait des pelletées entières de terre et de cailloux, si bien qu'il se retrouva bientôt avec de l'eau jusqu'à mi-cuisse. Les deux autres garçons durent redoubler d'efforts pour ne pas se laisser distancer par leur camarade. Tout à coup, le fer de son fendoir à bitume rencontra quelque chose de dur et d'inamovible.

— On creuse tout autour, lança l'homme sèchement.

Le visage couvert de crasse et les yeux irrités par la sueur, Will releva la tête, jeta un bref coup d'œil au balafré et se remit au travail. Il cherchait à comprendre le but de tous ces efforts. Il savait bien que l'homme l'enverrait promener s'il l'interrogeait, mais la curiosité était trop forte. Alors qu'il s'apprêtait à ouvrir la bouche pour lui poser la question, un cri strident retentit soudain dans la galerie.

— Tenez bon !

Will eut à peine le temps de se retourner pour voir ce qui se passait. L'un des deux garçons venait de se faire happer par un tourbillon et se débattait désespérément dans un concert de gargouillis sonores. L'eau s'engouffrait impétueusement dans la bouche d'un énorme conduit d'évacuation, de la taille d'une plaque d'égout. L'homme à la balafre cala ses talons contre les débris jonchant le sol de la caverne et s'arc-bouta pour faire contrepoids. Will se trouva d'un coup plaqué contre la paroi du trou de sonde, tandis que la corde tendue à se rompre lui entaillait les chairs.

– Hisse-toi hors du trou ! hurla l'homme au garçon pris au piège dans le tourbillon.

Will regardait la scène avec horreur lorsque des doigts crasseux émergèrent enfin de l'eau et agrippèrent la corde. Le garçon terrorisé tentait de se hisser hors du trou, luttant contre le courant.

– Un trou de moins. Vous allez vous bouger un peu les fesses maintenant, dit le maître d'ouvrage en s'adossant contre la paroi avant de sortir une pipe qu'il se mit à curer avec son couteau de poche.

Will attaqua à l'aveuglette les sédiments compactés qui entouraient l'objet situé au centre du trou, jusqu'à ce qu'il en eut retiré la plus grande partie. Il ne pouvait dire de quoi il s'agissait, mais il avait l'impression de cogner contre quelque chose de spongieux – on aurait dit du bois gorgé d'eau. Il tenta de le déloger d'un coup de talon. Un mugissement s'éleva brusquement et le sol se déroba littéralement sous ses pieds. Will tombait en chute libre, incapable de résister, ballotté contre la paroi par le tourbillon qui l'entraînait, porté par un flot de boue et de graviers. Il avait la tête trempée et couverte de saletés.

La corde se tendit soudain, enrayant sa chute. Il ressemblait maintenant à un pantin désarticulé pendu au bout d'un fil. Cependant, il lui avait fallu moins d'une seconde pour reprendre ses esprits et constater qu'il était descendu d'environ six mètres. Il n'avait pas la moindre idée de ce qui se trouvait tout au fond de l'abîme noyé dans l'obscurité.

C'est maintenant ou jamais... se dit-il soudain.

Il fouilla les poches de son pantalon ciré en quête de son canif... *que je m'évade...*

Il scruta le vide obscur, évaluant ses chances alors que la corde se tendait déjà sous la traction des trois autres.

... Et Papa se trouve là en bas, quelque part...

Cette idée clignotait dans sa tête comme une enseigne au néon...

En bas, tout en bas, tout en bas... de l'eau, j'entends de l'eau.

— Accroche-toi à la corde, mon gars, beugla l'homme à la balafre, grimpe à la corde !

Les pensées se bousculaient dans la tête de Will. Il essayait d'identifier les sons qu'il percevait dans les ténèbres. Le clapotis et le gargouillis de l'eau étaient à peine audibles, couverts par le crissement de l'épaisse corde qui lui tailladait les chairs mais lui assurait le retour à la Colonie.

Il y avait bien de l'eau sous ses pieds, mais il ne savait pas si elle était assez profonde pour amortir sa chute. Il sortit la lame de son canif et la pressa contre la corde. Il était prêt à la trancher.

Oui... Non ?

Si l'eau n'était pas assez profonde, il trouverait la mort dans cet endroit perdu. Comme s'il lisait sa propre histoire sur une bande dessinée, il imagina des rochers aux fatales arêtes tranchantes, et dans l'image suivante son corps sans vie qui se vidait de son sang dans les ténèbres, les os brisés, empalé sur une pointe rocheuse.

Mais il était d'humeur téméraire : il trancha la première tresse de chanvre.

Une audacieuse évasion, pensa-t-il, comme s'il s'agissait de la légende de quelque aventure hollywoodienne. Ça sonnait bien, mais alors le souvenir du visage riant de Chester brisa son rêve en mille morceaux. Will frissonna. Il était trempé et couvert de boue, il avait froid.

Il poussa un profond soupir. Il y aurait d'autres occasions, il en était certain, et la prochaine fois il n'hésiterait pas.

Il rangea son canif, se redressa et entreprit une laborieuse ascension.

Sept heures plus tard, Will ne comptait plus les trous de sonde qu'ils avaient débouchés à mesure qu'ils avançaient toujours plus loin dans la galerie, quand le maître de chantier sortit sa montre de son gousset pour y jeter un coup d'œil à la lumière de sa lanterne et leur signifia que la journée était finie. Ils pataugèrent jusqu'à l'échelle et Will s'en retourna seul chez lui, les mains et le dos perclus de terribles douleurs.

Il émergea de la tranchée et longea la route d'un pas lent, lorsqu'il aperçut un attroupement de Colons devant les deux portes d'un bâtiment ressemblant à un entrepôt. Des piles de cagettes étaient entreposées un peu partout.

L'un des hommes attroupés recula, et Will put entendre un rire suraigu. Quelle ne fut pas sa surprise lorsqu'il vit un homme coiffé d'un canotier en paille et vêtu d'un costume rose caracoler au centre du groupe.

— Non, ce n'est pas possible ! C'est... mais c'est M. Clarke Junior ! s'exclama-t-il malgré lui.

— Quoi ? demanda quelqu'un derrière lui. Tu le connais ?

C'était l'un des garçons avec qui il avait travaillé dans la galerie.

— Oui ! Mais... mais... Qu'est-ce qu'il fiche ici ?

Will n'en revenait pas. Il repensait à la boutique des Clarke dans la Grand-Rue et cherchait à comprendre ce que cet homme pouvait bien faire là. Monsieur Clarke Junior extirpait des objets de ses cartons avec de grands effets de manche, puis les déposait délicatement sur un tréteau, non sans les avoir au préalable essuyés à la manière des vendeurs à la sauvette. Will comprit enfin.

— Ne me dis pas qu'il vend des fruits !

— Et des légumes, ajouta le garçon qui regardait Will d'un air curieux. Les Clarke sont nos fournisseurs depuis des...

– Mon Dieu! Qu'est-ce que c'est que ça? l'interrompit Will en pointant du doigt l'étrange silhouette d'un homme qui débouchait de derrière une pile de cagettes.

Sans que quiconque y prête attention, il inspectait un ananas comme s'il s'agissait d'un rare artefact, tandis que M. Clarke Junior poursuivait son négoce à grand renfort de gesticulations.

Il s'agissait bien d'un être humain, pourvu de deux bras et de deux jambes; mais il était gras comme une caricature et emmailloté dans une espèce de costume de plongée blanchâtre tout boursouflé, la face dissimulée par une capuche. Ses grosses lunettes de soudeur étincelaient à la lumière des réverbères. On aurait dit une limace humanoïde, un homme-limace, autrement dit.

– Bon sang, mais tu ne connais rien à rien! s'exclama le garçon en ricanant sans cacher son mépris. Ce n'est qu'un Coprolithe.

– Il vient d'en dessous, expliqua le garçon en indiquant le sol du regard en s'éloignant.

Will resta un peu en arrière pour observer cette étrange créature. Elle se déplaçait avec une telle lenteur qu'elle lui rappelait les sangsues vivant au fond de l'aquarium à l'école.

Il ne savait trop que faire. Il s'apprêtait à aller voir M. Clarke Junior, lorsqu'il aperçut deux policiers à côté de l'attroupement. Il fila aussitôt, taraudé par une question lancinante : *Si les Clarke connaissaient l'existence de la Colonie, dans ce cas, combien d'habitants de Highfield menaient ainsi une double vie ?*

Au fil des semaines, on assigna d'autres tâches à Will en divers endroits de la Colonie; cela lui permit de comprendre comment fonctionnait cette culture souterraine. Il était bien décidé à prendre autant de notes que possible dans son journal. Les Styx, au sommet de la hiérarchie, régissaient ce monde. Une petite élite dirigeante parmi les Colons occupait l'échelon inférieur, et M. Jérôme appartenait à ces quelques privilégiés. Will n'avait pas la moindre idée des tâches dont s'acquittaient ces gouverneurs, mais il découvrit bien vite que Cal n'en savait pas plus long que lui sur le sujet. Venaient ensuite les Colons ordinaires, et enfin, tout au bas de l'échelle, les infortunés qui ne pouvaient pas travailler ou bien s'y refusaient. On les laissait moisir dans des ghettos comme les Taudis – c'était le plus vaste de tous.

Chaque après-midi, après s'être débarbouillé dans les installations rudimentaires de la prétendue salle de bains de la maison Jérôme, Will s'asseyait sur son lit et prenait des notes détaillées dans son journal, pendant que Cal l'observait. Il y ajoutait parfois un croquis, comme celui d'une décharge où travaillaient des enfants. C'était quelque chose que d'observer tous ces minuscules Colons, à peine plus âgés que des nourrissons, mais semblant si doués pour la récupération et le tri des ordures qu'ils déversaient dans des entonnoirs.

– Rien ne se perd, lui avait expliqué Cal. J'en sais quelque chose ! J'ai fait ça quand j'étais plus jeune !

Will avait aussi esquissé la forteresse sinistre dont l'enceinte était fermée par une énorme palissade de fer. Elle se dressait à l'extrémité de la caverne sud, là où vivaient les Styx. Will avait eu beaucoup de difficulté à réaliser cette esquisse, faute de pouvoir s'approcher du bâtiment. Avec toutes ces sentinelles patrouillant dans les rues avoisinantes, mieux valait ne pas manifester un trop grand intérêt pour le monument.

Cal ne comprenait pas pourquoi Will se donnait tant de mal pour tenir son journal et le harcelait sans cesse. Will lui avait répondu que c'était son père, le Dr Burrows, qui lui avait appris à consigner ainsi toutes ses découvertes lorsqu'ils effectuaient des fouilles.

Will songea à son père, parti dans les Profondeurs. Il était impatient de découvrir ce qui s'y trouvait et savait au fond de lui-même qu'il suivrait un jour sa trace. Mais chaque fois qu'il essayait d'imaginer ce que lui réservait l'avenir, le calvaire de son ami Chester, toujours enfermé dans l'épouvantable cachot, le ramenait brutalement à la réalité.

Will cessa de dessiner et frotta ses paumes pleines d'ampoules.

— T'as mal ? demanda Cal.

— Ça va un peu mieux, répondit Will avant de reprendre ses travaux d'écriture, le bras endolori.

Sa concentration fut troublée par le hurlement strident d'une sirène qui retentit dans toute la maison. Will se leva pour voir d'où venait ce vacarme.

— Le Vent noir ! s'écria Cal, sautant du lit pour fermer la fenêtre en toute hâte.

Will le rejoignit et vit des gens courir en tous sens. Il n'y eut bientôt plus personne dans la rue. Tout excité, Cal pointait les fuyards du doigt, quand les poils de son avant-bras se hérissèrent tout à coup sous l'effet de l'électricité statique dont l'air était saturé.

— Nous y voilà ! dit-il en tirant sur la manche de son frère. J'adore ça.

Pourtant rien ne semblait se passer. La sirène hurlait toujours, tandis que Will scrutait la rue en quête de quelque bizarrerie.

— Là-bas ! Là-bas ! cria Cal, le regard tourné vers l'autre bout de la caverne.

Will scruta l'horizon et pensa qu'il devait avoir un problème de vue, puis il aperçut un nuage compact qui remontait la rue en tourbillonnant, renversant et noircissant tout sur son passage. Les réverbères étaient à peine visibles dans ce brouillard de suie. On aurait dit les lumières d'un paquebot en perdition, noyé sous les assauts des déferlantes nocturnes.

— Qu'est-ce que c'est? demanda Will qui colla son nez contre la vitre pour mieux voir la nuée noire qui se répandait.

— C'est une sorte de reflux. Ça vient de l'Intérieur, Will. On l'appelle le vent du Levant. Il remonte des strates inférieures des Profondeurs — un peu comme un rot, ajouta-t-il en gloussant.

— Est-ce que c'est dangereux?

— Non, c'est juste de la poussière et des débris, mais les gens croient que le mauvais œil frappe ceux qui respirent cet air lourd. Ils prétendent qu'il véhicule des germes, expliqua Cal avant de parodier le ton monocorde des Styx : « Pernicieux pour qui croise son chemin, il consume la chair. »

Will était fasciné par la scène. La rue avait disparu, les fenêtres avaient viré au noir et il sentait une pression désagréable sur ses tympans. Tous les poils de son corps étaient hérissés et vibraient à l'unisson. Pendant plusieurs minutes, le nuage passa sous leur fenêtre et une odeur d'ozone emplit la chambre dans un silence de mort. Puis, à mesure que le nuage se dissipait, la lumière vacillante des réverbères perça de nouveau le tourbillon de poussière, comme les rayons du soleil par temps couvert. La nuée disparut, ne laissant derrière elle que quelques traînées grises dans l'air — on aurait dit une aquarelle.

— Maintenant, regarde ça!

— Des étincelles? demanda Will qui n'en croyait pas ses yeux.

— C'est une tempête d'électricité statique. Elles succèdent toujours au Levant, commenta Cal qui frémissait de joie. Si par malheur quelqu'un les croise, il est bon pour une sacrée décharge.

Will regardait les boules de feu émerger des nuages qui s'effilochaient dans la rue ; il y en avait de toutes tailles, de la balle de tennis au ballon de plage. Tels des soleils pétaradants et déchaînés, elles crépitaient en crachant des étincelles.

Une boule de la taille d'un melon amorça soudain une vrille crépitante. Elle rétrécissait à vue d'œil ; lorsqu'elle ne fut guère plus grosse qu'un œuf, elle s'immobilisa à quelques centimètres du sol, brilla brièvement d'un éclat plus intense disparut enfin dans un ultime crachotement.

Des lueurs encore pleins les yeux, Will et Cal restèrent à la fenêtre. Ils étaient en extase.

Chapitre vingt-huit

Loin, très loin sous les rues et les maisons de la Colonie, se réveillait un homme solitaire.

Une légère brise s'était levée, qui se transforma en une terrible tempête de poussière semblable à celles qui soufflent dans le désert. Il s'était enveloppé le visage dans sa chemise de rechange, voyant que la tempête gagnait en intensité, menaçant même de le renverser. Les nuées étaient si denses qu'il ne parvenait même plus à voir ses mains.

Il ne pouvait qu'attendre que ça se passe. Allongé sur le sol, il s'était recroquevillé sur lui-même, les yeux brûlés par la fine poussière noire. Il était resté là, affaibli et affamé, abasourdi par le mugissement du vent, jusqu'à sombrer dans un demi-sommeil.

Il se réveilla un peu plus tard en frissonnant, sans savoir combien de temps il était resté ainsi sur le sol de la galerie. Il leva la tête et regarda autour de lui. L'étrange vent noir s'était calmé, seuls restaient quelques nuages flottant dans l'air. L'homme toussa, cracha, se redressa puis épousseta ses vêtements couverts de poussière. Avant de s'en servir pour nettoyer ses lunettes, il s'essuya les yeux avec un mouchoir sale.

Le Dr Burrows se mit à quatre pattes pour rechercher les

matières organiques qu'il avait ramassées à la lumière de son globe lumineux. Il était sur le point d'allumer son feu, lorsqu'il avait été surpris par la tempête. Il finit par retrouver le petit tas préparé et s'empara d'une feuille recourbée. Il plissa les yeux avec curiosité – ça ressemblait à une fougère, mais il n'aurait su dire de quoi il s'agissait. Comme tout ce qui se trouvait dans cette galerie longue d'au moins huit kilomètres, elle était aussi sèche et craquante qu'un vieux parchemin.

Il commençait à sérieusement s'inquiéter pour ses réserves d'eau. Lorsqu'il était monté à bord du train des mineurs, les Colons lui avaient très gentiment fourni une cantine bien garnie, un sachet de légumes secs, de la viande séchée et un paquet de sel. Il pouvait toujours se rationner, mais c'est l'eau qui posait problème. Cela faisait maintenant deux jours qu'il n'avait pas pu remplir sa gourde et il ne lui en restait plus beaucoup.

Après avoir réarrangé les feuilles et le bois morts, il frotta deux silex et fit jaillir une étincelle qui donna naissance à une petite flamme vacillante. La tête posée sur le sol poussiéreux, il souffla doucement dessus et l'éventa jusqu'à ce que le feu prenne enfin et baigne son visage de sa lumière rougeoyante. Il s'accroupit devant son journal, débarrassa les pages de la couche de poussière dont elles étaient recouvertes et reprit son dessin.

Quelle découverte! Un cercle de pierres taillées de la taille d'une porte et sur lesquelles étaient gravées d'étranges inscriptions. Malgré toutes ses années d'étude, il ne parvenait pas à déterminer de quelle langue il s'agissait. Il n'avait jamais rien vu de pareil et se mit à rêver au peuple qui avait vécu si loin sous la surface de la Terre, peut-être depuis des millénaires, et qui avait été capable de bâtir ce monument souterrain.

Croyant avoir entendu un bruit, il cessa soudain son ouvrage. Il se redressa, retint sa respiration et resta parfaitement immobile. Il scruta les ténèbres, le cœur cognant à tout rompre contre sa poitrine. Mais il n'y avait rien. Tout était silencieux, comme cela avait toujours été le cas depuis le début de son expédition.

Tu deviens froussard, mon vieux, pensa-t-il, soulagé ; le son de sa propre voix le rassurait dans ce boyau rocheux. *C'est juste ton ventre qui crie encore, espèce de vieux schnock*, conclut-il en riant.

Il ôta la chemise dont il s'était entouré la tête. Son visage était couvert de coupures et de bleus, ses cheveux emmêlés et sa barbe longue. Ses vêtements étaient crasseux et déchirés par endroits. Il ressemblait à un ermite fou. Reprenant son journal, il se concentra à nouveau sur le cercle de pierres, bercé par le crépitement du feu de bois.

– C'est vraiment quelque chose d'exceptionnel, un Stonehenge miniature. Quelle incroyable découverte ! s'exclama-t-il, oubliant un instant la faim et la soif qui le tenaillaient.

Radieux, il continua son esquisse.

Puis il reposa son journal et son crayon à papier et commença à réfléchir, le regard dans le vague. Il se releva, prit le globe lumineux dans une main et sortit du cercle de pierres. Il en fit lentement le tour, tenant le globe à la main comme s'il s'agissait d'un micro. Il pinça les lèvres, et se mit à imiter la voix grave des présentateurs télé.

– Et dites-moi, Dr Burrows, vous qui venez d'être nommé à la tête du département des Études souterraines, que pensez-vous du prix Nobel que l'on vous a attribué ?

Il accéléra, marchant d'un pas plus alerte, reprit sa voix normale, plaça le globe lumineux de l'autre côté de son visage et fit mine d'être quelque peu surpris par la question.

– Oh... je... je dois dire... hésita-t-il, que ça a été un grand honneur, et j'ai d'abord pensé que je n'étais pas digne de suivre les traces de ces grands hommes et de ces femmes admirables.

À cet instant précis, le docteur se cogna l'orteil contre une pierre, laissa échapper un juron et se mit à sautiller sur place, manquant perdre l'équilibre. Puis il reprit son discours.

— ... Suivre les traces de ces hommes et de ces femmes admirables, ni de voir mon nom figurer sur la liste des glorieux lauréats de ce prix, expliqua-t-il avant de replacer le globe lumineux de l'autre côté de sa bouche.

— Mais, professeur, vos contributions à la médecine, à la physique, à la chimie, à la biologie, à la géologie et avant tout à l'archéologie sont inestimables. Vous êtes l'un des plus grands savants en vie sur cette planète. Avez-vous jamais pensé que vous en arriveriez là, le jour où vous avez commencé à creuser une galerie dans votre cave?

Le Dr Burrows s'éclaircit la voix d'un air mélodramatique, et le globe changea à nouveau de côté.

— Eh bien, je savais que j'étais destiné à accomplir quelque chose... quelque chose de bien plus grand qu'une simple carrière de conservateur de musée...

Le Dr Burrows s'immobilisa soudain. Il rangea le globe dans sa poche, le visage défait, seul avec ses pensées à l'ombre des pierres. Il se demandait comment se débrouillait sa famille sans lui. Il secoua la tête et rentra dans le cercle en traînant des pieds, s'affala à côté de son journal et fixa les flammes vacillantes qui devenaient de plus en plus floues. Il finit par ôter ses lunettes et se frotta les yeux.

— Il faut que je le fasse, se dit-il en chaussant à nouveau ses lunettes, puis il reprit son crayon. Il le faut.

La lumière du feu filtrait entre les pierres du cercle, éclairant le sol et les parois de la galerie d'une douce lumière. Assis au centre du monument, le Dr Burrows grommelait, effaçant une erreur consignée dans son journal.

En cet instant, son obsession était telle que rien d'autre n'avait d'importance à ses yeux.

Chapitre vingt-neuf

Assis dans un fauteuil, M. Jérôme lisait son journal, au coin du feu qui crépitait dans l'âtre. Les pages cireuses ployaient parfois sous leur propre poids, mais il les redressait instinctivement d'un petit coup de poignet. Depuis sa chaise, Will ne parvenait pas à lire un seul gros titre. Les grosses lettres capitales bavaient tant sur le papier qu'on eut dit qu'une colonie de fourmis aux pattes enduites d'encre avait sillonné les pages du journal.

Cal abattit une nouvelle carte sur la table, impatient de voir jouer son frère, mais Will ne parvenait pas à rester concentré. C'était la première fois qu'il se retrouvait dans la même pièce que M. Jérôme sans que ce dernier lui lançât des regards hostiles ou le gratifiât d'un silence plein de rancœur : cela représentait en soi une étape dans l'évolution de leurs relations.

Ils relevèrent la tête de concert en entendant claquer la porte d'entrée.

— Cal ! Will ! beugla Tam en entrant dans la pièce, mais il se reprit aussitôt qu'il croisa le regard furibond de M. Jérôme — il venait de briser l'apparente quiétude du foyer.

— Oh, désolé, je...

— Je croyais que nous avions un accord, gronda M. Jérôme, puis il se leva, le journal plié sous le bras. Vous aviez dit que vous ne viendriez pas ici... lorsque j'y serais, ajouta-t-il en passant devant lui sans même lui adresser un regard.

L'oncle Tam prit place à côté de Will, avec une grimace. Il fit signe aux deux garçons d'approcher, mais attendit que le bruit des pas de M. Jérôme devienne inaudible pour parler.

— Le moment est venu, murmura Tam en sortant une boîte cabossée de sous son manteau.

Il l'ouvrit et en tira une carte abîmée, la posa sur la table, en lissa les coins pour qu'elle tienne bien à plat et se tourna enfin vers Will.

— Le bannissement de Chester aura lieu demain soir, dit-il.

— Oh, mon Dieu, dit Will qui se redressa sur son siège comme s'il venait de recevoir une décharge électrique. C'est un peu rapide, non ?

— Je viens de l'apprendre : c'est prévu à 6 heures, dit Tam. Il y aura beaucoup de monde. Les Styx aiment transformer ces événements en spectacle. Ils pensent qu'un sacrifice est bon pour l'âme.

Il regarda de nouveau la carte et se mit à suivre du doigt le quadrillage complexe en chantonnant, s'arrêtant sur un minuscule carré noir. Il leva les yeux comme s'il venait de se rappeler quelque chose.

— Tu sais, Will, il n'est pas difficile... de te faire sortir seul. Mais avec Chester, c'est une autre histoire. Ça m'a donné pas mal de fil à retordre, mais j'ai trouvé la solution. Vous pourriez peut-être atteindre la Surface... en passant par la Cité éternelle.

Cal poussa un petit cri de surprise. Will aurait bien voulu en savoir plus sur cet endroit, mais le moment était mal choisi pour questionner Tam. Fascinés, les deux garçons l'écoutèrent

exposer les détails de son plan d'évasion en indiquant l'itinéraire à suivre sur la carte – ils ne voulaient manquer aucun
détail. Les galeries portaient des noms comme Watling Street,
The Great North et Bishopwood. Will n'interrompit qu'une
fois son oncle pour lui soumettre une suggestion ; ce dernier
finit par l'intégrer à son plan, non sans y avoir longuement
réfléchi au préalable. Will sentait monter en lui l'excitation,
mais aussi la peur qui lui vrillait les entrailles, même s'il affec-
tait une attitude très professionnelle.

– Le problème, soupira Tam, ce sont les inconnues, les
variables. Là, je ne peux rien pour vous. Si vous rencontrez un
obstacle en cours de route, il faudra improviser... et faire de
votre mieux.

Will remarqua alors que l'étincelle brillant d'ordinaire dans
l'œil de Tam venait de s'éteindre – il avait perdu sa belle
assurance.

Tam passa une dernière fois en revue les détails du plan,
puis tira un bout de tissu de sa poche et le tendit à Will.

– Tiens, voici les directions à suivre quand tu seras sorti de
la Colonie. S'ils te rattrapent, Dieu t'en préserve ! avale ce
fichu machin.

Will déplia avec soin le parchemin de la taille d'un mouchoir. Il y était tracé à l'encre brune un labyrinthe de minuscules lignes sinueuses, chacune d'elles correspondant à une
galerie. L'itinéraire de Will était marqué à l'encre rouge, mais
Tam parcourut une dernière fois le chemin avec lui en suivant
la ligne du doigt.

– Il faut que tout aille comme sur des roulettes. Si jamais
les Styx venaient à penser que je t'ai aidé, tu ferais courir le
plus grand des périls à toute la famille... lui dit Tam après
avoir replié le parchemin. Et je ne serais pas le seul à en pâtir.
Cal, ta grand-mère et ton père se retrouveraient eux aussi dans

le collimateur, ajouta Tam en pressant le bras de Will pour s'assurer qu'il avait bien pris toute la mesure de son avertissement. Dernière chose : lorsque vous serez en Surface, Chester et toi, vous devrez disparaître. Je n'ai pas eu le temps d'arranger quoi que ce soit...

— Et Sarah ? demanda Will sans réfléchir, même si ce nom ne lui était pas encore familier. Ma vraie mère ? Est-ce qu'elle ne pourrait pas m'aider ?

— Je me demandais quand tu allais me dire ça, dit Tam en esquissant un sourire fugace. Si ma sœur est encore en vie, ce que personne ne peut affirmer avec certitude, elle doit être bien cachée, dit-il en pesant chacun de ses mots. Un plus un égale parfois zéro, conclut-il, en se frottant la paume avec le pouce.

— Qu'est-ce que vous voulez dire ? demanda Will.

— Eh bien, si par miracle tu parvenais à la retrouver, tu pourrais conduire les Styx jusqu'à elle. Vos deux cadavres seraient alors jetés en pâture aux asticots. Non, je suis désolé, mais tu fais partie des nôtres, poursuivit-il en agitant la tête. Tu devras courir vite et longtemps, pour nous, pas seulement pour toi. Écoute-moi bien. Si tu tombes aux mains des Styx, ils te feront cracher ce que tu as dans le ventre tôt ou tard, nous serons alors tous en danger.

— Dans ce cas, nous devrons sortir nous aussi, n'est-ce pas, oncle Tam ? lança Cal d'une voix pleine de témérité.

— Tu veux rire ! rétorqua sèchement Tam. Nous serions perdus et nous ne verrions même pas venir le coup.

— Mais...

— Écoute, ce n'est pas un jeu, Caleb. Si jamais tu croises leur chemin une fois de trop, tu n'auras même pas le temps de t'en mordre les doigts que tu danseras déjà la gigue du Vieux Nick... Tu sais ce que c'est ? demanda Tam sans attendre de réponse. C'est un petit numéro de choix. On te coud les bras dans le dos... avec du fil de cuivre, précisa-t-il en se tortillant sur son siège, on t'arrache les paupières et on te jette dans la pièce la plus sombre que tu puisses imaginer... pleine de Rouges ardents.

— Des Rouges quoi ? demanda Will.

Tam frémit, mais il ignora la question et poursuivit ses explications.

— Tu tiendrais combien de temps ? Combien de jours passerais-tu à te cogner contre les murs, les yeux brûlés par la poussière, avant de t'effondrer d'épuisement ? Tu sentirais alors les premières morsures tandis qu'ils commenceraient à se repaître de ta chair ? Je ne souhaiterais pas ça à mon pire...

Tam ne termina pas sa phrase.

Les deux garçons déglutirent avec peine, mais Tam leur sourit à nouveau.

— Assez avec ces histoires, dit-il. Tu as gardé cette fameuse lampe, n'est-ce pas ?

Encore stupéfait par ce qu'il venait d'entendre, Will le regarda d'un air hébété, puis se reprit et acquiesça.

— Bien, dit Tam en sortant de la poche de son manteau un petit ballot qu'il déposa sur la table devant lui.

— Ces trucs pourraient bien te servir un jour.

Will palpa le ballot avec hésitation.

— Eh bien, qu'est-ce que tu attends ? Regarde !

Will défit les nœuds et vit quatre pierres irrégulières de couleur brun noir, chacune de la taille d'une bille.

— Des pierres nodales ! s'exclama Cal.

— Oui, elles sont extrêmement rares, dit Tam en souriant. On en parle dans les vieux livres, mais à part mes gars et moi, personne n'en a jamais vu auparavant. C'est Imago qui les a trouvées.

— À quoi ça sert ? demanda Will en regardant les curieux cailloux.

— Ici-bas, tu ne risques pas de remporter la bataille si jamais tu dois affronter un Colon en combat singulier – ou, pire encore, un Styx. Les seules armes dont tu disposes sont la lumière et la poudre d'escampette, dit Tam. Si tu te retrouves pris au piège, brise l'une de ces pierres. Jette-la contre une surface solide et garde bien les yeux fermés : il en jaillira un éclair aveuglant. J'espère qu'elles sont encore bonnes, dit-il en soupesant l'une des pierres. Tu crois que tu peux y arriver ? demanda-t-il à Will.

Will acquiesça.

— Très bien, conclut le grand homme.

— Merci, oncle Tam. Je ne saurais vous dire combien... dit Will d'une voix hésitante.

— Inutile de me remercier, mon garçon, dit Tam en lui ébouriffant les cheveux avant de se taire un instant, les yeux rivés à la table. Je savais que ça allait arriver tôt ou tard, reprit-il enfin. Les Macaulay sont des gens loyaux, et nous nous battons pour ceux que nous aimons et en qui nous croyons, quel qu'en soit le prix. Tu aurais essayé de faire quelque chose pour sauver Chester et tu serais parti à la recherche de ton père, avec ou sans mon aide.

Will acquiesça, les yeux mouillés de larmes.

— C'est bien ce que je pensais ! lança Tam d'une voix tonitruante. Comme ta mère... comme Sarah... un Macaulay, à ne pas s'y tromper ! Je sais que tu dois partir, même si ça me fait mal au cœur, ajouta-t-il en enlaçant fermement Will par les épaules. Le pire, c'est que... on aurait pu s'amuser tous les trois ici-bas. Oui, on aurait pu bien s'amuser.

Will, Cal et Tam bavardèrent jusqu'aux petites heures du jour, mais une fois allongé dans son lit Will eut beaucoup de mal à s'endormir.

Tôt le matin, alors que la maison était encore assoupie, Will rangea son sac à dos et fourra la carte que lui avait donnée l'oncle Tam dans sa botte. Il vérifia ensuite qu'il avait bien mis les pierres nodales et le globe lumineux dans ses poches, puis réveilla Cal.

– Je pars, dit Will à voix basse.

Cal ouvrit les yeux et se redressa en se grattant la tête.

– Merci pour tout, Cal, murmura Will, et dis au revoir à Mamie pour moi, tu veux ?

– Bien sûr que je le ferai, répondit son frère. Tu sais que je donnerais n'importe quoi pour venir avec toi, ajouta-t-il en fronçant les sourcils.

– Je sais, je sais... mais tu as entendu ce qu'a dit Tam. J'ai plus de chances de m'en sortir seul. Et puis ta famille vit ici, conclut-il avant de franchir le seuil de la chambre.

Will descendit les marches sur la pointe des pieds. Il était euphorique, mais sa joie se teinta bien vite d'une tristesse inattendue à l'idée d'abandonner ainsi sa famille. Il aurait pu rester là au lieu de s'aventurer dans l'inconnu, quitte à tout risquer. Il aurait été si simple de retourner au lit. Arrivé dans le couloir, il entendit Bartleby qui ronflait, allongé quelque part dans l'obscurité. C'était un bruit réconfortant, typique de la maison, qu'il n'entendrait plus jamais s'il partait maintenant. Il hésita un instant sur le seuil. Non ! Jamais il ne pourrait se regarder en face s'il laissait Chester aux mains des Styx ! Plutôt mourir. Il prit une profonde inspiration, jeta un dernier coup d'œil par-dessus son épaule, souleva le lourd verrou de la porte d'entrée, franchit le seuil de la maison et referma doucement la porte derrière lui. Il était enfin dehors.

Will savait qu'il lui restait à parcourir une incroyable distance. Il pressa le pas tandis que son sac bringuebalait en cadence sur son dos. Il lui fallut un peu moins de quarante minutes pour atteindre le bâtiment que lui avait décrit Tam à l'autre bout de la caverne. Pas de doute possible, car, contrairement aux autres structures de la Colonie, il comportait un toit en tuile alors que les autres étaient en pierre.

Will cheminait à présent sur la route menant au Portail à la tête de mort. Tam lui avait recommandé de rester aux aguets, car les Styx relevaient leurs sentinelles à intervalles irréguliers. Il était donc impossible de savoir s'il n'allait pas tomber nez à nez avec l'un d'eux au détour d'une rue.

Will quitta la chaussée, escalada un portail, puis il traversa la cour d'une ferme délabrée. Il entendit le grognement d'un cochon, venant de l'une des dépendances, et remarqua aussi quelques poulets squelettiques au plumage immaculé enfermés dans un enclos.

Il pénétra dans le bâtiment principal et vit, comme le lui avait annoncé Tam, de vieilles poutres en bois adossées contre un mur sous lesquelles il se faufila. Il entendit alors quelqu'un se rapprochant de lui.

– Qu'est-ce que...

C'était Tam. Will n'en revenait pas, mais ce dernier lui fit aussitôt signe de se taire et ignora ses regards interrogateurs.

Il y avait à peine assez de place pour deux sous les poutres et c'est seulement au prix de multiples contorsions que Tam réussit à dégager la dalle massive masquant une brèche dans la paroi.

– Bonne chance, murmura-t-il avant de pousser Will dans l'ouverture aux contours irréguliers pour sceller à nouveau le passage derrière lui.

Désormais, Will était seul.

Il chercha à tâtons le globe lumineux qu'il avait attaché au bout d'une corde épaisse, le sortit de sa poche et se passa ce collier improvisé autour du cou afin d'avoir les mains libres. Il progressa d'abord sans peine, mais après neuf ou dix mètres il dut poursuivre son ascension à quatre pattes sous un plafond de plus en plus bas. Le boyau commençait à grimper.

Will s'immobilisa soudain, il venait de détecter un mouvement devant lui. Tremblant, il éleva le globe lumineux et distingua quelque chose de blanc qui traversa le boyau en un éclair avant d'atterrir avec un bruit sourd à moins de deux mètres de lui. C'était un rat aveugle de la taille d'un chaton bien nourri. Il avait le pelage cotonneux et ses moustaches vibraient comme des ailes de papillon. Dressé sur ses pattes arrière, le museau frémissant, il montrait des incisives luisant dans la pénombre. La présence de Will ne semblait pas l'effrayer le moins du monde.

Will ramassa un caillou sur le sol de la galerie et le lança de toutes ses forces, mais il manqua sa cible et la pierre ricocha contre la paroi, juste à côté de l'animal. Le rat ne broncha pas. Furieux de voir un rat lui résister ainsi, Will s'avança vers lui en grognant. D'un bond, le rat lui sauta par-dessus la tête, atterrit sur son épaule et s'immobilisa une fraction de seconde. Will sentit ses fines moustaches lui frôler la joue et agita frénétiquement les épaules. Le rat fit un bond en avant, atterrit sur son mollet et détala à toute allure dans la direction opposée.

– Espèce de petit... grommela Will en essayant de retrouver son calme.

Il avait l'impression de ramper depuis la nuit des temps lorsqu'il atteignit enfin la fin de la galerie. Ses paumes étaient en feu, et sa peau tout écorchée par les débris tranchants comme des lames de rasoir qui jonchaient le sol. On avait camouflé l'entrée sous plusieurs couches de grosse toile rigide couvertes de poussière, qui se confondaient avec la pierre. Il dégagea les pièces de tissu : quelle ne fut pas sa surprise en voyant que la galerie débouchait à quelques centimètres du toit d'une caverne. Il était certes ravi d'avoir franchi le Portail à la tête de mort, mais il devait s'être trompé de chemin, car la route se trouvait au moins trente mètres plus bas ! Il se souvint alors des paroles de Tam : « Ça te semblera impossible, mais vas-y doucement. Cal y est parvenu alors qu'il était beaucoup plus jeune. Tu peux donc y arriver. »

Will se pencha en avant pour repérer les anfractuosités dans la paroi, puis se glissa prudemment hors de la galerie et commença sa descente, vérifiant à deux reprises chacune de ses prises avant de poursuivre.

Il n'avait pas fait six mètres qu'il entendit un grognement sinistre. Il s'immobilisa. Il s'accrochait des deux mains à une petite corniche lui arrivant à hauteur du menton, un pied posé sur une arête et l'autre suspendu au-dessus du vide. Will tendit l'oreille, le cœur battant à tout rompre, et perçut de nouveau le même bruit. Il tourna lentement la tête et regarda par-dessus son épaule.

Il vit un homme se diriger vers le Portail à la tête de mort en balançant sa lanterne, précédé par deux vaches maigres auxquelles il cria quelque chose.

Will ne broncha pas, priant pour que l'homme ne lève pas les yeux. Juste à ce moment, celui-ci s'arrêta. Juste en-dessous de lui.

Oh, non ! C'en est fait de moi !

Will voyait distinctement le crâne blanc et luisant de l'homme, qui sortit de sa besace une blague à tabac et une longue pipe en terre dont il bourra le fourneau avant de l'allumer, en tirant de petites bouffées. Puis il s'adressa de nouveau aux deux vaches et reprit sa route.

Will poussa un soupir de soulagement, vérifia que la voie était libre et termina rapidement sa descente en s'accrochant de corniche en corniche jusqu'à toucher enfin le sol. La route était bordée de gigantesques champignons de couche au chapeau ovale et bulbeux. Il ne pouvait se permettre de perdre une seconde s'il voulait rejoindre Chester à temps. Il passa de caverne en caverne, et les champs de champignons cédèrent la place à des tapis de lichens, quand il aperçut enfin les premiers réverbères et la silhouette imprécise d'un bâtiment se profilant dans le lointain : il approchait du but. Il se retrouva devant une immense arche en pierre taillée à même le roc. Il passa dessous et parvint au cœur du Quartier, parmi les rangées de maisons bordant la route. L'endroit semblait désert, mais Will courait néanmoins sur la pointe des pieds pour ne pas faire claquer les semelles de ses bottes sur le pavé. Il était de plus en plus nerveux.

Il vit enfin le premier des tunnels latéraux dont lui avait parlé Tam.

« Tu emprunteras les rues secondaires. Ce sera plus sûr », lui avait recommandé son oncle.

« Gauche, gauche, droite », scandait Will en se remémorant l'enchaînement que Tam lui avait fait apprendre par cœur.

« Traverse vite ces galeries, et si jamais tu rencontres quelqu'un, fais comme si de rien n'était. »

Les galeries étaient en effet à peine assez larges pour laisser passer une diligence.

À mesure qu'il approchait de l'entrée du commissariat de police, Will se remémorait le jour où on l'avait traîné avec Chester jusqu'en haut de l'escalier, et surtout les interrogatoires épuisants qu'ils avaient subis.

Il sortit son appareil photo, vérifia son bon fonctionnement et le fourra dans sa poche après avoir caché son sac à dos. Il gravit les marches, prit une profonde inspiration et poussa la porte principale.

Le second était tranquillement assis, les pieds posés sur le comptoir. Il tourna lentement les yeux comme s'il émergeait d'une sieste, mais il lui fallut quelques secondes pour reconnaître Will.

— Eh bien ! Jérôme, pourquoi diable es-tu revenu nous voir ? demanda-t-il, d'un air étonné.

— Je viens rendre visite à mon ami, rétorqua Will en s'efforçant de ne rien laisser transparaître.

Il avait l'impression de marcher sur une corde raide à la solidité précaire. Toute chute pourrait lui être fatale.

— Qui t'a autorisé à revenir ? demanda le second d'un air suspicieux.

— D'après vous ? répliqua calmement Will.

— Eh bien, j'imagine que... s'ils t'ont laissé franchir le Portail à la tête de mort, c'est qu'il n'y a pas de problème, raisonna-t-il à voix haute en se levant lentement.

— Ils m'ont dit que je pouvais le voir une dernière fois, dit Will.

— Tu sais donc que c'est pour ce soir ? demanda le second en esquissant un sourire.

Will acquiesça, ce qui rassura visiblement le policier. Il adopta dès lors une tout autre attitude. Un sourire amical et généreux fendit son visage rougeaud d'une oreille à l'autre. Will ne le savait pas capable d'une telle bonhomie, cela rendait sa tâche d'autant plus difficile.

— Me dis pas que t'as marché toute la journée !

— Si, je suis parti à l'aube.

— Pas étonnant que tu sois en nage. Tu ferais mieux de me suivre, dit-il en passant de l'autre côté du comptoir et en agitant ses clefs. On m'a dit que tu t'adaptais bien. Je l'ai su... dès que je t'ai vu. Au fond, c'est l'un des nôtres, que je lui ai dit, au chef. Y a pas de doute là-dessus.

Ils franchirent la vieille porte en chêne et pénétrèrent dans la pénombre lugubre du cachot. Le second ouvrit la porte de la cellule. Will frémit dès qu'il sentit l'odeur familière des lieux. Chester était assis dans un coin de la banquette, le menton posé sur les genoux. Il ne réagit pas immédiatement, le regard perdu dans le vide. Il se leva d'un bond dès qu'il reconnut son ami. Il n'en croyait pas ses yeux.

— Will?... Will! Incroyable!

— Salut Chester, répondit celui-ci en essayant de contenir sa joie.

Will était ravi de retrouver Chester, mais la tension était telle qu'il en tremblait comme une feuille.

— Tu es venu pour me sortir de là, hein, c'est ça? Je peux partir maintenant?

— Euh... pas vraiment, répondit Will qui sentait la présence du second derrière lui — ce dernier entendait tout ce qu'ils disaient.

— Faut que je t'enferme, Jérôme. J'espère que tu comprendras, c'est le règlement qui veut ça, ajouta le gardien en verrouillant la porte.

— Qu'est-ce qu'il y a, Will? C'est grave? demanda Chester, sentant que quelque chose ne tournait pas rond.

— Tu vas bien? répondit Will.

Trop préoccupé pour répondre à son ami, il était à l'affût du bruit des pas du second. Après l'avoir entendu refermer la porte en chêne, il entraîna Chester au fond de la cellule et lui exposa son plan. Quelques minutes plus tard, il entendit le cliquetis tant redouté. Le second revenait le chercher.

— C'est l'heure, messieurs, dit-il en tournant la clef dans la serrure.

— Au revoir, Chester, dit Will en sortant lentement de la cellule.

Mais, alors que le second s'apprêtait à refermer la porte, Will l'arrêta en posant la main sur son bras.

– Un instant, je crois que j'ai oublié quelque chose à l'intérieur, dit-il.

– Qu'est-ce que c'est? demanda l'homme.

Will sortit alors son appareil de sa poche. Le témoin lumineux était au rouge – il était prêt. Il pointa l'objectif sur le policier et déclencha le flash que ce dernier reçut en pleine face. Ébloui, l'homme lâcha ses clefs en hurlant et se laissa tomber à genoux, les mains sur les yeux. La lumière du flash était beaucoup plus puissante que la subtile lueur des globes incandescents, à tel point que Will et Chester – qui pourtant s'étaient protégés les yeux – en perçurent aussi toute l'intensité.

– Désolé, s'excusa Will, puis il se tourna vers Chester, qui restait planté au milieu de sa cellule. Grouille-toi, Chester! hurla-t-il en l'attrapant par le bras tandis que le policier cherchait le mur à tâtons en poussant d'atroces gémissements.

À peine sorti du couloir, Will aperçut sa bêche dans la salle d'attente.

– Ma bêche! s'exclama-t-il en passant sous le comptoir pour l'attraper, mais le second était déjà à leurs trousses.

Toujours aveuglé, l'homme réussit néanmoins à attraper Chester qui poussa un cri en sentant des mains se resserrer autour de son cou.

Sans la moindre hésitation, Will assomma le second d'un coup de bêche, et ce dernier s'effondra sur le sol en gémissant.

Cette fois, Chester réagit au quart de tour et se rua hors du commissariat. C'est tout juste s'il laissa à Will le temps de récupérer son sac à dos, avant de disparaître à l'angle de la rue qu'il avait passé tant d'heures à contempler depuis sa cellule.

– C'est le bon chemin? demanda Chester, essoufflé et toussotant, lorsqu'ils s'engouffrèrent dans une galerie latérale.

Will ne répondit pas et continua sa course jusqu'au bout de la galerie qui s'ouvrait sur une caverne circulaire aussi vaste qu'un amphithéâtre.

Ils y étaient enfin. Comme l'avait indiqué Tam, il y avait bien là trois maisons à moitié en ruine. La terre riche était souple sous leurs pieds, l'air empestait le vieux fumier. Il se révéla que ce que Will avait d'abord pris pour des stalagmites n'était que des troncs d'arbres pétrifiés, parfois brisés à mi-hauteur ou formant des entrelacs compliqués. Dans la pénombre, ces restes de fûts fossilisés ressemblaient à une forêt sculptée dans la pierre.

Will sentait croître son malaise, comme si quelque chose de malsain et menaçant se trouvait tapi derrière ces arbres. Il fut soulagé de pousser la porte de l'une des maisons. Elle ne tenait plus que sur un gond.

« Suis le couloir et continue tout droit... »

Chester referma la porte d'un coup d'épaule alors que Will pénétrait déjà dans une cuisine plus spacieuse que celle des Jérôme.

« Trouve le carreau mural sur lequel est peinte une croix. »

Will finit par le trouver et appuya dessus. Une petite trappe s'ouvrit juste en dessous, révélant une manette. Il la tourna à droite, une porte secrète s'ouvrit. Derrière le mur carrelé, se trouvait une antichambre où avaient été entreposés des cartons, de part et d'autre d'un passage menant à une autre porte située tout au fond de la pièce. La porte n'avait rien d'ordinaire : elle était en acier massif, couverte de rivets et dotée d'une manivelle latérale.

« C'est une pièce hermétique, pour empêcher les germes d'entrer. »

La porte comportait un hublot placé à hauteur d'yeux, mais le verre translucide ne laissait filtrer aucune lumière.

– Occupe-toi de ça pendant que je vais chercher les appareils respiratoires, ordonna Will en indiquant la manivelle.

Chester s'exécuta et un sifflement sonore retentit dès que l'épais joint de caoutchouc situé à la base de la porte se décolla du sol. Will trouva les masques dont lui avait parlé Tam : il s'agissait de vieilles cagoules de toile pourvues de tuyaux en caoutchouc noir reliés à des cylindres. On aurait dit du vieux matériel de plongée.

Soudain, Will entendit un miaulement plaintif qu'il reconnut sur-le-champ.

– Bartleby !

Le chat franchit le couloir d'un seul bond, se précipita sur la porte dérobée et enfonça son museau dans l'interstice pour renifler l'air qui s'en échappait.

– C'est quoi, ce truc ? demanda Chester, si stupéfait qu'il en relâcha la manette et laissa retomber la porte avec fracas.

L'énorme chat fit un bond en arrière.

– Pour l'amour de Dieu, ouvre cette porte, bon sang ! hurla Will.

Chester acquiesça et se remit à l'ouvrage.

– Besoin d'un coup de main ? demanda Cal qui venait de surgir de nulle part.

– Non ! Pas toi ! Qu'est-ce que vous fichez là tous les deux ? souffla Will.

– Mais on vient avec toi, répondit Cal, décontenancé par la réaction de son frère.

Chester s'arrêta un instant et regarda tour à tour Will et son frère avant de s'exclamer :

– Vous êtes presque jumeaux !

– Pour l'amour du ciel, tu vas l'ouvrir, cette porte ? hurla Will à pleins poumons, et Chester reprit son travail sans protester.

La porte était à présent à un mètre du sol. Bartleby passa la tête de l'autre côté puis, après avoir jeté un coup d'œil à l'intérieur, s'aplatit et se faufila sous la porte.

— Évidemment, Tam ne sait pas que tu es là? demanda Will en attrapant son frère par le col de son manteau.

— Bien sûr que non. J'ai décidé qu'il était temps d'aller en Surface, comme Maman et toi.

— Hors de question! rugit Will entre ses dents.

Mais lorsqu'il vit l'expression blessée sur le visage de son frère, il relâcha son manteau et lui parla d'une voix radoucie.

— Non, vraiment, tu ne peux pas... Oncle Tam te tuerait s'il savait que tu es là. Rentre à la maison tout de...

Will n'eut pas le temps de finir sa phrase. Tout comme lui, Cal venait de sentir les vapeurs d'ammoniac qui se répandaient dans l'air par vagues successives.

— L'alarme! dit Cal, pris de panique.

Ils entendirent du bruit à l'extérieur, puis des cris, et enfin le fracas du verre qu'on brise. Ils se ruèrent sur la fenêtre de la cuisine et jetèrent un coup d'œil à travers les carreaux cassés.

— Des Styx! s'exclama Cal.

Il devait y en avoir une trentaine au moins : ils formaient un demi-cercle devant la maison. Et il y en avait sans doute d'autres encore, que Will ne pouvait voir depuis son poste d'observation. Cette pensée le fit frémir. Il s'accroupit et lança un regard à Chester qui tournait frénétiquement la manivelle. La porte était assez relevée pour les laisser passer maintenant.

Will regarda son frère. Il n'avait pas le choix, il ne pouvait pas le laisser à la merci des Styx.

— Vas-y! Glisse-toi sous la porte, le pressa-t-il en chuchotant.

Le visage de Cal s'illumina. Il voulut remercier Will, mais ce dernier lui fourra l'appareil respiratoire entre les mains et le poussa vers la porte.

Will se retourna juste à temps pour voir les Styx qui marchaient sur la maison. C'en était trop! Il se précipita à la suite de son frère en hurlant à Chester de prendre un masque et de lui emboîter le pas. La porte d'entrée s'ouvrit à la volée. Ils avaient à peine le temps de s'enfuir tous les deux, à présent.

Alors quelque chose de terrible se produisit. L'un de ces incidents que l'on ressasse ensuite... même si au fond de soi on sait bien que, quoi qu'on ait pu faire, ça n'aurait rien changé.

C'est à ce moment-là qu'ils entendirent une voix... une voix qui leur était si familière.

Chapitre trente

— Tu ne changeras donc jamais, Will.

Will avait presque franchi la porte et s'apprêtait à tirer Chester à sa suite, lorsqu'il jeta un coup d'œil vers la cuisine et s'immobilisa brusquement.

Une jeune fille venait d'entrer dans la cuisine. Elle était flanquée de deux Styx.

— Rebecca ! s'exclama Will qui n'en croyait pas ses yeux. Rebecca ! répéta-t-il, toujours aussi incrédule.

— Où avais-tu l'intention d'aller ? demanda-t-elle froidement.

Les deux Styx firent un pas en avant, mais elle les arrêta d'un geste de la main.

Était-ce une farce ? Elle portait les mêmes vêtements qu'eux, le même uniforme : le même manteau noir et le même col d'un blanc immaculé. Elle avait changé de coiffure et peigné ses cheveux noirs de jais en arrière pour les plaquer sur son crâne.

— Qu'est-ce que tu... ?

Les mots s'étranglaient dans sa gorge et Will ne put finir sa phrase.

Ils l'auront capturée. C'est ça. Ils lui ont fait un lavage de cerveau, ou bien la retiennent en otage.

– Pourquoi faut-il toujours que tu refasses les mêmes bêtises ? soupira-t-elle d'un air mélodramatique en haussant le sourcil.

Elle avait l'air détendue et sûre d'elle. Quelque chose clochait.

Non.

C'était l'une d'entre eux.

– Tu es...

– Il a l'esprit vif, n'est-ce pas ? lança Rebecca en riant.

D'autres Styx affluaient derrière elle tandis que les pensées se bousculaient dans la tête de Will. Il revoyait défiler sa vie à toute allure et s'efforçait de faire coïncider l'image de Rebecca, sa sœur, avec cette Styx qui se tenait devant lui. Des détails, des indices lui avaient-ils échappé ?

– Comment ? hurla-t-il.

– Mais c'est fort simple. On m'a placée dans ta famille lorsque j'avais deux ans. Ainsi vont les choses chez nous... Nous nous frottons aux Mécréants... C'est ainsi qu'on forme l'élite, expliqua-t-elle en se délectant de la confusion de Will.

Puis Rebecca s'avança.

– Non ! dit Will qui reprenait ses esprits. Je n'y crois pas !

Il en profita pour glisser la main dans la poche de son manteau.

– Difficile à admettre, n'est-ce pas ? On m'a placée là pour garder un œil sur toi, bien sûr, mais aussi pour démasquer ta mère, ta vraie mère, si par chance...

– C'est faux.

– Peu importe que tu le croies ou non, rétorqua-t-elle sèchement. J'ai fini mon travail et me voici de retour chez moi. Fin de la pièce. Rideau !

– Non ! bégaya Will en refermant ses doigts sur le petit ballot que lui avait remis Tam.

– Allez, rends-toi, c'est fini, conclut Rebecca avec impatience.

À peine avait-elle parlé que les deux Styx se précipitèrent sur Will, mais il était prêt : il lança la pierre nodale de toutes ses forces. Elle traversa la pièce, dépassa les deux Styx et se brisa en mille morceaux contre les carreaux de faïence d'un blanc douteux.

Le temps fut alors comme suspendu.

Pendant une fraction de seconde, Will crut qu'il ne se passerait rien, que ça n'allait pas marcher. Il entendit le rire moqueur de Rebecca, puis un souffle – comme si l'on venait d'aspirer tout l'air de la pièce.

Chaque fragment de pierre se mit soudain à briller avec la puissance de mille soleils, et la pièce fut baignée par une lumière d'une telle intensité que tout se fondit dans une aveuglante blancheur.

Cela ne semblait pas déranger Rebecca le moins du monde. Elle se tenait là tel un ange noir, les bras croisés comme à son habitude, marquant sa désapprobation par des claquements de langue successifs.

Mais les deux Styx s'arrêtèrent net et se mirent à pousser des cris stridents, semblables au crissement des ongles sur un tableau noir. Ils reculèrent en vacillant, essayant en vain de se couvrir les yeux.

Will en profita pour tirer Chester par le bras et l'arracher à la manivelle.

Mais la lumière s'amenuisait déjà et deux autres Styx se frayaient un chemin entre leurs camarades aveuglés. Ils se ruèrent sur Will en tendant leurs longs doigts crochus et attrapèrent le bras de Chester au passage. Will le tirait dans un sens, et les Styx dans l'autre, tandis que Chester gémissait, écartelé. Il était terrifié. Pire encore : personne ne retenait plus la manivelle et Chester se trouvait juste sous la porte qui commençait déjà à redescendre vers le sol.

— Repousse-les! hurla Will.

Chester essaya de leur donner des coups de pieds, mais en vain. Ils le tenaient bien trop serré. Will se cala sous la porte pour tenter d'en ralentir la descente, mais elle était trop lourde pour lui et il faillit perdre l'équilibre. Il ne pouvait à la fois retenir la porte et sauver son ami.

Chester avait beau résister de toutes ses forces, les Styx continuaient à tirer et à grogner de plus belle. Non, les deux amis n'arriveraient pas à les battre. Will ne parvenait plus à retenir Chester qui lui échappait des mains et hurlait de douleur tandis que les Styx enfonçaient leur ongles acérés dans la chair de son bras.

Will comprit soudain que Chester risquait de mourir écrasé sous la porte s'il ne lâchait pas prise.

S'il ne l'abandonnait pas aux mains des Styx.

La manivelle tournait de plus en plus vite, la porte était à présent à moins d'un mètre du sol, et Chester ployait sous son poids. Il fallait agir, et vite.

— Chester, je suis désolé! hurla Will.

L'espace d'un instant, il vit le regard glacé d'effroi de son ami : alors, il lâcha son bras, l'envoyant valdinguer contre les deux Styx, tel une boule de bowling dans un jeu de quilles. Chester cria une dernière fois le nom de Will avant que la porte ne retombe sur le sol dans un terrible bruit métallique, scellant ainsi son destin. Impuissant, Will regarda Chester s'effondrer sur les deux avant d'aller s'écraser contre un mur. Mais l'un des deux Styx se releva immédiatement et se précipita sur la porte.

— Bloque la manivelle! hurla Cal.

Galvanisé par le cri de son frère à qui il avait confié le globe lumineux, Will s'affaira aussitôt sur le mécanisme d'ouverture de la porte. Il ouvrit son canif d'un coup de poignet, et tenta de bloquer les rouages avec.

— S'il vous plaît, faites que ça marche ! Je vous en prie ! supplia Will.

Il essaya en plusieurs endroits jusqu'à ce que la lame se glisse enfin entre deux grosses roues dentées. À peine avait-il retiré sa main que le petit canif rouge se mit à vibrer. De l'autre côté, les Styx cherchaient à actionner la manivelle.

Will jeta un coup d'œil par le hublot. La scène ressemblait à un vieux film muet et macabre. Désespéré, Chester s'était emparé de sa bêche et luttait vaillamment contre les Styx. Mais il fut bien vite submergé par leur nombre croissant. On aurait dit un essaim de criquets dévastateurs et affamés.

Un visage parut tout à coup de l'autre côté du hublot.

Rebecca.

Elle pinça les lèvres d'un air sévère, et secoua la tête. On aurait dit qu'elle lui intimait d'arrêter ses bêtises comme elle l'avait fait durant toutes ces années passées à Highfield. Elle lui disait quelque chose, mais Will ne l'entendait pas derrière la porte.

— Faut qu'on file, Will. Ils vont finir par l'ouvrir, le pressa Cal.

Will avait du mal à se détacher du hublot. Rebecca continuait à lui parler de l'autre côté, lorsqu'il comprit soudain qu'elle était en train de lui chanter une chanson.

— *Sunshine !...* dit-il d'un ton amer. *You are my sunshine !*

Ils s'enfuirent le long de la galerie rocheuse. Bartleby fermait la marche. Il atteignirent enfin un atrium en forme de dôme d'où partaient de nombreuses autres galeries. Les parois étaient parfaitement rondes et lisses, comme polies par l'eau. Mais toutes les surfaces étaient sèches à présent et recouvertes d'une fine couche d'un sédiment qui ressemblait à de la poudre de verre.

— Nous n'avons qu'un masque ! s'exclama soudain Will en prenant l'appareil que tenait son frère dans ses mains pour l'examiner.

— Oh non ! répondit Cal, dépité. Qu'est-ce qu'on fait maintenant ? On ne peut pas revenir en arrière.

— C'est quoi, le problème avec l'air de la Cité éternelle ? demanda Will.

— Oncle Tam m'a parlé d'une sorte de mal qui aurait tué tous le monde...

— Mais il a disparu, n'est-ce pas ? rétorqua Will qui redoutait la réponse de Cal.

— C'est ce que dit Tam, confirma Cal.

— Dans ce cas, tu vas porter ce masque.

— Sûrement pas !

Will plaqua le masque sur le visage de son frère en un tournemain, mettant ainsi fin à ses protestations. Cal se débattit, chercha à s'en débarrasser, mais Will l'en empêcha.

— Je ne rigole pas ! Tu vas porter ce masque, insista Will. Je suis le plus vieux, c'est donc moi qui décide.

Cal céda enfin, le regard inquiet, tandis que Will vérifiait que la cagoule tombait correctement sur ses épaules. Puis il serra la sangle de cuir, fixant ainsi les tuyaux et le filtre sur la poitrine de son frère. Il s'efforçait de ne pas penser aux conséquences de son choix : il fallait espérer que ce mal n'était qu'une autre de ces superstitions qui circulait parmi les Colons.

Will sortit ensuite de sa botte la carte que lui avait confiée Tam, compta les galeries devant eux, puis indiqua la voie à suivre.

— D'où est-ce que cette fille te connaissait ? demanda Cal d'une voix étouffée par son masque.

— Ma sœur. C'était ma sœur, expliqua Will en levant les yeux par-dessus la carte. Tout au moins, c'est ce que je croyais, ajouta-t-il en crachant sur le sol avec mépris.

Cal n'exprima pas la moindre surprise, mais Will voyait bien qu'il était très inquiet. Son frère ne cessait de regarder en arrière.

— La porte ne les retiendra pas très longtemps, dit enfin Cal à son frère.

— Chester...

Mais Will ne put finir sa phrase.

— Nous ne pouvions rien faire pour lui. Nous avons de la chance de nous en être sortis vivants, tu sais, Will.

— Peut-être, répondit Will en consultant de nouveau la carte.

Il n'avait pas le temps de penser à Chester, pas maintenant en tout cas. Mais après tous les risques qu'il avait pris pour sauver son ami, il avait du mal à se concentrer sur la suite du plan.

— Je crois bien qu'il faut qu'on y aille, déclara Will après avoir pris une profonde inspiration.

Les deux garçons se mirent en marche, le chat à leur suite, progressant toujours plus loin dans le dédale des galeries souterraines qui devaient les conduire à la Cité éternelle. Alors, ils verraient enfin la lumière du jour. Tout au moins Will l'espérait-il.

Troisième partie

La Cité éternelle

Chapitre trente et un

Un, deux, un, deux, un, deux.

À mesure qu'ils avançaient au pas de course, Will avait fini par adopter le même rythme respiratoire que pour ses travaux exténuants lors de ses fouilles à Highfield. Les galeries étaient sèches et silencieuses. Il n'y avait pas la moindre trace de vie, et pas un seul grain de poussière ne semblait flotter dans leur sillage à la lumière du globe lumineux, comme s'ils n'avaient laissé aucune trace de leur passage sur le sol sablonneux.

Will remarqua très vite le scintillement presque imperceptible de traînées lumineuses qui disparaissaient aussi vite qu'elles avaient surgi. Il les observa, fasciné, jusqu'à ce qu'il comprît qu'il y avait quelque chose d'anormal. Il ressentit alors une douleur sourde dans la poitrine ; il avait le front humide.

Un, deux, un, deux, un... un... un, deux...

Il ralentit le pas, respira et sentit une étrange résistance, sans pouvoir définir la nature de son malaise. Il avait d'abord pensé qu'il était tout simplement épuisé, mais non, c'était autre chose. Il avait l'impression que l'air ambiant se comportait comme une eau qui aurait stagné dans ces profondes galeries depuis des temps très reculés.

Un, deux, un...

Will s'immobilisa, défit son col et se massa les clavicules, juste sous les sangles de son sac à dos. Il ressentait une envie presque irrésistible de jeter son sac à terre. Les parois de la galerie le mettaient mal à l'aise, elles semblaient bien trop proches. Il étouffait. Il recula jusqu'au centre de la galerie, s'agenouilla et avala plusieurs goulées d'air. Quelques instants plus tard, il se sentait un peu mieux et fit l'effort de se relever.

— Qu'est-ce qui se passe ? demanda Cal, l'air inquiet derrière la visière de son masque.

— Rien, répondit Will en cherchant la carte dans sa poche.

Il ne voulait laisser paraître aucune faiblesse devant son frère.

— J'ai... j'ai juste besoin de vérifier notre position.

Will savait qu'à la moindre erreur ils pourraient se perdre à jamais dans les méandres de ce dédale souterrain d'une infinie complexité. Tam lui avait parlé du Labyrinthe, le comparant à une pierre ponce aux innombrables cavités entrelacées. Will n'y avait guère prêté attention, il comprenait à présent ce que son oncle avait voulu dire. Ce lieu s'étendait sur une distance impressionnante et il leur restait encore un long chemin à parcourir, même s'ils allaient bon train. Le sol descendait en pente douce, ce qui facilitait leur progression, mais Will savait bien qu'ils devraient hélas parcourir en montée chaque mètre ainsi descendu avant d'atteindre la surface.

Will leva le nez de sa carte pour observer les parois rosâtres. Il y avait donc du fer dans la roche. Voilà pourquoi sa boussole ne fonctionnait plus dans ces galeries. L'aiguille faisait lentement le tour du cadran, sans jamais s'attarder assez longtemps pour fournir la moindre indication.

Ces passages avaient peut-être été creusés par des gaz, pris au piège sous une masse solide, et qui auraient tenté de s'échapper en se frayant un chemin à travers la lave en fusion. Oui, voilà pourquoi il n'y avait pas de galeries verticales. Ou peut-être l'eau s'était-elle infiltrée dans les parties les plus friables au fil des siècles, après le refroidissement de la lave.

Je me demande ce qu'en dirait Papa, pensa-t-il malgré lui, pris d'une tristesse soudaine à l'idée qu'il ne le reverrait peut-être jamais.

Will avait beau lutter, il ne pouvait s'empêcher de penser au dernier regard que lui avait lancé Chester en retombant dans les griffes des Styx. Will l'avait encore une fois abandonné...

Et Rebecca? Il ne pouvait nier l'évidence : il l'avait vu de ses propres yeux : c'était une Styx! Malgré sa faiblesse, il bouillait intérieurement. Quelle ironie! Et dire qu'il s'était tant inquiété pour elle.

Mais le temps n'était pas à la réflexion. S'ils voulaient s'en sortir vivants, Will devait s'assurer qu'ils n'avaient pas dévié de leur trajectoire. Il jeta un dernier coup d'œil à la carte, la replia et reprit sa route.

Un, deux, un, deux, un, un, un, deux.

Ils progressaient toujours sur la même fine couche de sable rouge, et Will se prenait à rêver d'un changement, d'un repère quelconque pour rompre la monotonie de leur périple, pour lui indiquer qu'ils allaient bien dans la bonne direction. Il commençait à désespérer de voir la fin de leur marche. Après tout, cela faisait peut-être des heures qu'ils tournaient en rond.

Quelle ne fut pas sa joie lorsqu'ils trouvèrent une petite pierre sertie dans la paroi, dont le sommet arrondi évoquait une tombe. Will s'accroupit et la débarrassa de la couche de sable dont elle était recouverte.

Un symbole était gravé au centre de la pierre rose : trois lignes divergentes, pointant vers le haut comme les piques d'un trident. Il y avait, juste en dessous, deux rangées de lettres aux arêtes aiguës, mais Will ne connaissait pas ces symboles qui n'avaient aucun sens pour lui.

— Qu'est-ce que c'est ? Un repère, une borne ? demanda Will à son frère qui se contenta de hausser les épaules.

Plusieurs heures plus tard, ils avançaient d'un pas plus lourd. Ils croisaient sans cesse de nouvelles galeries, et Will s'arrêtait d'autant plus souvent pour consulter sa carte. Ils avaient déjà fait fausse route une fois, mais par chance ils ne s'étaient pas aventurés trop loin avant de rebrousser chemin, à grand-peine. Will se sentait de plus en plus faible.

Il ne voulait rien laisser paraître devant son frère. Ils devaient continuer s'ils voulaient conserver leur avance sur les Styx. Il fallait qu'ils sortent de là.

— Qu'est-ce qui pousse Tam à se rendre dans la Cité éternelle ? demanda-t-il à son frère, le souffle court. Il est resté très évasif lorsque je lui ai posé la question.

— Il cherche des pièces, des trucs comme ça, en or et en argent. La plupart du temps, il les trouve dans des tombes.

— Des tombes ?

— Oui, dans les cimetières.

— Tu veux dire que des gens ont vraiment vécu ici ?

— Il y a très longtemps. On dit que plusieurs peuples se sont succédé ici. À chaque fois, ils ont construit par-dessus les anciens bâtiments. Il y aurait des trésors enfouis là-dessous.

— Mais qui étaient ces gens ?

— Tam m'a dit que les premiers occupants étaient des Brutéens, venus il y a des siècles. Je crois qu'ils étaient originaires de Troie. Ils y ont ont érigé une place forte pendant que l'on construisait Londres en Surface.

— Les deux villes étaient donc reliées ?

— Au début, oui. Mais on a bloqué les entrées par la suite et on a égaré les bornes qui permettaient de les repérer... La

Cité éternelle a tout simplement sombré dans l'oubli, expliqua Cal en soufflant bruyamment dans son filtre à air.

Cal jeta soudain un rapide coup d'œil vers le fond de la galerie, comme s'il venait d'entendre quelque chose.

Will regarda dans la même direction. Il vit seulement la silhouette de Bartleby noyée dans les ténèbres. Le chat s'impatientait et bondissait d'une paroi à l'autre en les attendant. Il voulait manifestement avancer plus vite et dépassait parfois les deux garçons en courant, puis s'arrêtait net dans son élan, intrigué par une crevasse qu'il se mettait à flairer nerveusement. Bartleby poussa un long miaulement plaintif.

— Au moins, ici, les Styx ne nous trouveront pas, dit Will d'un air confiant.

— N'y compte pas trop. Ils n'auront aucune difficulté à nous suivre. Et puis y a encore la Division devant nous.

— La quoi ?

— La Division Styx. C'est une sorte de... euh... garde frontalière, répondit Cal en cherchant les mots justes. Ils patrouillent dans la vieille ville.

— Pourquoi ? Je croyais qu'elle était vide.

— Selon la rumeur, ils seraient en train de reconstruire des quartiers entiers et d'en étayer les parois. On parle d'y déplacer toute la Colonie, on raconte même que des convois de prisonniers condamnés y sont employés comme esclaves. Ce ne sont que des rumeurs, cela dit... personne n'en est certain.

— Tam ne m'a rien dit à propos de ces autres Styx ! s'exclama Will sans chercher à cacher son inquiétude. Trop génial, ajouta-t-il avec colère en shootant dans un caillou.

— Eh bien, peut-être qu'il n'a pas pensé que ça pourrait poser un problème. On n'a pas été très discrets en quittant la Colonie, hein ? Ne t'en fais pas trop. La zone à couvrir est immense et il n'y a qu'une poignée de patrouilles.

— Oh, super ! Je me sens déjà rassuré ! rétorqua Will en imaginant ce qui les attendait.

Ils marchèrent plusieurs heures durant, descendirent tant bien que mal une pente raide sur le sable glissant et retrouvèrent enfin une zone plane. Si Will avait bien lu la carte, ils ne devaient plus être très loin de la sortie du Labyrinthe, mais la galerie allait en se rétrécissant et semblait se terminer en cul-de-sac.

Craignant le pire, Will se précipita en avant, courbant l'échine à mesure que le plafond s'abaissait. Il découvrit, à son grand soulagement, un petit passage latéral devant lequel il se posta pour attendre Cal. Les deux garçons échangèrent un regard inquiet en voyant Bartleby humer l'air. Will hésita, consulta tour à tour Cal puis sa carte, et finit par se faufiler dans l'étroit passage baigné d'une lumière verte tamisée.

— Attention ! lui dit Cal.

Mais Will avait déjà atteint l'extrémité du boyau. Il entendit alors le bruit familier d'une chute d'eau.

— La Cité éternelle, murmura-t-il, puis il descendit un grand escarpement.

Émerveillé, Will regardait le toit du dôme immense, le visage éclaboussé par de fines gouttelettes.

— Une pluie souterraine... marmonna-t-il en clignant des yeux.

Mais il se rendit bien vite compte de l'absurdité de sa remarque.

— Des infiltrations. Elles viennent d'au-dessus, expliqua son frère qui venait de le rejoindre.

Will n'écoutait pas, pris de vertige face à l'immensité de la caverne dont les parois les plus lointaines disparaissaient dans le brouillard.

Will parvenait à peine à embrasser l'ensemble d'un seul regard. Des colonnes de basalte, semblables à des tours sans fenêtres, s'élançaient en différents points du dôme pour converger vers le centre de la ville, tandis qu'à la périphérie de semblables structures torsadées s'élevaient du sol dans un mouvement inverse et décrivaient une parabole au-dessus de la cité. On aurait cru voir les quatre chambres d'un cœur gigantesque sillonné par d'énormes artères.

Will rangea le globe lumineux dans sa poche et chercha la source de la lueur vert émeraude qui donnait au paysage sa teinte onirique. Il avait l'impression de contempler une cité perdue au fond de l'Océan. La lumière semblait émaner des parois mêmes : l'éclairage était si subtil que Will avait d'abord cru qu'elles la reflétaient.

Il passa de l'autre côté de l'escarpement et examina de près la paroi de la caverne recouverte d'un enchevêtrement de vrilles sombres et luisantes d'humidité. Il s'agissait de couches d'algues semblables à un lierre grimpant. Will approcha la paume de sa main et sentit la chaleur qui en émanait. Il percevait bien maintenant la très faible lueur diffusée par les feuilles enroulées sur elles-mêmes.

— De la bioluminescence, dit-il à voix haute.

— Mouais ? répondit Cal sous sa cagoule de tissu.

À l'affût de la Division Styx, ce dernier regardait de tous côtés.

Will continua sa descente et se tourna vers la cité elle-même. Malgré la distance, il se repaissait des arches et terrasses impossibles, des escaliers de pierre qui montaient en spirale jusqu'à des balcons de pierre. Des colonnes doriques et corinthiennes soutenaient les époustouflantes galeries et les passages. Will regrettait cependant de ne pouvoir partager ce spectacle avec Chester. Quant à son père, il aurait été ébahi par une telle merveille ! Il y avait bien trop de choses à voir. Will ne savait plus où donner de la tête. Partout où ils posaient les yeux, ils découvraient de nouvelles structures fantastiques. Des cirques côtoyaient d'antiques cathédrales magnifiquement taillées dans la pierre.

Arrivé au pied de l'escarpement, Will fut saisi par l'odeur qui flottait dans l'air. Elle avait le parfum douceâtre de l'eau d'une mare, mais devenait de plus en plus âcre au point de le prendre à la gorge, tel un reflux gastrique. Will se couvrit le nez et la bouche d'une main et adressa un regard désespéré à Cal.

— C'est dégoûtant ! dit-il le cœur au bord des lèvres. Pas étonnant qu'il faille porter un truc comme ça !

— Je sais, répondit Cal sans ambages en indiquant la tranchée au pied de l'escarpement. Viens donc un peu par ici.

— Pourquoi ? demanda Will en s'avançant vers lui, surpris de voir son frère plonger les mains dans la mélasse qui stagnait à ses pieds.

Cal en retira deux pleines poignées d'algues noires dont il badigeonna son masque et ses vêtements. Il attrapa ensuite Bartleby par la peau du cou. Le chat poussa un miaulement furieux en essayant de s'échapper, mais Cal le couvrit d'algues de la tête aux pieds. Bartleby frémit en faisant le gros dos, et jeta un regard plein de haine à son maître.

— Mon Dieu, ça pue encore plus qu'avant. Qu'est-ce que tu fabriques, bon sang ? demanda Will.

Son frère avait-il perdu l'esprit ?

— La Division se sert de limiers : ils repèrent la moindre odeur de la Colonie, pour nous, c'est la mort assurée. Ce truc contribuera à masquer nos traces, dit-il en prélevant la végétation saumâtre par poignées entières. À ton tour, maintenant.

Will prit sur lui pendant que Cal lui barbouillait les cheveux, le torse et les épaules puis les jambes avec ces plantes à l'odeur fétide.

— Comment veux-tu sentir quoi que ce soit avec une horreur pareille? déclara Will avec colère en voyant les auréoles huileuses dont étaient à présent maculés ses vêtements.

La puanteur était accablante et Will peinait à contenir sa nausée.

— Ces chiens doivent avoir un sacré flair!

— Ah, ça oui! répondit Cal en agitant les mains pour se débarrasser des vrilles qui y étaient restées collées avant de s'essuyer sur sa veste. Il faut qu'on se cache.

Ils traversèrent une zone marécageuse l'un derrière l'autre et pénétrèrent enfin dans la ville. Ils se trouvaient à présent sous une haute arche en pierre du haut de laquelle deux gargouilles malveillantes les considéraient avec dédain. Ils s'engagèrent dans une allée bordée de hauts murs. Les bâtiments, les fenêtres, les arches et les pas de porte étaient tous d'une taille gigantesque, comme s'ils avaient été construits pour des géants. Cal proposa de se terrer dans l'un de ces recoins, au pied d'une tour carrée.

Will avait maintenant besoin de son globe lumineux pour lire la carte. Il le tira de sa poche et éclaira la pièce. Les murs étaient en pierre, le plafond haut, et le sol noyé sous plusieurs centimètres d'eau. Bartleby se précipita dans un coin où gisait quelque ordure putréfiée. Il l'inspecta brièvement, puis se soulagea dessus.

— Hey, dit Cal. Regarde un peu les murs!

Dans la paroi, avaient été sculptées des rangées de têtes de mort au sourire carnassier et dont les orbites vides semblaient les suivre du regard à mesure que Will déplaçait son globe lumineux.

— Mon père aurait adoré ça. Je parie que c'était...

— C'est sinistre, l'interrompit Cal en frissonnant.

— Ces gens étaient plutôt effrayants, pas vrai? dit Will, incapable de contenir sa joie.

— Les ancêtres des Styx.

— Quoi ?

— Leurs aïeux. Selon la légende, un groupe se serait enfui de la ville au moment du Fléau.

— Pour aller où ?

— En Surface, répondit Cal. Ils y ont fondé une forme de société secrète. On dit que ce sont eux qui ont soufflé l'idée de la Colonie à sir Gabriel.

Will n'eut pas le temps d'en apprendre plus, car Bartleby dressa soudain l'oreille, les yeux rivés sur la porte. Les deux frères n'avaient rien entendu.

— Allez, vite, vérifie la carte, Will ! s'exclama Cal, soudain beaucoup plus nerveux.

Ils quittèrent la pièce et progressèrent prudemment à travers les rues antiques ; cela donna l'occasion à Will de voir les bâtiments de plus près. Il y avait des inscriptions et des gravures un peu partout, mais la maçonnerie se fendillait et s'effritait par endroits, témoignant de l'état d'abandon dans lequel se trouvait la ville. Les immeubles n'en étaient pas moins magnifiques. Il semblait s'en dégager une puissance infinie, mais aussi quelque chose comme une antique menace de décadence. Will n'était pas mécontent que les habitants de cette ville aient disparu.

Les deux garçons couraient le long des anciennes allées, pataugeant dans des flaques d'une eau trouble et saturée d'algues, laissant derrière eux une série de taches lumineuses semblables à autant de pierres de gué phosphorescentes. Bartleby bondissait nerveusement, tel un cheval de cirque, pour éviter de se mouiller les pattes.

Will s'arrêta brièvement sur un étroit pont de pierre et se pencha par-dessus la balustrade de marbre usé pour regarder les eaux grasses du fleuve qui coulaient paresseusement en contrebas. Il serpentait sous les ponts de la ville, léchant les immenses ouvrages de maçonnerie qui en délimitaient les berges. Des statues classiques s'y dressaient, comme autant de sentinelles aquatiques. Des vieillards aux cheveux ondulés et à la barbe d'une incroyable longueur ainsi que des femmes en drapé tendaient des coquillages et des globes, comme pour en faire don à des dieux aquatiques depuis longtemps disparus. Certaines statues n'avaient plus que des moignons à la place des bras.

Ils atteignirent une grande place bordée d'imposants bâtiments, et se cachèrent derrière un parapet bas, craignant de s'aventurer à découvert.

— Qu'est-ce que c'est que ça ? murmura Will.

Au milieu de la place s'étendait une estrade soutenue par des colonnades et sur laquelle se dressaient des statues blanchâtres figées dans une douloureuse agonie. Certaines n'avaient plus de visage, et d'autres plus de membres. Des chaînes rouillées s'enroulaient autour de leurs corps déformés et des écriteaux plantés là. On aurait dit le souvenir de quelque atrocité depuis longtemps oubliée.

— L'Estrade des prisonniers. C'est ici qu'on les punissait.

— Elles sont horribles, ces statues, dit Will, incapable de détacher son regard de la scène.

— Ce ne sont pas des statues, mais de véritables personnes. D'après Tam, leurs corps se seraient calcifiés.

— Non ! dit Will qui regarda les statues avec d'autant plus d'intérêt, regrettant de pas avoir le temps de croquer la scène.

— Chut ! souffla Cal.

Il attrapa Bartleby et le serra contre lui. Le chat se débattit, mais Cal ne céda pas.

Will lui lança un regard interrogateur.

— Baisse-toi, chuchota Cal qui s'accroupit derrière le parapet et couvrit les yeux du chat d'une main, le serrant plus fort.

Will les aperçut alors, tout au bout de la place, aussi silencieux que des fantômes, quatre silhouettes semblant flotter au-dessus du sol gorgé d'eau. Elles portaient des masques et de grosses lunettes rondes qui leur donnaient une allure insectoïde. Des Styx. Will les avait reconnus. Ils étaient coiffés d'une calotte en cuir noir mais, contrairement à leurs homologues de la Colonie, ils portaient de long manteaux sombres de camouflage, mouchetés de taches vertes et grises.

Ils avançaient de front avec une aisance toute militaire. L'un d'eux tenait en laisse un gigantesque et féroce molosse dont les naseaux semblaient cracher de la vapeur. Will n'avait jamais vu pareil animal.

Les deux garçons se tapirent derrière le muret. Ils savaient que si les Styx venaient vers eux, ils ne disposeraient d'aucune possibilité de repli. Le souffle rauque et entrecoupé de grognements du molosse se rapprochait. Will et Cal échangèrent un regard inquiet, s'attendant à les voir surgir d'un instant à l'autre. Ils tendirent l'oreille à l'affût du moindre bruit, mais seuls venaient troubler le silence le clapotis sourd de l'eau et le crépitement continu de la pluie tombant du toit de la caverne.

Les Styx semblaient avoir disparu, mais que faire ? *La patrouille avait-elle avancé ou bien leur avait-elle tendu une embuscade ?* se demanda Will. Ils attendirent une éternité, puis il tapota le bras de Cal pour attirer son attention et pointa vers le haut pour lui signifier qu'il s'apprêtait à risquer un coup d'œil.

Cal secoua violemment la tête. Derrière ses lunettes embuées son regard paniqué le suppliait de se tenir tranquille. Mais Will l'ignora et leva la tête au-dessus du parapet. Les Styx avaient disparu. Il fit signe à son frère que la voie était libre. Cal se releva lentement pour vérifier par lui-même, puis relâcha Bartleby qui s'éloigna en s'ébrouant, l'œil plein de rancœur.

Ils longèrent prudemment la place et s'engagèrent dans une allée en espérant que les Styx étaient bien repartis dans la direction opposée. Will, de plus en plus fatigué, s'essoufflait vite. Il avait la respiration encombrée d'un asthmatique et ressentait une douleur sourde dans la poitrine. Il mobilisa toute son énergie et ils foncèrent dans la pénombre jusqu'à atteindre enfin le bout de la caverne. En longeant la paroi, ils arrivèrent au pied d'un immense escalier taillé dans la pierre.

— Il était moins une, dit Will à bout de souffle en regardant derrière lui.

— Tu m'étonnes! acquiesça Cal. C'est celui-là? demanda-t-il ensuite en indiquant l'escalier.

— Je crois bien, répondit Will en haussant les épaules.

À ce stade, il s'en fichait pas mal. Il voulait juste partir le plus loin possible de la Division Styx.

La base de l'escalier avait été très endommagée par la chute d'un énorme pilier. Les deux garçons n'eurent d'autre choix que d'escalader plusieurs blocs de pierre avant d'atteindre les marches. Une autre surprise les attendait, car l'escalier couvert d'algues noires et glissantes manqua les faire chuter plus d'une fois.

Après avoir gravi une bonne partie des marches, Will marqua une pause pour admirer la vue; il aperçut au travers de la brume un bâtiment surmonté d'un dôme immense.

— On dirait la cathédrale Saint-Paul, souffla-t-il. J'aurais tellement voulu voir ça de plus près...

— Tu veux rire, répondit sèchement Cal.

Plus haut, les marches disparaissaient sous une arche édentée creusée dans la paroi rocheuse. Will se tourna pour une dernière contemplation de l'étrange Cité éternelle baignée d'une lueur verdâtre. C'est alors qu'il dérapa sur l'arête d'une marche. Pendant une fraction de seconde, il vacilla au bord du gouffre, poussant un cri d'effroi à la pensée qu'il allait dévisser. Il tenta frénétiquement de se retenir aux vrilles noires recouvrant le mur, mais les plantes cédaient les unes après les autres et il en arracha des poignées entières avant de parvenir à se rétablir.

— Mon Dieu, tout va bien ? demanda Cal qui l'avait rejoint. Qu'est-ce qui se passe ? ajouta-t-il, comme Will ne lui répondait pas.

— Je... J'ai des vertiges, admit Will d'une voix sifflante.

Will peinait à respirer. Il avait l'impression d'aspirer l'air à travers une paille bouchée. Il gravit quelques marches, puis s'immobilisa de nouveau, pris d'une soudaine quinte de toux qui ne s'arrêtait plus. Plié en deux, il se convulsa quelques instants, puis cracha. Il se toucha le front : il le sentit trempé d'eau de pluie mêlée à une sueur froide et malsaine. Il ne pouvait plus, désormais, cacher la vérité à son frère.

— J'ai besoin de me reposer, dit-il d'une voix rauque, puis il s'appuya sur Cal.

Sa toux s'était calmée.

— Pas maintenant, et pas ici, le pressa Cal en le prenant par le bras pour l'entraîner au-delà de l'arche derrière laquelle l'escalier s'enfonçait dans l'obscurité.

Chapitre trente-deux

Il arrive un moment où muscles et tendons ne fonctionnent plus, où le corps tout entier est épuisé et où seuls le courage et l'obstination peuvent encore vous faire avancer.

Will avait atteint ce stade. Il était à bout de forces, mais n'abandonnait pas malgré tout, poussé par la responsabilité et le sens du devoir : il devait mettre son frère en sécurité. Il était aussi rongé par un terrible sentiment de culpabilité envers Chester, retombé entre les mains des Colons.

Inutile, je me sens parfaitement inutile, se répétait-il en boucle. Mais ni lui ni son frère ne rompirent le silence, tandis qu'ils gravissaient péniblement l'escalier en colimaçon dont ils ne voyaient toujours pas le sommet. Will montait, marche après marche, les cuisses et les poumons en feu, manquant perdre l'équilibre sur les degrés détrempés et tapissés d'algues glissantes. Il se faisait violence, s'efforçant de ne pas penser à tout le chemin qui leur restait encore à parcourir.

– Je voudrais m'arrêter, maintenant, dit Cal, essoufflé.

– Je ne peux pas... pense pas... je ne pourrai jamais... repartir... répondit Will, martelant chaque syllabe d'un pas lourd.

Will finit par perdre toute notion du temps. Plus rien au monde n'avait d'importance. Il se concentrait sur la marche suivante, la suivante encore, et ainsi de suite... Soudain, alors qu'il pensait avoir atteint ses limites, il sentit le souffle d'une brise légère sur son visage : de l'air pur, enfin! Il s'arrêta, en goûta la fraîcheur dans l'espoir de s'affranchir de la chape de plomb qui lui comprimait la poitrine et des glaires encombrant ses poumons.

— Tu n'en as plus besoin, dit-il à Cal en indiquant son appareil respiratoire.

Cal ôta son masque et l'accrocha à sa ceinture, le visage dégoulinant de sueur et les yeux cerclés de rouge.

— Ouf! souffla-t-il. Fait chaud sous ce truc.

Ils reprirent leur ascension qui s'acheva peu après. Ils s'engagèrent dans une suite de boyaux étroits, grimpèrent même à quelques échelles en fer rouillé. Ils avaient vérifié la solidité de chaque degré au point d'en avoir les paumes orangées.

Ils finirent par arriver sous un puits oblique de moins d'un mètre de circonférence. Ils se hissèrent le long du plan incliné à l'aide d'une épaisse corde à nœuds (Cal était convaincu que c'était l'oncle Tam qui l'avait installée là), en prenant appui sur les anfractuosités peu profondes qui en grêlaient la surface inclinée. Mais ils eurent le plus grand mal à franchir les derniers mètres. En effet, plus ils avançaient, plus raide était la pente, et la couche visqueuse qui couvrait la pierre ne leur facilitait pas la tâche. Ils faillirent déraper à plusieurs reprises et finirent par émerger dans une pièce circulaire. Will remarqua un petit conduit d'aération dans le sol, dont la rouille avait réduit la grille en poussière depuis des lustres.

— Qu'est-ce qu'il y a en bas? demanda Cal, à bout de souffle.

— Rien, je ne vois rien, répondit Will, déçu, avant de s'asseoir par terre.

Il était en sueur et s'essuya le visage d'un revers de main.

— J'imagine qu'il faut suivre les instructions de Tam et descendre par là.

Cal acquiesça après avoir jeté un coup d'œil en arrière. Pendant quelques instants, ils restèrent l'un et l'autre immobiles. Ils étaient exténués.

— Bon, on ne peut pas rester éternellement ici, soupira Will avant de se glisser dans la bouche d'aération, les pieds en avant et le dos collé à la paroi.

— Et le chat ? cria Will après avoir parcouru une partie du chemin. Tu crois qu'il va y arriver ?

— Ne t'inquiète pas, répondit Cal en souriant. Tout ce que nous sommes capables de faire, il...

Mais Will n'entendit pas la fin de sa phrase. Il venait de lâcher prise. Les parois du conduit défilèrent à toute allure et il termina sa course folle dans une eau glaciale. Il se débattit quelques instants, découvrit bien vite qu'il avait pied et recracha une gorgée d'eau glacée. L'eau lui arrivait à mi-poitrine. Il se frotta les yeux, dégagea les cheveux qui lui collaient au visage et regarda tout autour de lui. Il lui semblait percevoir une faible lueur dans le lointain.

— Will ! Will ! Tout va bien ? hurlait frénétiquement Cal, penché au-dessus du conduit.

— J'ai juste fait un petit plongeon, lui cria Will en riant faiblement. Reste où tu es, je vais vérifier quelque chose.

Oubliant son épuisement et son malaise, Will s'efforçait de distinguer le moindre détail et scrutait l'horizon d'où émanait la faible lueur.

Trempé jusqu'aux os, il se hissa hors du bassin et rampa vers la lumière sous un plafond bas. Après deux cents mètres environ, il vit distinctement l'entrée du tunnel et força l'allure, le cœur battant. Sur une corniche qu'il n'avait pas remarquée, il fit une chute de plus d'un mètre, et alla s'écraser au pied d'une sorte de digue. Il se trouvait à présent face à une forêt d'étançons dont le bois était recouvert d'algues et derrière laquelle il devinait une eau scintillante.

Il sortit à l'air libre en faisant crisser le gravier sous ses pieds. Il sentait la fraîcheur revigorante du vent sur son visage et prenait de profondes inspirations, emplissant ses poumons douloureux de cet air frais. C'était un tel délice ! Il regarda longuement tout autour de lui.

Il faisait nuit. Les lumières électriques se reflétaient dans les eaux d'un grand fleuve. Un bateau de plaisance passa devant lui, des éclairs colorés vibraient au rythme des musiques dansantes qui animaient les deux ponts du navire. Puis il remarqua au loin le dôme illuminé et familier de la cathédrale Saint-Paul. Un bus rouge à deux étages passa sur un pont non loin de lui. Will en déduisit qu'il ne s'agissait pas de n'importe quel fleuve.

C'était la Tamise.

Will s'assit sur la berge, à la fois surpris et soulagé.

Il s'allongea et ferma les yeux, écoutant le vrombissement de la circulation automobile. Il essayait de se souvenir du nom des deux ponts qui traversaient le fleuve, mais cela n'avait guère d'importance. Il s'était évadé, voilà ce qui comptait. Il était enfin de retour dans son monde.

— Le ciel, dit Cal d'un ton empreint d'admiration. Ça ressemble donc à ça...

Will ouvrit les yeux et vit son frère regardant tout autour de lui, fasciné par les volutes de brume qui s'étiraient dans la lumière ambrée des réverbères. Cal était trempé, mais arborait un sourire radieux. Tout à coup, il grimaça.

— Pfff... qu'est-ce que c'est que ça ?

— De quoi tu parles, Cal ?

— Toutes ces odeurs !

— Quelles odeurs ? demanda Will en humant l'air à son tour, appuyé sur un coude.

— De la nourriture... toutes sortes d'aliments... et... des eaux usées... et pas qu'un peu... et puis des produits chimiques aussi...

Will respirait en se délectant de la fraîcheur de l'air, quand il pensa soudain qu'ils n'avaient pas du tout planifié la suite de leur expédition. Où aller à présent ? Il se releva, regarda les vêtements trempés et crasseux que leur avaient fournis les Colons, et puis l'énorme chat flairant le sol comme un cochon en quête de truffes. Un vent vif et hivernal venait de se lever, ce qui le fit violemment frissonner et claquer des dents. Cal et Bartleby n'avaient jamais fait l'expérience du climat de la Surface : comparé à ce qu'ils avaient connu sous terre, il pouvait sembler particulièrement rigoureux. Ils devaient se remettre en route, et vite. Mais Will n'avait pas un sou en poche.

— Il va falloir marcher jusque chez moi.

— Pas de problème, répondit Cal sans poser de question, le nez toujours dans les étoiles, hypnotisé par la canopée céleste. Au moins, je les aurai vues... murmura-t-il.

Un hélicoptère passa au loin.

— Pourquoi elle se déplace, celle-là, Will ?

— C'est comme ça, répondit Will, trop fatigué pour se lancer dans une explication.

Ils se mirent donc en route et longèrent la berge pour éviter de se faire repérer. Ils atteignirent très vite un escalier qui conduisait à une allée débouchant à son tour sur un pont. Will reconnut l'endroit : il s'agissait du pont de Blackfriars.

Plutôt que de franchir le portail bloquant l'entrée de l'escalier, ils escaladèrent une épaisse muraille et se retrouvèrent sur le sentier pédestre longeant le fleuve. Trempés, frigorifiés par le vent nocturne, ils regardèrent autour d'eux. Will pensa soudain avec horreur que les Styx avaient peut-être des espions qui guettaient leur passage ici aussi. Après avoir vu l'un des frères Clarke dans la Colonie, il avait le sentiment de ne pouvoir faire confiance à personne et se méfiait d'autant plus des quelques passants. Mais il n'y avait qu'un jeune couple marchant main dans la main, trop énamouré pour s'intéresser le moins du monde aux deux garçons et à l'énorme chat.

Will en tête, ils gravirent les marches menant au pont. Arrivé là-haut, Will constata que le dôme Imax se trouvait sur leur droite, il en déduisit qu'ils se trouvaient du mauvais côté du fleuve. Londres était pour lui semblable à une mosaïque : il connaissait certains quartiers pour s'y être rendu avec son père ou avec ses camarades de classe pour visiter un musée, mais il était incapable de faire le lien entre eux. Il ne pouvait compter que sur son sens de l'orientation et s'efforcer de garder le cap sur le nord.

Ils prirent à gauche et traversèrent rapidement le pont. Will aperçut un panneau indiquant la direction de King's Cross ; il sut alors qu'ils allaient dans la bonne direction. Will marqua une pause pour regarder Cal et son chat à la lueur des réverbères. Inutile de compter passer inaperçus : même dans la pénombre, deux jeunes garçons trempés jusqu'aux os et arpentant les rues de Londres à une heure aussi tardive attireraient forcément l'attention. Qu'ils soient accompagnés d'un chat géant revêtait une importance toute secondaire. Or, ils n'avaient certainement pas besoin de se faire arrêter par la police maintenant. Will s'efforça d'inventer une histoire, se la répétant en lui-même, juste au cas où le pire devrait se produire.

— *Tiens, tiens, tiens*, disaient les deux policiers imaginaires, *qu'est-ce que nous avons là ?*

– *Euh... on sortait juste le... le...*

Will s'interrompit. Non, ça n'allait pas du tout. Il fallait bien se préparer beaucoup mieux que ça.

– *Bonsoir, messieurs les agents, on promène juste l'animal de notre voisin.*

Le premier policier se penchait alors en avant pour examiner Bartleby avec intérêt, plissant les yeux de dégoût.

– *Il m'a l'air plutôt dangereux, mon garçon. Devrait pas être en laisse?*

– *C'est quoi, au juste?* demandait à son tour son collègue imaginaire.

– *C'est un... C'est un animal très rare... un croisement rarissime entre un chien et un chat... un... c'est un félichien,* expliquait Will, plein de bonne volonté.

– *Ou peut-être un chacanin, alors?* suggérait le second policier, pince-sans-rire.

Il ne croyait pas un mot de ce que venait de lui raconter Will.

– *En tout cas, il est sacrément moche,* ajoutait son équipier.

– *Chut! Tu vas le vexer!*

Soudain, Will pensa qu'il perdait son temps avec tout ça. Les deux policiers se contenteraient de leur demander leurs noms et adresses, et vérifieraient tout ça auprès du commissariat. S'ils leur donnaient de fausses informations, ils se feraient sans doute pincer, et ce serait la fin de l'aventure. On les conduirait au poste pour les placer en détention. Will se disait qu'un avis de recherche avait probablement été lancé à son sujet pour avoir enlevé Chester, ou quelque chose de tout aussi ridicule. En tout cas, il finirait probablement dans une maison de correction. Quant à Cal, il constituerait un véritable casse-tête car il n'y aurait pas la moindre trace officielle de son existence, et encore moins de son identité en Surface. Non, ils devaient éviter la police à tout prix.

Au fond de lui-même, Will souhaitait presque se faire arrêter. Il n'aurait plus ainsi à porter le terrible fardeau pesant sur ses épaules. Il regarda son frère qui avait l'air si intimidé. C'était un étranger, un monstre dans ce lieu froid et inhospitalier, et Will se demandait comment il allait le protéger.

Will savait néanmoins que, s'il se livrait à la police et réussissait à les convaincre de mener une enquête sur la Colonie – encore faudrait-il qu'ils accordent quelque crédit à la parole d'un adolescent fugueur –, il mettrait en péril d'innombrables vies, à commencer par celles de sa famille. Qui pouvait dire comment se terminerait tout ça ? Il frissonna en pensant à la Découverte, selon la formule de Mamie Macaulay, et tenta d'imaginer la suite. On la conduirait en Surface, après avoir passé toute sa vie sous terre. Non, il ne pouvait pas lui faire ça – c'était atroce. C'était une décision bien trop lourde de conséquences et il ne pouvait la prendre seul. Il aurait tant voulu que quelqu'un l'aide !

Il s'enroula dans sa veste humide, puis entraîna Cal et Bartleby dans le passage souterrain situé tout au bout du pont.

– Ça sent vraiment le pipi ici, commenta son frère. Les Surfaciens marquent tous leur territoire comme ça ? demanda-t-il à Will.

– Euh... non, généralement pas. Mais nous sommes à Londres...

Lorsqu'ils ressortirent de l'autre côté, Cal sembla perturbé par la circulation. Il regardait de tous côtés. Parvenus à une artère principale, ils s'arrêtèrent au bord du trottoir, Will attrapa son frère par la manche et le chat par la peau du cou puis les fit traverser jusqu'au rond-point central. Depuis leur voiture, les gens les regardaient avec curiosité lorsqu'une camionnette blanche pila juste à côté d'eux. Le conducteur s'excitait en parlant au téléphone, mais, au grand soulagement de Will, il redémarra aussitôt. Ils traversèrent les deux autres voies, puis, après avoir longé la route sur quelques mètres, Will s'engagea dans une rue perpendiculaire et peu éclairée. Cal s'appuya contre un mur de brique – il avait l'air complètement perdu, tel un aveugle dans un lieu inconnu.

– L'air est vicié! dit-il avec véhémence.

– Ce ne sont que des gaz d'échappement, répondit Will en dénouant la cordelette attachée au globe lumineux pour en faire un nœud coulant.

Bartleby ne protesta pas lorsqu'il la lui passa autour du cou ; il se retrouva ainsi en laisse.

– Ça sent mauvais. C'est forcément illégal, dit Cal d'un ton convaincu.

– Je crains que non, répondit Will en descendant la rue.

Ils devaient éviter la voie principale et emprunter les ruelles autant que possible, ce qui rendait leur traversée d'autant plus difficile et sinueuse.

Ainsi commença leur longue marche vers le Nord. Ils virent une seule voiture de police en sortant du centre de Londres, mais Will avait aussitôt réagi et mené ses compagnons dans une autre rue.

– Ils sont comme les Styx, Will ? lui avait demandé son frère.

– Non, pas vraiment, avait répondu Will en poursuivant sa route.

De temps à autre, Cal s'arrêtait brusquement comme si on venait de lui claquer la porte au nez.

– Qu'est-ce qu'il y a, Cal ? lui demanda Will alors qu'il refusait d'avancer.

– C'est comme... de la colère... et de la peur, répondit Cal d'une voix tendue en jetant des coups d'œil nerveux vers les fenêtres qui surplombaient un magasin. C'est si puissant. J'aime pas ça.

— Je ne vois rien, dit Will en regardant la lumière qui filtrait à travers les rideaux. Ce n'est rien. Tu as dû rêver.

— Non, pas du tout. Je le sens, rétorqua Cal avec emphase, et cette odeur est de plus en plus forte. Je veux m'en aller...

Après avoir parcouru plusieurs kilomètres, ils arrivèrent au sommet d'une colline. En contrebas filait une route très fréquentée qui comptait six voies rapides.

— Je reconnais cet endroit, nous ne sommes plus très loin. Encore un ou deux kilomètres, c'est tout, dit Will avec soulagement.

— Je refuse d'y aller. Je ne peux pas, ça sent trop mauvais. Ça va nous tuer, dit Cal en s'éloignant.

— Ne sois pas stupide. Nous sommes si près du but ! s'exclama Will avec colère ; il était trop fatigué pour supporter de telles idioties.

— Non, insista Cal en refusant d'avancer. Je reste ici !

Will essaya de le tirer par le bras, mais Cal se dégagea vivement. Will luttait contre l'épuisement depuis des kilomètres et respirait avec difficulté. Il n'avait vraiment pas besoin de ça. C'en était trop ! Il crut bien qu'il allait craquer et se mettre à pleurer. C'était injuste. Il imaginait déjà sa maison, son lit propre et accueillant. Il voulait juste s'allonger et dormir. Son corps menaçait sans cesse de le lâcher et il avait l'impression constante qu'il allait glisser au fond d'un fossé chaud et cotonneux. Pourtant, il luttait contre la torpeur qui l'envahissait et continuait sa route malgré tout.

— Très bien ! lança Will en dévalant la colline avec Bartleby à sa suite. À ta guise !

Lorsqu'il atteignit la route, il entendit la voix de son frère qui hurlait pour couvrir le vacarme des voitures.

— Will ! Attends-moi ! Je suis désolé !

Cal descendit la colline en trombe, il avait l'air terrorisé et tournait la tête de tous côtés comme si quelque tueur le menaçait.

Ils traversèrent la route au feu, mais Cal garda obstinément la main plaquée sur sa bouche jusqu'à ce qu'ils soient loin des automobiles.

— C'en est trop pour moi, dit-il d'un air sombre. J'aimais bien l'idée des voitures lorsque j'étais à la Colonie... mais les brochures ne mentionnaient pas leur odeur.

— Vous avez du feu?

Surpris par cette voix masculine, les deux garçons se retournèrent. Ils s'étaient arrêtés un instant pour se reposer et un homme avait surgi de nulle part avec un sourire en biais. Il n'était pas très grand, mais portait un beau costume bleu sombre, une chemise et une cravate. Il avait de longs cheveux noirs qu'il lissait et ramenait sans cesse derrière ses oreilles comme s'ils le gênaient.

— J'ai laissé mon briquet à la maison, dit-il d'une voix grave.

— Je ne fume pas, désolé, répondit Will en s'éloignant rapidement.

Le sourire forcé et malsain de cet homme ne lui disait rien qui vaille.

— Tout va bien, les gars? Vous avez l'air crevés. Vous pouvez venir vous réchauffer chez moi. C'est pas loin, continua l'homme d'une voix doucereuse. Vous pouvez bien sûr emmener votre toutou avec vous, ajouta-t-il en tendant la main à Cal.

Will remarqua ses doigts jaunis par la nicotine et ses ongles noirs de crasse.

— Vraiment? demandant Cal en lui rendant son sourire.

— Non... c'est très gentil à vous, mais... l'interrompit Will en le fusillant du regard, mais ce dernier ne le regardait pas.

L'homme s'avança vers Cal et s'adressa à lui comme si Will avait cessé d'exister.

— Tu veux manger quelque chose de chaud aussi ?

Cal était sur le point de répondre, lorsque Will prit la parole.

— Faut qu'on y aille. Nos parents nous attendent au coin de la rue. Allez, Cal, dit-il d'une voix de plus en plus pressante.

Cal le regarda d'un air perplexe, mais Will secoua la tête et fronça les sourcils. Cal comprit enfin que quelque chose ne tournait pas rond et lui emboîta le pas.

— Quel dommage ! La prochaine fois peut-être ? dit l'homme, immobile, le regard toujours rivé sur Cal.

Il sortit alors un briquet de la poche de sa veste et alluma sa cigarette.

— À un de ces quatre ! leur lança-t-il.

— Ne te retourne pas, dit Will entre ses dents en s'éloignant rapidement avec Cal à sa suite. Je t'interdis de te retourner.

Une heure plus tard, ils entraient dans Highfield. Will évita la Grand-Rue de peur d'être reconnu et emprunta les ruelles et les rues secondaires jusqu'à ce qu'ils retrouvent Broadlands Avenue.

La maison, enfin. Elle était plongée dans le noir et une agence immobilière avait planté une pancarte sur la pelouse. Will passa sur le côté, puis sous l'auvent ; arrivé dans le jardin situé à l'arrière, il retourna une brique d'un coup de pied. C'est là qu'était cachée d'ordinaire le double de la clef. Will fit une prière silencieuse lorsqu'il la vit encore là, puis il ouvrit la porte. Les deux garçons avancèrent prudemment dans le couloir sombre.

— Des Colons ! s'exclama Cal aussitôt, puis il recula tout en continuant à humer l'air. Ils étaient ici... il y a peu de temps.

– Pour l'amour de Dieu! lança Will.

La maison sentait un peu le renfermé, c'était tout. Il n'avait toutefois pas le courage d'en débattre avec son frère. Il avait laissé les lumières éteintes pour ne pas alerter les voisins, et inspecté chaque chambre à la lumière de son globe lumineux tandis que Cal l'attendait dans le hall, tous les sens en alerte.

– Il n'y a rien... personne. T'es content? lui demanda Will une fois redescendu.

Malgré sa consternation, son frère daigna pénétrer un peu plus avant dans la maison avec Bartleby à sa suite, et Will referma la porte derrière eux. Il les conduisit jusque dans le salon puis, après avoir vérifié que les rideaux étaient bien fermés, il alluma la télévision et se rendit dans la cuisine.

Le réfrigérateur était vide, excepté un tube de margarine et une vieille tomate verte et ratatinée. Pendant un instant, Will regarda les étagères vides sans comprendre. C'était la première fois qu'il les voyait ainsi, ce qui confirmait la gravité de la situation. Il soupira en refermant la porte et vit qu'on y avait scotché un bout de papier réglé. C'était l'écriture régulière de Rebecca, une de ses fameuses listes de courses!

Rebecca! Will fut soudain submergé par une vague de colère en repensant à son imposture. Et dire qu'elle s'était fait passer pour sa sœur toutes ces années durant. Elle avait tout abîmé. Il ne pouvait même plus se raccrocher au souvenir de la vie confortable et prévisible qu'il menait avant la disparition de son père, car elle avait toujours été là, à l'espionner... Sa seule présence gâchait tout. Elle avait commis la pire des trahisons – les Styx leur avaient envoyé Judas en personne.

– La chienne! cria-t-il en déchirant la liste avant d'en faire une boule.

Il la jeta sur le lino immaculé que Rebecca avait lavé semaine après semaine avec une affolante régularité.

Will soupira en regardant la pendule murale – elle était arrêtée –, puis il s'avança d'un pas traînant jusqu'à l'évier où il remplit deux verres d'eau et un bol qu'il apporta au salon pour Bartleby. Cal et son chat dormaient déjà, recroquevillés sur le canapé. Voyant qu'ils frissonnaient, Will remonta à l'étage où il prit deux couettes sur les lits pour couvrir leurs corps endormis. Le chauffage central était éteint, il faisait juste un peu frais. Will avait eu raison de penser qu'ils n'étaient pas habitués aux basses températures, il pensa qu'il faudrait leur trouver des vêtements chauds dès le lendemain matin.

Will avala rapidement son verre d'eau et s'installa dans le fauteuil de sa mère. Il s'enveloppa dans son plaid devant la télévision, le regard vide, aussi vide que celui de sa mère en son temps, réagissant à peine aux sauts périlleux des *snowboarders* et sombrant dans un profond sommeil.

Chapitre trente-trois

Debout devant la longue table de chêne patiné, Tam restait silencieux, arborant néanmoins un air de défi. Il ne voulait pas laisser transparaître son inquiétude. Monsieur Jérôme se tenait à ses côtés. Il avait lui aussi les mains croisées derrière le dos, comme s'il attendait de recevoir un ordre.

La Panoplie siégeait derrière la table. Il s'agissait des membres les plus âgés et les plus puissants du Conseil des Styx, mais il y avait aussi quelques Colons de haut rang pour représenter le Conseil des gouverneurs. Monsieur Jérôme connaissait ces hommes depuis toujours. Ils étaient ses amis. Il frémissait de honte en sentant l'aura de la disgrâce qui l'enveloppait peu à peu et ne parvenait pas à lever les yeux vers eux. Jamais il n'aurait pensé en arriver là.

Tam était beaucoup moins intimidé. On l'avait déjà arrêté par le passé et il s'en était toujours sorti *in extremis*. Même s'il faisait face à de graves accusations, il savait que, grâce au travail d'Imago et de ses hommes, son alibi avait résisté à leur enquête. Tam observait la Mouche qui s'entretenait avec l'un de ses confrères, puis il se renfonça dans son siège pour s'adresser à l'enfant Styx qui se tenait derrière lui, à moitié cachée par le dos de sa chaise. Voilà qui était très inhabituel.

Les Styx gardaient généralement les enfants hors de vue et loin de la Colonie. On ne voyait jamais les nouveau-nés. Quant au reste de leur progéniture, on racontait qu'on les enfermait avec leurs maîtres dans des écoles privées réservées à l'élite. Ils n'accompagnaient jamais leurs aînés en public et assistaient encore moins à de telles réunions.

Tam fut tiré de ses pensées par un débat animé au sein de la Panoplie. Le murmure des voix rauques parcourait la tablée à grand renfort de gestes brusques – les Styx agitaient sans cesse leurs mains maigres. Tam jeta un rapide coup d'œil à M. Jérôme qui gardait la tête baissée et, le front en sueur, murmurait une prière. Il avait le visage bouffi et la peau d'un rose malsain. Il commençait à accuser le coup.

Le bruit cessa soudain. Chacun des Styx acquiesça d'un brusque signe de la tête ou d'un bref commentaire, puis ils se calèrent dans leurs sièges dans un silence de mort. Tam se prépara à entendre la sentence.

— Monsieur Jérôme, entonna le Styx assis à la gauche de la Mouche qui fixa le prévenu de ses gros yeux globuleux. Après avoir procédé à un examen détaillé et mené une enquête en bonne et due forme, nous vous autorisons à partir.

— Nous considérons que les abus que vous subissez à cause de certains membres de votre famille, présents et passés, sont injustes et infortunés, poursuivit un autre Styx. Nous ne remettons pas en question votre honnêteté, et votre réputation reste intacte. À moins que vous ne teniez à ajouter quelque chose, toutes les charges qui pesaient contre vous sont levées.

Monsieur Jérôme s'inclina d'un air contrit et s'éloigna de la table à reculons. Tam entendit le son de ses bottes sur les dalles, mais n'osa pas le regarder partir. Il leva les yeux vers le plafond, puis dirigea son regard vers les tapisseries antiques ornant les murs derrière la Panoplie. On voyait sur l'une d'elles les Pères fondateurs en train de creuser une galerie parfaitement circulaire dans le flanc d'une colline verdoyante.

Il sentait tous les regards à présent rivés sur lui.

Un autre Styx prit la parole et Tam reconnut immédiatement la voix de la Mouche. Il dut alors faire face à son ennemi juré, qui devait savourer cet instant.

— Macaulay. Votre cas est tout à fait différent. Même si nous n'avons encore pu le prouver, nous pensons que vous avez aidé et encouragé vos neveux, Seth et Caleb Jérôme, à libérer le Surfacien Chester Rawls — tentative avortée — puis à s'enfuir dans la Cité éternelle.

— La Panoplie a bien noté votre choix de plaider non coupable et vos protestations incessantes, poursuivit un autre Styx avant de secouer la tête en signe de désapprobation. Nous avons passé en revue les preuves que vous nous avez soumises pour votre défense, mais à ce stade nous n'avons pu établir un jugement définitif. C'est pourquoi nous avons décrété que l'enquête resterait ouverte. Vous serez donc en liberté provisoire. Tous vos privilèges sont révoqués jusqu'à nouvel ordre. Comprenez-vous cette décision?

Tam acquiesça d'un air sombre.

— Nous vous avons demandé si vous aviez compris, intervint l'enfant Styx d'un ton sec en s'avançant vers lui.

Rebecca esquissa un sourire diabolique tandis qu'elle vrillait Tam de son regard de glace. Il y eut un mouvement dans l'assemblée des Colons, surpris qu'une mineure ait osé prendre la parole, mais les Styx ne bronchèrent pas et firent comme si tout était parfaitement normal.

Tam était sous le choc. S'attendait-on vraiment à ce qu'il réponde à une simple enfant? Comme il tardait à réagir, Rebecca répéta sa question d'une voix dure.

— Comprenez-vous cette décision, avons-nous dit?

– Oui, marmonna Tam, je ne la comprends que trop bien.

Il s'agissait évidemment d'une décision sans appel signifiant qu'il vivrait dans les limbes jusqu'à ce qu'ils décident de le disculper ou bien... mieux valait ne pas y penser.

Un Colon l'escorta hors de la salle. Quelle ne fut pas sa surprise lorsqu'il remarqua le regard obséquieux et néanmoins satisfait qu'adressa Rebecca à la Mouche.

Je n'y crois pas! pensa Tam. *C'est sa fille!*

Tiré de son sommeil par le bruit de la télévision, Will sursauta sur son fauteuil. Il chercha d'instinct la télécommande et baissa un peu le volume, avant de se rappeler enfin où il se trouvait et comment il était arrivé là. Il était chez lui, dans une pièce qu'il ne connaissait que trop bien. Même s'il ne savait pas ce qu'il allait faire ensuite, pour la première fois depuis des semaines, il avait la réconfortante impression d'avoir repris son destin en main.

Il s'étira, inspira profondément, ce qui lui déclencha une quinte de toux. Il était affamé, mais se sentait un peu mieux que la veille après une nuit de sommeil réparatrice. Il se gratta les cheveux, puis tira sur ses mèches sales et grisâtres. Il descendit du fauteuil, rejoignit la fenêtre d'un pas vacillant et entrouvrit les rideaux pour laisser entrer le soleil matinal ; puis, trouvant la vue fort agréable, il les ouvrit encore un peu plus grand.

– Trop de lumière! cria Cal d'une voix stridente à deux reprises en enfouissant sa tête dans un coussin.

Réveillé par les cris de son maître, Bartleby ouvrit les yeux et bondit aussitôt pour se mettre à l'abri derrière le canapé. Il émettait des sons à mi-chemin entre le sifflement et le feulement grave.

– Oh, mon Dieu, je suis désolé, balbutia Will qui s'empressa de refermer les rideaux. J'avais oublié...

Il aida son frère à s'asseoir. Cal gémissait, le visage caché par le coussin qu'il avait trempé de ses larmes. Will se demandait si Cal et Bartleby s'habitueraient jamais à la lumière naturelle. Encore un autre problème à régler pour lui.

Will monta dans la chambre de ses parents, mais on avait vidé la commode. Il trouva dans le dernier tiroir un petit sachet de lavande qui traînait encore sur le papier cadeau bon marché dont sa mère avait tapissé le fond. Il le prit et en huma le parfum : il revit aussitôt l'image de Mme Burrows. À cette heure, elle devait déjà régner sur les autres patients de la maison de repos où on l'avait envoyée. Will aurait parié qu'elle s'était octroyé le meilleur fauteuil de la salle de télévision, et qu'elle avait persuadé quelqu'un de lui apporter régulièrement son thé. Will sourit. Elle était sans doute plus heureuse à présent qu'elle ne l'avait jamais été. Et peut-être un peu plus en sécurité aussi, si jamais les Styx décidaient de lui rendre visite.

Will se mit soudain à penser à sa vraie mère en fouillant dans un placard. Il se demandait où elle pouvait bien se trouver et si, bien entendu, elle était toujours en vie. C'était la seule personne qui ait jamais réussi à s'échapper et à survivre, dans la longue histoire de la Colonie. Apercevant son reflet dans la glace, il affecta un air décidé. *Eh bien, nous serons maintenant deux à porter cette distinction dans la famille Jérôme*, se dit-il en lui-même.

Dans la garde-robe de sa mère, il trouva enfin ce qu'il cherchait sur l'étagère du haut : les lunettes de soleil à la monture flexible qu'elle portait les rares fois où elle s'aventurait au-dehors pendant l'été. Il redescendit voir Cal qui regardait la télévision dans la pénombre du salon en plissant les yeux, hypnotisé par le talk-show de 10 heures. Le présentateur à la mine toujours hâlée et au ton révérencieux dégoulinant de sincérité réconfortait une mère inconsolable dont l'enfant se droguait. Cal avait encore les yeux rouges et humides, mais il ne dit rien. Il ne broncha pas non plus lorsque Will lui mit les lunettes sur le nez, avant d'y attacher un élastique pour qu'elles tiennent bien en place.

— Ça va mieux?

— Oui, beaucoup mieux, répondit Cal en ajustant les lunettes. Mais j'ai vraiment faim, ajouta-t-il en se frottant le ventre. Et j'ai tellement froid.

Cal claquait en effet des dents.

— À la douche d'abord! Ça te réchauffera, dit Will en reniflant son aisselle nauséabonde après plusieurs jours sans se laver. Et ensuite, des vêtements propres.

— À la douche? demanda Cal d'un air hagard derrière ses verres fumés.

Will parvint à enclencher la chaudière et se lava le premier. Quel soulagement de sentir l'eau chaude lui piquer la peau tandis que se dissipaient ses tracas dans un nuage de vapeur. Puis ce fut au tour de Cal. Will lui montra comment fonctionnait la douche et le laissa se débrouiller. Il tira des vêtements propres de l'armoire de sa chambre, mais il fallait encore y apporter quelques retouches pour son frère.

— Je suis un vrai Surfacien maintenant, déclara Cal en admirant le jean large à revers et l'immense chemise pardessus laquelle il avait enfilé deux pulls.

— Ouais, très tendance, commenta Will en riant.

Bartleby fut plus difficile à convaincre et Cal dut le cajoler longuement pour l'amener jusqu'à la porte de la salle de bains. Les deux garçons se virent alors contraints de le pousser pour le faire avancer comme un âne rétif. À peine était-il entré qu'il bondit et tenta de se glisser sous le lavabo, comme s'il savait ce qui l'attendait.

— Allez, Bart, espèce de boule puante, au bain! ordonna Cal qui commençait à perdre patience.

Le chat grimpa à contrecœur dans la baignoire et leur lança un regard de chien battu. Il émit une longue plainte dès que les premières gouttes d'eau touchèrent sa peau lâche et chercha aussitôt à sortir, griffant en vain les parois de la baignoire comme s'il pédalait dans le vide. Cal réussit cependant à le laver, avec l'aide de Will qui l'empêchait de se débattre, mais ils finirent tous les trois trempés de la tête aux pieds.

Enfin hors du bain, Bartleby se mit à courir un peu partout tel un derviche tourneur pendant que Will mettait à sac la chambre de Rebecca avec délectation. Il jeta par terre tous les habits qu'elle avait si méticuleusement pliés tout en se demandant comment diable il allait trouver un vêtement à peu près acceptable pour habiller Bartleby. Au bout du compte, il dénicha des guêtres qu'il découpa à la taille du derrière de l'animal et lui enfila un vieux pull. Il trouva une paire de lunettes de soleil Bugs Bunny dans son sac de plage et coiffa l'animal d'un bonnet tibétain à rayures jaunes et noires pour les maintenir en place.

Bartleby avait une drôle d'allure dans cet accoutrement, et les deux frères partirent d'un fou rire devant leur œuvre.

— Qu'il est mignon ce petit, commenta Cal entre deux gloussements.

— Bien plus beau que la plupart des gens du coin! ajouta Will.

— Ne t'inquiète pas, Bart, dit Cal d'une voix apaisante en tapotant le dos de l'animal furibond. Ça... euh... ne passe pas inaperçu, parvint-il à dire avant de s'esclaffer de plus belle avec Will.

Derrière les verres roses des lunettes, Bartleby les regardait de ses gros yeux et n'avait pas l'air vraiment ravi.

Malgré tout ce que pouvait lui reprocher Will, Rebecca avait bien garni le congélateur qui se trouvait dans la remise. Il suivit les instructions et réchauffa au micro-ondes trois plats à base de bœuf, accompagnés de beignets et de haricots blancs. Ils engloutirent le tout dans la cuisine tandis que Bartleby, les pattes antérieures posées sur la table, léchait la barquette en carton métallisé jusqu'à la dernière miette. Cal n'avait jamais rien mangé d'aussi bon, mais il avait encore faim. Will sortit trois autres plats du congélateur — du porc et des pommes de terre rôties cette fois. Ils burent une bouteille de Coca pour compléter le tout, à la grande joie de Cal.

— On fait quoi, après ? demanda Cal en suivant du bout du doigt les bulles qui remontaient vers le goulot.

— C'est quoi l'urgence, au juste ? Nous pouvons très bien rester ici un moment, répondit Will qui espérait pouvoir se terrer là, ne serait-ce que pour quelques jours prendre le temps de réfléchir à la suite.

— Les Styx connaissent cet endroit. Ils sont déjà venus ici, et ils reviendront. N'oublie pas ce qu'a dit l'oncle Tam. Nous ne devons absolument pas rester au même endroit.

— J'imagine qu'il a raison, admit Will à contrecœur, d'autant qu'on pourrait se faire repérer par les agents immobiliers s'ils font visiter la maison. Mais je dois faire sortir Chester, déclara Will en regardant les rideaux de dentelles qui pendaient au-dessus de l'évier.

— Ne me dis pas que tu veux y retourner ? s'exclama Cal avec horreur. Je ne peux pas. Pas maintenant, Will. Les Styx me feraient subir des choses terribles.

Cal n'était pas le seul à avoir peur. Will parvenait à peine à contenir son angoisse à l'idée de devoir affronter à nouveau les

Styx. Il avait l'impression d'avoir épuisé toutes ses chances. Il aurait été fou de croire qu'il pourrait mener à bien une audacieuse opération de sauvetage. Cependant, que feraient-ils s'ils restaient en Surface ? Partiraient-il en cavale ? Ce n'était pas très réaliste, car ils se feraient arrêter par la police tôt ou tard et on les séparerait avant de les placer dans des familles d'accueil. Pire encore : il passerait le restant de ses jours à porter la culpabilité de la mort de Chester, tout en sachant qu'il aurait aussi pu vivre l'une des plus grandes aventures du siècle avec son père.

– Je ne veux pas mourir, dit Cal d'une voix faible. Pas comme ça, ajouta-t-il en implorant Will du regard tout en poussant son verre devant lui.

Les choses ne s'arrangeaient pas et Will atteignait ses propres limites. Il se contenta de secouer la tête.

– Que suis-je censé faire ? Je ne peux pas le laisser là-bas ! C'est hors de question.

Plus tard, alors que Cal et Bartleby paressaient devant les programmes pour enfants qui passaient à la télé tout en mangeant des chips, Will ne put résister à la tentation de se rendre à la cave. Comme il s'y attendait, il ne trouva pas la moindre trace de la galerie derrière l'étagère – ils avaient même pris la peine de peindre les nouvelles briques pour qu'elles se fondent dans le reste du mur. Il savait que s'il creusait, il découvrirait le remblai habituel composé de terre et de pierre. Ils avaient fait du bon travail. Inutile de perdre plus de temps en bas.

Will remonta à la cuisine, où il vérifia les bocaux posés au-dessus des placards. Il trouva dans un pot à miel en porcelaine l'argent que sa mère mettait de côté pour louer ses vidéos – il devait y avoir environ 20 livres en petite monnaie.

En allant au salon, il vit brusquement danser des petits points lumineux devant ses yeux. Son corps tout entier était en feu, ses jambes cédèrent tout à coup. Il laissa tomber le pot qui se brisa contre le coin d'une table, répandant les pièces sur le sol. Will avait eu l'impression de vivre cette scène au ralenti, éprouvant une intense douleur dans la tête. Puis un voile noir lui avait obscurci la vue et il avait perdu connaissance.

Alertés par le bruit, Cal et Bartleby accoururent dans le couloir.

— Will ! Qu'est-ce que tu as ? s'écria Cal en s'agenouillant près de lui.

Will revint lentement à lui, les tempes douloureuses.

— Je ne sais pas, dit-il faiblement. Je me suis senti tout à coup atrocement mal, ajouta-t-il avant qu'une quinte de toux ne l'interrompe soudain.

Il retint son souffle pour y mettre fin.

— Tu es brûlant, dit Cal en lui touchant le front.

— Je suis gelé...

Will claquait des dents. Il parvenait à peine à parler et n'avait plus la force de se relever.

— Oh, mon Dieu, ça pourrait venir de la Cité éternelle. Le Fléau !

Will resta silencieux pendant que son frère le hissait jusqu'à la première marche de l'escalier contre laquelle il lui cala la tête. Cal partit chercher le plaid et l'en couvrit. Will lui demanda d'aller lui chercher de l'aspirine à la salle de bain. Il avala les comprimés avec une gorgée de Coca et, après quelques minutes de repos, parvint à se relever avec l'aide de Cal.

Will avait le regard vague et enfiévré. Sa voix tremblait.

— Je crois vraiment qu'on devrait aller chercher de l'aide, dit-il en s'essuyant le front.

— Est-ce qu'il y a un endroit où on puisse aller ? demanda Cal.

Will renifla, déglutit, puis acquiesça. Il avait l'impression que sa tête allait éclater.

— Je ne vois qu'un endroit possible.

— Sors de là! hurla le second en passant la tête dans l'embrasure de la porte.

Il était dans une telle colère qu'on aurait dit que les tendons de son cou de taureau avaient été remplacés par des cordes à nœuds.

Chester s'efforçait tant bien que mal de contenir ses sanglots, plein d'effroi. Depuis qu'on l'avait rattrapé et ramené au cachot, le second s'était montré particulièrement brutal avec lui et s'ingéniait à faire de sa vie un enfer. Il tardait à lui apporter ses repas, et si par malheur Chester venait à s'assoupir, il ne manquait pas de lui lancer un grand seau d'eau glacée ou de proférer des menaces à travers le guichet pour le réveiller. Tout cela s'expliquait sans doute par son épais bandage à la tête. Non content d'avoir été assommé par Will à coups de bêche, il avait eu droit à un interrogatoire concernant leur évasion durant une bonne partie de la journée. Les Styx l'accusaient de négligence. Le second était à présent en proie à la rancœur, et le mot était faible.

Chester, au bout du rouleau, affamé et épuisé, se sentait au bord de l'évanouissement. Il se demandait pendant combien de temps encore il aurait la force de supporter ce traitement. On lui avait certes mené la vie dure avant sa tentative d'évasion avortée, mais c'était bien pire à présent.

— Ne m'oblige pas à venir te chercher! hurla le second.

Chester s'avança pieds nus, le visage couvert de crasse et la chemise en haillons, se protégeant les yeux de la lumière blafarde du couloir.

— À vos ordres, marmonna-t-il d'un ton soumis.

— Les Styx veulent te voir. Ils ont quelque chose à te dire, l'informa le second, la voix altérée par la méchanceté. (Il se mit à rire.) Ils t'ont concocté un truc qui va te remettre dans le droit chemin pour de bon, ajouta-t-il en riant de plus belle.

Avant même d'en avoir reçu l'ordre, Chester s'avança d'un pas léthargique vers la porte principale du cachot, traînant les pieds sur les dalles poussiéreuses.

— Bouge-toi! lança l'officier d'un ton sec en lui jetant son trousseau de clefs au bas du dos.

— Aïe... gémit Chester d'une voix pitoyable.

À peine eut-il eu franchi la porte du cachot que Chester se couvrit les yeux des deux mains — il avait complètement perdu l'habitude de la lumière. Il continua à avancer à l'aveuglette vers le comptoir qui se trouvait dans le hall, lorsque le second l'arrêta.

— Tu vas où, au juste? Tu crois quand même pas que tu rentres chez toi, rassure-moi? dit-il en s'esclaffant, avant de reprendre un ton grave : Non, tu tournes à droite, dans le couloir.

Chester s'efforça d'ouvrir les yeux tant bien que mal, tourna sur lui-même, puis s'immobilisa.

— La Lumière noire? demanda-t-il avec crainte.

— Non, nous n'en sommes plus là. Maintenant tu vas recevoir ce que tu mérites, espèce de petit morveux.

Ils suivirent plusieurs couloirs. L'officier harcelait sans cesse Chester en lui distribuant tour à tour des piques et des bourrades, dont il se délectait en gloussant. Le policier se calma cependant lorsqu'ils tournèrent enfin à l'angle d'un couloir. D'une porte ouverte émanait une intense lumière réfléchie par le mur du couloir blanchi à la chaux.

Chester ne laissait rien transparaître et avançait d'un pas fatigué, mais il était dévoré par l'angoisse. Il se demandait s'il ne valait pas mieux foncer au bout du couloir. Il ne savait pas du tout où cela menait, ni même s'il pourrait aller très loin, mais cette tentative de fuite aurait au moins eu le mérite de retarder le moment où il devrait affronter ce qui l'attendait dans cette pièce. Un temps, tout au moins.

Il ralentit encore un peu le pas, les yeux douloureux, et s'efforça de fixer le rectangle de lumière qui se rapprochait. Il ne savait pas ce qui l'attendait à l'intérieur : peut-être était-ce encore l'une de ces atroces tortures sophistiquées. Ou peut-être... peut-être un bourreau.

Son corps tout entier se raidit, se refusant à pénétrer dans l'enceinte de cette lumière éblouissante.

– On y est presque, dit l'officier derrière lui.

Chester n'avait pas d'autre choix que de coopérer. Il n'y aurait pas de sursis miraculeux ni d'évasion de dernière minute.

Il traînait tellement les pieds que c'est tout juste s'il avançait. L'officier le poussa avec tant de force qu'il l'envoya valdinguer dans la pièce. Chester dérapa sur le sol de pierre puis s'immobilisa, un peu désorienté.

Il papillonna des paupières dans la lumière aveuglante, entendit claquer la porte derrière lui. Un bruissement de papier lui indiqua la présence d'autres personnes dans la pièce. Il se mit aussitôt à imaginer deux grands Styx assis à une table, exactement comme lors des séances de Lumière noire.

– Lève-toi, lui ordonna une voix nasale aiguë.

Chester s'exécuta et leva lentement les yeux vers son interlocuteur. À son grand étonnement, il découvrit qu'il s'agissait d'un Styx de petite taille tout ratatiné, aux cheveux plaqués et aux tempes grisonnantes, dont le visage était parcheminé comme un raisin sec jauni. Courbé au-dessus d'un pupitre, il ressemblait à un vieux maître d'école.

Chester fut pris au dépourvu. Il ne s'attendait pas du tout à ça et commença à se détendre. Après tout, cela n'irait pas forcément aussi mal qu'il l'avait imaginé. Il croisa le regard du vieux Styx.

Jamais Chester n'avait vu pupilles plus noires et plus glaciales. Il semblait qu'une puissance surnaturelle et maléfique l'attirait vers ces deux puits sans fond. Un violent frisson lui parcourut l'échine, comme si la température de la pièce venait de chuter brutalement.

Le vieux Styx détourna les yeux et Chester vacilla, comme si le vieillard venait de relâcher brusquement son implacable emprise. Le garçon souffla d'un coup ; malgré lui, il avait retenu son souffle depuis son entrée dans la pièce. Le Styx commença à lire un document d'un ton mesuré.

— Vous avez été déclaré coupable, dit-il, selon l'ordonnance 42, décrets 18, 24 et 42...

Les chiffres défilaient sans que Chester y comprît quoi que ce soit. Le vieux Styx marqua enfin une pause et déclara d'un ton détaché :

— Condamnation.

Chester se concentra sur ses paroles.

— Le prisonnier sera transporté en train jusqu'à l'Intérieur, où il sera banni et livré aux forces de la nature. Ainsi soit-il, conclut le vieux Styx en croisant les doigts.

Puis il releva lentement la tête et dit :

— Puisse le Seigneur avoir pitié de ton âme.

— Que... que voulez-vous dire ? demanda Chester, pris de vertige face au regard glacial du Styx.

Il comprenait à peine ce qu'il venait d'entendre.

— Oui ? demanda le vieux Styx d'un ton qui laissait présumer qu'il avait déjà vécu cette scène par le passé et rechignait à converser avec ce prisonnier minable.

— Que... qu'est-ce que ça signifie ? finit par articuler Chester.

Le Styx le fixa quelques minutes, puis répondit d'un ton impassible :

— Banni. On t'escortera jusqu'à la gare des mineurs. Après quoi, tu te trouveras livré à toi-même à plusieurs lieues sous terre.

— Vous m'emmenez dans les entrailles de la Terre?

Le Styx acquiesça.

— Nous n'avons pas besoin de gens de ton espèce à la Colonie. Tu as tenté de t'enfuir, et la Panoplie n'apprécie guère un tel comportement. Tu n'es pas digne de servir ici. Banni! conclut-il en tapant dans ses mains.

Chester sentit soudain peser sur ses épaules des millions de tonnes de terre et de roches qui se trouvaient au-dessus de lui et vacilla comme si sa force vitale l'abandonnait.

— Mais je n'ai rien fait. Je ne suis coupable de rien! cria-il, suppliant le petit homme insensible.

Chester avait l'impression qu'on l'enterrait vivant, qu'il ne reverrait jamais sa maison, ni le bleu du ciel, ni sa famille... Tout ce qu'il aimait et regrettait. L'espoir auquel il s'était raccroché, depuis qu'on l'avait capturé et enfermé dans cette pièce obscure, s'envolait soudain.

Il était condamné.

Ce petit homme haineux se fichait pas mal de son sort...

Chester le lisait dans les yeux inhumains du Styx – un regard glacial, reptilien. Chester le savait, il était vain de tenter de le convaincre, de le supplier de lui laisser la vie sauve. Ces gens-là étaient d'impitoyables sauvages. Ils l'avaient condamné arbitrairement au plus terrible des destins.

Sa tombe n'en serait que plus profonde.

— Mais pourquoi? demanda Chester.

Des larmes coulaient sur son visage.

— Parce que c'est la loi, répondit le vieux Styx. Parce que je suis assis ici, et que toi, tu te tiens là devant moi, ajouta-t-il avec un sourire froid.

— Mais... objecta Chester d'une voix rauque.

— Officier, ramenez-le au cachot, ordonna le vieux Styx en rassemblant ses papiers de ses doigts perclus d'arthrite.

Chester entendit la porte grincer derrière lui...

Chapitre trente-quatre

Will fut projeté en avant, puis vacilla un court instant avant de rebondir contre la rampe. Il se retourna lentement pour voir qui venait de lui asséner un coup de poing dans le dos.

— Speed ? dit-il, reconnaissant le visage furibond de la petite brute.

— D'où tu sors, Blanche-Neige ? Je croyais pourtant que tu avais cassé ta pipe. On racontait que t'étais mort.

Will ne répondit pas. Il n'était pas tout à fait guéri et il lui semblait voir le monde à travers une vitre translucide. Speed approchait de lui son visage menaçant, et Will, impuissant, tremblait comme une feuille. Il aperçut Bloggsy du coin de l'œil. Ce dernier fonçait sur Cal, qui se trouvait un peu plus bas sur le chemin.

Ils se rendaient à la station de métro et Will voulait à tout prix éviter de se battre.

— Où est Gros Lard ? lança Speed dont le souffle formait des nuages de vapeur dans l'air froid. Tu fais moins le malin sans ton protecteur, pas vrai, l'allumette ?

— Eh, Speed, mate donc un peu ça. C'est Mini Moi ! dit Bloggsy en regardant tour à tour Cal et son frère. Qu'est-ce que t'as dans ton sac, l'estropié ?

Will avait insisté pour que Cal emporte leurs vêtements sales de Colons dans l'un des vieux fourre-tout du Dr Burrows.

— L'heure de la vengeance a sonné! hurla Speed en enfonçant son poing dans l'estomac de Will.

Le souffle coupé, Will tomba à genoux et se recroquevilla sur lui-même en se protégeant la tête de ses bras.

— C'est trop facile, s'exclama Speed d'une voix rauque en lui donnant des coups de pied dans le dos.

Bloggsy poussait des cris de joie stupides, s'accroupit et mima une posture de kung-fu en pointant l'index et le majeur sur les lunettes de soleil de Cal.

— Prépare-toi à rejoindre ton créateur, dit-il en armant son bras, prêt à décocher un coup de poing.

Tout s'enchaîna trop vite pour que Will comprenne seulement ce qui se passait. Un éclair marron et violet passa soudainement et Bartleby atterrit pile sur les épaules de Bloggsy. L'impact renversa le garçon qui se mit à rouler le long de la pente, le chat toujours accroché à ses épaules, puis s'immobilisa face contre terre. L'animal lui lacérait le dos de ses griffes puissantes et planta dans sa chair ses canines nacrées. Bloggsy joua des coudes, tentant désespérément de s'en débarrasser. Il appelait à l'aide avec des cris stridents.

— Non, dit Will d'une voix faible. Ça suffit!

— Arrête, Bart! hurla Cal.

Le chat, qui n'avait pas lâché Bloggsy, tourna la tête vers son maître.

— Attaque! ordonna Cal en lui indiquant Speed qui assistait bouche bée à la scène, tandis que Will gisait encore à ses pieds.

Bartleby, dont le bonnet tibétain était à présent légèrement de travers, fixa sa nouvelle proie à travers ses drôlatiques lunettes roses. Avec un feulement menaçant, il remonta la pente pour bondir vers la petite brute terrorisée.

– Mon Dieu! Rappelle-le! hurla Speed avant de prendre ses jambes à son cou comme si sa vie en dépendait.

Il n'avait pas tort, car le chat le rattrapa en un clin d'œil et le cerna d'un tourbillon étourdissant pour le dissuader de battre en retraite. Le chat lui mordait les mollets, lui labourait les jambes à travers le tissu de son pantalon d'écolier. Terrifié, Speed exécutait une danse folle et saccadée; tentant désespérément de trouver une échappatoire, il dérapa sur le bitume.

– Je suis désolé, Will, je suis désolé! Retiens-le, s'il te plaît! suppliait Speed dont le pantalon était à présent en lambeaux.

Will lança un regard entendu à Cal, qui siffla alors entre ses doigts. Le chat s'arrêta sur-le-champ et Speed prit la fuite sans demander son reste.

Au bas de la pente, Bloggsy s'était relevé et courait comme un dératé, tel un lapin saoul manquant trébucher à chaque pas.

– Je crois qu'on ne les reverra pas de sitôt, dit Cal en riant.

– Oui, acquiesça Will d'une voix faible en se relevant.

Submergé par des bouffées fébriles, il était encore à deux doigts de l'évanouissement. Il se serait volontiers allongé sur le sol pour ouvrir son manteau, profiter de l'air frais et s'assoupir sur le sentier givreux. Sans l'aide de Cal, Wil n'aurait jamais réussi à continuer son chemin. Ils finirent par atteindre la station de métro, au bout de la pente.

– Même les Surfaciens aiment à se rendre sous terre, dit Cal en regardant la vieille station crasseuse en mal de rénovation.

Cal changea radicalement d'attitude. C'était la première fois qu'il se sentait vraiment à l'aise depuis qu'ils avaient émergé sur les berges de la Tamise. Il était soulagé d'être entouré des parois d'une galerie, plutôt que d'avoir le ciel au-dessus de sa tête.

— Pas vraiment, répondit Will d'une voix lasse.

D'une main tremblante, il essaya vainement d'insérer quelques pièces dans le distributeur de tickets. Bartleby salivait devant un chewing-gum fraîchement écrasé, qui ressemblait à un lichen sur le sol carrelé.

— Je n'y arrive pas, conclut Will en s'appuyant contre la machine.

Cal prit la monnaie et poursuivit l'opération selon les indications de Will.

Ils se rendirent sur le quai de la ligne sud et leur métro arriva sans tarder. À bord, les deux garçons gardèrent le silence. Cal jouait avec son ticket et regardait les câbles électriques défiler le long des parois du tunnel. Assis juste à côté de lui, Bartleby se léchait les pattes. Il n'y avait pas grand monde dans la rame, mais Cal avait remarqué que leur petite troupe ne passait pas inaperçue.

Will était affalé sur son siège contre la vitre du wagon, dont la fraîcheur apaisait ses tempes brûlantes. Entre deux arrêts, il sombrait dans une douce torpeur. Il vit dans un demi-sommeil que deux vieilles femmes s'étaient assises face à eux. Des bribes de leur conversation vinrent se mêler dans un rêve confus aux annonces qui retentissaient sur le quai.

— Regardez-moi ça... quelle grossièreté... les pieds sur les sièges... Attention à la marche ! Il a un drôle d'air, cet enfant... Le métro de Londres vous prie d'excuser...

Will s'efforça d'ouvrir les yeux, regarda les deux femmes et comprit aussitôt que Bartleby était à l'origine de leurs inquiétudes. Celle qui parlait sans arrêt avait les cheveux violets. Des lunettes à double foyer à montures blanches translucides étaient posées de travers sur son nez, qu'elle avait cramoisi.

— Chut ! Ils vont t'entendre, murmura sa compagne en regardant Cal.

Elle portait une perruque qui avait sans doute connu son heure de gloire. Elles tenaient chacune un cabas semblable sur leurs genoux, comme un bouclier contre les mécréants assis face à elles.

— Balivernes ! Je parie qu'ils ne parlent pas un mot d'anglais. Ils ont probablement fait le voyage jusqu'ici cachés à l'arrière d'un camion. Regarde un peu l'état de leurs vêtements. Et celui-là, il a pas l'air très futé. C'est sûrement un drogué, ajouta-t-elle, l'œil chassieux.

— Je vous le dis, il faut tous les renvoyer chez eux.

— Oui, oui, reprirent-elles en chœur en hochant la tête.

Cal les fusilla du regard, mais elles étaient trop absorbées pour y prêter attention. Le train s'arrêta et les vieilles femmes se levèrent. Lorsqu'elles passèrent à leur hauteur, Cal souleva un pan du bonnet de Bartleby pour murmurer quelques mots à son oreille. Le chat se redressa et leur cracha au visage, tirant Will de son sommeil enfiévré.

— Mon Dieu ! s'exclama la vieille dame au nez rouge en laissant tomber son sac.

Sa compagne la poussa pour sortir de la rame. Elles franchirent le seuil et hurlèrent, dès que les portes se furent refermées :

— Espèces de brutes, sales gitans !

Le train redémarra.

— Qu'as-tu dit à Bartleby ? demanda Will avec curiosité.

— Oh, pas grand-chose, répondit Cal d'un air innocent.

Il sourit fièrement et colla de nouveau son nez sur la vitre.

Will redoutait les cinq cents derniers mètres qui les séparaient de l'immeuble. Il titubait de fatigue et s'arrêtait de temps à autre pour reprendre des forces.

L'ascenseur de la tour était hors service. Will regarda d'un air désespéré les murs grisâtres recouverts de graffitis. C'était la goutte d'eau qui faisait déborder le vase. Il soupira puis rameuta ses dernières forces pour amorcer l'ascension d'un pas chancelant, dans la cage d'escalier sordide. Après des arrêts à chaque palier le temps de récupérer, ils finirent par atteindre l'étage où vivait la tante de Will et se frayèrent un chemin jusqu'à sa porte, au milieu des sacs poubelle.

Cal sonna, mais personne ne répondit. Il tambourina sur la porte et tantine Jeanne apparut sur le seuil. Elle venait visiblement de se lever, l'air aussi fatiguée que la robe de chambre mitée dans laquelle elle avait passé la nuit.

— Qu'est-ce que c'est? marmonna-t-elle en bâillant et en se frottant la nuque. Je n'ai rien commandé et je n'achèterai rien.

— Tantine Jeanne, c'est moi... Will, dit le jeune garçon au bord de la défaillance.

— Will, répéta-t-elle vaguement avant de bâiller de nouveau. Will! s'exclama-t-elle enfin, incrédule. Je croyais qu'on t'avait porté disparu. Mais qui sont-ils? demanda-t-elle en tournant les yeux vers Cal et Bartleby.

— Euh... un cousin... répondit Will.

Le sol se mit soudain à tanguer et il s'avança pour s'accrocher au cadre. Une sueur froide lui coulait le long du front.

— ... Sud... il vient du Sud.

— Un cousin? Je ne savais pas que tu...

— Du côté de Papa, ajouta-t-il d'une voix enrouée.

Tantine Jeanne examina Cal et Bartleby d'un air suspicieux et quelque peu dégoûté.

— Ton idiote de sœur était ici, tu sais. Elle est avec toi?

— Elle... risqua Will d'une voix tremblante.

— Parce que cette petite garce me doit de l'argent. Si t'avais vu ce qu'elle a fait à mes...

– C'est pas ma sœur. C'est une petite… garce… et calculatrice…

Mais Will ne termina pas sa phrase et s'effondra sur le sol, sous le regard stupéfait de tantine Jeanne.

Depuis la fenêtre de la chambre plongée dans la pénombre, Cal observait les rues en contrebas qui luisaient dans la nuit, fasciné par les lignes discontinues des feux de signalisation et les traînées lumineuses des phares. Il leva les yeux vers la lune, dont le disque argenté brillait dans le ciel glacé. Il n'avait rien vu de tel de toute sa vie et essayait de prendre la mesure de cette immensité. Pris d'une terreur et d'un vertige soudains, il s'agrippa au rebord de la fenêtre, repliant instinctivement ses orteils pour ne pas tomber.

Le gémissement de son frère l'arracha à sa contemplation, il vint s'asseoir à son chevet. Will frémissait sous son drap.

– Comment il va, alors ? s'enquit la voix inquiète de tantine Jeanne depuis le seuil de la porte.

– Un peu mieux, aujourd'hui. Je crois que la fièvre tombe, répondit-il en trempant un bout de flanelle dans un bol d'eau glacée pour tamponner le front de son frère.

– Tu veux que j' demande à un docteur de l'examiner ? Ça fait un moment qu'il est comme ça.

– Non, répondit Cal avec fermeté. Il a dit qu'il ne voulait pas qu'on appelle qui que ce soit.

– J' comprends, j' comprends bien. J'ai jamais trop aimé perdre mon temps avec ces charlatans – et encore moins avec les psys, tiens ! Une fois qu'ils t'ont attrapé, tout peut arriver.

Elle s'interrompit soudain. Bartleby, qui dormait jusqu'alors roulé en boule dans un coin, venait de se réveiller avec un petit éternuement, puis s'était dirigé vers le bol pour en laper nonchalamment le contenu.

— Va-t-en, espèce d'idiot! dit Cal en le repoussant.

— Il a juste soif, commenta tantine Jeanne. Pauvre petit minou, l'avait soif, le petit? dit-elle d'une voix bêtifiante.

Elle attrapa l'animal par la peau du cou et l'emmena à la cuisine. Bartleby ne comprenait pas vraiment ce qui lui arrivait.

— Viens avec maman, elle va te donner une friandise.

Une coulée de lave menaçante avance dans le lointain. Sa chaleur est si intense que c'est à peine si Will parvient à la supporter. La silhouette du Dr Burrows se découpe sur le fond d'une cascade de roches en fusion. Il lui montre frénétiquement quelque chose qui émerge d'une énorme dalle de granit. Il pousse un cri de joie comme à chaque découverte, mais Will ne comprend pas ce qu'il dit à cause du bruit assourdissant entrecoupé d'éclats de voix, comme si quelqu'un cherchait des stations de radio au hasard sur un vieux poste endommagé.

Will voit tout à coup la scène en plan rapproché. Le Dr Burrows examine une fine tige surmontée d'un bulbe, qui s'élève à cinquante centimètres environ du roc. Le docteur remue les lèvres, mais Will ne saisit que des bribes de mots.

« ... une plante... elle digère littéralement la roche... à base de silicone... elle réagit aux stimuli... observ... »

L'image passe en très gros plan. Will est inquiet : le Dr Burrows cueille la tige grise qui se met à se tordre dans sa main, puis déploie deux feuilles en forme d'aiguille qui s'enroulent autour de ses doigts.

« ... Une poigne de fer... petite plante fougueuse... », dit le Dr Burrows en fronçant les sourcils.

Puis, plus rien. Will entend des rires, mais son père semble pourtant hurler de douleur en essayant de se débarrasser de la plante, dont les feuilles lui transpercent la paume et le poignet et remontent jusqu'à son avant-bras. Sa peau maculée de sang se tuméfie, puis se déchire, tandis que les vrilles se tortillent et s'enlacent tels deux serpents qui dansent. Elles lui tailladent les chairs de plus en plus profondément. Will essaie de porter secours à son père qui lutte en vain contre ce terrible assaut, comme s'il se battait avec son propre bras...

— Non, non... Papa... Papa!

— Tout va bien, Will, tout va bien, lui dit Cal d'une voix lointaine.

Une lumière tamisée fait place à la coulée de lave en fusion. Will sent la fraîcheur apaisante de la flanelle que presse Cal contre son front. Il se redresse d'un bond.

— C'est Papa! Qu'est-ce qui est arrivé à Papa? hurle-t-il en regardant la pièce, affolé, sans vraiment savoir où il se trouve.

— Tout va bien, le rassure Cal. Tu rêvais.

Will se laisse retomber sur l'oreiller, comprenant enfin qu'il est allongé sur un lit dans une petite chambre...

— Je l'ai vu. C'était si réel, dit Will d'une voix tremblante sans parvenir à contenir ses larmes. C'était Papa. Il avait des ennuis.

— C'était juste un cauchemar, dit Cal d'une voix douce en évitant de regarder son frère qui sanglote en silence.

— Nous sommes chez tantine Jeanne, n'est-ce pas? demande Will, qui revient un peu à lui en reconnaissant le papier peint à fleurs.

— Oui, et ça fait presque trois jours que nous sommes là.

— Quoi? Je me sens si faible, dit-il en essayant de se relever en vain, et il laisse retomber sa tête sur l'oreiller.

— Ne t'inquiète pas, tout va bien. Ta tante a été géniale. Elle s'est même prise d'affection pour Bart.

Les jours suivants, Cal s'occupa de Will, lui apporta des bols de soupe, des tartines de haricots à la sauce tomate et d'innombrables tasses de thé trop sucré. Tantine Jeanne s'installait au pied du lit pour raconter des histoires du bon vieux temps. Will était si épuisé qu'il s'endormait avant même d'avoir eu le temps de s'ennuyer.

Dès qu'il fut un peu plus en forme, Will risqua quelques pas dans la petite chambre. Il remarqua deux objets jetés derrière un carton de vieux magazines.

Lorsqu'il voulut les ramasser, des bouts de verre s'éparpillèrent sur le sol. Il reconnut aussitôt les cadres argentés que Rebecca avait posés sur sa table de chevet. Voyant les photos de ses parents, puis la sienne, il s'affala sur le lit, le souffle court. Il était sous le choc. C'était comme si quelqu'un lui avait planté un couteau dans le ventre et le remuait dans la plaie. Mais que pouvait-il attendre de sa part ? Rebecca n'était pas sa sœur et ne l'avait jamais été, se rappela Will assis sur son lit, le regard perdu dans le vide.

Il se releva pour aller à la cuisine d'un pas chancelant. L'évier était rempli d'assiettes sales. La poubelle débordait de boîtes de conserve et de barquettes vides. C'était un tel capharnaüm que Will remarqua à peine le plastique brûlé des robinets roussis et le carrelage mural noirci par les flammes. Il fit la grimace et retourna dans le couloir. La voix de fumeur de tantine Jeanne et ses accents vaguement réconfortants lui rappelaient les réveillons de Noël qu'elle passait chez eux, à bavarder avec sa mère pendant des heures.

Will resta planté derrière la porte, écoutant le cliquetis des aiguilles à tricoter.

— Ce fichu Burrows... Dès que je l'ai vu, j'ai averti ma sœur... Je lui ai dit, tu sais... tu veux pas te retrouver coincée avec un fainéant surdiplômé.... Je veux dire, à quoi ça sert un type qui passe sa vie dans des trous, quand il faut payer les factures, je te le demande un peu?

Will passa la tête dans l'embrasure de la porte. Le bruit régulier des aiguilles avait cessé et sa tante buvait quelque chose. Le chat était en adoration devant tantine Jeanne, qui le couvait d'un sourire énamouré. Will ne l'avait jamais vue ainsi. Il aurait dû signaler sa présence, mais il ne voulait pas gâcher cet instant privilégié.

– C'est bon de t'avoir avec moi. Je veux dire, après la mort de ma petite Sophie... C'était une chienne, et je sais bien que tu ne les aimes pas beaucoup... Mais, au moins, elle était là pour moi... C'est toujours mieux que les hommes que j'ai connus.

Puis elle admira son tricot. C'était un pantalon aux couleurs criardes que Bartleby flaira avec curiosité.

– J'ai presque fini. Tu pourras l'essayer dans une minute, mon chéri.

Bartleby leva la tête, ferma les yeux et se mit à ronronner comme un moteur.

Will se décida à retourner dans sa chambre et marqua une pause dans le couloir pour reprendre des forces. Un fracas se produisit derrière lui. Cal se tenait dans l'embrasure de la porte d'entrée, flanqué de deux cabas dont le contenu se déversa sur le sol. Emmitouflé d'une écharpe, il portait les lunettes de soleil de Mme Burrows et ressemblait à l'Homme invisible.

– J'en peux plus, dit-il en s'accroupissant pour ramasser les provisions.

Bartleby sortit du salon, suivi de tantine Jeanne une cigarette au coin des lèvres. Le chat portait son nouveau pantalon avec un gilet en mohair, mélange détonnant de bleu et de rouge, le tout couronné d'un passe-montagne rayé dont dépassaient ses oreilles couvertes de croûtes. On eût dit qu'il venait de survivre à l'explosion d'une pharmacie.

Cal jeta un regard à l'animal, se dispensant de tout commentaire. Il semblait avoir touché le fond du désespoir.

— Cet endroit est plein de haine... on la sent partout, dit-il en secouant lentement la tête.

— Oh, c'est donc ça, mon petit, répondit tranquillement tantine Jeanne. Il en a toujours été ainsi.

— Je m'attendais à autre chose en venant en Surface. Mais je ne peux pas rentrer chez moi, n'est-ce pas ?

Will avait beau se creuser la tête, il ne trouvait rien à dire pour réconforter son frère.

— J'imagine que ça veut dire que vous partez tous ?

C'est alors que Will vit pour la première fois à quel point sa vieille tante était vulnérable et fragile, dans son manteau dépenaillé.

— Oui, je crois, répondit-il.

— Très bien, dit-elle d'une voix douce.

Elle posa la main sur le cou de Bartleby et caressa tendrement de son pouce les plis de sa peau lâche.

— Tu sais que tu seras toujours le bienvenu ici, quand tu veux, dit-elle d'une voix étranglée, avant de leur tourner le dos brusquement. Et surtout, emmenez ce chaton avec vous.

Les deux garçons l'entendirent qui marchait dans la cuisine en traînant les pieds. Elle essayait de faire du bruit pour couvrir ses sanglots.

Ils passèrent les jours suivants à concocter des plans. Will reprenait peu à peu des forces. Ses bronches se dégageaient et sa respiration était redevenue normale. Ils partirent en expédition pour faire quelques courses : des masques à gaz dans un surplus de l'armée, une corde d'alpiniste et une gourde pour chacun. Ils achetèrent des vieux flashs pour appareils photo chez un prêteur sur gages et plusieurs cartons de feux d'artifice inutilisés (on avait célébré la nuit de Guy Fawkes [1] une semaine plus tôt). Will voulait parer à toute éventualité, et tout ce qui pouvait émettre une lumière intense pourrait toujours leur servir. Ils firent des provisions d'aliments nutritifs, mais légers pour ne pas trop se charger. Vu la gentillesse dont elle avait fait preuve à leur égard, Will se sentait coupable d'avoir pioché dans l'argent que sa tante gardait pour ses courses, mais il n'avait guère le choix.

Ils attendirent l'heure du déjeuner pour quitter Highfield. Après avoir enfilé leurs vêtements de Colons propres, ils firent leurs adieux à tantine Jeanne, qui embrassa Bartleby les yeux embués de larmes. Un bus les mena au centre de Londres, puis ils marchèrent jusqu'à l'entrée du passage près du fleuve.

---

1. Commémoration traditionnelle de l'échec du complot fomenté contre le roi protestant Jacques 1er par un groupe de catholiques menés par Guy Fawkes, le 5 novembre 1605. Chaque année, on tire des feux d'artifice et on allume des feux de joie un peu partout en Angleterre. (NdT)

Chapitre trente-cinq

Will, Cal et Bartleby venaient de quitter le pont de Blackfriars. En descendant les marches vers Embankment, Cal pestait contre les gaz nauséabonds, son mouchoir sur le nez. Tout était si différent à la lumière du jour que Will se demandait s'ils ne s'étaient pas trompé d'endroit. À voir tous ces gens sur le sentier, il semblait ridicule de penser que quelque part sous leurs pieds s'étendait une ancienne version d'un Londres oublié où ils s'apprêtaient à retourner tous les trois.

Mais ils se trouvaient bien au bon endroit. Ils ne marchèrent pas longtemps avant d'atteindre l'entrée de cet autre monde étrange. Ils restèrent plantés un moment devant le portail, à regarder les eaux brunes qui léchaient les berges.

— Ça a l'air plus profond que la dernière fois, remarqua Cal. Pourquoi ?

— Bouh ! grogna Will en se frappant le front avec la paume de la main. La marée ! J'avais pas pensé à la marée. Faudra attendre qu'elle redescende.

— Combien de temps ça va prendre ?

— Je ne sais pas. Des heures peut-être, répondit Will en haussant les épaules après avoir consulté leurs montres.

Ils n'eurent pas d'autre choix que de tuer le temps en arpentant les ruelles derrière le musée de la Tate Modern. Ils retournaient voir la berge de temps à autre pour vérifier le niveau du fleuve, essayant de ne pas trop attirer l'attention des passants. Aux alentours de midi, ils virent enfin affleurer le gravier sur la berge.

Will décréta qu'ils ne pouvaient attendre plus longtemps.

— Bien, systèmes parés, on y va !

Ils étaient dans le champ de vision des nombreuses personnes qui déjeunaient sur les bords de la Tamise, mais presque personne ne fit attention à ce trio aux vêtements excentriques qui tentait de franchir un mur, chargé de sacs à dos. Seul un vieillard coiffé d'un bonnet de laine et d'une écharpe assortie se mit à hurler en agitant un poing vengeur :

— Sales gosses !

Un ou deux passants s'arrêtèrent pour voir de quoi il retournait, mais n'y trouvant guère d'intérêt ils poursuivirent presque aussitôt leur chemin. L'indignation du vieil homme retomba et il repartit en marmonnant.

Arrivés au bas de l'escalier de pierre, les garçons se retrouvèrent avec de l'eau jusqu'aux jambes et filèrent aussi vite que possible le long de la plage partiellement submergée. Ils ne ralentirent qu'une fois hors de vue et bien cachés sous la jetée. Cal et Bartleby n'hésitèrent pas un instant avant de descendre dans la bouche d'égout.

Will s'arrêta un instant avant de les suivre, pour jeter un dernier coup d'œil au ciel gris pâle qu'il entrevoyait entre les planches de la jetée. Inspirant profondément, il savoura ses dernières bouffées d'air frais.

— Allez, dit-il en s'arrachant à ses pensées, et il entra dans la galerie où Cal commençait à s'impatienter.

Il était visiblement partagé. Il semblait anxieux, mais, au fond de lui-même, soulagé de retrouver enfin ce monde souterrain : après tout, c'était chez lui.

Quant à Will, il se devait de porter secours à Chester et de retrouver son père, car tel était son destin, et l'avenir de Cal y était inextricablement lié.

Will regrettait que sa fièvre lui ait fait perdre tant de temps. Était-il déjà trop tard ? Chester avait-il été exilé dans les Profondeurs, ou avait-il péri dans les mains des Styx ? Quelle que soit la situation, Will devait découvrir la vérité. Il devait continuer à croire que Chester était toujours en vie. Il devait retourner le chercher. Jamais il ne pourrait supporter une telle culpabilité s'il n'agissait pas maintenant.

Ils retrouvèrent le puits à la verticale et Will pénétra à contrecœur dans l'eau glacée du bassin, juste en dessous. Cal monta sur ses épaules pour atteindre le puits et se mit à grimper, déroulant une corde derrière lui. Lorsqu'il fut parvenu au sommet, Will noua l'autre extrémité de la corde autour du poitrail de Bartleby, pour permettre à Cal de le hisser jusqu'à lui. La précaution se révéla inutile, car l'animal se propulsa dans le conduit avec une surprenante agilité, à l'aide de ses pattes musculeuses. Cal lança la corde à Will, qui les rejoignit dans la pénombre. Arrivé au sommet, Will s'ébroua et se réchauffa en sautillant d'un pied sur l'autre.

Ils se laissèrent ensuite glisser le long du conduit circulaire, atterrirent sur la corniche avec un bruit sourd et se retrouvèrent en haut des marches grossièrement taillées. Avant de poursuivre, ils débarrassèrent Bartleby de ses tricots et les déposèrent sur une saillie située en hauteur. Ils ne pouvaient se permettre d'emporter quoi que ce soit de superflu. Si Will ignorait encore comment ils procéderaient une fois de retour à la Colonie, il savait néanmoins qu'ils devaient faire preuve d'esprit pratique... et imiter Tam.

Les garçons enfilèrent leur masque à gaz, échangèrent un regard, puis Cal partit en tête et ils amorcèrent leur longue descente.

Ils ne mirent pas longtemps à rejoindre l'arche à l'entrée de la Cité éternelle.

— Bon sang, qu'est-ce que c'est que ce truc ? s'exclama Cal au moment où ils atteignirent le départ du gigantesque escalier en pierre.

Environ trente mètres plus bas, les marches disparaissaient.

— C'est ce qu'on appelle une sacrée purée de pois, dit Will d'une voix calme tandis que la lueur vert pâle des algues phosphorescentes se reflétait dans le verre de ses lunettes de protection.

En contrebas ondulait la surface d'un immense lac couleur d'opale. Tel un énorme nuage radioactif qui aurait recouvert toute la ville, une épaisse nappe de brouillard opaque flottait au-dessus de la Cité éternelle, baignée d'une lumière irréelle. Will fouilla machinalement dans ses poches en quête de sa boussole.

— Voilà qui ne va pas nous faciliter la tâche, observa-t-il en fronçant les sourcils derrière son masque.

— Pourquoi ? demanda Cal. Ils ne pourront pas nous voir, n'est-ce pas ?

Il était manifestement ravi.

— D'accord, mais nous ne pourrons pas les voir non plus, répondit Will d'un ton maussade.

Cal maintint Bartleby immobile pendant que Will lui nouait une laisse autour du cou : ils ne pouvaient se permettre de le laisser aller à sa guise.

— Tu ferais mieux de t'accrocher à mon sac à dos pour éviter de te perdre. Et quoi qu'il arrive, ne laisse pas s'échapper ce chat, ordonna Will en s'enfonçant dans le brouillard tel un plongeur disparaissant au creux d'une vague en plein milieu de l'Océan.

Ils ne voyaient pas même le bout de leurs bottes et avançaient à tâtons en s'assurant de la stabilité de chaque marche, avant de poursuivre leur descente.

Dieu merci, ils arrivèrent sains et saufs en bas et se badigeonnèrent à nouveau d'algues noires et visqueuses, pour masquer les odeurs caractéristiques du Londres de la Surface.

Ils traversèrent la plaine le long du marécage puis suivirent le mur d'enceinte de la ville. La visibilité étant de plus en plus réduite, il leur fallut des heures pour retrouver l'entrée.

— Une arche, murmura Will en stoppant si brusquement que son frère faillit le téléscoper.

L'antique structure se matérialisa brièvement devant eux avant de disparaître derrière un rideau de brume.

— Ah! bien, répondit Cal sans le moindre enthousiasme.

À l'intérieur de l'enceinte, ils durent cheminer à tâtons à travers les rues sans se lâcher d'une semelle, de peur de se perdre. Les volutes de brume étaient presque tangibles. On aurait dit des draps ondulant dans le vent, laissant parfois entrevoir un pan de muraille, une parcelle de sol détrempé ou quelques pavés luisant à leurs pieds. Le bruit de succion des semelles de leurs bottes s'accrochant aux algues noires et celui de leur respiration sous leur masque à gaz leur semblaient bien trop forts. Le brouillard leur jouait des tours et ils avaient l'impression que tout était à la fois très lointain et très proche.

Will s'immobilisa brusquement et saisit Cal par le bras. Il aurait juré avoir entendu le chuchotis d'une voix rauque, si près qu'il en avait tressailli. Il recula de quelques pas, entraînant Cal à sa suite, persuadé qu'ils filaient droit sur la Division Styx. Mais Cal n'avait rien entendu et ils repartirent.

Ils perçurent alors le hurlement féroce d'un chien dans le lointain – plus de doute possible. Bartleby releva la tête et dressa les oreilles, et Cal agrippa aussitôt sa laisse. Les deux garçons n'avaient nul besoin d'échanger le moindre mot. Le temps pressait. Ils devaient traverser la ville aussi vite que possible.

Leurs cœurs cognaient à tout rompre. Will consulta la carte de Tam et vérifia sa boussole d'une main tremblante à plusieurs reprises, afin de déterminer leur position. La visibilité était si faible qu'il n'avait qu'une très vague idée de l'endroit où ils se trouvaient ; ils tournaient peut-être en rond, car ils ne semblaient pas du tout avancer. Will ne savait plus à quel saint se vouer.

Ils finirent par se cacher derrière un mur en ruine pour discuter à voix basse de ce qu'ils pouvaient faire.

— Si on part en courant et qu'on tombe sur une patrouille, c'est pas grave. On pourra les semer sans problème dans ce brouillard, suggéra Cal qui tournait la tête de tous côtés.

— T'as raison ! Mais tu crois vraiment pouvoir te débarrasser d'un de ces chiens ? J'aimerais bien voir ça.

Cal poussa un soupir excédé.

— Écoute, on ne sait pas où on est, et si on doit cavaler, on risque de tomber sur un cul-de-sac.

— Mais quand on sera dans le Labyrinthe, ils n'arriveront jamais à nous rattraper, insista Cal.

— D'accord, mais faudrait d'abord y arriver, et pour autant qu'on sache, ça fait une sacrée trotte.

Will n'en revenait pas. Comment son frère pouvait-il suggérer une chose aussi stupide ? Mais il se dit soudain qu'il aurait aussi bien pu défendre la même idée quelques mois auparavant. Il avait changé. C'est lui qui se montrait raisonnable à présent, et Cal qui jouait les jeunes garçons impulsifs, têtus, téméraires et risque-tout.

Au terme d'un échange animé, Cal finit par céder. Ils procéderaient en douceur, progresseraient lentement vers l'autre bout de la ville en faisant le moins de bruit possible et se fondraient dans le brouillard si jamais quelqu'un ou quelque chose approchait.

Ils enjambaient des gravats lorsque Bartleby se mit à regarder dans toutes les directions, reniflant l'air puis le sol. Il s'arrêta brusquement. Cal avait beau tirer sur sa laisse, il refusait d'avancer ; il s'était aplati ventre à terre comme s'il guettait quelque chose, la queue dressée. Ses oreilles tournaient et frémissaient telles des paraboles radar.

— Où sont-ils ? murmura Cal avec anxiété.

Will ne répondit pas, mais plongea la main dans l'une des poches du sac à dos de Cal pour en retirer deux grosses fusées. Il prit aussi le petit briquet jetable de tantine Jeanne dans l'une des poches intérieures de sa veste.

— Allez, Bart, chuchota Cal à l'oreille du chat en s'agenouillant à sa hauteur. Tout va bien.

Les rares poils de Bartleby étaient tout hérissés. Cal parvint à le tirer vers lui et ils rebroussèrent chemin sur la pointe des pieds : on aurait dit qu'ils marchaient sur des œufs. Will fermait la marche, les fusées à la main.

Ils longèrent un mur arrondi dont Cal palpait la pierre rugueuse comme s'il s'agissait d'un braille indéchiffrable. Will progressait à reculons pour vérifier qu'ils n'étaient pas suivis. Puis, ne voyant rien d'autre que des nuées menaçantes, il fit volte-face, trébucha sur un bloc de granit et se retrouva nez à nez avec une énorme tête en marbre qui venait d'émerger de la brume. Il faillit mourir de peur. Il contourna prudemment la statue en riant et rejoignit son frère qui l'attendait non loin.

Ils n'avaient pas fait vingt pas que le brouillard se déchira, leur laissant entrevoir un bout de la rue pavée devant eux. Will s'empressa d'essuyer ses lunettes et suivit le mouvement de la nappe de brume qui se retirait lentement. Le tracé de la

rue et les façades des immeubles les plus proches se dessinèrent, au grand soulagement des deux garçons qui distinguaient ce qu'il y avait autour d'eux pour la première fois
depuis leur arrivée dans la ville.

Mais ils s'arrêtèrent frappés de stupeur.

À moins de dix mètres se tenait une patrouille de huit Styx,
sur toute la largeur de la rue. Ils guettaient, tels des prédateurs
à l'affût, les yeux rivés sur les deux garçons abasourdis.

Vêtus de leurs longs manteaux aux rayures grises et vertes,
coiffés de leurs étranges calottes et de leurs sinistres masques à
gaz, les agents de la Division Styx ressemblaient à des spectres
tout juste sortis d'un cauchemar futuriste. L'un d'eux était
accompagné d'un féroce limier à la gueule énorme. Le
molosse tirait sur sa laisse en cuir épais, la langue pendante. Il
renifla bruyamment et tourna aussitôt la tête en direction des
deux frères. Avec un long grognement, il retroussa ses babines
sur une énorme rangée de dents jaunâtres et dégoulinantes de
bave, puis fléchit les pattes, prêt à bondir.

Mais personne n'esquissa le moindre geste. Les deux
groupes s'observèrent en silence, comme si le temps s'était
arrêté.

Will réagit enfin. Il poussa un cri strident, arracha Cal à sa
contemplation muette, le fit pivoter sur lui-même et l'entraîna
dans le brouillard. Ils coururent sans s'arrêter, talonnés par les
aboiements déchaînés des limiers et les cris éraillés des Styx.

Pris de panique, ils n'avaient pas le temps de réfléchir et
fonçaient droit devant eux sans savoir où ils allaient, incapables d'estimer la distance parcourue à travers les nappes de
brume.

Will reprit enfin ses esprits et ordonna à Cal de ne
pas s'arrêter, tandis qu'il ralentissait sa course pour allumer
une énorme chandelle romaine. Sans savoir s'il l'avait amorcée
ou non, il l'orienta dans la direction de leurs poursuivants.

Il courut sur quelques mètres, puis marqua un nouvel arrêt et essaya en vain d'allumer son briquet. Il lâcha un chapelet de jurons, puis tenta d'imiter la manière dont les Gris secouaient leur briquet pour allumer leurs cigarettes en douce à l'école. Oui ! La flamme était courte, mais c'est tout ce dont il avait besoin pour allumer la mèche de son pétard mitraillette. Il entendit tout à coup des grognements et des éclats de voix qui se rapprochaient et jeta son pétard sur le sol dans un mouvement de panique.

— Will, Will ! lança soudain Cal.

Will se précipita vers l'endroit d'où provenaient les cris, furieux de ce que son frère fasse un tel vacarme, même en sachant que c'était le seul moyen de le retrouver. Il courait à toute allure, heurta Cal de plein fouet et manqua le renverser. Ils avaient déjà repris leur course lorsque le premier pétard explosa, illuminant le brouillard de ses feux multicolores qu'il ponctua de deux coups d'un tonnerre assourdissant.

— T'arrête pas, souffla Will à son frère qui semblait un peu sonné. Allez ! Par ici ! dit-il en le tirant par le bras.

Les pétards continuaient à projeter des boules de feu vers le toit de la caverne, puis retombaient lentement au centre de la ville, dont les bâtiments se découpaient l'espace d'un instant sur fond de brume. Les fusées zébraient l'air de traînées iridescentes avant d'exploser sous la voûte dans une lueur aveuglante. On aurait dit qu'un roulement de tonnerre se propageait dans toute la ville.

Will s'arrêtait de temps à autre pour allumer une chandelle romaine, un pétard à mèche ou encore une fusée, qu'il posait sur un muret ou jetait vers le sol pour brouiller les pistes et dérouter les limiers perturbés par l'odeur de la poudre, voire frapper les Styx de plein fouet – s'ils étaient toujours à leurs trousses.

Il entendit partir la dernière fusée dans un tonnerre de sons et de lumières; il espérait qu'ils avaient gagné assez de temps pour rejoindre le Labyrinthe. Ils ralentirent l'allure pour reprendre leur souffle, puis s'arrêtèrent pour guetter le moindre signe de leurs poursuivants. Mais ils n'entendirent rien. Ils les avaient apparemment semés. Will s'assit sur le perron d'un bâtiment qui ressemblait à un temple, sortit sa carte et sa boussole pendant que Cal montait la garde.

— Je ne sais pas du tout où nous sommes, admit-il en rangeant la carte. C'est fichu.

— On pourrait se trouver n'importe où.

— Continuons par là, dit Will en se relevant après avoir regardé des deux côtés.

— Et si on retournait à notre point de départ?

— Ça n'a pas d'importance. Faut juste continuer à bouger, répondit Will en se remettant en marche.

— On dirait que le brouillard se lève un peu, tu ne trouves pas? chuchota Cal.

— C'est déjà ça.

De noueau Bartleby se raidit, s'aplatit sur le sol et cracha en direction des volutes de brume qui s'étiraient devant eux.

Les deux garçons s'immobilisèrent, scrutant les nappes cotonneuses.

Une forme noire et menaçante était tapie dans le brouillard, à moins de six mètres, proférant un grognement sourd et guttural.

— Oh, mon Dieu, un limier ! s'exclama Cal d'une voix étranglée.

Le souffle coupé, ils le regardèrent se redresser sur ses puissantes pattes antérieures, puis bondir en avant avec une rapidité phénoménale. Ils étaient piégés. Inutile de fuir, la bête était trop proche. Telle une machine infernale, le noir molosse aux naseaux fumants se précipita sur eux.

Lorsqu'il le vit bondir, Will laissa aussitôt tomber son sac à terre et poussa Cal sur le côté.

Le limier plana quelques instants et percuta Will en plein torse. Sa tête rebondit sur le sol couvert d'algues dans un claquement sonore. Encore tout étourdi, Will agrippa instinctivement la gorge du monstre des deux mains pour l'éloigner de son visage.

Mais l'animal était bien trop puissant, et ses mâchoires finirent par se refermer sur le masque à gaz. Will entendit le crissement des crocs contre le caoutchouc, suivi d'un craquement sec : l'un de ses verres de lunettes venait de se briser. Le molosse s'acharnait et tirait sur le masque, dont les lanières menaçaient de rompre d'un instant à l'autre. Son haleine fétide sentait la viande chaude et putréfiée.

Priant pour que le masque tienne, Will essaya de tourner la tête de toutes ses forces. Les mâchoires du molosse glissèrent sur le caoutchouc humide, mais cet exploit fut de courte durée, car la bête revint aussitôt à la charge. Will hurlait et le repoussait de toutes ses forces, mais parvenait à peine à l'éloigner de son visage. Le collier de la bête lui tailladait les doigts et l'animal pesait incroyablement lourd. À bout de forces, Will détourna la tête au dernier moment, échappant de justesse aux mâchoires de fer.

L'animal parvint à se dégager en se contorsionnant et en profita pour lui planter les crocs dans l'avant-bras. Will hurla de douleur et relâcha le collier qu'il tenait encore d'une main. Plus rien ne pouvait arrêter la bête à présent.

Le molosse plaqua Will au sol et enfonça ses canines dans son épaule en grondant. Will entendit le tissu de sa veste se déchirer, puis sentit quatre pointes acérées lui transpercer la chair. Il poussa un gémissement lorsque l'animal se mit à le secouer comme une poupée de chiffon. Il eut beau lui décocher quelques coups de poing aux flancs et à la tête, rien n'y faisait.

Le chien relâcha soudain son étreinte, se redressa sur ses pattes arrière et le fixa, furieux. Sa mâchoire n'était qu'à quelques centimètres de son visage, et la bave dégoulinait sur les verres des lunettes. Cal faisait son possible pour aider son frère. Il martelait tour à tour la bête de ses poings et de ses pieds, mais le molosse se contentait de montrer les crocs comme s'il savait n'avoir pas grand-chose à craindre. Sa proie était à sa merci et il n'avait que cette idée en tête.

— Va-t-en, Cal! hurla Will. Fiche le camp!

Soudain, Bartleby surgit de nulle part tel un éclair gris et atterrit sur la tête du limier.

Le chat sembla un long instant suspendu dans les airs, le dos rond et toutes griffes dehors, planant au-dessus du molosse. L'instant d'après, le chien l'avait jeté à terre. Dans la mêlée frénétique qui suivit, les garçons entendirent le bruit sourd de la chair déchiquetée. Bartleby venait de lui arracher une oreille. Un jet de sang brunâtre jaillit derrière la tête de Will. La bête émit un gémissement rauque, se cabra et relâcha sa proie. Bartleby n'avait toujours pas lâché prise et mordait de plus belle, lacérant la chair à grands coups de pattes arrière.

— Lève-toi! Lève-toi! hurla Cal.

Il aida Will à se relever et ramassa son sac à dos.

Les deux garçons battirent en retraite, mais n'allèrent pas bien loin. Ils étaient incapables de détacher leurs yeux du combat mortel. Bartleby et le chien se mêlaient dans un tourbillon de gris et de rouge, entrecoupé de coups de griffes et de dents.

— On ne peut pas rester ici! cria Will.

Il venait d'entendre les hurlements de la patrouille qui fonçait droit sur eux.

– Bart, arrête ! Viens ici !

– Les Styx ! Il faut filer ! lança Will en secouant son frère.

Cal partit à contrecœur. Il se retourna à plusieurs reprises pour voir si son chat les suivait dans la brume, mais il n'y avait pas la moindre trace de Bartleby à l'horizon, si ce n'est quelques glapissements et gémissements lointains.

Les cris et les bruits de pas retentissaient tout autour d'eux alors qu'ils couraient à l'aveuglette. Cal peinait sous le poids des deux sacs à dos, tandis que Will, encore sous le choc, tremblait comme une feuille, alarmé par la vue du sang dégoulinant le long de ses doigts et par son bras saisi d'une douleur lancinante.

À bout de souffle, les garçons s'accordèrent sans tarder sur la direction à suivre. Ils espéraient pouvoir sortir enfin de la ville et éviter de retomber dans les griffes des Styx. Dans la zone marécageuse, ils pourraient longer l'enceinte de la ville jusqu'à l'entrée du Labyrinthe. Au pire, ils retrouveraient l'escalier de pierre et fileraient en Surface.

Mais la patrouille semblait foncer droit sur eux. Les garçons qui filaient à toute allure se heurtèrent à un mur. La même idée leur traversa l'esprit : et s'ils s'étaient fourvoyés dans un cul-de-sac ? Ils palpèrent les murs avec frénésie, pour tomber sur une arche en ruine dont la clef de voûte avait disparu.

– Dieu merci, murmura Will avec soulagement. Il était moins une...

Cal se contenta d'acquiescer. Il était pantelant.

Ils jetèrent un rapide coup d'œil en arrière avant d'avancer, mais à peine avaient-ils franchi l'arche que quatre mains puissantes les soulevèrent du sol.

Chapitre trente-six

Will se débattit de toutes ses forces, mais ses coups de poing ne faisaient qu'effleurer la cagoule de son agresseur. L'homme lâcha un juron, para son dernier coup et lui plaqua le bras contre le mur sans le moindre effort.

— Ça suffit ! souffla l'homme. Chut !

Cal reconnut la voix familière et s'interposa aussitôt entre Will et son assaillant cagoulé. Will n'y comprenait rien : mais que faisait donc son frère ? Il tenta de décocher un nouveau coup, mais l'homme le tenait fermement.

— Oncle Tam ! cria Cal tout joyeux.

— Moins fort, gronda Tam.

— Tam ? répéta Will qui se sentait à présent aussi stupide que soulagé.

— Mais... comment... comment savais-tu que nous ?... balbutia Cal.

— Nous avons gardé un œil sur vous depuis que votre évasion est partie en vrille, l'interrompit Tam.

— Oui, mais comment savais-tu que c'était nous ? insista Cal.

— On s'est contentés de suivre le bruit des explosions et les éclairs. Qui d'autre que vous aurait pensé à utiliser ces fichus feux d'artifice ? On vous a probablement entendus jusqu'en Surface, sans même parler de la Colonie.

— C'est l'idée de Will, répondit Cal. Ça a plus ou moins bien marché.

— Plus ou moins, confirma Tam en regardant Will d'un air inquiet.

Le garçon s'appuyait contre le mur, le masque criblé de marques de crocs. L'un des verres de ses lunettes était brisé. Il se sentait un peu vaseux, et tout lui semblait étrangement lointain, mais il n'aurait su dire si c'était à cause de ses blessures ou de l'immense soulagement d'avoir retrouvé Tam.

— Je savais bien que tu ne resterais pas tranquillement caché tant que Chester serait encore prisonnier.

— Que lui est-il arrivé ? Est-ce qu'il va bien ? demanda Will qui avait quelque peu repris ses esprits en entendant le nom de son ami.

— Il est en vie, pour le moment en tout cas. Je te raconterai tout ça plus tard, mais nous ferions bien de partir maintenant. Imago ?

Imago parut avec une étonnante rapidité, compte tenu de sa masse. Il scruta les ténèbres et son masque frémit tel un ballon à moitié dégonflé agité par le vent. Il mit le sac de Will sur son épaule comme si c'était un fétu de paille et partit à toute allure. Les deux garçons peinaient à le suivre et avaient l'impression de jouer au chat et à la souris avec lui. La silhouette d'Imago leur servait de repère au milieu des miasmes et des obstacles invisibles. Tam fermait la marche. Les deux enfants étaient si heureux d'être à nouveau sous son aile qu'ils en avaient presque oublié la situation. Ils se sentaient en sécurité.

Imago tenait un globe à la main et ne laissait filtrer entre ses doigts que le peu de lumière nécessaire pour négocier le terrain accidenté. Ils traversèrent au pas de course une suite de cours inondées et émergèrent enfin du brouillard. Ils atteignirent un bâtiment circulaire et parcoururent à toute allure des couloirs bordés de statues et de peintures murales écaillées. Ils patinèrent dans la boue, glissèrent sur les dalles de marbre fissuré qui recouvraient le sol des pièces et des halls abandonnés jonchés de pierres brisées, jusqu'à gravir un escalier de granit noir. Après avoir grimpé plusieurs étages, ils ressortirent enfin et traversèrent des passerelles de pierre fissurée dont les balustrades s'étaient effondrées en de nombreux endroits. Will jeta un coup d'œil à la ville en contrebas, entre les nuages. Les passerelles étaient si étroites qu'il redoutait de faire une chute mortelle à la moindre hésitation, d'autant que l'épais brouillard masquait la hauteur vertigineuse à laquelle ils se trouvaient à présent. Mais Will continuait d'avancer, plaçant toute sa confiance en Imago qui, lui, n'hésitait pas l'ombre d'un instant et filait droit devant, laissant de petits tourbillons de brume dans son sillage.

Après avoir descendu quatre à quatre plusieurs volées de marches, ils pénétrèrent dans une grande pièce où résonnait le clapotis de l'eau. Imago marqua un temps d'arrêt. Il semblait à l'affût.

— Où est Bartleby ? murmura Tam à l'oreille de Cal pendant qu'ils attendaient.

— Il nous a sauvé des mâchoires d'un molosse, répondit Cal avec tristesse. Il ne nous a pas suivis. Il est peut-être mort.

— C'était un prince parmi les animaux, dit Tam en enlaçant l'épaule de son neveu.

Tam lui donna quelques tapes dans le dos pour le réconforter, puis il se rapprocha d'Imago.

— Tu crois qu'on doit rester cachés ?

— Non, mieux vaut foncer, répondit Imago d'une voix calme et mesurée. La Division sait que les garçons sont encore là, et l'endroit ne devrait pas tarder à grouiller de patrouilles.

— Allons-y, dans ce cas.

Ils suivirent Imago en file indienne, longèrent une colonnade, franchirent un muret et se laissèrent glisser le long des berges visqueuses d'un fossé profond. Les deux garçons se retrouvèrent avec de l'eau jusqu'à mi-cuisse. Ils pataugèrent péniblement parmi d'épais bouquets d'algues noires et gluantes qui ralentissaient leurs mouvements, tandis que des bulles de gaz remontaient lentement du fond pour s'agglutiner à la surface. Malgré leur masque, la puanteur putride de la végétation morte depuis des lustres les prenait à la gorge. Ils s'engagèrent dans un canal souterrain et progressèrent dans le noir le temps d'une éternité. À la sortie, Imago leur fit signe de l'attendre, puis gravit la berge du canal et disparut dans le brouillard dans un bruit de bottes mouillées.

— C'est un peu risqué, les avertit Tam en chuchotant. On sera à découvert. Restez aux aguets et ne vous éloignez pas.

Imago revint les chercher peu après et leur fit signe de le suivre. Ils sortirent de l'eau et traversèrent le terrain marécageux, laissant enfin la ville derrière eux. Leurs bottes et leurs pantalons étaient trempés. Ils gravirent une pente débouchant sur une sorte de plateau. Lorsqu'il vit que la paroi de la caverne s'ouvrait sur plusieurs galeries, Will se mit à sauter de joie : ils avaient retrouvé le Labyrinthe ! Ils avaient réussi.

— Macaulay ! cria une voix dure.

Ils s'immobilisèrent d'un coup, puis se retournèrent pour voir qui venait de crier ainsi. Le brouillard était moins dense sur ces hauteurs et ils aperçurent la silhouette arrogante et solitaire d'un Styx qui se tenait là, les bras croisés sur son torse étroit.

— Tiens, tiens, tiens... Comme c'est amusant ! Les rats empruntent toujours les mêmes chemins... hurlait la voix.

— La Mouche, répondit froidement Tam en poussant Cal et Will vers Imago.

– ... et salissent les parois de leurs spores nauséabondes et crasseuses. Je savais bien que je finirais pas t'avoir, ce n'était qu'une question de temps.

La Mouche déploya ses bras tels deux fouets meurtriers. Will vit avec effroi qu'il tenait dans chaque main une lame étincelante d'une quinzaine de centimètres. On aurait dit des faucilles.

– Il est grand temps que je me débarrasse de toi, hurla la Mouche.

Will se tourna vers Tam qui tenait déjà une machette sortie de nulle part.

– Il est grand temps que je rectifie quelques erreurs, dit Tam d'une voix grave à Imago et aux deux garçons. Partez, les gars, je vous rattraperai, ajouta-t-il avant de se tourner vers la Mouche, le regard sombre et déterminé.

Mais la silhouette ténébreuse ne broncha pas et fit tournoyer ses faucilles, prête à bondir comme un monstre surnaturel noyé dans des volutes de brume.

– Ça ne va pas du tout. Il est beaucoup trop confiant, grommela Imago. Il faut filer maintenant, conclut-il en entraînant les deux garçons vers l'une des entrées du Labyrinthe tandis que Tam se rapprochait de la Mouche.

– Oh, non... Non... souffla Imago.

Will et Cal se retournèrent et virent une troupe de Styx qui venait d'émerger de la brume et s'était déployée en arc de cercle. Mais la Mouche leva une faucille et ils s'arrêtèrent aussitôt, quelques mètres en arrière, visiblement impatients d'en découdre.

Tam marqua une pause comme pour évaluer la situation. Il secoua la tête, puis se redressa d'un air de défi. Il ôta sa cagoule et prit une profonde inspiration, emplissant ses poumons d'un air fétide.

La Mouche arracha ses lunettes de protection et son appareil respiratoire, laissa le tout tomber à ses pieds avant de le pousser d'un coup de pied. Les deux adversaires s'avancèrent l'un vers l'autre en s'affrontant du regard tels deux champions de boxe. Will frémit lorsqu'il vit un sourire sardonique et glacial crisper le visage émacié du Styx.

Les deux garçons osaient à peine respirer. Un silence de mort s'était abattu sur la scène.

La Mouche s'avança le premier en moulinant l'air de ses bras. Tam recula pour l'esquiver et leva sa machette pour parer son attaque. Les armes s'entrechoquèrent dans un bruit strident.

La Mouche pivota sur lui-même avec la grâce d'un danseur et fondit sur Tam, zébrant l'air de ses faucilles. Tam riposta par un enchaînement de bottes et de parades, et l'échange de coups qui suivit fut si rapide que c'est tout juste si Will et Cal osèrent fermer les yeux, ne serait-ce qu'une fraction de seconde. Les deux hommes se lancèrent dans un nouvel assaut, croisèrent le fer, puis rompirent, le souffle court, sans jamais se quitter des yeux. Tam semblait avoir été touché au flanc.

— Mauvais, ça! dit Imago entre ses dents.

De longs rubans liquides coulaient sur les doigts de Tam et imprégnaient le tissu de sa veste. Sous la lumière verte de la ville, on aurait dit de l'encre noire; mais il était blessé et perdait beaucoup de sang. Tam se redressa soudain et lança un nouvel assaut contre la Mouche, qui l'esquiva sans peine et le toucha cette fois au visage.

Tam recula en vacillant. Imago et les garçons virent une tache sombre sur sa joue gauche.

— Oh, mon Dieu, dit Imago qui s'agrippait si fort aux cols des deux garçons que Will sentit se tendre les muscles de son bras dès la reprise du combat.

Tam lança une nouvelle attaque, mais son adversaire esquivait tous ses coups en pivotant sur lui-même, comme pour exécuter une chorégraphie. Tam maniait sa machette avec dextérité, mais l'autre était trop rapide pour lui et ses coups ne fendaient guère que des nappes de brume. Alors qu'il se tournait pour faire face à son insaisissable adversaire, Tam perdit l'équilibre, prêtant la hanche aux attaques de la Mouche qui ne laissa pas passer une si belle occasion.

Mais Tam était prêt, il attendait cet instant. Il esquiva son coup en se précipitant vers l'avant, trompa la garde du Styx et lui trancha la gorge avec une telle rapidité que Will ne vit pas même partir l'écharpe.

Le Styx vacilla, de sa trachée s'écoulait un liquide noirâtre. Il laissa tomber ses faucilles sur le sol, porta les mains à son cou et un sifflement étranglé sortit de sa gorge.

Tel un matador assénant le coup de grâce, Tam s'avança vers lui et lui enfonça la machette en pleine poitrine en poussant sur le manche des deux mains. La Mouche manqua tomber en avant, mais il s'agrippa *in extremis* aux épaules de Tam, jeta un regard incrédule sur la garde en bois grossier de la machette qui semblait jaillir de son sternum, puis releva la tête. Un bref instant, les deux combattants restèrent parfaitement immobiles, comme deux statues dans un tableau tragique, les yeux rivés l'un à l'autre.

Puis Tam cala son pied contre le torse du Styx et retira sa machette d'un coup sec. Le Styx vacilla en proférant des insultes silencieuses, semblable à une marionnette retenue par des fils invisibles. Blessé à mort, il émit un ultime rugissement à l'adresse de Tam, puis s'effondra sur le sol. Les autres Styx échangèrent alors des murmures nerveux. Ils semblaient paralysés, ne sachant trop que faire.

Tam n'hésita pas un instant : il se rua vers Imago et les deux garçons en grimaçant de douleur, une main pressée sur sa hanche. Les Styx s'avancèrent pour encercler le corps sans vie de leur camarade tombé au combat.

Pendant ce temps, Tam entraînait déjà Imago et les garçons dans un passage du Labyrinthe, mais il fut vite contraint de s'arrêter et dut s'appuyer contre une paroi. Il avait le souffle lourd et transpirait à grosses gouttes. La sueur se mêlait au sang qui coulait de son visage lacéré et dégoulinait de son menton hirsute.

— Je les retarderai, dit-il, pantelant. Ça vous fera gagner un peu de temps, ajouta-t-il en regardant l'entrée de la galerie.

— Non, je m'en charge, dit Imago. Tu es blessé.

— Je suis fini, de toute façon, rétorqua Tam.

Imago regarda le sang qui jaillissait de son flanc et lui tendit sa machette. Son sort était scellé.

— Non, oncle Tam, viens avec nous ! S'il te plaît, supplia Cal d'une voix étranglée — il savait très bien ce que cela signifiait.

— Dans ce cas, nous serions tous perdants, Cal, dit Tam avec un sourire livide, puis il l'enlaça.

Tam ôta le pendentif en pierre polie qu'il portait autour du cou et le tendit à Will. Un symbole y était gravé.

— Prends-le, lui dit Tam. Ça pourrait t'être utile là où tu vas.

Puis Tam relâcha Cal, recula d'un pas et posa ses mains sur les épaules de Will.

— Prends bien soin de Cal, d'accord, Will ? ajouta-t-il en lui pressant l'épaule, mais sans quitter des yeux son plus jeune neveu. Promis ?

Will était tellement abasourdi qu'il ne trouvait plus ses mots et avant qu'il n'ait eu le temps de prononcer une parole, Tam avait déjà tourné la tête.

— Oncle Tam, viens... Viens avec nous ! hurla soudain Cal.

– Emmène-les, Imago, lança Tam en se dirigeant vers l'entrée de la galerie où venait d'apparaître l'armée monstrueuse des Styx.

Cal appelait encore son oncle et refusait toujours de partir lorsque Imago l'attrapa par le col et le força à passer devant lui. Malgré son désespoir, le pauvre garçon n'eut pas d'autre choix que d'obéir ; il se mit soudain à pousser des hurlements angoissés entrecoupés de sanglots incontrôlables. Imago ne se montra guère plus doux avec Will, auquel il administra de grandes claques dans le dos pour le faire avancer plus vite. Imago hésita un instant avant de s'engouffrer dans une autre galerie, et se retourna pour apercevoir une dernière fois la silhouette massive de Tam se découpant sur le fond vert de la ville, ses deux machettes à la main, prêt à frapper, seul face à une forêt de faucilles. Cette dernière image de Tam, fier et droit devant l'ennemi, resterait à jamais gravée dans leur mémoire.

Dans leur fuite, ils entendaient ses cris entrecoupés du bruit de plus en plus lointain des lames qui s'entrechoquaient.

Chapitre trente-sept

Will tenait son bras serré contre ses côtes, car son épaule l'élançait à chaque pas. Il n'avait aucune idée de la distance qu'ils avaient parcourue lorsque Imago ralentit enfin l'allure, ce qui leur permit de reprendre leur souffle. Ils venaient d'atteindre le bout d'une longue galerie et ils auraient pu marcher côté à côte à présent, mais ils préféraient continuer en file indienne pour conserver un peu d'intimité. Ils n'avaient pas eu besoin d'échanger le moindre mot pour savoir ce que ressentaient les autres depuis qu'ils avaient laissé Tam dans la ville. Ils progressaient désormais au rythme d'une procession funèbre.

Will ne pouvait croire que Tam fût vraiment mort. Il avait un si grand cœur, personne à la Colonie ne pourrait jamais égaler une telle bonté. Il l'avait accueilli dans la famille sans la moindre hésitation. Les sanglots étouffés de Cal ne l'aidaient guère à lutter contre la sensation de vide et le sentiment d'abandon qui l'envahissaient peu à peu.

Ils firent d'innombrables tours et détours au fil de galeries toutes aussi peu remarquables les unes que les autres. Sans même consulter la moindre carte, Imago semblait savoir où il allait. Il marmonnait parfois dans sa barbe, comme s'il récitait un poème sans fin, ou bien une prière.

Imago se figea soudain devant la faille qui s'ouvrait devant eux, examina prudemment les parois du tunnel et se mit à agiter vigoureusement une sphère de métal sans éclat – à peu près de la taille d'une orange – tout autour de la faille.

– À quoi ça sert? demanda Will qui ne comprenait pas pourquoi Imago répétait ce même rituel à chaque embranchement.

– C'est pour masquer notre odeur, répondit Imago avant de ranger la sphère.

Il prit ensuite le sac à dos de Will et le laissa choir au fond du trou, avant de s'y glisser tant bien que mal compte tenu de sa carrure. La faille descendait presque à pic sur environ six mètres, puis la pente s'adoucissait à mesure que le passage se resserrait. Will et Cal progressaient lentement derrière Imago, qui se tortillait dans l'étroit boyau à grand renfort de grognements, tout en poussant le sac devant lui. Will commençait à se demander ce qu'ils feraient si jamais Imago restait coincé, lorsqu'ils émergèrent du boyau et purent enfin se remettre debout.

Will ne distingua d'abord pas grand-chose à travers son masque : l'un des verres de ses lunettes était brisé, et l'autre tout embué. C'est seulement lorsque Imago ôta le sien et leur demanda d'en faire autant qu'il comprit enfin où ils se trouvaient.

Il s'agissait d'une chambre d'un peu moins de neuf mètres de diamètre, en forme de cloche, dont les parois grossières avaient la texture du siliciure de carbone. Quelques stalactites grisâtres surplombaient une lunette de métal poussiéreuse au centre de la pièce. Le sol était recouvert de petits amas de sphères lisses et jaunâtres dont la taille variait du petit pois au gros calot.

– Des perles de grotte! marmonna Will en se rappelant les images qu'il avait vues dans l'un des manuels de son père.

Il se mit aussitôt à scruter la pièce, en quête d'un filet d'eau courante, nécessaire à leur formation ; mais le sol et les parois semblaient aussi secs que le reste du Labyrinthe et il n'y avait pas d'autre issue que le boyau par lequel ils étaient arrivés.

— Ne t'inquiète pas, le rassura Imago qui avait compris son angoisse. Nous sommes en sécurité ici. Cet endroit se nomme le Chaudron. Mais laisse-moi examiner un peu ton bras.

— Ce n'est rien, je vous assure, répondit Will, qui non seulement voulait qu'on le laisse tranquille mais aussi redoutait de découvrir la gravité de ses blessures.

— Allons, rétorqua Imago d'une voix ferme. Ça pourrait s'infecter. Je dois faire un pansement.

Will serra les dents, prit une profonde inspiration et ôta maladroitement sa veste qu'il laissa choir sur le sol. Le tissu de sa chemise était collé à ses blessures et Imago dut le retirer petit à petit en commençant par le col. Will avait la nausée et grimaçait chaque fois qu'il arrachait une nouvelle croûte encore humide. Du sang frais lui coulait le long du bras.

— Tu t'en tires à bon compte, dit Imago sans sourire. Tu peux t'estimer heureux, car les limiers s'attaquent généralement à des parties plus vulnérables, précisa-t-il devant le regard perplexe de Will.

Son avant-bras comportait des zébrures livides et des traces de morsures qui saignaient à peine. Il examina les rougeurs qui s'étalaient sur son torse et sur son abdomen puis seulement se palpa les côtes. Il avait mal lorsqu'il inspirait profondément. Pas de gros dégâts de ce côté-là non plus, mais ce n'était pas le cas de son épaule. L'animal y avait enfoncé ses crocs bien plus profond et lui avait si bien déchiqueté les chairs en agitant la mâchoire qu'on aurait pu croire que Will venait d'essuyer un tir de plomb.

— Beurk ! souffla Will en détournant la tête à la vue du sang lui coulant le long du bras. Ça a l'air atroce !

Will s'était mis à trembler en voyant sa plaie. Il avait désormais pleinement conscience de la douleur, et se sentait soudain faible et vulnérable.

— Ne t'inquiète pas. C'est moins grave que ça n'en a l'air, le rassura Imago en versant le contenu d'une gourde en argent sur une compresse. Attention, ça va piquer, lui dit-il, puis il entreprit de nettoyer les blessures.

Après avoir fini, il ouvrit son manteau et défit le bouton de l'une des nombreuses poches accrochées à sa ceinture. Il en sortit un mélange ressemblant à du tabac à pipe dont il saupoudra généreusement les plaies de Will, s'attardant sur son épaule. Les petites fibres adhéraient aux lésions et absorbaient le sang.

— Ce sera peut-être un peu douloureux, mais j'ai presque fini, dit-il en ajoutant une dernière couche.

— Qu'est-ce que c'est? demanda Will qui osa enfin regarder son épaule.

— Des rhizomes hachés.

— Des quoi? s'exclama Will avec inquiétude. J'espère que vous savez ce que vous faites.

— Mon père est apothicaire. Il m'a appris à panser une plaie alors que j'étais à peine plus vieux que toi.

Will se détendit.

— Ne t'inquiète pas, Will... Ça fait déjà un bon bout de temps que je n'ai pas perdu de patient, déclara Imago avec un regard en coin.

— Comment? répondit Will qui n'avait pas encore compris qu'il voulait rire.

— Je plaisantais, le rassura Imago en lui ébouriffant les cheveux.

Imago avait beau essayer d'alléger un peu l'atmosphère en terminant son pansement, Will voyait bien la tristesse infinie qui avait envahi son regard.

— Ce cataplasme contient un antiseptique. Ça arrêtera l'hémorragie et atténuera la douleur, dit-il en sortant un rouleau de ruban gris d'une autre poche.

Imago lui banda l'épaule et le bras avec dextérité, terminant son œuvre par un nœud bien serré, puis recula pour admirer son travail.

— Comment te sens-tu ?

— Mieux, mentit Will. Merci.

— Il faudra changer le pansement régulièrement. Tu devrais emporter un peu de ce cataplasme.

— Comment ça ? Où est-ce que vous allez ? demanda Will en agitant la tête.

— Chaque chose en son temps. Tu as perdu beaucoup de sang et tu dois te réhydrater. Et puis on devrait tous manger un morceau... Allez, Cal, viens donc un peu par ici, dit-il au jeune garçon affalé sur le sol.

Cal se releva pour les rejoindre, pendant qu'Imago s'installait par terre. Il avait étalé ses jambes devant lui et sorti de nombreuses boîtes en métal oxydé de son sac de cuir. Il ôta le couvercle d'une conserve et la tendit à Will qui en considéra le contenu avec une révulsion non dissimulée : il s'agissait de morceaux de champignons gris, noyés dans un liquide indéterminé.

— Si ça ne vous dérange pas, nous avons apporté nos propres provisions.

Imago ne semblait y voir aucun inconvénient ; il se contenta de refermer son bocal en attendant que Will sorte les vivres de son sac à dos. Imago se régalait manifestement : il mangeait bruyamment les tranches de jambon au miel tout en se léchant les doigts malgré leur saleté et, comme pour faire durer le plaisir, tournait la viande avec sa langue avant de la mâcher, puis l'avalait les yeux mi-clos, avec un soupir de satisfaction.

Cal avait à peine touché à la nourriture et s'était retiré au fond de la grotte. Will n'avait pas grand appétit non plus, surtout après un tel spectacle. Il sortit une canette de Coca et la sirota, pensant soudain au pendentif que lui avait donné Tam. Il le tira de sa veste et en observa la surface mate encore tachée de sang, coagulé au creux des trois encoches gravées. Will le contempla, puis en palpa la surface avec le pouce. Il était certain d'avoir déjà vu le même symbole à trois dents. Mais oui ! sur la borne qu'ils avaient trouvée dans le Labyrinthe.

– Je veux rentrer à la maison. Je m'en fiche maintenant, déclara Cal d'une voix monocorde depuis l'autre bout de la grotte.

Imago, qui savourait une tablette de chocolat, faillit bien s'étrangler et en recracha plusieurs morceaux à moitié mâchés. Il tourna vivement la tête vers Cal en faisant valser sa queue de cheval.

– Et les Styx ?

– Je leur parlerai. Je les forcerai à m'écouter, répondit Cal d'une voix faible.

– Ils t'écouteront, c'est sûr, mais ils t'arracheront le foie ou te découperont en petits morceaux ! Espèce d'idiot, tu crois que Tam a sacrifié sa vie pour que tu fasses si peu cas de la tienne ?

– Je... non...

Cal clignait des yeux, apeuré par les remontrances d'Imago.

Will pressa le pendentif contre son front et se couvrit le visage d'une main. Il voulait qu'ils cessent de hurler. Ce n'était vraiment pas le moment. Il voulait que tout s'arrête, ne serait-ce qu'un instant.

– Imbécile... Égoïste... Qu'est-ce que tu comptes faire ? Demander à ton père, ou à Mamie Macaulay, de te cacher...

au péril de leur vie ? C'est déjà assez grave comme ça, tu ne trouves pas ?

— Je pensais juste...

— Rien du tout ! l'interrompit Imago. Tu ne dois jamais revenir, tu comprends ? Mets-toi bien ça dans la tête !

Imago jeta le reste de la tablette de chocolat et partit à l'autre bout de la grotte.

— Mais je...

— Dors donc un peu ! grommela Imago d'un air furibond.

Puis il s'enveloppa dans son manteau, s'allongea sur le côté et lui tourna le dos. Son sac lui servit d'oreiller.

Ils passèrent la plus grande partie de la journée à dormir et à manger sans dire un mot. Après l'horreur des dernières vingt-quatre heures, Will profitait de ces instants pour récupérer, plongé dans un profond sommeil sans rêves. Quand la voix d'Imago le réveilla enfin, il releva lentement une paupière pour voir ce qui se passait.

— Viens donc me donner un coup de main, Cal.

Le garçon se releva d'un bond et rejoignit Imago, agenouillé au centre de la grotte.

— Ça pèse une tonne, commenta Imago en grimaçant.

Il était clair qu'Imago aurait pu s'en sortir tout seul : il essayait seulement de se réconcilier avec Cal, se dit Will en ouvrant un œil, puis l'autre. Il essaya de plier le bras. Son épaule était raide, mais ses blessures le faisaient beaucoup moins souffrir.

Cal et Imago, à présent étendus sur le sol, scrutaient les ténèbres à l'aide d'une lampe torche. Will les rejoignit à quatre pattes pour voir ce qu'ils observaient. Les parois du puits descendaient sur un mètre environ.

— Je vois un truc qui brille, dit Cal.

— Oui, ce sont des rails, répondit Imago.

— Le train des mineurs, commenta Will qui venait de distinguer deux lignes parallèles en fer poli étincelant dans le noir.

Les deux garçons s'assirent au bord du trou, attendant les explications d'Imago.

— Je ne vais pas y aller par quatre chemins, car nous manquons de temps, dit celui-ci. De deux choses l'une : soit nous restons cachés ici pendant un temps et je vous ramène en Surface, ou...

— Oh, non, pas là-haut ! s'exclama aussitôt Cal.

— Je n'ai pas dit que ce serait facile, admit Imago. D'autant que nous sommes trois.

— Hors de question ! Jamais je ne le supporterai ! cria presque Cal.

— Ne va pas si vite. Si nous parvenions à rejoindre la Surface, vous pourriez essayer de trouver un endroit où les Styx ne pourraient jamais vous retrouver. Mais rien n'est moins sûr.

— Non, répéta Cal avec détermination.

— Tu devrais savoir... poursuivit Imago qui s'était tourné vers Will. Tam pensait... dit-il avant de s'interrompre à nouveau, comme s'il s'apprêtait à leur révéler quelque chose de terrible. Tam pensait que la jeune Styx qui se faisait passer pour ta sœur en Surface était... la fille de la Mouche, conclut-il en toussant. Ça signifie que Tam vient de tuer son père, là-bas, dans la ville.

— Le père de Rebecca ? demanda Will, surpris.

— Oh, mon Dieu ! s'exclama Cal.

— Qu'est-ce que ça peut faire ? Qu'est-ce que... demanda Will.

Imago l'interrompit :

— Les Styx n'abandonnent jamais. Ils te poursuivront partout où tu iras. Quiconque t'accueillera en Surface, à la Colonie ou même dans les Profondeurs prendra un risque. Tu sais, ils ont des hommes partout là-haut, expliqua-t-il en se grattant le ventre. Mais si Tam avait raison, cela signifie que la situation vient encore d'empirer. Tu es en très grand danger. Tu es marqué, à présent.

Will s'efforça d'assimiler ce que venait de dire Imago et secoua la tête. Quelle injustice !

— Tu veux dire que si je remonte en Surface, je vivrai comme un fugitif. Que si j'allais voir tantine Jeanne, alors...

— Ils la tueraient. Ainsi vont les choses, dit Imago, visiblement mal à l'aise.

— Mais qu'est-ce que vous allez faire, vous, Imago ? demanda Will qui peinait à prendre toute la mesure de la situation.

— Je ne peux pas rentrer à la Colonie, c'est certain. Mais ne t'inquiète pas pour moi. C'est vous qui avez besoin d'aide.

— Qu'est-ce que je dois faire ? demanda Will en jetant un coup d'œil à Cal qui inspectait le puits.

Imago se contenta d'un haussement d'épaules.

Will ne savait plus que faire. Il avait l'impression de jouer à un jeu dont il découvrait les règles à mesure qu'il commettait des erreurs.

— Bon, j'imagine que je n'ai plus rien à faire là-haut, de toute façon. Plus maintenant, en tout cas, marmonna-t-il, la tête baissée. Et puis mon père se trouve quelque part sous nos pieds....

Imago se mit à fouiller dans son sac, dont il sortit un objet enveloppé dans un vieux morceau de toile de jute, pour le tendre à Will.

— Qu'est-ce que c'est ? demanda Will en dépliant le paquet.

Il s'agissait d'une petite boule compacte qui tenait aisément dans son poing. Son état indiquait qu'on l'avait immergée avant de la faire sécher pour fabriquer du papier mâché. Will adressa un regard interrogateur à Imago, qui resta silencieux. Will se mit donc à la peler tel un vieil oignon desséché, séparant chaque feuillet avec les ongles, puis il étala tous les morceaux sur le sol pour les examiner à la lumière de sa lampe.

– Non ! Incroyable ! C'est l'écriture de mon père ! s'exclama-t-il, ravi.

Les feuillets étaient maculés de boue et l'encre bleue avait coulé, ce qui les rendait presque illisibles, mais Will parvint malgré tout à en déchiffrer une partie.

– « Je reprendrais », récita Will en lisant l'un des fragment. Non, l'encre a trop bavé sur ce morceau, marmonna-t-il. Rien là non plus... Je ne sais pas... des mots bizarres... ça n'a aucun sens... mais... ah ! « Quinzième jour ! » dit-il avant d'examiner d'autres morceaux. (Il s'arrêta soudain.) Il parle de moi, dans celui-ci ! s'exclama-t-il d'une voix voilée par l'émotion. Ça dit : « Si mon fils, Will, avait... » Mais qu'est-ce qu'a voulu dire Papa, s'interrogea-t-il en examinant le verso vierge d'un air dubitatif. Qu'est-ce que je n'ai pas fait ? Qu'étais-je censé faire ? demanda-t-il en implorant Imago du regard.

– Comment veux-tu que je le sache ? répondit l'homme.

– En tout cas, il pensait encore à moi. Il ne m'a pas oublié. Peut-être qu'il a toujours espéré que je suivrais sa trace et que j'essaierais de le retrouver, dit Will en se balançant vigoureusement. Oui, c'est ça... C'est forcément ça !... Imago, ça doit provenir du journal de mon père. Où l'as-tu trouvé ? demanda Will, pris d'une inquiétude soudaine... il imaginait déjà le pire. Est-ce qu'il va bien ?

– Sais pas, répondit Imago en se caressant le menton d'un air songeur. Comme Tam t'a dit, lorsqu'il est monté à bord du train des mineurs, il a pris un billet sans retour, ajouta-t-il en indiquant le trou. Ton père est sûrement quelque part là-dessous, dans les Profondeurs. Probablement.

— D'accord, mais où avez-vous trouvé ça ? demanda Will en lui montrant les papiers avec impatience.

— Environ une semaine après son arrivée à la Colonie, il se promenait du côté des Taudis et s'est fait tabasser. Si la rumeur dit vrai, il arrêtait les gens pour leur poser des questions. Dans ce coin-là, ils ne sont pas très tendres, et encore moins avec les Surfaciens fouineurs. Il a pris une sacrée raclée. D'après ce qu'on raconte, il est resté allongé sur le sol et n'a même pas essayé de se battre. Ça lui a sans doute sauvé la vie.

— Papa... dit Will, les yeux emplis de larmes. Pauvre Papa.

— Ça ne devait pas être très grave puisqu'il a réussi à s'en tirer. Mais faudrait que tu me dises ce que tu attends de moi. On ne peut pas rester ici à jamais... Will, Cal ? interrogea-t-il en regardant les deux garçons.

Ils restèrent silencieux, puis Will reprit enfin la parole.

— Chester ! s'exclama-t-il.

Comment avait-il pu l'oublier ?

— Quoi que vous en pensiez, il faut que j'aille le chercher, dit-il d'un ton résolu. Je le lui dois.

— Ne t'inquiète pas pour lui. Tout ira bien.

— Qu'est-ce qui vous permet de dire ça ? rétorqua Will.

Imago se contenta de sourire.

— Où il est ? Est-ce que tout va bien ? Vraiment ?

— Fais-moi confiance.

Will le regarda droit dans les yeux et vit à son grand soulagement qu'il ne mentait pas. Il se dit que si quelqu'un pouvait sauver son ami, ce serait Imago. Il prit une profonde inspiration et releva la tête.

— Eh bien, dans ce cas, c'est parti pour les Profondeurs.

— Et je viens avec vous, lança Cal.

— Vous avez bien réfléchi ? demanda Imago d'un air dur. Ça ressemble à l'enfer, là-dessous. Vous feriez mieux de retourner en Surface. Au moins toi, tu connais le terrain, Will.

— Je n'ai plus que mon père, répondit ce dernier en secouant la tête.

— Dans ce cas, si c'est ce que tu veux... dit Imago d'un ton grave.

— Nous n'avons plus rien à faire en Surface, pour le moment en tout cas, répondit Will en jetant un coup d'œil à son frère.

— OK d'ac, c'est parti ! dit Imago en consultant sa montre. Essayez de roupiller un peu maintenant. Vous aurez besoin de toutes vos forces.

Mais aucun d'eux ne réussit à dormir, si bien qu'après un moment Imago et Cal se mirent à parler de Tam. Imago régalait le jeune garçon des exploits de son oncle, ils arrivaient même parfois à en rire ensemble. Imago semblait trouver un certain réconfort dans le récit des bêtises qu'ils avaient faites au temps de leur jeunesse.

— Tam et Sarah ne valaient pas mieux l'un que l'autre, je te le dis. De vrais sauvageons, dit Imago avec un sourire empreint de tristesse.

— Raconte à Will l'histoire des crapauds-buffles, réclama Cal.

— Oh, mon Dieu, oui... répondit Imago en riant. C'était une idée de ta mère, tu sais. Nous avions fauché tout un tonneau de ces machins-là du côté des Taudis – les malades les mâchent pour délirer. C'est une habitude dangereuse, car l'abus de toxine peut te griller le cerveau, précisa Imago en haussant un sourcil. Sarah et Tam avaient libéré les crapauds-buffes dans une église juste avant l'office. Tu aurais dû voir ça... Une centaine de ces petites saletés visqueuses qui sautaient partout... les gens qui sursautaient en hurlant... Avec tout ce vacarme, c'est tout juste si on distinguait la voix du prêtre... *coâ, coâ, coâ...*

L'homme rondouillard riait de bon cœur, mais son front se plissa soudain et il ne put terminer son récit.

Curieux d'en savoir un peu plus sur sa mère, Will avait tendu l'oreille, mais il était bien trop fatigué et soucieux pour écouter vraiment. La gravité de la situation le préoccupait et il redoutait ce qui l'attendait : un voyage dans l'inconnu. Serait-il vraiment à la hauteur ? Était-ce le bon choix ? Pour lui, comme pour son frère ?

La voix de Cal le tira de ses pensées.

— Tu crois que Tam a pu s'en sortir ? Tu sais... s'échapper ?

Imago détourna aussitôt le regard et se mit à dessiner d'un doigt dans la poussière l'air absent. Manifestement il ne savait que répondre. Dans le silence qui suivit, Cal fut submergé par une nouvelle vague de tristesse.

— Je ne peux pas croire qu'il est parti. Il était tout pour moi.

— Il a combattu toute sa vie, dit Imago d'une voix lointaine et tendue. Ce n'était pas un saint, ça c'est sûr, mais il nous a donné l'espoir, et c'est ce qui nous rendait les choses supportables.

Imago marqua une pause, les yeux perdus dans le vague.

— Avec la mort de la Mouche, il va y avoir des purges... et une vague de répression comme on n'en a pas vu depuis des années, dit-il en ramassant une perle de roche de la grotte pour l'observer. Mais je ne retournerai pas à la Colonie, même si je le pouvais. Je crois bien que nous sommes tous des sans-abri, maintenant, conclut-il avant de lancer la perle qui retomba pile au centre du puits.

Chapitre trente-huit

– Je vous en supplie! gémit Chester sous la cagoule moite qui lui collait au visage et au cou.

Il avait des sueurs froides. Après l'avoir tiré de sa cellule et traîné jusque dans l'entrée du commissariat, on lui avait enfilé un sac de bure sur la tête et lié les poignets. Puis on l'avait abandonné là, enveloppé dans ces ténèbres suffocantes. Il entendait des sons étouffés tout autour de lui.

– Je vous en prie! hurlait-t-il de désespoir.

– Tu vas te taire, oui! lui intima une voix sèche à quelques centimètres de son oreille.

– Qu'est-ce qui se passe?

– Tu pars faire un petit tour, mon gars, juste un petit tour, lui répondit la même voix.

– Mais j'ai rien fait! Je vous en prie!

Chester entendit alors un bruit de bottes sur la pierre et on le poussa en avant. Il trébucha et tomba à genoux, incapable de se relever, les mains ainsi attachées.

– Lève-toi!

On le remit sur pied et il resta planté en équilibre précaire sur ses jambes flageolantes. Il n'avait aucune idée de ce qu'on lui réservait, mais il savait que ses jours étaient comptés. Les policiers du cachot refusaient de lui adresser la parole. Il avait rapidement abandonné l'espoir d'obtenir une réponse de leur part, d'autant plus qu'il redoutait la réaction du second et de ses collègues. Autant éviter de nouveaux sévices.

Chester avait mené la vie d'un condamné, ignorant quelle forme allait prendre son exécution. Il s'était accroché à chaque instant, car il sentait la mort se rapprocher inexorablement. Le compte à rebours avait commencé. Il trouvait cependant quelque réconfort à l'idée qu'un voyage en train l'attendait : cela signifiait qu'il avait encore un peu de temps devant lui. Mais après ? À quoi les Profondeurs ressemblaient-elles ? Que lui arriverait-il là-bas ?

— Dépêche-toi !

Il avança d'un pas mal assuré... il n'y voyait rien du tout. Il se heurta à quelque chose de dur, puis l'environnement sonore lui sembla différent. Il entendait des échos et des cris lointains.

Une clameur s'éleva soudain.

Oh, non !

Il n'y avait plus de doute possible. Il se trouvait devant le commissariat, face à la foule hurlante. La peur fit place à la panique. Une foule. Le vacarme des sifflets et des huées s'amplifia, il sentit qu'on le soulevait à nouveau de terre. L'instant d'après, il fut dans la rue principale : il sentait les pavés chaque fois que ses pieds touchaient le sol.

— Je n'ai rien fait ! Je veux rentrer chez moi !

Tremblant sous le tissu grossier de sa cagoule, Chester avalait ses larmes mêlées de salive à chaque inspiration.

— À l'aide ! Quelqu'un ! hurla-t-il d'une voix que l'angoisse avait rendue méconnaissable.

— Sale ordure de Surfacien !

— À la potence !

Puis la foule se mit à scander en chœur :

– Ordure ! Ordure ! Ordure !

– Arrêtez... Je vous en prie... Aidez-moi ! S'il vous plaît... je vous en prie.

Chester haletait et sanglotait, incapable de retenir ses larmes.

– Ordure ! Ordure ! Ordure !

Je vais mourir ! Je vais mourir... mourir ! se répétait-il en lui-même, en contrepoint aux huées de la foule. Ils étaient si près de lui à présent qu'il percevait la puanteur fétide de leur haine.

– Ordure ! Ordure ! Ordure !

Il avait l'impression d'être piégé au fond d'un gouffre, pris dans un tourbillon de bruits, de cris et de rires cruels. Il n'en pouvait plus, il devait agir, s'échapper !

Chester tenta en vain de se libérer de l'emprise de ses gardiens en se contorsionnant en tous sens, mais ils l'empoignèrent avec encore plus de brutalité. Ils avaient des mains énormes. Les cris moqueurs de la populace atteignirent alors un paroxysme de frénésie.

– Non... non... non... gémit-il d'une voix lasse.

Il avait compris que tous ses efforts étaient vains.

– Allons, Chester, reprends-toi un peu ! Tu ne voudrais pas décevoir ces dames et ces messieurs, n'est-ce pas ? lui susurra une voix faussement suave au creux de l'oreille.

Il s'agissait du second, qui devait savourer chaque seconde de ce spectacle.

– Laisse-les t'admirer ! Qu'ils voient qui tu es vraiment ! renchérit un autre.

Dans sa profonde détresse, Chester se sentait hébété.

Je ne peux pas le croire. Non, je ne peux pas le croire.

Pendant un court instant, il lui sembla que la clameur avait cessé, comme s'il venait de pénétrer dans l'œil du cyclone : le temps avait suspendu son vol. Puis on lui saisit les mains et les chevilles et on l'aida à gravir une marche.

Et maintenant ? se demanda-t-il. On le hissa sur un banc et il fut brutalement plaqué contre le dossier.

— Qu'on l'emmène ! aboya quelqu'un, et la foule se mit à hurler.

Des cris de joie et des sifflements d'admiration retentirent.

Le véhicule bondit en avant et il crut entendre le claquement des sabots sur les pavés.

Une carriole ? Oui, c'était ça !

— Non ! Je ne veux pas y aller ! C'est injuste ! implora-t-il avant de bredouiller des paroles incompréhensibles.

— Tu vas recevoir ce que tu mérites, mon gars ! lui répondit son ancien geôlier sur le ton de la confidence.

— Et c'est encore trop bon pour toi, intervint une autre personne dont il ne reconnut pas la voix.

Chester tremblait à présent de tout son corps.

Ça y est ! Oh, mon Dieu ! Ça y est, c'est la fin !

Il repensa à sa maison : les souvenirs des innombrables samedis matins passés devant la télévision se bousculèrent dans sa tête. Il se rappelait les moments ordinaires et joyeux qu'il avait goûtés en compagnie de sa mère lorsqu'elle préparait le petit déjeuner à la cuisine, l'odeur du repas, et puis la voix de son père qui l'appelait depuis le rez-de-chaussée pour savoir s'il était enfin prêt. Il avait l'impression de vivre une seconde vie qui ne lui appartenait pas. Elle venait d'un autre temps, d'un autre univers.

Jamais je ne les reverrai. Ils sont partis pour toujours... Tout est fini !

Sa tête retomba mollement sur son torse. Il venait de prendre toute la mesure de sa situation.

Je suis fini.

Le désespoir l'envahit. Il était comme paralysé et poussa malgré lui un terrible et profond soupir de résignation – la plainte d'un animal.

Il retint longuement son souffle, happant l'air comme une carpe tirée de l'eau et jetée à terre. Il avait les poumons en feu. Son corps fut soudain secoué par un spasme violent, et il prit une profonde et douloureuse inspiration à travers le tissu serré de sa cagoule. Puis il releva la tête et laissa échapper un long cri de détresse.

– Wiiiiiiiiillllllllll !

Will s'était encore assoupi lorsqu'une lointaine vibration le tira de son sommeil. Il ne savait plus très bien où il était, ni combien de temps il avait dormi quand la dure réalité lui revint à l'esprit. Ayant choisi de partir pour les Profondeurs, il avait l'impression de se réveiller en plein cauchemar.

Il vit Imago accroupi à côté du puits, la tête légèrement inclinée pour mieux écouter le vrombissement qui s'amplifiait à chaque seconde au point d'emplir la caverne tout entière. Imago invita les deux garçons à le rejoindre : ils s'approchèrent du puits puis s'assirent, les jambes ballantes au-dessus du vide. Pendant ce temps, Imago scrutait l'intérieur du puits en tendant la tête aussi loin que possible.

– Il freine lorsqu'il entre dans le virage, cria-t-il, puis le son s'intensifia encore – les parois de la caverne vibraient à l'unisson, maintenant. Et le voici ! Pile à l'heure !

Imago sortit la tête du trou sans quitter les rails des yeux.

– Vous êtes bien sûrs de votre choix ? leur demanda-t-il.

Les deux garçons échangèrent un regard, puis acquiescèrent d'une seule voix.

– Oui, répondit Will. Mais Chester ?...

– Je t'ai dit de ne pas te biler pour lui, répéta Imago avec un sourire.

La caverne vibrait au son du train qui s'approchait ; ils avaient l'impression d'avoir un ensemble de percussions dans la tête.

— Faites exactement ce que je vous dirai, il faut que le timing soit parfait. Quand je vous dirai de sauter, vous sauterez !

L'odeur âcre du soufre emplit la grotte. Le rugissement du moteur atteignit son paroxysme et un jet de suie jaillit soudain par l'ouverture, tel un geyser noir. Imago le reçut en plein visage et plissa les yeux. L'épaisse fumée envahit alors le Chaudron, ils se mirent à tousser en chœur.

— À vos marques... prêts ? hurla Imago en lançant les sacs à dos dans les ténèbres. Cal, vas-y, saute !

Cal hésita une fraction de seconde, mais Imago le précipita aussitôt dans le vide. Surpris, le jeune garçon hurla.

— Will ! À toi ! lança Imago...

Et Will sauta dans le puits dont il vit défiler les parois avant de dégringoler dans un tourbillon de sons et de fumée, agitant les bras et les jambes.

Le choc de l'atterrissage lui coupa le souffle puis il fut ébloui par une lumière blanche. Il voyait des étoiles danser autour de lui et se demanda même un bref instant s'il était toujours en vie.

Il resta allongé sur le dos, à écouter le battement régulier du moteur qui se trouvait quelque part, un peu plus loin devant. La cadence des roues du train s'accéléra. Will sentait le vent sur son visage et regardait les volutes de fumée qui filaient au-dessus de sa tête. *Non, il ne se trouvait pas dans une sorte de paradis industriel. Il était bien vivant !*

Will resta immobile, le temps de vérifier mentalement qu'une fracture ne s'était pas ajoutée à la liste de ses blessures, mais il était indemne, excepté quelques égratignures.

Cependant, il ne comprenait toujours pas l'origine de la lumière qu'il voyait onduler tout autour de lui, comme une minuscule aurore boréale. Il se releva sur un coude et vit d'innombrables globes lumineux de la taille de gros calots qui roulaient, s'entrechoquant sur le sol crasseux du wagon. D'autres se retrouvaient piégés un court instant dans les rainures du sol avant de repartir de plus belle selon des trajectoires imprévisibles.

Will se retourna et vit les restes d'une cagette emplie de paille. Voilà donc ce qui avait amorti sa chute et découvert au passage une multitude de globes lumineux. Ravi de sa découverte, il remercia le destin et en profita pour en remplir ses poches par poignées.

Puis il tenta de se relever sans perdre l'équilibre. Malgré l'épaisse fumée nauséabonde de la locomotive, il distinguait les moindres détails du wagon grâce à l'éclairage procuré par les sphères lumineuses. Le train devait mesurer près de trente mètres de long et au moins quinze de large. Will n'avait jamais vu pareil engin en Surface. Il s'agissait d'un assemblage de grandes plaques de fer maintenues par de grossières soudures. Les panneaux latéraux, aux angles usés et tordus par des siècles de service, étaient cabossés et rongés par la rouille.

Will se laissa retomber dans la poussière et malmené par les cahots du train, partit à quatre pattes en quête de Cal. Il vit plusieurs cagettes et aperçut enfin la botte de Cal qui dépassait.

– Cal! Cal! cria-t-il en se précipitant vers lui.

Mais son frère gisait inerte au milieu des échardes, la veste tachée d'un liquide sombre, les traits du visage étrangement brouillés.

Craignant le pire, Will hurla puis escalada une rangée de cagettes en contournant le corps de son frère. Il voulait éviter de perdre l'équilibre et de l'écraser : peut-être était-il grièvement blessé. Will leva lentement un globe lumineux à hauteur de la tête de Cal. Il avait l'air plutôt mal en point, le visage et les cheveux couverts d'une pulpe rouge.

Will tendit prudemment le bras vers lui et remarqua des morceaux d'écorce verte répandus alentour. Cal avait des pépins collés au front. Will goûta la pulpe sur ses doigts... De la pastèque ! Will déplaça la cagette brisée près de son frère pour se faire un peu de place et vit dégringoler un chapelet de fruits : des mandarines, des poires et des pommes. Cal avait manifestement atterri en douceur.

— Dieu merci ! s'exclama Will à plusieurs reprises en secouant doucement l'épaule de Cal pour le réveiller.

En vain... Sa tête retomba mollement sur le côté. Ne sachant que faire, Will lui saisit le poignet pour lui prendre le pouls.

— Lâche-moi tout de suite ! ordonna Cal en retirant son bras.

Il ouvrit lentement les yeux avec un gémissement pitoyable.

— Qu'est-ce que j'ai mal à la tête ! ajouta-t-il en se frottant le front.

Il leva son autre bras et considéra d'un air amusé la banane qu'il tenait à la main. Puis il huma le riche parfum des fruits tout autour de lui, l'air perplexe.

— Qu'est-ce qui s'est passé ? hurla-t-il pour couvrir le vacarme du train.

— Mon cochon, t'es tombé dans le wagon-restaurant !

— Hein ?

— Rien. Essaye de te redresser, suggéra Will.

— Une minute.

Cal était encore sonné, mais semblait indemne en dépit de quelques coupures, ecchymoses... et bain de pastèque. Will décida d'aller explorer les lieux. Il devait récupérer leurs sacs à dos, qui se trouvaient dans le wagon précédent, mais rien ne pressait. Imago leur avait dit que le voyage serait long. Comment résister à la curiosité ?

— Je pars... lança-t-il à Cal.

— Quoi ? demanda Cal, mettant sa main en cornet pour mieux entendre.

— En exploration, répondit Will en faisant un geste de la main.

— D'accord ! hurla Cal.

Will traversa la houle déchaînée des globes lumineux et se hissa sur le panneau arrière du wagon pour regarder l'attelage. Les rails patinés défilaient à un rythme hypnotique. Il observa le wagon suivant, à environ un mètre. Il enjamba le panneau et posa le pied sur le bord. Il n'avait plus le choix, il devait sauter, maintenant.

Il retomba avec une roulade et termina sa course folle contre une pile de sacs en toile. Il n'y avait rien à voir, sinon quelques cagettes entreposées un peu plus loin. Il rampa jusqu'au bout du wagon, se releva et tenta d'apercevoir la queue du train, mais elle restait masquée derrière un rideau de fumée opaque.

— Y en a combien ? hurla Will dans le vide en escaladant le panneau suivant.

Il passa ainsi de wagon en wagon, et finit par trouver la bonne technique pour retomber sur ses pieds.

Poussé par une curiosité dévorante, Will voulait atteindre l'extrémité du train, même s'il redoutait d'y rencontrer quelque gardien. Imago l'avait averti qu'il y aurait probablement un Colon dans le wagon du contrôleur, il fallait donc faire preuve de prudence.

Will venait tout juste de franchir le panneau d'un quatrième wagon et rampait sur une bâche, lorsque quelque chose s'agita près de lui.

– Qu'est-ce que ?...

Pris de panique à l'idée d'avoir été découvert, Will décocha un puissant coup de talon et perdit l'équilibre. Il avait bien touché quelque chose qui se trouvait tapi sous la bâche. Il se préparait à administrer un nouveau coup, lorsqu'il entendit le son d'une voix plaintive.

– Fichez-moi la paix !

La bâche se replia et Will aperçut dans un coin une forme recroquevillée sur elle-même. Il souleva aussitôt son globe lumineux.

– Hé ! protesta le garçon d'une voix étranglée, se protégeant les yeux.

Il battit des paupières... Il avait le visage maculé de crasse et de suie, sillonné de traces de larmes séchées. Il marqua un temps d'arrêt, et son visage s'illumina soudain d'un immense sourire. Il était fatigué et amaigri, mais c'était bien lui !

– Salut Chester ! dit Will en s'affalant près de lui.

– Will ? répondit Chester, qui n'en croyait pas ses yeux. Will ! reprit-il en hurlant.

– Tu croyais pas que j'allais te laisser tout seul, non ?

Will comprit alors le plan d'Imago. Ce vieux renard savait depuis le début que Chester serait là.

Le vacarme de la locomotive rendait toute conversation impossible, mais Will était heureux d'avoir enfin retrouvé son ami. Il souriait de toutes ses dents, soulagé de le voir sain et sauf. Il s'adossa contre le panneau du wagon et ferma les yeux, savourant ce moment de joie intense après le cauchemar qu'il venait de traverser. Après tous ses malheurs, la chance lui souriait enfin. Chester était sauf ! Voilà qui valait tout l'or du monde.

Qui plus est, il allait bientôt rejoindre son père et vivre la plus grande aventure de sa vie. Le Dr Burrows était le seul élément de son passé auquel il pouvait encore se raccrocher, et il était bien décidé à le retrouver, où qu'il soit. Alors tout redeviendrait normal, et ils seraient heureux. Chester, Cal, tous ensemble, avec son père. Cette idée illuminait ses pensées, tel un phare dans le lointain.

L'avenir ne lui semblait plus aussi sombre.

Will ouvrit les yeux et se rapprocha de Chester.

– Pas d'école demain ! lui cria-t-il au creux de l'oreille.

Ils partirent d'un fou rire incontrôlable, noyé par le vacarme du train qui prenait de la vitesse et crachait une fumée noire. Il les entraînait loin de la Colonie, loin de Highfield, loin de tout ce qu'ils connaissaient, droit vers le centre de la Terre.

Épilogue

En ce premier jour de l'année, le soleil brillait au firmament et l'atmosphère était quasi printanière. L'azur était moucheté de minuscules mouettes qui planaient au gré des courants ascendants. On se serait cru dans un petit village de pêcheurs sur la côte, si le bruit de la circulation en provenance de la voie sur la berge du canal n'était venue perturber le silence.

Mais il s'agissait bien de Londres et les terrasses des pubs se remplissaient peu à peu. Trois hommes en costume sombre arborant le visage anémique des employés de bureau franchirent les portes en titubant, une chope à la main, et s'assirent à l'une des tables en bois devant l'établissement. Ils parlaient fort et riaient bruyamment, comme des corbeaux qui se chamaillent, et c'était à celui qui aurait le dernier mot. À côté d'eux, un groupe d'étudiants en jeans et tee-shirts délavés chuchotaient en sirotant leur bière et se roulaient de temps à autre une cigarette.

Seul sur un banc de bois dans l'ombre du bâtiment, Reggie buvait sa quatrième pinte du déjeuner. Il se sentait légèrement gris, mais comme il n'avait rien de prévu cet après-midi-là, il avait décidé de s'en donner à cœur joie. Il prit une poignée de blanchailles dans le bol posé près de lui et mâchonna les petits poissons d'un air songeur.

— Salut, Reggie, lui lança l'une des serveuses.

Elle débarrassait les tables et transportait une pile de verres en équilibre fragile.

— Salut! répondit-il avec une hésitation...

Il ne se souvenait jamais très bien du nom du personnel.

Elle lui sourit aimablement, puis ouvrit la porte d'un coup de hanche et disparut à l'intérieur. Reggie fréquentait l'endroit depuis des années, mais il n'était devenu que très récemment un client régulier de ce pub. Il venait y déguster ses mets favoris presque tous les jours, des chips avec un bol de poisson blanc.

C'était un homme calme et sans histoires. Rien ne le distinguait des autres buveurs, si ce n'est qu'il laissait de gros pourboires et que ses cheveux cotonneux étaient d'un blanc immaculé. Il les coiffait parfois en une longue natte de vieux motard, mais les portait le plus souvent lâchés. Il ressemblait alors à un caniche sorti des mains du toiletteur. Quel que fût le temps, il ne quittait jamais ses lunettes noires et portait de curieux vêtements démodés qu'il aurait pu emprunter chez un costumier pour une pièce de théâtre. Eu égard à son apparence, il passait auprès des serveurs pour un musicien au chômage ou un acteur sans engagement, voire un artiste inconnu. Il y en avait tant dans le quartier.

Il s'adossa au mur et poussa un soupir de contentement, lorsque apparut une jeune fille mince au visage agréable. Un foulard en coton fleuri était noué sur la tête et elle portait un panier en osier. De table en table, elle vendait quelques brins de bruyère enveloppés dans du papier d'aluminium. On se serait cru revenu au temps de la reine Victoria. Reggie sourit. Quelle ironie! Les Bohémiens vendaient toujours les mêmes innocentes babioles, alors que les grosses compagnies faisaient de la publicité par milliers d'affiches.

— Imago... entendit-il, porté par une brise qui venait de se lever.

Une voiture cabossée virait au coin de la rue en faisant crisser ses pneus. Il frémit et jeta un coup d'œil suspicieux en direction d'un vieil homme qui marchait péniblement sur le trottoir en s'aidant de sa canne. Il avait le poil hirsute, comme s'il avait oublié de se raser ce matin-là. La jeune femme au panier le frôla. Imago détourna alors les yeux du vieil homme pour dévisager les autres clients. Non, ce n'était rien. Il était juste un peu nerveux. Il devait avoir rêvé.

Il posa son bol sur ses genoux et en prit une autre poignée, qu'il avala avec une gorgée de bière. C'était la belle vie ! Il sourit et étendit ses jambes.

Personne ne remarqua le spasme soudain qui le projeta contre le mur. Il s'effondra sur le sol, le visage paralysé, figé dans une grimace grotesque, les yeux révulsés. Il n'eut le temps que d'ouvrir la bouche et de la refermer à jamais.

Tout était fini bien avant que n'arrive l'ambulance. Lorsqu'ils virent le cadavre, les infirmiers décidèrent de le transporter à bras, car ils craignaient qu'il ne tombe de leur brancard. Il semblait pétrifié en position assise. Ils chargèrent Imago à l'arrière du véhicule sans le moindre ménagement, sous les yeux ébahis des passants. Mais les ambulanciers ne parvinrent pas à lui ôter des mains le bol sur lequel s'étaient refermés ses doigts.

Pauvre Reggie. Les serveurs, d'ordinaire peu sensibles au bien-être de leur clientèle, furent particulièrement touchés par sa mort. Notamment quand on leur annonça que la cuisine resterait fermée et que plusieurs d'entre eux allaient se retrouver au chômage. On leur expliqua qu'on avait retrouvé une étrange substance à base de plomb dans la nourriture du client. Caprice du destin, il était tombé sur un poisson empoisonné. Son corps avait simplement cessé de fonctionner et son sang avait coagulé comme du ciment à prise rapide sous l'effet du choc toxique.

Lors de l'enquête qui suivit, le médecin légiste se montra fort peu bavard quant à la nature du poison. Il était extrêmement surpris d'avoir trouvé des traces de molécules complexes, inconnues jusqu'alors.

Seule la jeune fille qui regardait l'ambulance depuis le trottoir d'en face connaissait la vérité. Elle ôta son foulard, le jeta dans le caniveau, secoua sa crinière de jais avec un sourire satisfait, chaussa ses lunettes de soleil et leva la tête vers le ciel lumineux. Elle s'éloigna en chantant d'une voix douce : *Sunshine... you are my sunshine...*

Elle n'en avait pas encore fini...

Remerciements

Nous dédions ce livre à nos familles et à nos amis, auxquels nous avons fait supporter nos obsessions.

À Barry Cunningham et à Imogen Cooper, de The Chicken House, pour leur soutien sans faille et leur conseils avisés. À Peter Straus de Rogers, Coleridge & White pour avoir aidé deux inconnus égarés dans la tempête. À Kate Egan et Stuart Webb. Enfin, à notre ami Mike Parsons qui a fait preuve d'un courage sans pareil.

Dépôt légal : mars 2008
Nº d'impression : 88145
ISBN : 978-2-7499-0819-9
LAF 1050

Achevé d'imprimer sur les presses de
Quebecor World Saint-Romuald.